猜火车

trainspotting

Irvine Welsh

[英]欧文·威尔士 ———— 著

石一枫 ———— 译

重庆出版集团 重庆出版社

Trainspotting by IRVINE WELSH
Copyright © Irvine Welsh 1993
First published as TRAINSPOTTING by Secker & Warbury
Simplified Chinese translation copyright © BEIJING ALPHA BOOKS.CO., INC., 2020
All rights reserved.

版贸核渝字（2020）第190号
图书在版编目（CIP）数据

猜火车 /(英) 欧文·威尔士著；石一枫译. — 重庆：重庆出版社, 2021.3
书名原文: Trainspotting
ISBN 978-7-229-14385-5

Ⅰ.①猜… Ⅱ.①欧… ②石… Ⅲ.①长篇小说—英国—现代 Ⅳ.①I561.45

中国版本图书馆CIP数据核字（2019）第189757号

猜火车

［英］欧文·威尔士 著
石一枫 译

出　品：华章同人
出版监制：徐宪江　秦琥
责任编辑：秦琥
特约编辑：彭圆琦
营销编辑：史青苗　刘娜
责任印制：杨宁
装帧设计：人马艺术设计·储平

重庆出版集团
重庆出版社 出版
（重庆市南岸区南滨路162号1幢）
投稿邮箱：bjhztr@vip.163.com
三河市宏盛印务有限公司　印刷
重庆出版集团图书发行有限公司　发行
邮购电话：010-85869375/76转810
重庆出版社天猫旗舰店
cqcbs.tmall.com
全国新华书店经销

开本：850mm×1168mm　1/32　印张：10.875　字数：263千
2021年4月第1版　2021年4月第1次印刷
定价：49.80元

如有印装质量问题，请致电023-61520678

版权所有，侵权必究

"电影文学馆"总序

戴锦华

21世纪伊始,中国电影工业逆市起飞,影院再度重返当代中国人的日常生活,成了众多选择中人们间或为之的娱乐消费。

如果说,21世纪第一个十年过去之时,社会已在网络上碎裂为难于计数的趣缘社群,文化工业也闪烁在分众和"饭圈"文化旋生旋灭的涡旋之中,那么,的确丧失了其"国民剧场"特征的电影却仍充当着洞向可见的与不可见之世界的窗口。与此同时,凭借网络,凭借数码技术,电影——百年间的电影艺术又确乎显影为某种不可替代的文化——迟到地加入了21世纪中国人的生活方式。电影,似乎丧失了或逃逸于影院、银幕,成为附体于种种屏幕、闪灵于各式黑镜之上的、美丽的出窍游魂。电影萦回于或逸出了幽暗迷人的影院空间——尽管电影是、始终是并将继续是影院艺术,跻身于或脱离了放映厅、资料馆等"洞穴"空间,弥散在社会的，亦是个人的世界之内。一如昔日，电影是某种时尚、消费、娱乐，可以是某些优雅的文化、思想和表达，也可以是一类社会的行动和介入。如果说，影院原本是20世纪个人主义者的集体空间，是"孤独的人群"得以会聚、相遇的场域，那么，经由录像带、VCD、DVD、闪存、移动硬盘到云存储，电影也被撕裂/"还原"为个人的私藏。尽管我们个人"拥有"、拥抱电影之时，也许正是电影工业的衰微之际，但我不得不说，当"电影"溢出了胶片和影院——电影的血肉之躯，也是媒介——的囚牢的同时，它也丧失了，或曰解开了它历史的特权封印。进影院，仍是"看电影"唯一正确的打开方式，但我们的确同时有多种方式触摸电影。

电影史大致与20世纪的历史相仿佛。它不仅是对炽烈而短暂的20世纪的目击和记录，而且本身便是20世纪历史的一部分，富丽、炫目，间或酷烈沉重。它原本是工业革命和技术奇迹的一个小小的发明，与生俱来地遍体钢铁、机油与铜臭的味道。曾经，它不过是现代世界"唯物主义的半神"的私生子，一个机械记录、机械复制的迷人的怪物。为电影的创造者们始料不及的是，电影不仅迅速地介入了历史，建构着历史，而且改写和填充着人类的记忆。从杂耍场的余兴节目起，电影不仅复活了可见的人类（贝拉·巴拉兹），不仅以"闪闪发光的生活之轮"拯救了物质世界（克拉考尔），不仅满足了人类古老的、尝试超越死亡和腐朽的"木乃伊情结"（安德烈·巴赞），而且以"作者电影"开启了一个电影大师的时代，一个电影自如地处理人类全部高深玄妙谜题的时代。一如"短暂的20世纪"浓缩了人类文明史的主要场景，实践并碎裂着人类曾拥有的乌托邦梦想，留给我们沉重的债务与珍稀的遗产，电影在其短短百年之间成长为人类最迷人的艺术种类之一，拥有了自己的历史，自己的语言，自己的经典，自己的大师，自己的学科，尽管覆盖着无尽富丽的夕阳的色彩。

有趣的是，在"上帝/人/作者死亡"的断然宣告声中，电影推举出自己作者/大师的时代；在现代主义艺术撕裂了文艺复兴的空间结构之后，电影摄放机械重构了中心透视的文艺复兴空间。电影的历史，由此成为一个在20世纪不断焚毁、耗尽中的历史中的建构性力量，同时以电影理论——这一一度锋芒毕露、摧枯拉朽的年轻领域——作为其伴生的解构实践。电影，从品位/身份的反面，成了品位/身份的重要组成部分，进而成了反身拆解品位、质询身份的切入点。摄影机暗箱成了社会"意识形态腹语术"的最佳演练场和象征物，电影解读则成了意识形态的祛魅式。因此，电影不仅一如从前，是一处今日世界现实的镜城，也是我们再度叩访20世纪历史的通关密语。

在中国，电影尽管自西方舶来，其悠长历史，却不仅大致与世界电影史相始终，而且几乎正是一部帝国、殖民、抵抗、创造之历史的镜像版。今天，电影不仅是中国崛起的佐证，也是期待视野间未来文化的语料。当然，又是一则关于文化自觉的寓言：舶来的，也是本土的；凝视的，也是被看的；梦想，某种醒着的梦。我们凝视着电影，也为电影所凝视；我们深入电影世界的腹地，处处忘之，不只为了捕获电影的本体，也试图经由电影捕获文化或自我的本体。

电影，是我们的过去，电影叙事成就了某种奇特的人类思维与情感的回溯结构——缝合体系；然而，电影，自诞生之日起，就是一个指向未来的地标。我们凝视电影，不仅为了拓出一个关于电影、电影艺术、电影工业、电影史、电影作者、电影理论的对话场域,更是为了获取一份自信于未来的动能。"电影文学馆"丛书以著名影片的原著小说为主体,再次回归"从小说到电影"的经典命题,再次标识文学与电影间亲缘关系与媒介区隔,犹如"交叉小径的花园"里溪水勾画出的界标。往返于文学与电影的远方和近端,是为了再度审视和思考我们的世界、时代和生命。在熙攘而变得逼仄的世界与富足而封闭的"宅"之间,在影院"洞穴"与黑镜的闪烁之间,电影与文学仍是我们望向世界的窗口,是我们破镜而出的可能。

主要角色

懒蛋：本名为马克·瑞顿，又叫"房租"（英文中，"瑞顿"的拼写与"房租"相似），是本书最主要的角色，嗑海洛因，常思考哲学的问题。

变态男：本名为西蒙·威廉森，对女人很有一套，而且喜欢向朋友炫耀艳遇。把自己和同是苏格兰出身的明星肖恩·康纳利相提并论。

屎霸：本名为丹尼尔·墨菲，即丹尼。天真善良，容易被骗。爱小动物。口吃。习惯把人比拟为猫。

卑比：本名为弗兰克·卑比，朋友称他"卑鄙"，又叫"弗朗哥哥"或"弗朗哥哥大将军"（影射西班牙独裁者弗朗哥大将军），出口成脏，滥用暴力，连他的朋友们都怕他。

二等奖金：本名为拉布·麦克劳林，本来有机会成为足球明星，却成为酒鬼。

强尼·斯万：又称"师太""白天鹅"，本来是懒蛋小时候的同学，后来成为药头。

次要角色

卡洛尔:"二等奖金"的前任女友。
道玺:懒蛋的朋友,偶尔出现。
汤米:懒蛋的朋友,本来是不嗑药的人。
盖夫:懒蛋的朋友,社工人员。
大卫·瑞顿一世:懒蛋的父亲。
凯西:懒蛋的母亲。
比利·瑞顿:懒蛋的哥哥。
大卫·瑞顿二世:懒蛋的弟弟。
妮娜:美少女,懒蛋的远亲。
爱丽森:和懒蛋等人一起嗑药的女人。
莱斯莉:懒蛋等人的朋友,未婚妈妈,是小婴儿唐恩的母亲。
小唐恩:早夭的婴儿。
黛安:懒蛋长久没有性生活之后,在酒吧钓上的美少女。
艾伦·凡特斯:一个HIV带原者,"HIV与乐观生活"自助团体成员。
德威:该自助团体的另一个成员。
汤姆:该自助团体的心理辅导员。
凯莉:马克他们光顾的一家酒吧的女服务员。

目录

戒瘾

毒瘾少年、尚格云顿以及"师太" / 1

吸毒的困境　笔记第63号 / 12

爱丁堡国际艺术节的第一天 / 13

嗨了，高了 / 26

在公众的注视下长大 / 30

新年的胜利 / 39

无须多说 / 50

吸毒的困境　笔记第64号 / 55

她的男人 / 56

快速求职记 / 61

复发

苏格兰用毒品来守护心灵 / 68

杯子 / 73

一次失望 / 82

老二问题 / 84

星期天的传统早餐 / 89
吸毒的困境　笔记第65号 / 92
日光港口的悲痛 / 93

再戒
人生如粪 / 103
姥姥与纳粹 / 114
久旱逢甘露 / 125
穿越草地公园 / 149

搞砸了
法庭上的灾祸 / 159
吸毒的困境　笔记第66号 / 172
死狗 / 172
搜寻内在的自我 / 176
禁闭在家 / 182
兄弟一家亲 / 205
吸毒的困境　笔记第67号 / 219

流亡
爬过伦敦 / 220
坏血 / 233
那道光芒永不消逝 / 255
享受自由 / 267
令人费解的杭特先生 / 272

归乡

　　专业人士好赚钱 / 274

　　一份礼物 / 277

　　关于麦迪的记忆 / 281

　　戒毒的困境　笔记第1号 / 290

　　统统吃光 / 292

　　在雷斯中央车站猜火车 / 296

　　独脚戏 / 300

　　西格兰顿的冬天 / 305

　　一个苏格兰士兵 / 309

逃走

　　站复一站 / 313

戒 瘾

毒瘾少年、尚格云顿[1]以及"师太"

变态男汗流浃背，颤抖不止。我却坐在一旁看着电视，不想搭理这孙子。他可真是烦人透顶。我试着把注意力放在这部尚格云顿演的电影上。

这种电影统统毫无创意：巧合的开场、无耻的反派、故弄玄虚的戏剧化、俗不可耐的情节。现在正演到尚格云顿披挂上阵，准备暴打一通。

"瑞顿，我得去找一趟'师太'。"变态男摇头叹气地说。

我说："好啊。"我希望这个混蛋家伙滚远点儿，自己的事情自己做，好让我接着看尚格云顿。不过话说回来，就在不久之前，我也是这副惨状。假如这家伙搞到药，肯定会藏起来独吞的——大家叫他变态男，不是因为他嗑起药来不要命，而是因为他就是他妈有病。

---

[1] 尚格云顿（Jean-Claude Van Damme），美国动作演员。本书脚注均为译者注。

"走吧，咱们！"他绝望地迸出几个字。

"等会儿，我想看看尚格云顿怎么暴捶这个自以为是的傻帽儿。现在就走的话，我就错过剧情了。等我们回来就更操蛋了，我们弄不好得好几天才能回家，那时候录像带租赁店就该收滞纳金了，可我压根儿还他妈没看呢。"

"走走走！"他叫喊着站起来，随即走到窗边靠着，呼吸沉重，犹如一只困兽。他的眼中除了嗑药别无所求。

我用遥控器关了电视。"真他妈废物，我说，你丫真他妈是一废物。"我对这个烦人的混蛋家伙咆哮起来。

他头向后仰，望着天花板说："回头我给你钱，你再把录像带租回来行吗？你他妈就为这点儿事跟哥们儿翻脸？不就俩臭钱的事儿嘛。"

这厮就是有办法让你感觉自己又小气又没用。

"不是这么回事儿。"我心虚地说。

"是啊，事情在于我他妈难受得要死，我所谓的哥们儿却跟这儿穷耗。你的时间可真他妈的宝贵呀！"他的眼睛瞪得像足球，目光怨毒，却充满乞求，同时又在指责我不仗义。如果我能活到有自己的孩子的那一天，希望小崽子永远不要用这种眼神看我。这厮太让我为难了。

"我才没有……"我抗议说。

"赶紧穿上你的衣服！"

马路上完全看不到出租车的踪影。他们只有在你不想打车的时候才会在那儿趴活儿。此时大概是八月，可天气还是冷得快把蛋冻掉了。我现在还没生病，可是这么任凭冷风吹，待会儿不生病才怪呢。

"这儿该有出租车啊！这儿该有一串儿狗日的出租车啊！夏天肯定他妈打不着车，那些有钱的肥猪懒着呢，懒得看戏都不能走着去，从教堂到戏院不就他妈两步路的事儿嘛！出租车司机都是见钱眼开的臭傻帽儿……"变态男喘着气，嘴里不知在嘟囔什么。他两眼暴突，脖子青筋毕露，在雷斯[1]大街上游荡着。

终于，一辆出租车来了。此时旁边还有一伙身着运动服和飞行夹克的小青年，这票人其实比我们来得早。变态男却对他们视若无睹，他窜到马路中间，吼道："出租车！"

"嘿！你丫作死哪？"一个穿着蓝、黑、紫三色运动服，留着寸头的家伙说。

"滚蛋，我们先来的！"变态男说着打开车门，"那边还有一辆车。"他指指大街上。

"算你走运，自作聪明的混蛋。"

"滚滚滚！厌货，再打一辆车去吧！"我们钻进车时，变态男仍在大吼。

"去托尔克罗斯，哥们儿。"我对出租车司机说。那伙年轻人正在朝我们的车窗上一通狂啐。

"别跑呀！有种出来练练呀！傻帽儿！"穿运动服的小伙子暴跳如雷。出租车司机看起来充满怨气，一副贱德行。贱人满街跑，而这种踏踏实实纳税、自己给自己干活儿的家伙，更是上帝创造出来的最贱的贱人。

司机掉了个头，终于加速上路了。

"瞧你干了些什么，你这张贱嘴。要是下回咱们谁落了单，非被这帮疯子弄死不可。"我对变态男很生气。

"你不会怕了这些厌货了吧？"

这家伙真快把我逼疯了。"对！我他妈怕了行吗！我要是一个人上街，肯定会被这些穿运动服的傻帽儿暴捶！你他妈真以为我是尚

---

1 雷斯（Leith）：苏格兰爱丁堡市附近的一个城镇，也是本书主人公瑞顿、变态男、"卑鄙"等人的家乡。雷斯大街（Leith Walk）则是雷斯地区的一条干道。

格他妈的云顿啊？傻帽儿，西蒙，你丫真是一傻帽儿。"我直呼其大名"西蒙"，而非"病秧子"或"变态男"，是为了让他知道，我很郑重。

"我只想赶紧找到'师太'，其他烂事才与我无关呢。知道了吗？"他用食指戳着嘴唇，暴突的眼球盯着我，"看着我的嘴唇：西蒙要找'师太'。"他随即转过头，看着司机的后背，希望这家伙能开快点儿，同时还神经质地在大腿上打着拍子。

"那票人里有一个叫麦克连的，就是丹迪和钱瑟的兄弟。"我说。

"真他妈扯蛋，"变态男说着，语气中却流露出焦虑，"我认识麦克连一家，钱瑟这人还凑合。"

"如果你没惹他弟弟，他可能还凑合。"我说。

他却心不在焉，我也无心多说。跟这厮讲道理就是浪费精力。没有药的时候，他本来默默忍受，但后来却越来越受不了了。而我呢，对他的痛苦爱莫能助。

"师太"就是强尼·斯万，江湖人又称"白天鹅"。[1]他是托尔克罗斯地区的毒贩，势力范围覆盖了整个塞希尔和威斯特海利斯。比起席克和慕尔赫斯·雷斯那票人，我更喜欢找斯万拿货——找他的小弟雷米也行。这是因为斯万的货一般都比较好。记得小时候，我跟强尼·斯万还是哥们儿，我们一起参加过波迪西斯特尔足球队。而现在，他是一个毒贩了。我记得他曾对我说："干我们这行，不认交情只认钱。"

当时我觉得他又苛刻又滑头，而且还有吹嘘之嫌。不过现在，

---

[1] 此人本名强尼·斯万（Johnny Swan），因为swan（斯万）在英语中意为天鹅，所以别人也叫他"白天鹅斯万"。而他还有一个外号，就是"师太"（Mother Superior），英文中意为女修道院院长。

我嗑药嗑到这个份儿上，终于知道了他到底是什么意思。

强尼是个毒贩，同时自己也是一个瘾君子。大多数毒贩都是以贩养吸，而强尼吸毒的经历尤其丰富，所以我们又叫他"师太"。

当我走上强尼公寓楼梯的时候，开始感到焦躁不安，身体抽筋不止。我浑身是汗，像一块注满水的海绵，每走一步都挤出水来。变态男的状态更差，不过我可没劲管他的死活了，我想对他装看不见。但最终，他挡在我面前，有气无力地靠着栏杆。他挡住了我找强尼拿毒品的道路，面目狰狞地喘着粗气，手握住栏杆，仿佛随时要吐一样。

"你还撑得住吧，病秧子？"我烦躁地说。

他摆摆手让我走开，一边摇头晃脑，一边翻着白眼。我说："算了！"他那副死样子，看起来根本不想说话，也不希望有人跟他说话。他对任何鸟事都不感兴趣，其实我也一样。有时我想，一个人变成瘾君子，是因为他们下意识地渴望沉默。

当我们终于爬到强尼·斯万的门口时，那家伙"砰"的一声开了门。一个吸毒盛会向我们敞开了。

"变态男来了，屁精瑞顿[1]也来了，变态都来了！"强尼·斯万笑着说。这家伙的情绪比他妈风筝还要高。强尼·斯万注射吸毒的时候，常常搭配吸食可卡因，或者来点儿自制的快速过瘾小药丸——海洛因和可卡因的融合物。他觉得这样才能爽到家，否则就会枯对着墙，终日面壁。[2]吸毒吸到这个份儿上，真是无可救药了：他们只顾自己爽，根本不愿关心别人的痛苦。在酒吧里还有另外一种人，他们宅心仁厚地和别人分享药物，希望别人也和他一起爽——而真正的瘾君子（与偶尔玩票的家伙相反）自顾不暇，才懒

---

1 英文原著中用的是"rent boy"，有"娈童"的意思。瑞顿的朋友经常叫他这个外号。

2 "枯对着墙，终日面壁"是吸食吗啡后的反应。

得管别人呢。

雷米和爱丽森也在屋里。爱丽森正在"做饭",那看起来可是相当够劲的一顿饭。

强尼·斯万迈着华尔兹的舞步,滑向爱丽森,同时对她唱起了小夜曲:"嗨,美女,做了顿什么小菜……"而后他又滑向雷米。后者正无声地看着窗外。雷米能从摩肩接踵的人群中一眼认出警察——就像鲨鱼对血腥的敏感一样。"来点儿音乐吧,雷米!我说,埃尔维斯·克斯蒂洛[1]的新唱片我已经听腻歪了,可我还是想听。埃尔维斯·克斯蒂洛实在他妈的是个魔力无穷的家伙!"

"找根儿双头叉子,叉不死丫的。"雷米说。雷米总是冒出这种荒唐话。每当你找他拿毒品,他就会胡言乱语起来,搞得你大脑积屎。雷米对海洛因的酷爱令人叹为观止;这厮还有点儿像我另一个哥们儿屎霸,他们是同一种典型的瘾君子形象。变态男甚至认为,尽管长相迥异,但雷米和屎霸实际上就是一个人——因为这两人在同一个圈子里混,但却从未同时出现过。

雷米这个没品的二货,还总是哪壶不开提哪壶。他放的是洛·瑞德[2]的《海洛因》这首歌,而且放的是《摇滚禽兽》专辑中的版本。

---

1 埃尔维斯·克斯蒂洛(Elvis Costello),英国音乐人,曾为电影《教父3》和《诺丁山》配乐。
2 洛·瑞德(Lou Reed),摇滚乐发展史上的传奇人物,出生于美国纽约的布鲁克林,曾与约翰·盖尔(John Cale)创立了地下丝绒(Velvet Underground)乐队。他们的音乐风格受到波普艺术大腕安迪·沃荷(Andy Warhol)的极力推崇。地下丝绒乐队的代表专辑就是《摇滚禽兽》(*Rock & Roll Animal*),此外还有与模特尼可(Nico)合作的《地下丝绒与尼可》(*The Velvet Underground and Nico*)。洛·瑞德的早期作品并不出名,但却几乎影响了一个时代的其他音乐人,据说《摇滚禽兽》"只卖了几十张,但买的人后来都成了大师"。

每当毒瘾发作的时候，听到这首歌会更让人百爪挠心，比听到《地下丝绒与尼克》那张专辑还要难受。补充一句，最起码以前的专辑版本中没有约翰·盖尔的尖叫般的中提琴演奏。我受不了了。

"啊，滚蛋，雷米！"爱丽森吼道。

> 带上你的套子跟着我的韵律
> 宝贝摇一摇啊宝贝摇一摇
> 我们前搞后搞搞翻天
> 我们都是行尸走肉

雷米突然摇头摆尾，眼球乱转，迸出这么一段饶舌乐来。

然后他便在变态男面前弯下腰，后者刻意站在爱丽森身边，眼睛盯着她手上的汤勺。爱丽森正在用蜡烛给汤勺加温。雷米一把拽过变态男，嘴对嘴狂吻，吓得变态男赶紧推开这厮。

"滚你妈蛋，臭傻帽儿！"

强尼·斯万和爱丽森哈哈大笑。我也想笑，却笑不出来——我身上的每一块骨头都在作痛，仿佛被人用钝锯子锯碎了。

变态男帮爱丽森绑上胳膊，很显然，他也想和她分一杯羹。他在爱丽森消瘦惨白的胳膊上找到静脉。

"我帮你搞定？"他说。

爱丽森点点头。

变态男便往汤勺里放了一颗棉球，向它吹气。随后，他用针管抽了五毫升海洛因，扎进爱丽森的皮肤，趁血还没回流，慢慢地将毒品注入她的静脉；而此时，爱丽森的静脉无比膨胀，看似要从她的胳膊上跳出来。爱丽森嘴唇发抖，乞求般地看了变态男一两秒。变态男的那副嘴脸丑陋极了，淫荡而邪恶。他催动着毒品，贯穿了爱丽森的大脑。

她头向后仰,闭着眼睛,张着嘴巴,发出神魂颠倒的呻吟。而变态男的眼神却变得既天真又好奇,他就像一个圣诞节早上起来,刚从圣诞树下得到包装得漂漂亮亮的礼物的小男孩。在烛光闪耀之下,这两个人看起来美丽而又纯洁。

"这可比男人爽多了,没有哪个男人能比得上这玩意儿……"爱丽森认真地嘟囔着。这景象让我有点儿紧张,不由得把手伸进裤裆,摸摸我的那玩意还在不在。要在这时候撸一管儿,那可真够恶心的。

强尼把他自己的针管递给变态男。

"你可以来一针,但你必须得使这个针管。我们要玩儿个信任的游戏。"他笑着说,但却并未开玩笑。

变态男摇摇头:"我可不想共用针头,我自己带着家伙呢。"

"这可不行!瑞顿、雷米、爱丽森,你们认为呢?你们认为我白天鹅斯万的血管里也会有艾滋病毒吗?这可真伤了我的心。我只能说,必须共用针头,否则一切都他妈免谈。"他夸张地笑着,露出一嘴坏牙。

我感觉那不是强尼·斯万在说话,绝对他妈不是。一定有个邪恶的恶魔占领了他的身体,毒害了他的大脑。我眼前这个角色,早已不是多年前那个为人和气,喜欢说说笑笑的强尼·斯万了。记得当初,人人都说强尼这孩子不错,连我妈也这么说。那时的强尼·斯万很喜欢足球,性格也非常好,大家一起到迈德班克球场踢完球,脏衣服总是由他来洗,而他干到晚上五点也毫无怨言。

我很担心我们跑过来一趟还搞不到药,那可太蠢了。于是我说:"强尼,你冷静一下!我们可是带着钱来的,明白没有?"我从钱包里亮出钞票。

也许是良心发现，也许是见钱眼开，强尼恢复了理智。

"不要这么严肃，我逗着玩儿的！你们真以为我白天鹅斯万这么不够哥们儿吗？你们很聪明，卫生习惯还是很重要的。"他的语调突然沉重了，"知道古格斯吗？他就得艾滋了。"

"真的？"我说。如今到处都在谣传谁得了艾滋，谁没得艾滋。我通常懒得理会。但问题是不少人都在传古格斯的事儿。

"没错儿。他还没有病到翘辫子，但检测报告却是阳性。不过我跟他说：这并不是世界末日，古格斯。你可以学着和病毒一起生活。很多混蛋都得了病，可还不是活得挺好，离发病还有好几年呢！就算没病，不也可能人清早出门被车撞死吗！你得这么想才行！人生仍然精彩，演出还在继续。"

只要自己血管里没毒，对别人讲这些人生哲理还是很容易的。

不管怎么样，强尼·斯万还是帮变态男弄了一些药，让变态男"嗨"到了家。就在变态男行将崩溃，马上要嚎叫出来的那一刻，强尼·斯万把针扎进了他的血管，吸回了两滴血，然后把那夺命的生命之液注射了进去。

变态男紧紧搂着斯万，然后放松，但手仍搭在斯万肩上。两个人都放松了——就像一对情人刚刚做完爱，仍在意犹未尽地耳鬓厮磨。现在轮到变态男对强尼唱情歌了："小斯万，我有多爱你呀，我有多爱你……"一对冤家对头转眼就变成了心灵知己。

我也该来一针了。我花了好长时间才找到一根合适的血管。我的血管有些特殊，它们并不靠近皮肤表层，所以不太好找。血管一出现，我立刻一针刺入。爱丽森说得没错，吸毒可比性高潮爽上二十倍不止，海洛因轻柔掠过之处，我干枯板结的骨骼立刻得到了滋润。地球又开始转动了——原来地球还在转动。

爱丽森又对我说，我应该去看看凯莉。因为堕胎，那姑娘陷入了深深的忧郁。虽然爱丽森并未流露出责怪的语调，但听起来，她似乎认为是我把凯莉的肚子搞大了。

"我为什么要去看她？这事儿跟我无关。"我抗议道。

"你是她的朋友，对吧？"

我想套用强尼·斯万的名言回答爱丽丝，那话听起来妙不可言："大家都是哥们儿嘛！"好像我们这些人除了共同吸毒之外，还有几分闪亮的友情。但我还是没这么说。

我只是对爱丽森说，我们都是凯莉的朋友，为什么只有我应该独自去看她？

"马克，你知道她很喜欢你。"

"凯莉？别他妈扯淡了！"我既吃惊又好奇，还有一丝尴尬。如果看不出凯莉确实喜欢我，那我可真是瞎了狗眼了。

"她当然喜欢你，她对我说了好多遍了。她还愿意提到你：马克如何如何……"

很少有人叫我马克，大家通常都叫我瑞顿，甚至是"屁精瑞顿"。被别人这么称呼真他妈恶心，但我却尽量不抱怨，因为那只会让那些孙子说得更难听。

变态男也在一旁听着。我转过去问他："你觉得可能吗？凯莉对我有意思？"

"全世界都知道了，这已经不是什么不能说的秘密了。要我说，她的脑袋一定是进屎了。"

"谢谢你这么说，二货。"

"要是你只想在黑屋子里看着录像带过完一生，两耳不闻窗外事，我跟你说这个有个屁用。"

"可她从来没对我流露出什么啊。"我哀鸣了一声，倍感困惑。

"你希望她把情书写在T恤衫上吗，马克？你可真不懂女人。"

爱丽森说。变态男在一边窃笑着。

我被爱丽森的最后一句话刺痛了,但我还是决定大事化小,因为搞不好,这都是变态男策划出来耍我的。变态男这厮一辈子都专爱传播谣言挑拨离间陷害朋友,我就不明白这种损人不利己的事儿为什么能让他这么开心。

我又向强尼·斯万要了点儿货。

他说:"这东西纯洁如白雪。"

他的意思是,货里没有"太多"乱七八糟的添加物,没有什么"太有毒的成分"。

于是,我们就该滚蛋了。强尼·斯万一直在我耳边聒噪,说的什么我也不想听。他在说什么人因为吸毒而下场很惨,听起来就像禁毒人士的公益宣传,告诉你毒品会毁了你的一生。他还带着一丝轻愁,感叹起他的操蛋生活,幻想着有一天能重新做人,飞到泰国去泡一泡那些"活儿特好"的妞儿;只要你是个白人,兜里又有钱,在泰国就能过得像国王一样爽。其实他的龌龊论调还不止这些,有些话说得更卑鄙更无耻。我告诉自己:这又是那个邪魔在大放厥词了,斯万已被邪魔附身,迷失了本性——或者这就是他的本来面目?谁他妈知道,谁他妈管他。

爱丽森与变态男在一边咬耳朵,听起来好像要再嗑点药似的。随后他们起身,一起进了屋。这两个人看起来面色苍白,无精打采,但一进去就不出来了。我知道他们一定在翻云覆雨。对于女人来说,变态男唯一的可用之处就是乱搞,就像她们会把别的男人用来喝茶聊天一样。

雷米则在用蜡笔在墙上涂鸦。他沉浸于自己的世界里。这对他和大家都很好。

我想着爱丽森对我说的话。上个星期,凯莉才刚刚打过胎,假如我现在去找她，假如她真想和我上床，我对她也兴趣全无。一想到跟她上床，我就有一种既黏稠又血腥的感觉。真他妈见鬼了，我他妈真是白痴。爱丽森所言不错，我确实不了解女人——我他妈对一切都一无所知。

凯莉住在茵奇，坐公共汽车很难过去，我又没钱打车了。或许我还是可以坐公共汽车的，可我根本不知道应该坐几路车。其实，真正的问题是：我吸毒吸得有点儿过量了，根本没能力和人上床了，甚至头昏得没法和人说话了。10路公共汽车来了，我跳了上去，回到雷斯，重新去找尚格云顿。在路上，我一直美滋滋地盼着看他大施拳脚。

吸毒的困境　笔记第63号

让它清洗我，穿透我……从里到外清洗我。

身体内的海洋。问题是，这美丽的海洋被有毒的残渣污染了……海洋稀释了有毒物质，但一旦退潮，却只在我身体里剩下了一团狗屎。它带走，同时也给予，它把我的大脑分泌物冲刷殆尽——那东西可是我抵抗痛苦的依赖啊，还得过很长时间，才能重新分泌。

这个狗屎房间里贴着恶心的壁纸。我感到恐惧。一定有很多没用的家伙多年以前就体会到这种感觉了……没错，我就是个没用的家伙，我的感觉一点儿也没有变好……但那些东西都在，都在出汗的手里。针筒、针头、汤勺、蜡烛、打火机、一包劲道十足的毒品。一切都没问题，一切都很美好，但我体内的海洋即将退潮，而有毒物将被搁浅在沙滩上，这让我恐惧。

我开始弄另一管药。我的手颤抖着，把汤匙放到蜡烛上加热，等待毒品溶化。我想，生命潮汐短，毒品日月长啊。尽管如此，却仍不能阻止我做我想做的事情。

爱丁堡国际艺术节[1]的第一天

经历前两次失败，才能获得第三次的成功。[2]正如变态男所云：下定决心戒毒以前，一定要先弄清楚这事儿可不可行、后果如何。你只能在失败中学习经验，而你学到的，就是一定要做好准备工作。他说得很有道理。不管怎么着，我这次可是做好准备了。我预付了一个月的房租，租下了这间可以鸟瞰雷斯高尔夫球公园的大房间——太多混蛋知道我蒙哥马利大街住宅的地址了。另外，手头要有现钱，手里没钱心里发慌。当然，对于戒毒来说，最容易的就是最后一针了，我今天早上已经在左臂上打过了。为了专心做好戒毒的筹备事项，总得先提提神吧。现在我得赶紧去超市了，购物清单上有一大堆东西等着我买呢。

十罐亨氏牌番茄汤，八罐蘑菇汤（全部冷着喝），一大桶香草冰淇淋（融化后饮用），两瓶泻药，一瓶扑热息痛，一包爽口锭，

---

1 爱丁堡国际艺术节（Edinburgh International Festival）：第二次大战期间，英国艺术界人士深感艺术家所面临的困境，希望在英国本土找一个未受战争破坏的地方举办艺术节。经过三年的筹划，终于在1947年举办了第一届爱丁堡国际艺术节。时至今日，爱丁堡国际艺术节已经成了英国乃至世界的盛大文化盛会。
2 原文是"Third time lucky"，苏格兰谚语。

一瓶维生素，五升矿泉水，十二瓶运动饮料，以及一些杂志：不太粗暴的色情杂志以及《威兹漫画》《今日苏格兰足球》《投注》等。最重要的一件事我已经做好了：去了一趟爹妈家，从浴室的药柜里偷走了我妈的镇定剂。我并不觉得这有什么不好的，我妈已经不用镇定剂了。即使要她用，她这个性别，她这把年纪，医生一定会很大方地开给她的——就像散发糖果一样。所有物资一应俱全，这让我很高兴，再往下就是艰难的一个星期了。

我的房间很空，连地毯都没有，地板中间的床垫上放了个睡袋，此外还有一台电暖器、一台黑白电视、一张小小的木椅子。我有三个塑料桶，每个桶里都是加了消毒液的水，这是用来拉屎撒尿以及呕吐用的。我还把买来的那些瓶瓶罐罐排列整齐，保证我躺在破烂床垫上的时候，伸手就能够着它们。

我又给自己打了最后一针，来慰劳自己的辛勤大采购。最后一针还可以帮助我睡去，并向毒品告别。我只用了少量的海洛因，我需要速战速决。在此之后，戒毒的痛苦来了：和以前一样，最开始是胃里感到恶心，不可名状的焦虑，一旦这种病态的感觉抓住了我，就会立刻变得痛苦至极，难以忍受。我开始牙疼，牙齿、下颌、眼窝都在疼，这疼痛无法遏制，悲剧性地蔓延到了全身的骨骼。我开始流汗、颤抖，背上的汗水如同秋天汽车顶上的露水。没办法，我仍然无法面对这莫大的痛苦，我感觉自己行将崩溃。行动的时候到了，我需要弄点儿温柔的老式缓冲药物，好让自己安定下来。我还需要一剂毒品，只要一点点，就可以让我彻底放松，安稳入睡，然后再和这玩意儿彻底决裂。斯万却在这时消失了，另一个毒贩席克又被警察抓走了，只剩下斯万的小跟班雷米。我跑到公寓大厅，打公用电话找雷米。

当我打电话的时候，有个人飞快地与我擦肩而过。我躲闪了一下，却也懒得看来者是谁。我不想在这破地方久留，更没兴趣认识新邻居。刚才那傻帽儿对我来说如同不存在，除了雷米，现在任何人对我都没意义。硬币掉了进去，电话终于接通，但另一头却是一个年轻姑娘："喂？"她还打了个喷嚏。她是热伤风了还是毒瘾发作了？

"雷米在吗？我是马克。"雷米一定对这女孩儿提到过我吧，因为我并不认识她，她却知道我这个人。

"雷米不在。"她冷冰冰地说，"他到伦敦去了。"

"伦敦？……他什么时候回来？"

"不知道。"

"他有没有什么东西留给我？"这时候只好靠运气了。雷米这孙子。

"没有……"

我颤抖着挂了电话。现在，摆在面前的是两条路：一、回房间去，撑过这一段；二、打电话给另一个毒贩弗瑞斯特，去慕尔赫斯买点儿劣质毒品，然后放弃戒毒。二十分钟之后，我作出了选择。"到不到慕尔赫斯，这车，哥们儿？"我一边颤抖着，一边把四十五便士塞进投币箱。我的脑袋里如同风暴大作，我需要一个可以停靠的港口。

上车的时候，我跟一个老太太擦身而过，她用邪恶的眼神看了我一眼。我的样子一定他妈糟透了。但是我无所谓，我只关心自己、毒贩弗瑞斯特以及我们之间的距离。随着公共汽车开动，这距离正在缩短。

车内空空荡荡，我坐在公共汽车下层的后座上，有个姑娘在我对面，听着索尼单放机。她长得怎么样？我他妈才懒得关心。虽然这是一部"单人"播放机，但音乐声还是清晰入耳。那是鲍伊[1]的一

1　大卫·鲍伊（David Bowie），被誉为"摇滚变色龙""千面歌星"，是欧美摇滚乐坛最富于变化的歌手。

首《金色年代》。

> 别说生活空虚
> 天使
> 看看蓝天，夜晚温暖，生活才刚开始
> 岁月缓缓流过……

我有鲍伊的每一张专辑。这孙子的唱片可真他妈多，我连演唱会版都有。可我现在对他和他的智障音乐全无兴趣。我只关心麦克·弗瑞斯特，一个又丑又没才华的王八蛋——没出过半张唱片，单曲销量为零。可是现在，宝贝麦克是对我来说最重要的人。就像变态男所言：除了现在，什么都不存在（我记得某个牌子的巧克力广告也是这么说的）。现在什么感觉都是扯淡，重要的只是：我犯瘾了，而麦克恰好是毒贩。

有些老混蛋总是在这个点儿坐公共汽车，而且上车之前总得先跟司机扯淡，问点儿车次路线始末车时间之类的问题。这些老混蛋真他妈该死。一个老太太还在废话连篇，而司机却任由她废话连篇，我他妈真快噎过去了。人们总是谴责年轻人到处涂鸦破坏公物之类的，但对老家伙们对我们的精神虐待却视而不见。

老太太终于上了车，嘴巴瘪得像猫屁眼。她坐到我前面，给了我一个后脑勺。我真希望她突然脑溢血，或者心脏病突发，哏屁算了……还是别了，如果真是那样，更会耽误我的时间。她应该忍受着痛苦慢慢死掉，这才足以补偿对我造成的痛苦。如果她飞快地哏屁了，有的人就该找到机会来小题大做了。对于她来说，癌症最合适了，我愿意贡献出一个坏细胞，让它在这个老太太身上滋长蔓延……可惜，坏细胞却在我体内，而不到它该去的地方。我筋疲力尽，不能继续思考了。对于这个老太太，我连厌恶她的力气都没了。我感到的只有彻底的冷漠。

我的脑袋上上下下地甩着，几乎快要从肩膀上飞出去，落到前面那老太太的大腿上。我赶紧死死抓住脑袋，手撑着膝盖。糟了，我可能坐过站了。于是我只好在潘尼维尔大街下车，面对着一个购物中心。我穿过机动车道，穿过购物中心，穿过铁门紧闭、从未租出去过的店面，穿过空洞的停车场。自打购物中心建好，我就没见过有汽车来到这里。从二十年前就是如此。

弗瑞斯特小公寓地处的街区，在慕尔赫斯算是比较大的。这一带的建筑物大多是两层楼，而弗瑞斯特的公寓却是五层带电梯，只不过电梯坏掉了。为了节省体力，我爬上楼的时候用手撑着墙。

一路上，我抽筋、疼痛、汗流浃背，中枢神经几近崩溃，而且肚子也开始闹意见了。我一阵恶心，长久以来的便秘此刻好像突然通了。在弗瑞斯特家门口，我竭力打起精神，但他一定看得出我的状态很不好。一个瘾君子总是能知道谁的毒瘾正在发作。我只是不想让这孙子知道我有多沮丧。为了得到药，我宁可接受弗瑞斯特的种种虐待，但却不想向他表露我的痛苦。

显然，弗瑞斯特已经从雕花玻璃门的后面，看到了我的红头发。但这厮耗了一个世纪才吭声。我还没进门，这厮已经开始整我了。他的口气冰凉。

"你还好吧，瑞顿？"他说。

"还不坏，麦克。"他叫我"瑞顿"而非"马克"，而我却叫他"麦克"而非"弗瑞斯特"。他居然假惺惺地对我这个瘾君子问好，而我是不是应该讨好这孙子呢？眼下也只好如此。

"进屋。"他轻描淡写地耸耸肩膀，我低眉顺眼地跟了进去。

我坐到沙发里，尽量远离一个断了腿的胖女人。她把打了石

17

膏的那条腿大大咧咧地放在咖啡桌上，脏了吧唧的石膏和桃色短裤中间，露出一截让人恶心的大肥肉。她的大乳房就放在一个超大号健力士啤酒罐上，棕色汗衫紧紧绷住一身的赘肉。她的头发油腻腻的，看得出来染过，但日久掉色，发根的一寸处已经呈现出灰黄的颜色了。这婆子对我视若无睹，但每当弗瑞斯特讲那些我听不懂——可能就是讽刺我——的狗屁笑话时，她就会像母驴一样狂笑，形状可怖，使人尴尬。弗瑞斯特坐在我对面的一张坏掉的摇椅上，他的脸很肥，身体却很瘦，才二十五，头就几乎秃了。两年前他就开始脱发，让我怀疑他得了艾滋病。不过这也只是怀疑，俗话说，好人不长命，弗瑞斯特可算不上好人。通常，我都会出言不逊，可现在，我宁愿聊一聊我奶奶的直肠手术。麦克大哥现在对我来说可是至关重要的人物呢。

而麦克旁边的椅子上，坐着一个面相邪恶的家伙。这家伙直盯住那胖婆子，估计是觊觎着她嘴里那根卷得很不专业的大麻烟。胖婆子装模作样地狠嘬一口，然后把烟递给他。我一向很烦这种人——獐头鼠目，死虫子一样的眼睛深深嵌在脸上。当然，这样的人也不全是坏蛋，只不过这家伙的打扮实在很荒诞，一眼就让人觉得他是个怪物。显然，他经常光顾温莎集团酒店，比如该集团在索顿、伯斯、彼得赫这些地方的分号。[1]他穿着深蓝的裤子、黑皮鞋，芥末黄的马球衫在领口和袖口还有蓝色的细滚边，椅背上还挂着一件绿色羽绒外衣（现在天气明明热得要命啊）。

没有人做自我介绍，不过这就是秃头弗瑞斯特的风格。他是这儿的老大，而且他很清楚这一点。这厮开始废话连篇，就像一个赖着不愿睡觉的小孩。而那位不知姓名的时尚先生，就叫他"约翰

---

[1] 这是一个反讽的说法，索顿、伯斯、彼得赫等地都有监狱，而温莎家族则是英国王室。意指此人常常坐牢。

尼·索顿"好了，这厮什么也没说，却总是神秘地对我微笑，有时还翻个白眼，故作很爽的姿态。如果你想看怪胎，那么敬请参观索顿先生。至于那个胖婊子，她简直是又丑又土，而我却只能偶尔对她报以谄媚的笑容，尽力保持礼貌。

听完一通废话，我的疼痛和恶心已经难以承受了。我不得不插嘴，打断他们。

"很抱歉打断几位聊天，可我想说点正事儿。你这儿有药吗？"

但就算弗瑞斯特要耍我，也没必要作出如此歇斯底里的反应吧。

"你丫给我闭嘴，孙子！我让你说话了吗？管好自己的屁眼儿行吗？你要是不喜欢我的朋友，那可以滚蛋——一切都免谈。"

"消消气儿……"我只好摇尾乞怜。现在这人对我来说就是上帝。我愿意跪在碎玻璃上，爬上一千英里，去把他的大便当牙膏用。在这场"麦克·弗瑞斯特扮演硬汉"的游戏里，我只是小角色而已。所有认识他的人都知道，这游戏有多么荒唐。而且一目了然，他这么做只是想在他的朋友"约翰尼·索顿"面前拔拔份儿罢了。可是无论如何，现在麦克·弗瑞斯特就是老大，在我给他打电话的时候，就知道自己在劫难逃了。

对于比这还要粗暴的、仿佛是永无休止的侮辱，我都可以承受。我根本不在乎。我什么都不爱（除了毒品），什么也不恨（除了不让我拿药的人），也什么都不怕（除了断药的时刻）。我也知道，如果弗瑞斯特这狗屁不打算给我药，也不会对我喷这些粪。

想一想弗瑞斯特恨我的原因，还是很有成就感的。这厮曾经迷上过一个妞儿，人家却很烦他。后来这女的被我搞过，搞过之后，我们双方都觉得不是什么大事儿，弗瑞斯特却醋意大发。很多人都有类似的经历吧：偷着不如偷不着的，送上门来的反倒不懂得珍惜。这就是生活，在男女关系上也没什么不同的。我以前也有过类似"偷不着"的情况,不过却并不太计较得失。每个人都会遇到这些鸟事儿的嘛。可眼下的问题是,弗瑞斯特这个心胸狭窄、斤斤计较的二货,竟然为了陈芝麻烂谷子的事儿恨上我了。尽管如此,我仍然得爱他,他有药嘛。

麦克逐渐厌倦了侮辱我的游戏。作为一个虐待狂,他看到洋娃娃都得拿针去扎一下。我倒也愿意配合他,只不过眼下我已经昏天黑地了。终于,他问:"带钱了吗?"

我掏出皱巴巴的钞票,卑躬屈膝地放到咖啡桌上弄平。我完全把弗瑞斯特当作大佬来顶礼膜拜。这时我忽然发现,在肥婆子腿上的石膏上,有一个又粗又黑的箭头,直指她的两腿之间,箭头旁边还写着几个大字:老二入口。我又开始恶心了,我得赶紧拿到药,然后离开这里。让我吃惊的是,麦克把钱拿走,却从兜里拿出来两颗白色的小药丸。我从来没见过这种操蛋玩意儿,那两颗药丸形同炸弹,还包了一层蜡。一股没来由的怒火涌了上来,不,这还不是无名火,而是有凭有据的愤怒。只有在想吸毒而不得的时候,我才会有如此强烈的情绪。

"这他妈的是什么狗屎东西?"

"鸦片。鸦片栓剂啊。"麦克的语气一改之前的嚣张,变得小心翼翼的,几乎对我赔不是了。我的愤怒已经彻底粉碎了我们之间施虐与受虐的关系。

"你他妈给我这个干吗?"我想也没想就骂,但后来还是挤出了一个微笑。这算是给了麦克一个台阶。

"能听我解释吗?"他冷笑一声,又夺回了刚刚被剥夺的"施虐权"。此时,"约翰尼·索顿"不禁怪叫起来,肥婆子也在傻笑。弗瑞斯特继续说:"你并不需要猛药是吧?你需要那种缓慢见效,慢慢消除痛苦的药,好用它来解除毒瘾。那么这玩意儿对于你来说太合适了,简直是为你量身定做的。它会在你身体里慢慢溶化,慢慢起作用,然后再慢慢消失。医院用的都他妈是这玩意儿。"

"你会用这玩意儿?"

"这可是我的经验之谈!"他笑着,但不是对我,而是对着"约翰尼·索顿"。肥婆子甩着头,把油腻腻的头发抛在脑后,露出满嘴黄牙。

我只好接受了建议,遵从了他的"经验之谈"。而后我暂时告退,躲到厕所里去享受这两颗灵丹妙药。我匆忙把它们塞进了屁眼。这还是我第一次抠自己的那地方呢,感觉当然是既慌张又恶心。我还在浴室的镜子里看到了自己:红发蓬乱,满头大汗,脸色苍白还长着粉刺。我有两颗很漂亮的粉刺,几乎可以称为瘤子了,一颗在脸颊,一颗在下巴。我的这副丑陋模样,几乎可以和那肥婆子凑成绝配了:我们乘着贡多拉[1]徜徉在威尼斯的水面,那景象可真是滑稽而又变态啊。我下了楼,虽然仍不舒服,但却已爽多了。

"耐心等待,一会儿你就爽了。"我像鹅一样挪回起居室时,弗瑞斯特粗声粗气地说。

"是啊,是啊。灵丹妙药已经塞进了我的屁眼。"见到我的窘态,"约翰尼·索顿"也第一次微笑了。我几乎可以看见他那张臭嘴里的血。而肥婆则古怪地看着我,仿佛我把她刚刚生出来的孩子掐死了。她那张苦脸让我既想大笑又想撒尿。麦克呢,一副莫名其妙的受伤神情,那副不可一世的鸟样子倒是不见了。自从我给他钱买到药的那一刻,他就已经没资格对我颐指气使啦。对于我来说,他现在连购物中心里的一泡狗屎还不如。得了,大功告成,我可以闪人了。

"回见,各位。"我对"索顿"和肥婆点头告别。"索顿"微笑

---

[1] 贡多拉,独具特色的威尼斯尖舟。

着对我眨眨眼，仿佛要用笑容照亮整栋房子。就连肥婆也强挤出一丝微笑。他们的笑容更证明了我与麦克之间的关系已经发生了质变。作为进一步的印证，麦克甚至恭送我出门："有空来玩儿啊。不好意思，刚才态度不太好。你知道，唐纳利那傻帽儿快把我搞疯了，那人就是天字一号神经病……这事儿以后再跟你细聊。咱们还是哥们儿吧，马克？"

"回头见，弗瑞斯特。"我说。希望我的口气有足够的恐吓效果，就算弗瑞斯特这厮没被我吓倒，也能让他浑身不自在。但出于理智，我并不想和这个毒贩就此闹掰，没准儿将来还用得上他呢。然而说实在的，我不应该有这种想法，因为这意味着我以后还会吸毒，我的戒毒计划也会彻底流产。

下楼以后，我已经忘掉了大部分的痛苦。我觉得药效上来了，身上的疼痛也缓解了。尽管我知道，这可能是自欺欺人，但我还是这样自我安慰。

可是这时，我有了一种既真切又强烈的感觉：下腹危机四伏，什么东西在里面溶化。我已经便秘五六天了，可现在，一肚子臭屎却要奔涌而出。我放了个屁，却把一小团屎都崩到裤子上啦。我玩儿命夹紧屁股。当务之急，就是赶紧解决排泄问题。我也可以回到弗瑞斯特的公寓，借用一下他的厕所，但在此时此刻，我实在不想和那厮有什么纠葛了。我想起购物中心后面的博彩投注站还有一个厕所。

我走进烟雾弥漫的投注站，直奔厕所。那是一幅什么操蛋景象啊：两个人站在门口，直接冲里面撒尿，而地板上早已水漫金山，臭气熏天，满得就像游泳池外的洗脚池。两个痞子把他们的那玩意儿甩干净，放回裤裆里，就像收起一条烂手绢。一个人迟疑地看了我一眼，随后拦住了我：

"马桶堵了哥们儿,你不能进去拉屎。"他还指了指一个没盖儿的马桶,那里面满是棕黄色的屎汤子,还漂着卫生纸和几坨固态大便。

我坚定不移地盯着他:"我他妈憋不住了,哥们儿。"

"你不想在这么脏的地方拉屎吧?"

的确,我他妈就是要在这儿拉。眼前这哥们儿还觉得自己像查尔斯·布朗森[1]呢吧,可他扮演的查尔斯·布朗森却如同迈克尔·J.福克斯[2]。他其实还有点儿像猫王[3]——如今已经嗝屁的猫王——肥胖、腐烂、臭不可闻。

"你他妈滚蛋,我想在哪儿拉就在哪儿拉!"我这么一喊,那厮却对我道歉了。真没想到,还有人会在乎我的愤怒。

"消消气儿,只不过附近总有一票小混混跑到这儿来吸毒,这让我们很不爽。"

"那帮混混太讨厌了。"他的朋友也插嘴道。

"我喝了好多天的啤酒,真快憋不住了,哥们儿。马桶是脏了点儿,不过聊胜于无,对吧?要是不拉在马桶里,我就得拉在裤裆里啦。反正我喝高了,我可不在乎这儿脏不脏。"

眼前这厮终于被我说服,让出条道。我走了进去,感到地板上蔓延的尿液已经渗入皮肤,被我的毛细血管吸收。我想起了那个荒唐的说法:绝不把屎拉在内裤上。可现在,我已经拉在裤子上啦。

---

1 查尔斯·布朗森(Charles Bronson),美国动作演员,代表作品为"猛龙怪客"系列。
2 迈克尔·J.福克斯(Michael J. Fox),演员,出生于加拿大,后到美国发展,主演过《回到未来》系列电影。
3 猫王,即埃尔维斯·普莱斯利(Elvis Aron Presley),20世纪中期世界摇滚音乐发展史上最重要的人物之一。

运气实在太好了：公共厕所的门锁一般都是坏的，而这个厕所的门锁竟然完好无损地挂在那里。

我迅速宽衣解带，一屁股坐在又冷又湿的马桶上，清空了肚子里的存货，并且觉得把身体里的所有东西都拉出去了：心肝肺肚大肠小肠，就连即将报废的大脑都掉进了马桶。在我大便的时候，苍蝇在我脸上飞舞，搞得我浑身痒痒。令我觉得惊奇又有趣的是，我一伸手，居然抓到了一只。我紧握拳头，捏死了它。摊开手掌之后，我看到了一只巨大多毛、恶心无比的绿豆蝇。

我把苍蝇尸体抹在墙上，然后用食指蘸着它的汁液，在墙上写起字来：先是一个H，然后是I，然后是B，最后是S。当我写到S的时候，颜料用尽了。不过没关系，我从多汁的H上借用了一些，继续完成了这幅涂鸦作品。[1] 一只惹人讨厌的绿豆蝇，居然为艺术作出了贡献。我不禁深入思考起这件事所象征的积极意义来。然而正当我纵情遐想之际，一股恐惧贯穿了我的身体。我坐在那儿僵住了，但也仅仅僵了一下子。

我从马桶上滑下来，膝盖着地，搞得尿液飞溅。牛仔裤飞快地浸透了，但我却无暇去顾及。我把袖子卷起来，看了一眼手臂上满是疙瘩、偶尔会流血的疤痕，仅仅迟疑了一秒钟，就将手掌连同胳膊都伸进了马桶里。我奋力地寻找着，立刻找到了一颗药丸。这颗药丸略微溶化了一点，但还保持着基本形状。我用手把粘在上面的大便抹掉，将药丸放在水槽上，继续去摸索第二颗。我憋着气，在这一带的臭老爷们儿的排泄物里辛勤耕耘。谢天谢地，第二颗也完璧归赵了。它的形状保持得比第一颗还要完好。而对于一个瘾君子来说，比大便更让人讨厌的就是水了。[2] 现在，我的手上沾满了棕黄

1　HIBS，希伯队，一支他们支持的足球队名。
2　吸食海洛因的人很讨厌接触水。

色的粪水，如同穿T恤晒太阳后形成的古铜色健康皮肤。黄色的粪水一路覆盖到我的胳膊肘，我他妈真要疯了。

尽管讨厌水，但我想，还是应该用冷水洗洗手。这恐怕是我这辈子第一次认真彻底地洗手，好在还能忍受。我用内裤上还算干净的部分擦了屁股，然后把内裤扔进了马桶。反正马桶里面已经堵满了大便，多它也不多。

当我正在穿臭气熏天的李维斯牌牛仔裤时，突然听到有人敲门。湿冷的感觉再次侵袭我的双腿，这简直比粪臭还要让人难以忍受，我又开始头晕脑涨了。

"快点开门，你丫在里面干吗呢？"

"再憋会儿吧你！"

我原打算将那两粒药丸囫囵吞下去，但转念一想，赶紧打住：这可是塞在屁眼里的东西啊，而且还包着腊。既然我肚子里的东西已经拉干净了，那这些药丸也可以重返工作岗位了。走你，药丸回去了。

我在众人古怪的注视下离开了投注站，好在排队等撒尿的家伙们倒没唠叨什么。我注意到那个"猫王或布朗森般的男人"正对着电视手舞足蹈。

走到公共汽车站，我才感到天气特别热，让人大汗淋漓。我想起，今天是爱丁堡国际艺术节的第一天。好嘛，那帮家伙真是挑了个好日子。我靠在车站旁的墙边，让太阳晒干牛仔裤。一辆32路公共汽车驶来，但我却打不起精神，动也没动。直到第二辆来了，我才跳上车，坐回雷斯。是时候给自己做个大清洁了。在上楼梯的时候，我这样想。

嗨了,高了[1]

我真心希望我的屁精哥们儿——瑞顿——别他妈对着我的耳朵喋喋不休啦。我前面一个妞儿的内裤线条都绷出来了,我的全部注意力都被她吸引了过去,并且只想着那件事儿。没错,这对我很有好处!我确实是他妈有点儿高了。我的荷尔蒙横冲直撞,犹如弹珠台上的小钢球,令人神魂颠倒的色彩与声响充满了我的脑袋。

在这个适合泡妞儿的美丽午后,瑞顿提出了什么建议呢?这孙子居然想回他的狗窝看电视。那地方满是酒精和精液的臭味儿,还堆了好几袋两个礼拜前就该清理的垃圾。试想那副傻德行:拉上窗帘挡住阳光,屏蔽住你的操蛋脑电波,然后夹着根儿大麻对着屏幕傻笑。别别别,瑞顿先生,我西蒙才不会像雷斯这地方的土包子瘾君子一样,见天儿憋在家里呢。"因为我生来就是为了爱你,你也生来就是爱我的——"[2]

一个肥妞儿晃悠到那绷出内裤线条的美女附近,挡住了我一直注视的丰臀,反而把她自己的大肥屁股亮给了我。这肥妞儿居然臭不要脸地穿着紧身裤,简直彻底败坏了我西蒙的胃口!

"条儿真顺啊!"我讽刺地说。

---

1 本节以变态男的视角叙述。本书的叙述角度和威廉·福克纳的《我弥留之际》有些相似之处,在多人视角中切换。以下章节有的以瑞顿或第三人称的视角叙述,有的以其他人物的视角叙述。用其他人物视角的均专门注明,以便于阅读。
2 KISS乐队的歌。KISS乐队是美国的一支著名摇滚乐队,以怪异的脸谱、华丽的装束为标志。

"你这丫性别歧视的贱货。"瑞顿说。

我才懒得理这个混蛋呢。你的伙伴只会浪费你的时间。他们会把你的社交、做爱、文化水平降到跟他们一样低。我得赶紧把这混蛋打发掉,省得丫老跟这儿充大个儿的。

"事实上你把性别歧视和贱货[1]这两词儿放在一块儿,已经说明你对这个问题理解得一团糟了——就像你对所有事情的看法一样。"

这话把他噎回去了。他只能怨天尤人地回敬了几句,力图挽回劣势。瑞顿零分,西蒙得一分,大家心知肚明。瑞顿瑞顿臭大粪——

桥梁地区的街上充斥着姑娘。哦啦啦,我们跳舞吧,哦啦啦,西蒙跳舞吧……[2]这儿有各个国家、种族、肤色的姑娘。哦耶,贱货!是有所行动的时候了。有两个亚洲风格的妞儿拿着地图来问路。西蒙认为,这两妞儿真不错。至于瑞顿,滚蛋吧,这厮已经彻底没前途了。

"需要我帮忙吗?你们要去哪儿?"这就是传统的苏格兰式的好客,让你没法儿拒绝。我就像肖恩·康纳利[3],特工007,我的新任务就是伺候大姑娘。

"我们在找皇家大道。"一嘴英国殖民时期的口音回答我。想一想那些绷在内衣里的肉吧,听听我西蒙的说法:双手扶脚——撅起来……

自然了,尽管瑞顿被婆子们团团包围,却仍然像个阳痿。有时

---

[1] 原文为"cunt",本身就是一个性别歧视的字眼。
[2] 此处影射"听我西蒙说"(Simon Says)的游戏,它是英国一种传统的儿童游戏,一般由三个或更多人参加,其中一个人当Simon,其他人根据Simon的命令做动作。
[3] 肖恩·康纳利(Sean Connery),好莱坞巨星,曾扮演第一版特工007。

我真的认为,这厮仍然相信勃起仅仅是为了把尿滋高点儿而已。

"跟我们走吧,你们是要去看表演吗?"艺术节也只剩吸引妞儿们逛大街这点儿好处了。

"是啊。"一个亚洲瓷娃娃递给我一张宣传单,是诺丁汉大学戏剧社表演的《高加索灰阑记》[1]。毫无疑问,那些家伙都是一些装腔作势捏着嗓子说话、口口声声献身艺术的自恋狂,而在他们毕业以后,就会到发电厂去工作,让当地的小孩儿得白血病;再不就是去当投资顾问,把更多的人推向贫困和绝望。知识越多越反动,同意吗,肖恩·康纳利,我一起送牛奶的老伙计?[2]我猜康纳利一定会对我如此赞道:没错,西蒙,你算是抓住要害了。肖恩·康纳利和我有许多共同之处,我们都出生在爱丁堡,我们都送过牛奶。但我只在雷斯地区送牛奶,而听那些老王八蛋说,肖恩·康纳利曾经满城送牛奶呢。我想当时雇用童工的法律还比较宽松吧。自然,我和肖恩·康纳利还有一个不同之处,就是长相——我可比他帅多了。

而瑞顿现在却侃起了戏剧,《伽利略》《勇气妈妈》《巴尔》云云。真他妈狗屎。那两个妞儿倒是听得很投入。这差点儿让我昏倒,没想到这傻帽儿还有点儿用。这世界真他妈太奇怪了。是啊,西蒙,见识越多,信仰越少。我觉得肖恩·康纳利一定会这么对我说。肖恩才是我的同路人。

两个东方女孩去看表演了,而在那以后,她们同意和我们一起到丁肯酒吧喝一杯。瑞顿却没办法去,真他妈太好了。他要去找那个可爱的莫嘉东小姐。而我只好一口气搞定两个妞儿啦——如果我决定大显身手的话。我可真是个大忙人,不过男人就得有责任心,

---

[1] 布莱希特的著名话剧。
[2] 肖恩·康纳利出生于苏格兰,少年时曾经送过牛奶。在变态男的意识中,他总是在和他的偶像肖恩·康纳利对话。

对吧，肖恩？就是这个道理，西蒙。

我把瑞顿轰走以后，他就可以去用毒品自杀了。我有几个操蛋朋友：屎霸、二等奖金、"卑鄙"、麦迪、汤米。这几个痞子都可以开个有限公司了，有限得不能再有限的公司。老跟这种失败者、悲观的家伙、酒鬼、流氓和瘾君子混在一起，我都快受不了了。我他妈的可是个斗志昂扬的有为青年——生命不息，抽插不止！

……那些社会党人，继续搞你们的同志、阶级、工会和社团去吧。全他妈狗屎。保守党，尽情地搞你们的雇主、国家、家庭去吧。更他妈狗屎。这他妈就是我，西蒙·大卫·威廉森，足以对抗整个世界的英雄人物。易如反掌，把他们统统打翻。我就是推崇你这套狂野的个人主义，西蒙，我年轻的时候就这样。很高兴听到你这么说，肖恩。别人也经常这么赞扬我。

噢……那儿过来了一个满脸雀斑的傻帽儿，带着条哈茨队[1]的围巾。对，傻帽儿今天都在这儿。瞧丫那德性，真他妈逆潮流而动。我宁可有个妹妹去做鸡，也不愿意有个弟弟戴着哈茨队的围巾。那边儿又来了一妞儿，还背着个可爱的小书包，皮肤真嫩……噢噢噢……要是能跟她共享鱼水之欢……那可爽得不得了。

……现在去哪儿呢？去有桑拿和日光浴的健身俱乐部流点儿汗吗？把肌肉晒得黑黝黝的……吸毒的事儿只是一些不愉快的记忆。亚洲风格的妞儿、玛丽安妮、安德里娅、阿丽……哪个幸运的妞儿今天和我共枕眠？她们谁的床上功夫最好？我甚至可以去俱乐部拍个婆子，那地方可真有趣：三票人——女人、男人、同性恋。同性恋最喜欢拥有巨大三头肌和啤酒肚的保镖般的男人，这样的男人喜欢女人，女人却喜欢瘦高条儿的同性恋小白脸。没有人能得到他想

---

[1] 也是一支足球队名，是瑞顿、变态男等人讨厌的球队。哈茨队与希伯队的球迷经常发生冲突。

要的——除了咱哥们儿,对吧,肖恩?那还用说,西蒙。

希望别碰到上次想勾引我的那个同性恋。他在餐馆告诉我,他得了艾滋,可他还过得挺好,并没有被判死刑。什么人会把这种事儿告诉陌生人呀?这人一定是扯淡。

操蛋同性恋……这倒提醒了我,得买几个避孕套……不过在爱丁堡,跟女人搞根本不用担心艾滋。据说古格斯就是这么得上艾滋的,不过我可不信这种说法。我猜他一定是通过静脉吸毒或者搞同性恋得上的。如果你只是和瑞顿、屎霸、强尼以及席克这些家伙一起吸毒,那就不会有问题。为什么冒险呢……不过……为什么不试试呢……

……起码我现在还活蹦乱跳的,只要有机会找个妞儿搞一把,顺手再把她的钱偷走,那就可以啦。我才懒得管别人的操蛋生活呢。只有自己的生活才可以填满那个黑洞,就像攥紧的拳头支撑着胸口。

在公众的注视下长大

尽管知道妈妈看自己不顺眼,但妮娜却实在不知道自己哪儿做错了。妈妈的态度让妮娜百思不得其解。一会儿,她让妮娜让开路,一会儿又说别傻站着。一群亲戚在爱丽丝舅妈的周围成了一道人墙,妮娜站在那里,根本看不见舅妈。但从房间里七嘴八舌的议论中,妮娜知道爱丽丝舅妈就在那里。

妈妈看见了妮娜,便盯着她,神情如同九头怪蛇的一个妖怪头。另一边,人们仍在议论着"哎呀哎呀""他生前可是个好人"之类的,而妈妈则用嘴唇向她示意:"茶。"

她试图不理会，但母亲一直在房间的另一头嘶嘶怪叫地催促，进而直接指使："多弄点儿茶来。"

妮娜把正在看的《新音乐快报》扔到地上，从摇椅中站起来，到大餐桌上拿了一个托盘。那盘子上有一只茶壶和几乎空空如也的牛奶罐。

在厨房里，她对着镜子检查了一下自己的脸，嘴唇上方长了个小痘。虽然前天晚上刚洗完头，但剪了个斜刘海儿的黑发还是显得油腻腻的。她摸摸自己的胃部，觉得那里面装满了液体。"大姨妈"快来了，真讨厌。

在这个古怪的哀悼会上，妮娜觉得自己像个局外人。整个过程看起来一点儿也不酷。她对于安迪舅舅的去世所表现出来的漠不关心，确有几分假装的成分。在她还是个小姑娘的时候，安迪舅舅是她最喜欢的亲戚，他会逗她笑。人人这么告诉她，而她也记起来了：舅舅爱和她讲笑话、挠痒痒、做游戏，任她大吃冰淇淋和甜点。但在过去的她和现在的她之间，妮娜却找不到某种情感上的联系，因此对安迪舅舅，她也动不了太多的感情。亲戚们回顾她的婴儿和童年时代，只会让她尴尬地扭来扭去。她似乎正在尽力拒绝接受自己的过去。更差劲的是，那些日子一点儿也不酷。

好在，在众人的提醒下，她还是穿了一身表现悲痛的衣衫。她觉得她的亲戚们太无聊了。在严峻的生活中，他们变得越来越庸俗；而一股阴沉凄惨的力量又把他们聚集在这里。

"现在的小姑娘，除了黑色以外什么也不穿。在我们当年，小姑娘就打扮得靓丽多了，哪像现在，一个个好像吸血鬼。"又肥又傻的波波舅舅说。大家听了开怀大笑。每个人都笑得愚蠢而琐碎。与其说那是成年人听到笑话后的会心大笑，倒不如说像被揍怕了的小孩儿跟在学校里的小霸王身边时露出的谄笑。与其说笑是因为幽默，倒不如说安迪舅舅的死让他们迫切地想找些无聊的话题来排遣一下。在死亡面前，这些家伙的心态不谋而合。

茶壶里的水开了，妮娜另烧了一壶后端了出去。

"不用担心，爱丽丝，不用担心。妮娜送茶来了。"艾薇儿阿姨说道。妮娜想，这种袋装红茶也许真有什么灵验的功效——他们希望它能够消除二十四年夫妻一朝分离的痛苦。

"心脏病是最可怕的了。"肯尼舅舅说，"好在他没受什么罪，总比癌症晚期强点儿。我的爸爸也是心脏病去世的，这莫非是我们费兹帕特里克家族的诅咒吗？我说的就是你爷爷。"他笑着面向妮娜的表哥马尔科姆。虽然马尔科姆是肯尼舅舅的外甥，但却只比他小四岁，而且看上去比舅舅更老。

马尔科姆冒昧地说："有朝一日，心脏病啊癌症啊这些问题都会被人们忘掉的。"

"是呀，医学在发展嘛。艾尔莎怎么样了？"肯尼舅舅的声音低下来说。

"她得再做个手术，输卵管方面的。显然，他们做得……"

妮娜转身离开了房间。看来，马尔科姆想谈的只是如何治疗他老婆的不孕不育症。那些细节会让她的指尖发麻。为什么有人会认为你爱听这样的事儿呢？哪种女人情愿受尽折磨，只是为了生出一个尖叫不止的小崽子？哪种男人又会鼓励她去生生生呢？而当妮娜来到大厅，门铃响了。是凯西舅妈和大卫舅舅。[1]他们从雷斯远道而来，赶到波尼瑞格。

凯西舅妈抱了抱妮娜："哦，宝贝儿，爱丽丝舅妈在哪儿？"妮娜很喜欢凯西舅妈，她是所有女性长辈中最外向的，而且不会把妮娜当小孩儿看。

---

1 他们是瑞顿的父母。

凯西舅妈又上前拥抱了爱丽丝舅妈，然后是艾琳——妮娜的妈妈，接着依次是肯尼舅舅、波波舅舅。妮娜觉得这个顺序很有意味。而大卫舅舅则对每个人严肃地点点头。

"老天，大卫，你开着那台老面包车来这儿，并没有浪费时间啊。"

"是啊，我们抄了近路，先绕到波图贝拉，然后在波尼瑞格前面下了高速。"大卫舅舅耐心地解释说。

门铃又响了，这回是西姆大夫，家庭医生。西姆的神情聪明而又实际，但仍挂着一点哀伤。他力图表现出一丝同情，但又要维持自己的专业形象，以便给家庭成员以信心。西姆大夫认为他表现得不错。

妮娜也有同感，那群几乎窒息的女人围着西姆七嘴八舌，如同一群乐迷包围了一位摇滚巨星。一会儿工夫，波波、肯尼、凯西、大卫和艾琳都跟着西姆大夫上楼去了。

就在他们离开房间的时候，妮娜发现自己的例假来了。于是她也跟着他们上了楼。

"别挡着道儿！"艾琳回视女儿，嘶嘶说。

"我要去洗手间。"妮娜气哼哼地回敬。

在卫生间，她脱掉了衣服。她先是摘掉手套，检查了一下月经的破坏作用有多大。她发现经血已经弄脏了内裤，但还没有流到黑色窄腿裤上。

几滴黑红色的经血滴到了浴室地毯上。她扯了几张卫生纸给自己垫上，以免血继续流淌出来。然后，她开始检查浴室柜子，却找不到卫生棉条或卫生巾。难道爱丽丝已经老到闭经了吗？大概如此。

用卫生纸沾了水，她试图把地毯擦干净。

然后妮娜小心翼翼地走进淋浴间。冲洗了一下后，她用卷纸做了个护垫，又迅速穿上衣服，把在洗脸盆里洗好的内裤拧干，塞进上衣口袋。顺手，她把嘴唇上的青春痘也挤了，感觉好多了。

妮娜听到那群女人离开房间，就要下楼了。这地方真他妈操蛋，她想要离开。她需要等待的只是找个机会管妈妈要点儿钱。本来，她的计划是和索娜、特蕾西一起到爱丁堡的卡通剧院听音乐会的。现在好了，来例假了，到哪儿去都没意思了。索娜曾经说过，男孩都知道女生什么时候来例假，他们可以闻出来。索娜对男孩可谓经验丰富，她比妮娜还小两岁，可已经有两次性经验了，一次是和格莱米·兰帕斯，另一次是和在埃维莫尔遇到的法国男孩。

妮娜还没有和任何男孩做过。几乎所有女伴都说，做那件事儿糟糕透了。男孩又笨脾气又差，要不就是太木讷，要不就是太冲动。可是妮娜却很乐于对男孩施展魅力：那些家伙会呆若木鸡，流着哈喇子看着她。而如果要做爱，她希望找一个知道自己在做什么的男人。最好岁数大点儿，但也绝不是肯尼舅舅那个德行。肯尼看着妮娜的时候，就像一条狗：眼睛布满血丝，舌头在嘴唇上舔来舔去。妮娜有个奇怪的感觉，她觉得肯尼舅舅年轻的时候，一定就和索娜交往过的那些笨小子一样。

既然"大姨妈"来了，只好作另一个选择——在家里看电视了。这也意味着她要和妈妈、蠢货弟弟一起看《布鲁斯·弗辛斯的家庭游戏》。每当节目末尾，主持人阴阳怪气地说着传送带上的奖品内容时，她的全家都会兴奋无比。妈妈不让妮娜在客厅抽烟，却允许她自己那个蠢货男朋友道奇这么做。这倒无所谓，得心脏病或者癌症总比到酒吧被男孩取笑强，可是想抽烟就得上楼这事儿太麻烦了。她的房间非常冷，等到打开暖气让屋子暖和起来，一包二十支的万宝路已经抽完了。今晚，她还是想到表演现场碰碰运气。

离开浴室，妮娜又去看了看安迪舅舅。尸体躺在床上，盖着床单。可能有人把他的嘴巴合上了吧，她想。安迪舅舅看起来就像醉酒而死、在斗殴中被打死或者冻死的，而且死前还很有兴致和人讨论足球与政治。尸体又干又瘦，但安迪舅舅本来就是这样。妮娜还记得，安迪舅舅曾在她的肋骨上挠痒痒，他的手指也是瘦骨嶙峋的。或许安迪舅舅一直就是这副死德行。

妮娜决定打开爱丽丝舅妈的抽屉，看看有没有内裤可以借用。安迪舅舅的袜子和内裤就摆在抽屉上方。爱丽丝舅妈的内衣在下面一层。她的内衣竟然如此花样繁多，这倒让妮娜刮目相看了。只不过睡衣尺寸过大，几乎盖住妮娜的膝盖了。至于那些紧身的蕾丝内裤，妮娜根本无法想象爱丽丝舅妈身着性感服饰的样子。有一条裤子的布料和妮娜的黑色蕾丝手套一样，她摘下手套，感觉了一下质地。虽然很喜欢，但她还是另挑了一件粉红的花内裤，跑到浴室穿上。

下楼的时候，她发现酒精已经取代了茶叶，充当起了社交催化剂。西姆医生端着一杯威士忌，站着和肯尼舅舅、波波舅舅、马尔科姆他们聊天。她很好奇，马尔科姆是否会问起输卵管的话题。这些家伙喝起酒来却显得很沉闷，好像喝酒是项需要严肃对待的责任。虽然气氛仍然悲伤，但大家显然放松了一点。这已经是安迪舅舅第三次心脏病发作了，而现在，他终于咽屁了。大家可以回去继续生活，再也不必担心被爱丽丝舅妈的求救电话吓得从床上跳起来了。

另外一位表兄基奥夫，麦奇的弟弟，也赶到了。他带着一种类似恨意的情绪看着妮娜。这感觉令人紧张不安。这人也是一个混子，所有妮娜的表兄弟都是这类人——最起码她认识的都是。凯西舅妈和大卫舅舅有两个儿子：比利，刚从部队回来；马克，大概是个瘾君子。这两人都没来这里，没准他们都不认识安迪舅舅和波尼瑞格这一票亲戚。也许他们会在葬礼上出现，也许不会。凯西和大卫曾经有过第三个儿子,名字也是"大卫",却在大约一年前死去了。小大卫的精神和身体都有很严重的问题,几乎在医院里度过了一生。妮娜曾见过他一次,当时他坐在轮椅上,嘴巴大张,目光空虚。她很好奇凯西和大卫对孩子的死作何感受。他们可能是悲伤的,但也可能感到解脱。

基奥夫居然来跟她说话了。她曾把他介绍给索娜,而索娜说他看起来像"三点水"[1]乐队的主唱马蒂。妮娜很讨厌马蒂也很讨厌"三点水",只不过基奥夫长得可一点也不像那家伙。

"好吗,妮娜?"

"还好。很遗憾安迪舅舅去世了。"

"是啊,能说什么呢?"基奥夫耸耸肩。他已经二十一岁了,而妮娜认为二十一岁已经是老男人了。

"那你什么时候毕业?"他问她。

"明年。我现在就想不上了,不过我妈非让我接着念书。"

"还在上课?"

"是啊。"

"上哪些课?"

"英语、数学、计算、艺术、会计、物理、当代研究。"

"你都能及格吧?"

"是啊。除了数学都不难。"

"毕业之后打算干吗?"

"上班,或者做点别的计划。"

"不想上大学了?"

"不。"

---

[1] 三点水乐队(Wet Wet Wet): 一支来自苏格兰的乐队,早年以唱灵歌为主,之后改变曲风,以翻唱怀旧情歌闻名。

"你应该上大学啊。"

"为什么？"

基奥夫思考了一下。他最近刚拿到英国文学学位，却靠领救济过日子。他的大学同学也都差不多。"上大学有很多社交活动啊。"他说。

妮娜感到基奥夫看着她的眼神并非带着恨意，而是带着欲望。很显然，他来这儿之前刚喝过酒，自控能力大大降低。

"长成大姑娘了你，妮娜。"他说。

"是啊。"妮娜脸上一片绯红。她知道自己在卖弄风情，并引以为耻。

"愿意出去转转么？我是说，你能去酒吧吗？我们可以走走路，喝一杯。"

妮娜衡量了一下。就算听基奥夫说那些学生腔的屁话，也比耗在这儿强。不过去酒吧的话，就会被人看到，波尼瑞格可是个飞短流长的地方。索娜和特雷西也会听说，并且会很好奇这个黝黑的老男人是谁。对于她们来说，这可是八卦的好机会。

这时妮娜想起了她的手套。刚才她马马虎虎地把它们落在安迪舅舅房间的上层抽屉里了。她便对基奥夫告了退："好啊，可我得上趟卫生间。"

那副手套仍在那里。妮娜捡起它们，放进外衣口袋。但她的内裤也在那里面，她只好再把手套掏出来，放到另一个口袋。她看了看安迪舅舅的遗体，发现有点儿不对劲。遗体在流汗，他还看见他在抽搐。我的天哪，妮娜非常确定她看到了他在抽搐。他摸了摸安迪舅舅的手，竟然是热的。

妮娜跑下楼："安迪舅舅！我想……我想……你们应该来看看……他好像还没死……"

亲戚们带着不可思议的表情看着妮娜。肯尼第一个反应过来，他一步三个台阶地冲上楼，大卫和西姆医生紧随其后。爱丽丝紧张地哆嗦着，大张着嘴，但看似并没听懂妮娜在说什么："他是个好人，从来不对我挥巴掌……"她恍惚地嘟囔着。她的心里升起了什么东西，促使她也跟着大家上了楼。

肯尼感到他哥哥的额头在流汗，手也一样。

"他的体温恢复了！安迪没有死！安迪没有死！！"

西姆正要检查，却被爱丽丝推开了。爱丽丝分开人群，趴倒在那温暖的穿着睡衣的身体上。

"安迪，安迪，你听得到我吗？"

安迪的脑袋歪到一边，表情仍然是僵硬的，全无改变。他的身体仍是瘫软的。

妮娜神经质地咯咯笑起来。爱丽丝被亲戚牢牢抓住，好像她是一个危险的精神病。一众男女都在低声安慰着爱丽丝，而西姆则开始检查安迪的身体。

"很抱歉，费兹帕特里克先生去世了，他的心脏真的停跳了。"西姆沉痛地说。他起身把手伸进床单摸了摸，然后又弯腰拔掉了墙上的一个插头。接着，他从棉被下抽出了一根接有开关的白色的电线，举起来给大家看。

"有人忘了关电热毯，死者被烤热了，所以会流汗。"西姆医生宣布。

"天啊，万能的基督呀。"肯尼居然笑出了声来。他随即看见基奥夫愤怒地看着自己，便辩解道："安迪自己也被吓得够呛吧，他可没什么幽默感。"肯尼摊开手掌说。

"你这混蛋……爱丽丝还在这儿呢……"基奥夫怒火中烧，磕磕巴巴地说，随后一转身，拂袖而去。

"基奥夫，基奥夫，等等……"肯尼恳求着说。但大家都听到了楼下摔门的声音。

妮娜觉得自己也差点被这个闹剧吓死。为了压抑冲动不止的笑意，她把肋骨都憋疼了。凯西张开双臂搂着她。

"好了，宝贝，都过去了，别担心。"她说这话的时候，妮娜发现自己已经哭得像个婴儿了。哭泣伴随着猛烈的力量，一种难以名状的自暴自弃的感觉如同退潮般在体内释放。她软软地靠在凯西怀里。甜美的童年回忆浮现了上来。有关安迪和爱丽丝的回忆也涌了上来。她的舅舅与舅妈曾在这栋房子里拥有过幸福与爱。

新年的胜利

"新年快乐！二货！"弗兰克搂着斯蒂夫的脑袋说。斯蒂夫觉得脖子的肌肉都快被撕裂了。在紧张、严肃、浑身不自在的感觉中，他强撑着跟上人群。

他尽量显示出热情。四处都是新年快乐的祝福之声，他迟疑的手被挤压着，他紧绷的背被拍打着，他紧闭的嘴唇还被谁亲了一下。但他脑袋里唯一能想到的，却是电话、伦敦，还有史黛拉。

她没有打过电话来。更糟的是，当他给她打电话的时候，她也不在家。她甚至不在她母亲那儿。当斯蒂夫回到爱丁堡，就给凯斯·米拉德留了空当。米拉德那混蛋，从来不会放过任何机会。现在，那厮肯定和史黛拉在一起，没准昨天晚上就没闲着。米拉德是个淫贼，当然斯蒂夫本人也是。史黛拉自然也是个荡妇喽。他们混在一起，简直就是淫荡大赛。但是在斯蒂夫眼中，史黛拉也是这世上最美的姑娘，因此她就显得没那么淫荡了。事实上，她也确实没到人尽可夫的地步。

"放松一点嘛,二货,这他妈可是新年啊!"弗兰克的语气与其说是鼓舞人,不如说是在发号施令。这是他一贯的风格。不得已,人们被他强迫着兴高采烈。

这种强迫确实也没必要。大家都嗨到了惊人的地步。但对于斯蒂夫来说,强打精神加入这场集体大狂欢确实很难。这时他还发现身边的人都在看着他。这些人是谁?他们要做什么?答案是:他们都是他的朋友,他们要的就是他。

唱片机上的那首歌流进了他的意识,却更加剧了他的悲伤:

> 我爱过一个姑娘
> 一个美丽的姑娘
> 她像山谷的青草一样甘甜
> 青草一样甘甜
> 美丽的小野花
> 玛丽,我的苏格兰的蓝铃花[1]

人们都加入了大合唱。"这首歌真不错!新年好呀!"道西说。

在一派欢歌笑语之中,斯蒂夫却感到越来越悲伤。感伤情绪如同无底洞,而他则在洞中飞快坠落,越发远离美好时光。幸福可望不可即啊。斯蒂夫能看到欢乐,因为欢乐就在周围,但他的心却如监狱一样冷酷。灵魂被囚禁了起来,只允许放风的时候向外偷窥一眼,此外再无自由可言。

斯蒂夫喝了一口罐装啤酒,希望今晚别败了大家的兴致。不过,弗兰克·"卑鄙"可是个主要的麻烦。这是他的公寓,他要求

---

[1] 苏格兰传统民歌,名为《我爱着一个姑娘》(*I Love a Lassie*)。

每个人都载歌载舞，嗨到高潮迭起。

"我给你弄到了晚上的球票，斯蒂夫。你的座位旁边都是强伯球迷俱乐部的二货们。"瑞顿对他说。

"没人在酒吧看球么？我觉得看卫星转播就挺好。"

变态男正在和一个斯蒂夫不认识的娇小玲珑的黑发姑娘搭讪，这时也向他转过身来：

"你丫太没劲了，斯蒂夫，你在伦敦学了不少臭毛病，我跟你说。我他妈最烦在电视上看球了，那他妈就像戴着杜蕾斯安全套搞一把。安全毁了性生活，安全毁了足球赛，安全毁了一切东西。我们应该建立一个安全的新世界。"他激愤地说着，脸都扭曲了。斯蒂夫差点儿都忘了，变态男这家伙就是能够自说自话，亢奋得忘乎所以。

瑞顿表示赞同变态男的意见。斯蒂夫想，这可太反常了。这两人总是互相抬杠的啊。通常，如果一个人说"糖"，另一个人就会说"屎"。瑞顿说："他们应该禁止电视转播，让那些又懒又胖的大傻帽儿把屁股挪到球场去。"

"真是说到我的心坎儿里去了。"斯蒂夫投降地说。

不过，瑞顿和变态男的相互认同可没持续多久。

"你能不能挪挪屁股啊，你怎么坐沙发坐上瘾了？如果你能够忍住十分钟不去吸海洛因，这个赛季你就能比去年多看不少比赛呢。"变态男冷笑着说。

"你他妈还跟我这儿瞎掰……"瑞顿转向斯蒂夫，但仍不忘对着变态男倒竖起拇指，"他们都管这傻帽儿叫'药房'，因为他身上带的药实在太多啦。"

两人唇枪舌剑，你来我往。过去斯蒂夫还很喜欢看他们吵架，但现在，这场面就让他烦躁了。

"记着斯蒂夫，我二月份的时候会联系你啊！"瑞顿说。斯蒂夫沉重地点点头。但他希望瑞顿会忘了这回事儿，到时别来打搅他。瑞顿是个好哥们儿，但他却是个瘾君子。如果去了伦敦，他会跟汤尼和尼基那票人混在一起，重新一个猛子扎到毒品里去。这伙人总是在编造假地址，并用这些地址来冒领救济金。瑞顿看起来从来没上过班，但却总是出手阔绰。同样的还有变态男。变态男更是信奉这句格言：别人的都是自己的，自己的更是自己的。

"看完球，咱们去麦迪家开个派对，他的新家在罗恩大街，不见不散啊！"弗兰克·"卑鄙"对大家喊道。

一个派对接着一个派对。对于斯蒂夫来说，在派对中赶场，就像上班一样。新年派对无休无止，一直到一月四号，频率才会慢慢降低下来。当然，当最后两个派对之间的间隔拉长到一个星期，也就进入正常的周末派对状态了。

更多新人加入战团，小公寓里沸反盈天。斯蒂夫以前从没见过弗兰克这个流氓如此悠然自得。拉布·麦克劳林——江湖人称"二等奖金"的那家伙——在窗帘后喝得烂醉如泥，却也没人搭理他。"二等奖金"已经酗酒长达好几个星期了，而过新年正是他这种人狂饮的借口。卡洛尔，"二等奖金"的女朋友，曾因为他的这个恶习把他甩了。但今天，"二等奖金"仍然醉得连她也来了这事儿都不知道。

斯蒂夫来到厨房，这地方清静点儿，起码他可以听见电话响了。像个做生意的雅皮士，他临出门还留了张纸条，这样他妈妈就知道他可能去的地方的电话号码了。而如果史黛拉打电话找他，妈妈也可以把那些电话转告给她。

斯蒂夫曾经在肯提斯镇一家酒吧的肮脏角落对史黛拉表白过心迹。这酒吧他们其实并不常去。而对于斯蒂夫的表白，史黛拉回应道，她得好好想想——她被吓坏啦，没法立刻回答。她还说，当他回苏格兰后，她会给他打电话的。事情就是如此。

他们离开酒吧，分头前行，斯蒂夫肩上背着一个运动书包，走向地铁站，准备坐地铁去国王十字车站。临行前，他站住，回首望着史黛拉过了桥。

她穿着短夹克、短裙子、厚厚的羊毛紧身衫，还有一双高跟的马丁大夫牌靴子，她的棕色长发随风飘扬。斯蒂夫等着她回头看自己一眼，但她却没有。斯蒂夫非常失落，他买了一瓶铃铛牌威士忌，一路喝到了威佛利车站，并醉到了滋扰生事的地步。

从那时起，他的情绪就一直很沮丧。他坐在塑胶橱柜上，看着厨房的瓷砖地板沉思着。这时，弗兰克的女友琼走了进来，对他笑了一下，然后焦急地找酒喝。琼从来不说话，而且在这种场合，还会显得尤其疲倦。弗兰克倒是把他们两个人的话都说了。

琼离开厨房后，妮可拉又跟了进来，后面跟着屎霸。屎霸正在追她，总是流着哈喇子跟着她，如同一条义犬。

"嘿……斯蒂夫……新年快乐啊……"屎霸慢吞吞地说。

"我们已经见过面了，我们昨晚还在特隆碰到过啊。你记得吗？"

"哦……对对。玩儿得开心啊。"屎霸打开冰箱，目标明确地抓了瓶苹果酒。

"你好吗，斯蒂夫，伦敦的生活如何？"妮可拉问。

天啊，别说这个了。斯蒂夫想。妮可拉很平易近人，我应该把我的烦恼告诉她……算了算了……还是说吧。

于是，斯蒂夫开始向妮可拉倾诉。妮可拉很关切地聆听着，屎霸则在一旁同情地点着头。这情形还真他妈够压抑的。

他觉得自己显得太没出息了，但却停不下嘴。对于妮可拉，甚至屎霸，这恐怕都是一种折磨，不过他就是停不下来。屎霸中途跑了，换了凯莉来听，后来琳达也加入了进来。前面的房间吼起了足球歌曲。

妮可拉给出了切实的建议："给她打电话，或者直接去找她。"

"斯蒂夫你丫过来！""卑鄙"吼道。斯蒂夫束手无策地被拖到了客厅。"你丫在厨房拍婆子呢，简直比变态男这个爵士范儿的二货还差劲。""卑鄙"指指正在和一个女孩交头接耳的变态男。他们曾听到变态男把自己形容成"纯爵士范儿"。

那么大家一起去绿油油的都柏林吧
——操他妈的女皇！
头盔在阳光下闪光
——操他妈的杭斯[1]！
刀刀见血，枪枪中的
回击汤姆森的枪声

斯蒂夫忧愁地坐着。在一片嘈杂声中，如果电话响了，他根本听不见。

"现在闭嘴！"汤米叫道，"这是我最喜欢的歌。"沃尔夫通乐队[2]唱起了《巴纳海滩》，汤米和其他人一起哼了起来。

在那风景如画的巴纳海滩……

当沃尔夫通乐队唱起了另一首歌《詹姆斯·康诺利》的时候，

---

[1] 杭斯球迷俱乐部在格拉斯哥，本书的主人公都是爱丁堡人，所以也与格拉斯哥的球迷为敌。

[2] 沃尔夫通（Wolfe Tones），爱尔兰反叛音乐的重要乐队。

许多人的眼眶湿润了。"多伟大的反抗分子，这些家伙是他妈最伟大的希伯队球迷。"盖夫对瑞顿说道。瑞顿则阴沉地点点头。

有人随着音乐唱起来，另一些人则在乐声中交谈。当《老军旅男孩》响起的时候，所有人都合唱了起来。甚至连忙着泡妞的变态男都加入了进来。

> 哦，爸爸，你为何如此忧伤
> 在这美好的复活节清晨

"唱啊，二货！"汤米肘击着斯蒂夫的胸口。"卑鄙"又开了听啤酒，塞到他手里，并搂住了他的脖子。

> 爱尔兰的男人
> 为他们出生的故乡而自豪

斯蒂夫害怕唱歌。那歌声中有种迷茫的愤怒。似乎当每个人都扯着嗓子大合唱，他们的兄弟之情就会加深。是啊，就像歌里唱的，这正是那种"振臂一呼"的音乐，但这种精神和苏格兰新年没什么关系吧。这是一首战斗歌曲，斯蒂夫却不想与任何人战斗。固然，这也是一首很美的歌。

酒是越喝越兴奋，醉鬼越发沉醉，令人害怕。众人仍然喝个不停，直到音乐响起，直到激情耗尽。

> 当我像你一样年轻
> 我参加了北爱尔兰共和军——地方纵队！[1]

---

1 这里唱的都是一些宣传爱尔兰反抗英国殖民统治的歌曲。

过道上的电话响了。琼接了电话。"卑鄙"却把听筒抢了过来，轰走了她。她像个鬼魂一样回到客厅。

"什么？你找谁？斯蒂夫？等会儿啊。新年快乐啊宝贝儿……""卑鄙"放下听筒，走回客厅，"斯蒂夫，有个妞儿找你，听口音像是伦敦那边的。"

"有一套！"汤米大笑着。斯蒂夫立刻从沙发上蹦了起来。他憋了半个钟头的尿，担心自己两腿发软。好在它们还能奔走如飞。

"斯戴夫？"她总是叫他"斯戴夫"而非"斯蒂夫"，伦敦的那票人都这么叫，"你在哪儿？"

"史黛拉……我在这儿……我昨天给你打过电话的。你在哪儿啊？你在做什么呢？"他几乎要问出"和谁在一起"了，但最终还是忍住了。

"我在琳恩家。"她说。那当然了，琳恩是她的妹妹，似乎住在辛弗或其他灰暗无趣的地方。斯蒂夫感觉轻松了不少。

"新年快乐！"他松了口气，喜悦地说。

电话中断了，接着传来了投币的声音。史黛拉并不在家。那么她现在在哪儿呢？和米拉德在酒吧吗？

"新年快乐，斯戴夫。我在国王十字区。十分钟后我要坐上一列去爱丁堡的火车。你能在十点四十五分到车站接我吗？"

"天呀，你不会在开玩笑吧……十点四十五分我一准到车站。你给了我一个快乐的新年，史黛拉……那天我对你说的话……是真心实意的，真的。"

"我相信，因为我想我爱上你了……我一直在想你。"

斯蒂夫强忍着，但仍感到泪水充满了眼眶。一滴眼泪终于夺眶而出，顺着脸颊滑落。

"斯戴夫,你还好么?"她问。

"我感觉太好了,史黛拉,我爱你。别怀疑,我不是随便说说。"

"……零钱用完了。你可别骗我,这可不是玩玩儿就算……十点四十五分在车站见……我爱你。"

斯蒂夫温柔地握着话筒,仿佛电话是史黛拉的某一部分。他挂了电话去厕所小便。他从未像现在这么自我感觉良好——看着臊了吧唧的尿射进便池,大脑里却充满了美妙的思绪。他彻底被爱情征服了。新的一年,新的开始,他爱每个人,尤其是史黛拉,还有派对上的哥们儿,他们是他的同志,热火朝天的反抗分子,来自底层的阶级弟兄。他甚至也爱哈茨队的球迷,强伯俱乐部。哈茨队的支持者也没什么不好嘛,人人有权利支持自己的球队啊。他甚至乐意去那些家伙的地盘拜年,当然下场不会太好。斯蒂夫想带史黛拉在整个城市漫游,到各个派对上尽情享乐,只可惜现在的球迷分成了几个互相敌视的门派,这真是太愚蠢了——违反了工人阶级团结一致的原则。可恰恰就是工人阶级的球迷才喜欢搞分裂,这样一来,他们就没法对抗中产阶级的统治了。对于这些阶级矛盾,斯蒂夫心知肚明。

他径直走进房间,把宣言家乐队[1]的《阳光普照雷斯》放到唱机上。他想乐观地宣布:无论身在何方,家乡永远在心上,同胞永远不能忘。他更换唱片的举动引发了不满,但看到斯蒂夫兴致高昂,大家又感到惊讶。斯蒂夫拍打着汤米、瑞顿和"卑鄙"大哥,又拉来凯莉共舞了一曲华尔兹。

"你终于融入了我们的气氛。"盖夫说。

比赛进行到最后时分,大家都冷却了下来,斯蒂夫却仍然亢

---

1 宣言家乐队(The Proclaimers),一个由孪生两兄弟组成的合唱团。

奋。他和朋友们之间又有了一道情绪的鸿沟。刚才他太冷淡,现在又太过热情;他错过了朋友的欢乐,现在却又无法体会朋友的失落。希伯队输给了哈茨队,双方都浪费了无数次机会,真是中学生足球的水平。但哈茨队最终成功破门了。变态男把头埋进双手之间,弗兰克怒视着远处的哈茨队球迷。瑞顿叫着要求希伯队教练下课,汤米和尚恩在争执防守方面的缺点,盖夫咒骂着裁判偏向,道西则仍然哀叹着希伯队上半场所犯的错误。屎霸(在吸毒)和"二等奖金"(喝高了)则早已不省人事,没来看球。这种人来也白来,他们很可能会把球票卷烟抽。但就在此时,斯蒂夫却全然不关心所有的这些。他恋爱了。

比赛结束后,他离开了朋友们,独自前往车站,去和史黛拉碰面。一队哈茨球迷也在那条路上。斯蒂夫对于他们气势汹汹的样子却并不感兴趣。有个家伙对着他的脸大喊大叫。不就是四比一赢了吗?他想。这些家伙想他妈干吗?找碴打架吗?显然是。

在前往车站的路上,斯蒂夫遭到了一些全无创意的辱骂。是啊,他想,这些家伙除了"希伯队是混蛋"或者"爱尔兰人是傻帽儿"之外也说不出什么来了。有个逞英雄的家伙在朋友的鼓励下,还试图从后面给斯蒂夫下绊。斯蒂夫应该把他的围巾拿掉的,那条印着球队标志的围巾给他带来了麻烦。但谁他妈想得到这个呢?他现在是个伦敦小青年了,这些狗屁争端又与他何干?

在车站大堂,一群人从他身边涌过。"希伯队王八蛋!"一个年轻人喊道。

"你弄错了,小伙子,我改支持拜仁慕尼黑[1]啦。"

他的脸上立刻吃了一记老拳,嘴里充满了血腥味。这群人离开的时候,还有人踢他。

---

[1] 德国老牌劲旅,斯蒂夫这么说,有对球迷团伙互相敌视现状的嘲讽之意。

"新年快乐！爱与和平啊，强伯俱乐部的兄弟们！"他一边对他们笑着，一边吸吮着自己酸痛破裂的嘴唇。

"这傻帽儿脑袋有毛病了。"一个人说。斯蒂夫本以为他们会折回来，但那些家伙却把注意力转向了一个亚洲女人和她的两个孩子。

"巴基斯坦臭婊子！"

"滚回老家去！"

他们学着大猩猩的叫声和动作，扬长而去。

"真是一些又有魅力又敏感的年轻人啊。"斯蒂夫对亚洲女人说。而对方则害怕地看着他，如同兔子碰到了黄鼠狼。这个东方女人看到的是另一个白人青年，而且他还讲着脏话流着血散发着酒味。最重要的是，她看见这个白人青年和刚才辱骂她的那些家伙一样，也戴着足球队的纪念围巾。对于她来说，围巾颜色的不同是没有意义的。斯蒂夫认清了这个悲哀的现实：戴绿围巾的人[1]也可能污辱这个亚洲女人。每个球迷都是混账。

火车晚点了近二十分钟，但按照英国铁路的标准来看，这算是优异成绩了。斯蒂夫不知道史黛拉是否在这趟车上。一阵胡思乱想击中了他，他又恐惧得全身颤抖了。这就像一场赌注巨大的牌局。他没有看见史黛拉，甚至无法在脑海中想象她的容颜。可是突然，她出现在他眼前了，比他所想念的那个史黛拉更加真实也更加美丽。她的一颦一笑都充满了感情。斯蒂夫冲向她，张开双臂将她抱进怀里。他们吻了很长时间。当他们停下来时，月台上已空无一人，列车正朝着邓迪方向缓缓远去。

---

[1] 希伯队的球迷围巾是绿色的。

无须多说

嘈杂的吵闹声从外面传来，原本躺在我们身边窗台上神游天外的变态男立刻跳了起来，就像一只听见哨子声的狗。我哆嗦了一下，那声音把我们吓得够呛。

莱斯莉尖叫着冲进房间。她的声音太恐怖了，我真希望她能闭嘴。眼下我不知所措，所有人都不知所措了。在我的一生中，我从未如此迫切地希望一个人赶紧闭嘴。

"孩子死了……孩子死了……唐恩……哦我的天……他妈的天哪！"她一边叫，一边断断续续地说着。接着，她瘫软在破沙发上。我盯着她头顶上方，墙上有一块棕色斑点。他妈的，这斑点是怎么沾上去的？

变态男站起来，他的眼睛像青蛙一样暴突着。千真万确，他让我联想到了青蛙。这厮总是能从静如处子突然变成狂躁无比。他看了莱斯莉几秒钟，然后冲进了卧室。麦迪和屎霸东张西望，目光迷离。虽然仍不知发生了什么事，但他们也产生了不幸的预感。我她妈的可知道发生了什么，基督，我她妈一清二楚。我说了一句坏事发生时自己常说的话：

"我去弄点儿药。"麦迪盯着我，对我点点头。屎霸则起身来到沙发旁，距离莱斯莉几公尺坐下。莱斯莉双手抱头。我觉得屎霸应该碰一碰莱斯莉，我希望他这样做，但他只是直盯着她。隔得这么远也可以看出，他在盯着她脖子上的那个大个儿的痣。

"都怪我……都怪我……"她在两手之间哭泣着。

"嗯，莱斯莉，我说，马克去搞药了，嗯……你知道……"屎霸说。这还是我几天来第一次听见屎霸开口说话呢。看来这厮还能说话，他本来就不是个装聋作哑的大傻帽儿。

变态男全身僵硬地回到了客厅，似乎被一条看不见的绳子勒住了脖子。他的声音很可怕，让人想起了电影《驱魔人》[1]里的魔鬼。这真让我惊慌。

"他妈的，好歹也是条性命……但出了这种事，你又能怎么办？"

尽管我们是从小就认识的哥们儿，但我从未见过这家伙这副样子。"怎么了，西蒙？他妈的怎么了？"

他走向我，看起来是要踢我一脚。尽管是哥们儿，但以前喝醉了或者发火的时候，我们也会打架。那不是什么严重的问题，只是宣泄一下情绪。哥们儿之间经常如此。但现在，我可不希望有人来烦我。我现在很难受，如果他要揍我，我的骨头肯定会被拆成几百万块的。但他就这么走向了我。别惹我，谢谢你，变态男，西蒙。

"糟糕透顶，我他妈完蛋了！"他用绝望的语调哀号着，如同一条被车轧过的狗——只希望有人给他一枪，让他解脱。

麦迪和屎霸站起来，向卧室走去。我也推开变态男，跟了进去。看到那个死去的婴儿之前，我已经嗅到了死亡的气息。孩子脸朝下，趴在婴儿床上。她已经冰冷了，眼圈四周泛着蓝色。摸都不用摸，我就知道她已经死去了，她一动不动地躺着，就像被扔在衣柜里的洋娃娃。她可真他妈的小、小唐恩，真他妈可怜。

"小唐恩……我真不能相信，这他妈真是罪过……"麦迪摇着头说。

"太他妈惨了……他妈的……"屎霸的下巴耷拉到胸口，慢慢地说。

---

[1] 华纳兄弟公司在20世纪70年代发行的一部著名恐怖片。

麦迪的脑袋仍在摇晃，看起来要发狂了。

"我他妈要离开这里，我他妈处理不了这种情况。"

"麦迪！谁也不准离开！"变态男喊道。

"冷静，冷静！"屎霸似乎有话要说，然而这时——

"我们在这儿放了不少毒品，而这几个星期，这片儿满街都是负责禁毒的警察。如果我们逃出去，那他妈肯定玩儿完了。到处他妈都是傻帽儿警察！"变态男尽力冷静着说。只要提到警察，大家都会提高警惕。在有关吸毒的问题上，我们可是典型的自由主义者，坚决反对任何形式的政府干预。

"是啊是啊，不过也许我们应该赶紧跑。一旦我们逃出去，莱斯莉就可以叫救护车或者警察来了。"我其实很同意麦迪的逃跑主义路线。

"嘿……或许我们应该陪一陪莱斯莉吧？我们不是朋友么，不是吗？"屎霸提醒道。但在这种关头，再提朋友情谊可就显得太天真烂漫了。麦迪又在摇头了，他已经在索顿监狱住了半年，如果再折进去一次，那就彻底完蛋了。那些警察还在巡逻，至少我们可以这么猜测。基于这种形势，我比较认同变态男的担心，而屎霸的人情味儿则就显得没什么用了。然而如果让我把没吸完的毒品冲进马桶，真是于心不忍啊。

"我的意见是，"麦迪说，"这是莱斯莉的孩子对吧？也许她照顾好她，孩子就不会死了，我们也不会被卷进来了，对吧？"

变态男开始沉重地喘息。

"我不想这么说，但麦迪确实说到点子上了。"我说。我的感觉开始变得坏极了，真想赶紧打一针药，然后滚蛋。

变态男沉默不语。真是怪了，这厮平常总是嗷嗷乱叫地指使大家干这干那，不管人家是否愿意。

屎霸说:"我们不能这样,把莱斯莉一个人丢在这里,这他妈的真是……就像……你们懂我的意思吗?"

我看着变态男说:"这孩子的爸爸是谁?"变态男没有回答。

"吉米·麦吉瓦利。"麦迪说。

"别扯淡了。"变态男鄙夷地说。

"别他妈跟我这儿装无辜了。"麦迪转向我。

"嗯?你丫说什么?"我说。这厮突然对我说这个,真他妈让我很迷惑。

"那天波波·萨利文的派对,你也去了。是不是,瑞顿?"麦迪说。

"我可从来没和莱斯莉搞过。"我说的是事实,但随即意识到自己犯了个错误。有些人就是喜欢正话反听,尤其对于男女之间的那点事儿。

"可那天早上在萨利文家,你们为什么会躺在一起?"

"当时我完全晕了,昏天黑地的。而且把台阶当枕头枕着睡觉,我那玩意儿他妈根本硬不起来。我都忘了上次干那事儿是什么时候了。"我的解释说服了他们。大家都知道我已经深度吸毒很久了,性功能几近消失。

"哦,有人说……是席克搞的……"屎霸又说。

"不是席克!"变态男摇着头说。他把手放在死去的婴儿脸上,泪水充满了眼眶。我想上去安慰一下变态男,但突然胸口一紧:谜底揭开了,小唐恩死去的脸庞长得真像我的好朋友,西蒙·威廉森,也就是变态男。

变态男卷起夹克衣袖,露出手臂上的针孔:"我以后再也不碰毒品了,我要彻底戒掉它。"他露出一副伤痕累累的硬汉的表情。每当他找人做爱或问人借钱的时候,都是这副操性。但这次,我几乎相信他了。

麦迪看着他:"好了,西蒙,你别乱下结论。孩子并不是因为你吸毒才死掉的。""也不是莱斯莉的错!"我脱口而出。她是个好妈妈,很爱孩子。这不是任何人的错,婴儿猝死是不时发生的事儿。

"是啊,我说,就是猝死,你还不明白吗?"屎霸赞同道。

我觉得我很爱他们:麦迪、屎霸、变态男和莱斯莉。我想要告诉他们。我试着如此道来,但话到嘴边却变成了:"我再去弄点儿药吧!"他们看着我,无可奈何。"我就是这操性。"我耸着肩膀,自我辩解着,跑向起居室。

这是谋杀,莱斯莉。但我对这事儿也没有办法。我的脑袋空空如也。莱斯莉一动不动,我觉得也许我该去安慰她,张开双臂拥抱她,但我的骨头都快散架了。我现在无法拥抱任何人。我结结巴巴地说:

"我很难过,莱斯莉……把孩子埋了吧……真他妈可怜,真他妈是罪过。"

莱斯莉抬起头看着我们。她瘦而苍白的脸就像包了保鲜膜的骷髅。她的眼睛肿着,周围都是黑眼圈。

"你正在弄药吗?我需要来一针,马克。我他妈必须来一针了,帮帮忙,给我来一针……"

至少,我提供了实际性的帮助。地上满是针头和针筒,我尽力回忆着哪一套才是我的。变态男说他从未和别人共用针头,这真是扯淡。如果你和我感觉一样,那就顾不得那么多了。我拿起最近的一套针管,至少这不是屎霸的,因为他方才坐在房间的另一边。如果屎霸现在还没染上艾滋,那政府就得派一组统计学家来雷斯了,因为很难解释该得病的人为什么能够幸免。

我拿起汤勺、打火机以及棉球,还有一些掺了洗衣粉却被席克号称为海洛因的劣质货。所有人都到这间房子里来了。

"哥儿几个别挡着亮儿，往后退退好么。"我挥手把这些王八蛋轰开。我知道，我正在扮演关键先生的角色呢。另一方面，我也有点儿恨自己，如果有个傻帽儿对我装大个儿，我也会很讨厌他的。没人能够免于权力导致的腐化。大家听令退后，看着我弄药。这些家伙必须排队。我先来，莱斯莉随后，这是毋庸置疑的。

吸毒的困境　　笔记第64号

"马克！马克！开门啊！我知道你在里面，儿子！我知道你在里面！"

是我妈。我已经很长时间没见过我妈了。我躺在这里，几米之外是卧室的门，卧室的门外是走廊，我妈则在走廊的门外。

"马克！求求你，儿子，开门啊！我是你妈妈，开门啊！"

听起来，我妈哭了。她的声音听起来像"开——门——嗯嗯嗯——"我爱我妈，非常爱，但爱她的方式却是我自己也无法定义的。我很难对她说出自己的爱，几乎不可能。但我仍然爱她，以至于希望她从未有过我这么一个儿子。我希望能找个人代替我，因为我知道，自己已经改变不了了。

我不能到门口去。不可能。相反地，我决定再弄一针。我的疼痛告诉我，是时候了。

是时候了。

天啊，生活从来就不会变得更轻松。

这些海洛因里有太多狗屎杂质，从它不溶化的状态，就可以判断出来了。席克这个混蛋！

我会去看看我爸妈，去看看他们过得怎么样。我一有空就去，但在此之前，我得去找席克那个混蛋一趟。

她的男人[1]

我们刚出来要喝上一杯，没想到却碰上了这种操蛋事儿。

"看见了吗，乱成一片了。"汤米说。

"别别，由他去。别惹事儿了，你又不认识那孙子……"我对他说。

我看得清清楚楚，一个男人正在揍一个女人。不只是抽嘴巴，而是拳拳到肉地痛打。真可怕。

好在是汤米而不是我坐在他们身边。

"我他妈说过，就得这样！"那小伙子又在对他的女伴狂吼。在场的人都袖手旁观。吧台那边，一个金色卷发的痞子和一个红脸痞子看了一眼，相视一笑，转过头去继续看飞镖比赛。而那些正在玩飞镖的男孩就更是心无旁骛了。

"这很便宜吗？"我指着汤米几乎喝光的啤酒杯说。

"是啊。"

我走到吧台的时候，那一对又开始打了。我能听得清清楚楚，酒吧服务生和金色卷发的痞子同样如此。

"你打呀你打呀，是男人你就接着打！"女孩反骂着那小伙子。她的声音如同鬼吼，尖厉刺耳，但嘴唇却几乎动也不动。你只能从

---

[1] 本节以"二等奖金"的视角叙述。

声音的方向判断出是她在叫。这操蛋酒吧里几乎是空的，而我们坐哪儿不好，偏偏挑了这么个破地方。

小伙子又是迎面一拳，女孩的嘴角流出了血。

"接着打！真他妈像个爷们儿，打啊！"女孩一叫，小伙子果然又继续打。她发出一声尖叫，然后开始掩面哭泣。而他坐在几英寸远的地方，两眼喷火地怒视着她，张着嘴。

"情人的游戏嘛。"金色卷发的痞子笑着对我说。我回了他一个微笑。我不知道干吗非要如此，也许因为我需要朋友吧。我从未对人提起过，但自己却心里有数——我喝酒喝出了毛病。如果你也和我一样，那么你迟早会没有朋友，除非他们自己也是酒鬼。

我向酒保看去，他是个灰发、留着小胡子的老家伙。他正摇着头，说着只有自己才能听到的话。

我把酒从吧台端了回来。父亲经常教导我说绝不能打女人。父亲说："只有最差劲的男人才打女人呢，儿子。"而眼前这个打女人的家伙，确实够格了。他有一头油腻腻的黑发、一张苍白的脸和一撇黑色的小胡子。一个獐头鼠目的傻帽儿。

我不想在这儿待着了。我只是想出来静静地喝点儿酒。我答应过汤米，喝两杯就撤。我已经能够控制住自己的酒瘾了：只喝啤酒，不喝烈酒。而今天这事儿，让我很想来一杯威士忌。卡洛尔回她妈家去了，并声称再也不会回来了。于是我就出来喝杯啤酒。而现在，有可能难以自控了。

我坐下的时候，汤米喘着粗气，表情严肃。

"二等奖金，你觉得，那他妈的是不是太过了……"他边磨牙边说。

那女孩的眼睛已经肿得睁不开了。她的下巴也肿了，嘴仍在流血。她是个瘦弱的姑娘，要是再被这么打下去，很可能会被撕成碎片的。

但是，她仍然硬撑着。

"这就是你的答案，你永远都是这样……"她对小伙子吐着口水，愤怒而又伤心。

"闭嘴！你他妈闭嘴！"小伙子快被气晕了。

"你想怎么着吧？"

"你他妈……"看起来，他又要动手揍她了。

"够了，哥们儿。你有点儿过分了。"汤米对那小伙子说。

"关你鸟事儿，你给我滚远点儿！"小伙子指着汤米说。

"差不多得了，现在别闹了，行么？"酒保喊道。金色卷发的痞子笑了一下，正在玩飞镖的小伙子们也看了过来。

"这事儿我管定了，你他妈想怎么样？"汤米身体前倾着说。

"汤米，消消气儿。"我不大情愿地抓住他的胳膊，同时想着那个酒保。汤米把我的手飞快地甩开了。

"你也想在嘴上来一拳吗？"男孩说。

"你觉得我会傻坐着让你打么？孙子！出去单挑啊，来啊！"汤米挑衅地说。

那小伙子被唬住了。这就对了，汤米可是个硬茬儿。

"不关你的事儿。"对方这时候的口气就软多了。

可这时，那女孩却对汤米尖叫起来了。

"这是我的男人！你干吗对我的男人这么凶！"

汤米非常震惊，以至于当那女孩以怨报德地朝他一通乱挠时，都来不及阻止她。

事情就这么搞大了。汤米站起来，一拳揍在那小伙子嘴上，打得他从椅子上跌了下去。我也挺直了腰板，对金色卷发的痞子动了手。我照着他的下巴来了一拳，然后拽着他的头发，把他的脸往下扯，用脚连续猛踹。

随即，我发现这孙子抓住了我的一只脚，于是便用另一只脚去踢他。但我想，这不会给他造成太严重的打击，因为我穿的是运动鞋而非皮鞋。他甩着膀子挣脱我，随后向后退去，满脸通红，表情迷惑。我想他会过来还击，而且能轻易打倒我，但他却只是摊着双手站在那儿。

"你他妈干吗？"

"看打女人挺有乐儿对吧？"我说。

"你在说什么呀？"这厮仍然大感不解。

"我要打电话报警了！你们赶紧滚，否则我真报警了！"酒保拿起电话，一副言出必行的表情。

"别在这儿闹事儿，小子们。"一个正在玩飞镖的又高又胖的家伙威胁道。他手上仍然拿着记分牌。

"这事儿跟我没关系呀！"金色卷发的痞子对我们说。

"可能我打错人了。"我说。

我们只是来喝两杯的。而惹起整个事端的那对男女这时却朝门口溜了过去。

"你们这帮混蛋，这是我的男人！"她边走边对我们喊。

我感到汤米把手放在我肩上。

"走吧，二等奖金，离开这儿吧。"他说。

玩飞镖的大胖子却还有很多话要说。他穿着一件红T恤，上面印着酒吧名字、一个镖靶，以及"纯爷们儿"的字样。

"别到这儿惹事儿，哥们儿。这可不是你们的地盘，我认识你们的脸。你们和红头发威廉森——就是那个扎马尾辫的——都是一伙儿的，你们都是一群瘾君子。我可不想在这儿看到你们这帮傻帽儿。"

"我们没吸毒啊。"汤米说。

"是啊,你们只不过是没在这儿吸而已。"大胖子说。

"得了爷们儿,不是这些孩子的错。都是那个艾伦·温特斯和他的婆子。他们可比谁的毒瘾都大,你知道的。"旁边一个金发男人说。

"家里的事儿家里解决,他们可不该在酒吧吵吵闹闹的。"另一个人说。

"家庭暴力么,就这样。不过骚扰到别人就不对了。"金发男人同意道。

这还不是最坏的结果。如果我们出来后被人跟踪,那可就真完蛋了。我尽量快速前进,把汤米落在了后面。

"慢点儿。"他说。

"去你妈的,咱们得赶紧离开这儿。"

我们走到大街上,回头一看,并没有人跟出来。而刚才那对抽疯的男女就在我们前面呢。

"我得跟那孙子说两句。"汤米说着就要过去。我指着一辆开过来的公共汽车,那是我们要搭乘的22路。

"算了汤米,车来了,快点走吧。"我们跑到车站,上了车。虽然还有几站就到了,但我们仍然跑到上层的后面坐下。

"我脸挂花了吗?"坐下之后,汤米问我。

"跟平时一样寒碜。那妞儿算给你做了个美容。"我说。

"真他妈贱货。"他咒骂着。

"是啊,一对狗男女。"我说。

汤米路见不平一声吼,真他妈像条汉子。就算那女人非但不领情还恩将仇报,也不妨碍汤米的光辉形象。我做过很多下三滥的事儿,但却从来没打过女人。卡洛尔说我对她动用暴力,但我真的从没打过她。她说的都是屁话。我只不过是拽着她,因为只有这样我们才能说话。而她却说，拽她和打她没区别，都是对她施以暴力。我却不这么认为。我想做的只是控制住她，让她好好和我说话。

我对瑞顿说过这事儿，他却说卡洛尔是对的。他还说只要她愿意，就来去自由。这是什么狗屁言论。我想做的只是有话好好说啊。弗兰克是赞同我的。"如果你有个女朋友，就不会这么想了。"我对瑞顿说。

我坐在公共汽车上，感到紧张。汤米应该也是如此，因为我们都不说话了。天已经亮了，回头我们还要和瑞顿、"卑鄙"、屎霸、变态男等人一块儿喝两杯。对于今天的行侠仗义，我们可得好好吹吹牛逼。

快速求职记[1]

1.准备工作

屎霸和瑞顿坐在皇家大道的一处酒吧里。这是一家美式风格的酒吧，但并不是那么地道美国风，只不过是一堆假古董堆成的疯人院罢了。

"这也太怪异了，我们居然被送到同一个地方面试，知道么？"屎霸喝了一口健力士啤酒说。

"真他妈是个灾难，哥们儿，我压根儿就不想找什么工作。真他妈的一场噩梦。"瑞顿摇着头说。

"是啊，我也只想摇一摇，滚一滚，把日子混一混就好了。"

---

1 本节的标题原文为Speedy Recruitment，是一个双关语，speedy既有迅速的意思，又意为安非他命，是一种致幻药品。美国"垮掉的一代"作家杰克·凯鲁亚克曾在吸食安非他命后写下了不朽名著《在路上》。

"问题是，屎霸，如果你没有努力找工作，如果你故意把面试搞砸，那些孙子就会给你打小报告，说你是个懒汉，然后你的救济金就会被停发啦。我在伦敦的时候，就碰到过这种事情。我已经被写上黑名单了。"

"哦……是这样啊。那你准备怎么办呢，我说？"

"没关系，你只需要表现得很努力上进，但仍然要把面试搞砸。只要你去面试了，政府里那些家伙就没什么可说的啦。而且，如果我们面试的时候以真实的形象示人，本色出演，那些公司才不敢雇用我们呢。如果你干坐在那些孙子面前一言不发，那些家伙就会向上面这么报告：这就是块扶不上墙的烂泥。"

"这对我来说有点儿困难，知道么，要做到你说的那种效果确实有点儿难，我是个单纯又害羞的小伙子啊。"

"汤米给了我一点儿安非他命。你什么时候面试？"

"两点半。"

"好啊，我一点去。两点的时候，我还在这儿等你。我会把领带借给你用，顺便再给你来点儿安非他命，让你振奋精神，把自己推销出去，怎么样？现在让我们来填一下工作申请表吧。"

这两个家伙把工作申请表放在面前。瑞顿已经填了一半。表格上的一些细节吸引了屎霸。

"嘿，表上写的是哪位伟人呀，乔治·赫瑞奥兹高中[1]，雷斯可没有这么好的学校啊。"

"众人皆知嘛，如果你念的是好学校，那么就只能干好的工作啊。他们总不能让一个乔治·赫瑞奥兹出来的精英分子到酒店当门房吧。那种烂工作是给我们这种没有学历的平头百姓干的。所以你也像我这么填吧，如果他们看见表上写的是奥吉或者克雷吉这种差

---

[1] 爱丁堡的一所名校。

学校,那些孙子就会把最差劲的活儿扔给你……不行,我得走了。无论如何别迟到,一会儿见。"

2.面试过程:瑞顿先生(下午一点)

迎接我的那个实习经理,是个满脸痤疮的壮汉,穿着一身亮堂堂的西服。这孙子肩膀上的头皮屑,好像他妈的可卡因,我真想卷起一张五英镑的票子,把那些东西一吸而光。他那张扁屁股脸和满脸的雀斑彻底摧毁了我要阴谋诡计的情绪。就算吸毒最严重的时候,我的皮肤也没这么差过,这可怜的混蛋。很显然,这孙子是个来装大尾巴狼的小角色。真正拿主意的是个既肥又丑的中年人,他的右手边还站着一个笑容冰冷的女人,穿着西服套装,脸上涂着厚厚的一层粉,模样骇人。

这个搬运工的工作还颇吸引了不少青年人才。

刚开头,一如我所料,那胖厮温和地看着我说:"我看你申请表上写着乔治·赫瑞奥兹高中。"

"是啊……那段青春洋溢的校园时代啊,已经离我远去了。"

或许我在表格上写了点儿虚假信息,不过在面试的时候可说的句句都是真话。我确实在乔治·赫瑞奥兹待过——我在基尔斯兰当见习木匠的时候,曾在那学校做过一段零工。

"老弗泽林汉姆还在那儿吗?"

见鬼。现在只好从两条路里选一条了:一是说他还在那学校,二是说他退休了。这都太冒险了,我得试着暧昧处理。

"天啊,你让我想起了过去……"我笑道。那胖厮听我如此作答,似乎还挺开心,这可糟了。我觉得面试就要结束了,那些孙子真要把这份工作给我了。接下来的问题都很友好,一点也不难。我的阴谋要失败了。这些家伙会把核能工程师的工作交给一个脑积屎的商学院老家伙，而一个街头混混呢，就算有了博士学位，也只能去屠宰场擦洗地面。我得赶紧想个辙，否则可就太糟了。这胖厮可能还觉得我是位时运不济的乔治·赫瑞奥兹老校友，想要帮我一把呢。这次计划快失败了，瑞顿，你这个废物。

真得感谢那个满脸痤疮的鸟人。他身上看得到的地方都长满了痘，估计被衣服挡住的地方也一样。他紧张地向我提问："呃，呃，瑞顿先生，呃，能不能说明一下，呃，为什么表上写着你有段时间根本没工作呢，这段空白期是怎么回事，呃……"

你能不能解释一下自己说话的时候，字与字之间哪儿来的那么多空白期呢？傻帽儿。

"好的。我很长一段时间吸食海洛因上瘾了。我曾经尝试想戒掉，但这事儿却把我的职业生涯毁了。我认为诚实很重要，所以把这个情况向你们说了，你们是我将来的雇主嘛。"

这招儿真是神来之笔，他们都紧张地缩到椅子里去啦。

"好的，感谢你的诚恳，瑞顿先生，我们还有好多人要面试……再次感谢，有消息我们会联系你的。"

太神奇了。那个笨蛋胖厮立刻疏远了我，变得面若冰霜了。要是我没找到工作，他们可不能说我没努力啊。

3.面试过程：屎霸先生（下午两点半）

安非他命真是给劲，让我感觉充满活力。你知道么，我很期待这场面试。瑞顿说过："推销你自己，屎霸，展示真实的你。努力加油吧……"

"我看到你的申请表上说，你是乔治·赫瑞奥兹毕业的，今天下午赫瑞奥兹的校友好像还真多。"

是啊，你这个胖家伙。

"事实上,我得实话实说。我以前念的其实是奥吉中学,也就是奥古斯丁中学,然后又去念克雷吉高中,就是克雷·格罗斯顿高中。你知道么,我之所以把赫瑞奥兹高中写进去,是因为我想,这能帮我找到工作。这儿的歧视太多了,你们这些穿西装打领带的家伙,一看见赫瑞奥兹高中或者丹尼尔·斯特沃兹学院或者爱丁堡学院[1]的毕业生,就会给他们好工作。我的意思是,你们会说'啊,克雷·格罗斯顿的高材生'吗?根本不会。"

"好了好了,我只不过恰好念过赫瑞奥兹,想找个话题嘛。这么做也是为了让你轻松点儿。但你大可放心,我保证没有学历歧视。这条原则写在我们新的机会平等声明之中呢。"

"那就太好了,那我就放心了。我是真需要这份工作,昨天我一宿都没睡好觉,就怕把面试弄砸了。你知道么,那些家伙一看见表上写着'克雷·格罗斯顿高中',就会这么想:那儿毕业的都是废物。是不是?可是你知道斯科特·尼斯贝特吗?他是杭斯队的足球队员,呃,以前也在格拉斯哥流浪者队踢过,他曾经拒绝了国外球队的大合同呢——这哥们儿就是我们克雷吉高中的校友,比我低一级。"

"好好,我向你保证,墨菲先生,我们重视的是能力,而非学历。咱们继续,你在表上还写着,你曾上过五门课程……"

"哇,我不得不打断你了,哥们儿。上过什么课不都是狗屁吗?我觉得这样写,就很容易走进面试的大门嘛。这表示我有点儿能力——是这样吧?我真的需要这个工作。"

"墨菲先生,你是劳工职业部指派给我们的,你没必要编造履历啊。"

"嘿……你爱怎么说就怎么说了,反正你是大佬,代表政府,

---

[1] 这两所也是苏格兰的著名院校。

屁股底下有职位，所以说……"

"是这样，你说的都对……不过我们的面试还不太深入，对吧，你可以谈一下为什么这么渴望这份工作么——渴望到了说谎的份儿上？"

"我很缺货嘛。"

"什么？你说什么？"

"我是说钱啊，我需要面包和黄油以及其他货品，你知道吧？"

"我知道。但你为什么对饭店这类旅游行业感兴趣呢？"

"是啊，大家都喜欢寻开心嘛，大家都喜欢享受嘛，对吧？这就是我对这个行业的感受，你爽我爽全都爽。"

"好的，谢谢你。"一个浓妆艳抹的花瓶说。没准我还会爱上这个小宝儿呢。她问我："你有什么主要特长？"

"呃，我有幽默感嘛，你需要这样的男人——需要幽默感，知道不？噢，对了，我不能老是说'知道不'了，那些家伙会觉得我是个草根老百姓……"

"那么你的短处呢？"一个嗓音尖细的西装男说。这人有张麻子脸，瑞顿真是说对了。这里真的有一个豹子头。

"我想，我的缺点就是完美主义，你知道吗，如果事情稍有瑕疵，我就特别不爽。我对今天的面试很满意，知道不？"

"非常感谢，墨菲先生。我们会通知你面试结果。"

"别客气！我很开心。这是我接受过的最好的面试，知道不？"我上前和每个人大力握手。

4.总结经验

屎霸和瑞顿回到了酒吧。

"怎么样，屎霸？"

"很棒很棒，简直是太好了，我觉得那些家伙真的会给我一份工作呢。不过我可不想工作。还有个事儿，哥们儿，你给我的安非他命真是不错，我从来就没这么完美地推销过自己。酷毙了，哥们儿，酷毙了。"

"我们喝一杯来庆祝你的成功吧！再来点儿安非他命吗？"

"这还用说么，哥们儿，我怎么可能说不呢，知道不？"

复　发

苏格兰用毒品来守护心灵[1]

我不能向丽兹提起去巴罗兰听演唱会的事儿。绝不能，我告诉你。一拿到救济金，我立刻给自己买了票，把它花光了。但演唱会当天也是丽兹的生日，就这么点儿钱，必须得在演唱会和她的生日礼物之间作出抉择，最后，我倒向了伊吉·波普[2]。我觉得她能理解我。

"你他妈能买伊鸡巴波普，却不愿意给我买生日礼物！"这就是她的反应。看见了吧，我他妈就得忍受这个。真快让人发疯了。不过你知道，都是我的错，就像我承认过的一样，都是我的错。我，汤米，太幼稚了。我一向是我行我素的，如果我稍微阳奉阴违一点儿，我才不会对她提演唱会的事儿呢。我就是太兴奋了，才来了个

1　本节以汤米的视角叙述。
2　伊吉·波普（Iggy Pop），对摇滚音乐产生过深远影响的歌手，被称为"朋克之父"。

竹筒倒豆子。这就是无所畏惧的汤米，大傻帽儿一个。

所以我从此再未提起过演唱会的事儿。然而就在要去看演唱会的头天晚上，丽兹却说要去看电影《控诉》[1]。她说在《出租司机》[2]里的那个女演员也在这部电影里。我倒不是很想看，因为它的宣传里有太多的花活。当然，除了这一点之外，你知道，还因为我兜里装着伊吉·波普的演唱会票啊。所以我只好把那事儿重提了。

"呃，明天可不行，我要去巴罗兰看伊吉·波普的演唱会。我和米奇要一起去。"

"所以你宁可去陪那个德威他妈米歇尔，也不想跟我去看电影？"这就是丽兹的典型嘴脸。从修辞上说，只有女人和疯子才会把这种口气当作武器。

这个主题甚至变成了我们关系中的一次选择题。我的直觉是要直言不讳地说："没错儿，我就是要去听演唱会。"但我又对和丽兹做爱很上瘾，不想用这话惹火她。老天，我真是喜欢干那事儿。我喜欢听她温柔的呻吟。她漂亮的脑袋靠在我家的黄色丝绒枕头上——这东西还是屎霸从王子大街的英伦家居商店偷来，作为乔迁礼物送给我的呢。我知道，我应该回避讲述自己的私生活，但哥们儿，丽兹在床上的表现真是太迷人了，以至于她在生活中如此粗暴如此脾气差，也没有减弱我对那事儿的迷恋。我只希望丽兹在床上永远都那么迷人。

我试图温柔而挑逗地向她道歉，但她却还是恶声恶气，绝不原谅我。她只有在床上才是甜美的。她这种暂时的凶恶表现尽管会让她显得更美，但持续得也太久了。并且这也会把她的美感抹杀的。

---

[1] *The Accused*，也被翻译为《暴劫梨花》，茱迪·福斯特主演的电影。
[2] *Taxi Driver*，好莱坞巨星罗伯特·德尼罗的代表作之一，导演是马丁·斯科塞斯，片中也有茱迪·福斯特的出演。

她说我是全世界最大的傻帽儿，然后继续骂个不停。可怜的钢枪老汤米，我已经不是全世界最伟大的战士，而变成了全世界最狗屎的战士啦。

事到如此，也不能怪伊吉·波普。不能责备他，对吧？他怎么知道来巴罗兰开演唱会的日程安排，会对一个未曾谋面的陌生人造成困扰呢？想想这个，古怪吧。但他仍然是压垮骆驼的最后一根稻草。丽兹是个纯正的铁娘子，跟她搅在一起，我也乐在其中，就连变态男都妒忌我。正如他们所说，做丽兹的男朋友很威风，但这名声是要付出代价的。当我离开酒吧的时候，我觉得我已经快要不配做人了。

到了家，我又吸了一管儿安非他命，吹了半瓶"马铃铛"苹果酒。我无法入睡，所以便给瑞顿打了个电话，问他想不想过来看一部查克·诺里斯[1]的电影。瑞顿明天就要去伦敦了。他待在伦敦比待在这儿的时间还要多，他要到那儿去搞钱。几年前，他在一家荷兰的渡轮公司工作过，在那儿认识了一票痞子，现在这伙儿人发展成了一个犯罪团伙。他还准备到伦敦的城乡俱乐部看伊吉·波普。我们抽了点儿大麻，看到查克带着永恒的禁欲和便秘的表情，痛打十来个异党分子，笑得头都快掉了。说实话，这种电影在清醒的时候根本不能看，但抽完大麻，爽了起来，就变成不可错过的大片啦。

第二天我的嘴巴严重溃疡，坦普——就是刚刚搬进公寓的盖斯·坦普利——说我活该。他说我正在迅速地自杀，而以我的条件，应该出去找份工作。我对坦普说，他的口气就像我妈，而不是朋友。你知道，坦普是我们这票人里唯一有工作的，而且就在发放救济金的地方上班，可他又总被我们挤兑。可怜的坦普，昨天晚上他一定被我和瑞顿吵得睡不着。和那些有工作的人一样，坦普也很

---

[1] 查克·诺里斯（Chuck Norris），美国动作演员，曾和李小龙合作演出。

痛恨靠救济金逍遥度日的人们，他更痛恨瑞顿一天到晚来找他打听领救济金的程序。

我还得去找一下我妈，管她要点儿钱，好去听演唱会。除了坐火车，酒和药都需要钱嘛。安非他命是我最爱的药，这东西和酒混合在一起，效果非常好。本人汤米，是个纯粹的安非他命之鬼。

关于吸毒的危险，我妈教训了我一顿，还说她和我爸对我都很失望。她告诉我，别看我爸嘴里不说，但心里对我很担心。后来我爸下班回来了，趁着我妈在楼上的时候，也告诉我，别看我妈嘴里不说，但心里对我很担心。他还告诉我，坦率地说，他对我的生活态度倍感失望，他希望我别再碰药了。似乎审视我的脸，他就知道我在嗑药似的。真可笑，我知道吸海洛因的瘾君子，抽大麻的痞子和吸安非他命的烂货，但据我所知，最不可救药的麻醉品依赖者，其实是酒鬼。就像拉布·麦克劳林，江湖人称"二等奖金"的那种伟人，他才是我们之中的佼佼者。

钱到手之后，我和德威在苏格兰健康教育局门口见了面。德威仍然在和那个叫盖儿的妞儿约会。很显然，他还没跟她真正"有一腿"呢。只要听他讲上十分钟的话，就能对他了如指掌——这厮现在酒兴高涨，于是我又从他手上弄了一点儿钱。我们先去喝了四大杯中等酒精浓度的啤酒，然后才上了火车。车行至格拉斯哥的路上，我又喝了四听特醇啤酒，吸了两管安非他命。到了格拉斯哥，我们先去"三米豆"酒吧喝了一通，然后又打车去"林奇"酒吧。两大杯或三大杯啤酒下肚之后，我们便躲进洗手间，每人又来了一管安非他命，然后一边胡乱唱着伊吉·波普的著名歌曲，一边向格罗盖特的"萨拉森·海德"酒吧前进，这家酒吧就在巴罗兰剧院对面。我们再喝了点儿苹果酒，服了解酒药，顺手又吸了一管混合了海洛因的安非他命。

离开酒吧的时候，我眼前能看到的，只有模糊的霓虹一片。这地方真他妈冷，哥们儿，我可不是开玩笑。我们循着灯光前进，来到了剧院，进去之后，直奔里面的小酒吧，又喝了几杯。我听到伊吉·波普正在调音呢。我脱掉T恤衫，德威又在塑料桌面上摆好了混合了可卡因的安非他命，还有纯粹的可卡因。

然后，事情就不对头了。德威对我说起了关于钱的事儿，我没听明白，但却感觉了到他的不满。我们开始热火朝天地对骂，然后就大打出手了。我也忘了到底是谁先动手，其实我们也不会真正弄伤对方的——吸了太多的药，哪儿有力气打人啊。我们都是废物。当我准备对德威挥动老拳的时候，却看见血从我的鼻子里流出来，落到赤裸的胸口，然后又滴到了桌上。于是我揪住德威的头发，想把他的脑袋往墙上撞，但我的手又麻又重，全无力气。后来，有个家伙把我拽了起来，扔出了酒吧，我就倒在马路上了。我爬起来，一面唱着歌，一面随着音乐融入了摩肩接踵的演唱会现场。热汗淋漓的身体在我身边乱挤，我跟跟跄跄地朝着舞台挪了过去。

有个家伙用头撞我，但我全然不顾，仍然继续前进，一路猛推猛搡。我来到舞台前，跳来跳去，距离台上的演唱者只有几尺之遥了。他们正在演奏《霓虹森林》，而有人拍着我的背说："你他妈疯啦！"我呢，只管自顾自地高歌狂舞，把自己变成了一个扭动不休的橡皮人。

伊吉·波普看着我，唱出了这句名言："美国用毒品守护心灵。"他把美国唱成了"屎格兰"，古往今来，再没有一句话更能准确描述我们了……[1]

我停止乱舞，敬畏地看着他。他的目光却又转向其他人了。

---

[1] 这也是本节题目的由来。

杯子

"卑鄙"的问题就是……自然,这儿说的也是"卑鄙"许多问题中的一个。最让我困惑的一件事儿,就是你跟他在一块儿很难放松下来,尤其在他喝高了之后。我总是觉得这厮一旦沾酒,你就会从他的好朋友变成了受害者。至于应对之策,就是一方面随他闹去,一方面又别让他觉得你是个好欺负的厌人。

其实任何狂野出格的事儿都有严格的规则限制。对于外人,这些游戏规则无法被发现,但你可以用直觉去发现它。尽管如此,我们之间的游戏规则却随着"卑鄙"这厮的情绪而变化。当和"卑鄙"成了朋友之后,你就不会抱怨和女人相处有多么令人头痛啦;而且你会学会敏感地察觉对方的变化。每当我和女孩儿相处的时候,就会采用对付"卑鄙"的态度。哪怕只是暂时如此,也不无裨益。

"卑鄙"和我受邀去参加基伯的二十一岁生日派对,那是个要走"发请柬再回信"程序的聚会。我带上了海瑟,而"卑鄙"则带上了他的女朋友琼。琼已经怀孕了,不过还没有显怀。我们在玫瑰大街的一间酒吧见了面,这也是"卑鄙"的建议。只有混蛋、傻帽儿和旅游者才会去玫瑰大街。

海瑟和我保持着一种奇怪的关系。我们合久必分、分久必合,已经持续四年多了。我们俩之间的默契在于,只要我一开始吸毒,她就立刻离我而去。她和我混在一起的原因呢——我们都是底层人士。可她却并不承认这一点。而和她在一起,性生活才是最大的问题,吸毒倒在其次了。我们很少做爱,这是因为我常常吸毒所以硬不起来,而且就算硬起来也未见得能做。她性冷淡。人们都说性冷淡不怪女的，而是因为男的太没用了。从某种程度来说，确实如此，我就是这世上最有资格代言性无能的男人啦。我不可救药的吸毒记录成就了这个光荣头衔。

事实上，海瑟还是个小女孩的时候，曾被她爸强暴过。从这个阴影中摆脱出来后，她把这件事告诉了我。不过我也帮不上什么忙，因为我对这事儿无所谓。后来，我想跟她谈谈这事儿，她却绝口不提了。从此以后，我们的每次性生活都是灾难，一直持续到了今天。在拒绝无数次之后，她才会允许我试一次，而在我做着应该做的事儿时，她会异常紧张，抓着床垫紧咬牙关。到后来，我们只好停止了。那感觉就像和一块冲浪板做爱。世界上任何手法的前戏都没法让海瑟提起"性趣"，而只会让她更紧张，紧张得几乎生病了。有时候，我真希望她能找到一个能跟她做这事儿的男的。话说回来，海瑟和我之间有种奇怪的默契。我们把对方当作社交的工具：对于一个人来说，另一个人唯一的功能，就是证明自己还能正常与异性交往。这种关系可以遮盖住她性冷淡和我吸毒的事实。我爸妈对海瑟很亲热，已经把她看成准儿媳妇了，如果他们知道了我们真正的关系，那就热闹啦。总之，我打电话给海瑟，邀请她一起赴宴——以一对操蛋情侣的身份出席。

在见面之前，"卑鄙"就已经喝了不少酒了。他穿着一套西装，看起来既下流又唬人，简直就是一副烂痞子的德行。黑色的文身从袖口和领口探出来，延伸到手臂和脖子上。"卑鄙"的文身是不愿被衣服遮住的，它们渴望见到阳光。

"你他妈怎么样啊，瑞顿？"他粗声叫嚷着。粗俗无礼是这厮的一大特点。"嘿，小妞儿，"他转向海瑟，"穿得够惹火的啊。看看这傻帽儿——"他指指我，作神秘状，铺陈夸张地说，"有格调，他是一没用的废物，但他就是有格调。一个有智慧有层次的男人对吧，就像我一样嘛。"

"卑鄙"总是能在他的朋友身上找到并不存在的优点,然后再厚颜无耻地把这些优点转移到自己身上。

海瑟和琼并不很熟,但她们很明智地转移话题,打断了我和"卑鄙"——这位"弗朗哥大将军"[1]的谈话。我意识到,自己已经有很长时间没跟"卑鄙"单独喝酒了。如果有旁人在场,还可缓和气氛,而单独与他相处,实在令人紧张。

为了吸引我的注意,"卑鄙"粗暴地用肘撞着我的胸口。如果不是熟人,这种行为一定会被理解为恶意攻击。然后他开始向我们讲起了一部无聊的暴力电影,他坚持要亲身实践那些狗屎招数,把空手道、锁喉手、刺击术等都施加在我的身上。他讲述电影的时间是电影本身长度的两倍,等到明天,我身上一定会遍体瘀青的。但我仍然没生气。

我们在一个阁楼上的酒吧喝酒,下面走进来一票古怪的家伙,吸引了我们的注意。他们昂首阔步、趾高气扬地走进来,吵吵闹闹,样子非常跋扈。

我很讨厌这种傻帽儿。他们就和"卑鄙"一样,喜欢挥舞着球棒欺压任何和他们不一样的人——譬如巴基斯坦人和同性恋。他们是这个差劲的国家里最差劲的家伙。所以真别责怪英格兰人殖民了我们,我并不恨英格兰人,他们不过是傻帽儿而已,而我们则是被傻帽儿殖了一民。假如被一些体面、充满活力、文明健康的国家殖民也就罢了,偏偏我们被这么一些傻帽儿统治着。他们给我们带来了什么?我们被变成了最低劣的低劣者,地球上的臭狗屎,最可

---

[1] "卑鄙"的名字是弗兰克·卑比,弗兰克和西班牙独裁者弗朗哥写法相近,所以朋友们又管他叫弗朗哥。这正说明了"卑鄙"专横独断、滥用暴力的性格。

悲、最可怜、最微不足道的一群白种垃圾。我并不恨英格兰人,他们也不过是狼吃肉、狗吃屎而已,我恨的是我们苏格兰人自己。

然后,"卑鄙"开始聊起了朱丽·麦席森,他以前对她有点儿意思。朱丽很讨厌"卑鄙",也许正因为如此,我倒觉得朱丽不错。她真是个好女人。她染上了艾滋,生下了一个孩子,不过他妈的谢天谢地,孩子是健康的。医院用救护车把朱丽母子送回了家,两个护送人员都穿着防辐射的太空服,还戴着防毒面具。在一九八五年,这种反应是可以想见的。邻居们看到此情此景,便一起排斥她,把朱丽轰出了社区。如果被贴上艾滋的标签,一生可就毁了,更何况朱丽还是个单身女人。朱丽受到了一连串的骚扰和迫害,终于神经崩溃了,而她的免疫系统又早就完蛋了,于是她成了第一批艾滋受害者。

上个圣诞节,朱丽去世了,而我却没参加她的葬礼。我正在屎霸家,躺在满是自己呕吐物的床垫上,烂成一团糟。真遗憾,我和朱丽是好朋友。我们没发生过性关系,也没产生过暧昧的感情,因为我们觉得这会破坏我们的关系。对于男人和女人而言,性爱或者能够让他们变成真正的情侣,或者会结束他们的友谊。搞完之后,你或者选择前者,或者选择后者,但很难维持炮友的关系。开始吸食便宜的海洛因的时候,朱丽看起来气色很好。大部分女孩都会如此,海洛因好像把她们最美好的一部分焕发出来了。当然,后面的代价也很惨重,这就像分期付款一样,你得还高利贷。

"卑鄙"为朱丽编纂的墓志铭是:"真他妈的浪费了一个好妞儿。"

我激动地反击"卑鄙"的诬蔑,几乎说他是个银样镴枪头,这才是真正的浪费资源呢。但我尽量控制着不生气,因为那只会让"卑鄙"打烂我的嘴。于是我下楼又去叫了一轮酒。

那些下贱的傻帽儿还在酒吧，互相推来搡去的，不时撞到旁边的人。这时候去买酒真是噩梦。我眼前是一大片结了疤的、马赛克似的刺青，一个不成人形的家伙对着紧张的酒保大吼："双份伏特加加可乐！他妈的双份伏特加加可乐，傻帽儿！"我盯着酒架上的威士忌瓶子，尽量不与这群痞子照眼儿。但我的眼神却像有了生命似的，自己转过去看着他们的方向了。我的脸通红涨痛，好像刚被谁打了一拳或挨了一酒瓶子。这些痞子真是烂到了极点。

我拿到了酒。先是女士喝的调酒，然后是啤酒。

然后就出事儿了。

我把一杯啤酒放到"卑鄙"跟前，他一饮而尽，然后把空酒杯往楼下一扔，动作自然，如同条件反射。那是个矮胖雕花带扶手的玻璃杯，我能用眼角看到它在空中翻滚旋转，同时看到"卑鄙"正在微笑，看到海瑟和琼不知所措。从她们的表情，我也能看到自己的无奈与焦虑。

酒杯砸在楼下一个痞子的脑袋上，裂成两半，那家伙登时跪倒在地。他的哥们儿立刻拉开阵势，准备打架，有个家伙冲向隔桌的无辜者，另一个则盯上了一个端着饮料的倒霉蛋。

"卑鄙"拔地而起，飞奔下楼，跑到酒吧正中央。

"这孩子他妈的被人用杯子砸了！谁也不准走，直到我找到是谁扔的酒杯为止！"

他对着无辜者们狂吠，又对服务员大吼。结果那群痞子竟然把"卑鄙"当兄弟了。

"没关系，兄弟，我们自己能处理！""双份伏特加加可乐"说。

我听不清"卑鄙"说了什么，但看上去他把"双份伏特加""震"住了。然后"卑鄙"对吧台的服务生说："你他妈快报警！"

"别别别报警!"一个痞子喊道。他在警察局一定有一长串的前科纪录。吧台后面的那个倒霉蛋吓得不知如何是好。

"卑鄙"长身而立,绷着脖子,目光扫视一圈,然后看向楼上。

"谁看到了?你们看到什么了吗?"他对着一群人吼道。那些家伙看起来是商学院的,没准还会打橄榄球呢,不过现在却吓得魂不守舍。

"没有啊……"一个家伙结结巴巴地说。

告诉海瑟和琼千万不要离开二楼后,我也下了楼。"卑鄙"好像阿加莎·克里斯蒂小说里的某个精神有毛病的侦探,一遍又一遍地检查着每一个人。很明显,他要爆发了。我跑到楼下,从吧台拿了条毛巾,想帮那个头破血流的痞子止止血。而他竟然对我狂吼,也不知是要表示感激,还是准备踩烂我的蛋。但我仍然继续帮着他。

那群痞子中的一个胖家伙走到吧台的另一伙儿人那儿,对着一个人的脑袋就是一记痛击。事情算是彻底闹大了,女人们尖叫,男人们意识到威胁,互相推搡起来,随后转变成了一场大战,空中充满了玻璃碰撞碎裂的声音。

那个脑袋开了瓢的家伙白衬衫上血迹斑斑,而我推搡着分开人群,奔到二楼,想去找海瑟和琼。有个家伙对着我的脸就是一拳,好在我用余光扫到了他,赶紧躲开,没被打中。我转过身去,那个袭击我的家伙还在说:"来呀,来呀。"

"滚你妈蛋。"我摇着头说。这孙子又要冲过来,却被他的哥们儿抓住了手臂。抓得好,我可不想打架。而且对面那厮看上去很生猛,拳头一定力道十足。

"别他妈惹事儿啦,毛奇,都是那家伙惹的祸。"他的朋友说。我则机敏地离开。海瑟和琼也下楼来找我。而毛奇,那个袭击我的家伙，却又对别人下手了。一楼的中间暂时腾出了一小块空间，我催促海瑟和琼赶紧从大门逃跑。

"给女士让条路行么，老兄。"我对两个差点迎头撞上的男人说。一个男人往另一个身上靠了靠，让开了一条道，我们这才夺路而出。在酒吧外，在玫瑰大街上，"卑鄙"和那个喝双份伏特加的痞子正在狂踢一个倒霉蛋。"弗兰克！"琼发出让人血液冻结的尖叫，海瑟拉着我的手，想把我拽走。

"弗兰克，闪了！"我抓着"卑鄙"的胳膊对他喊。他停了下来，检查了一下狂踢的成果，却又把我也推开了。他转身看了我一眼，在那一分钟内，我还以为他也要向我动手呢。他好像没看见我，又像没认出我似的。然后他说："瑞顿，没人能惹我们雷斯YLT[1]的人，你必须明白这个。"

"说得好，老兄。""卑鄙"的同犯"双份伏特加"说。

"卑鄙"对他笑了笑，却突然对着他的蛋踢了一脚。我都替那厮感觉到疼了。

"好你妈个蛋，臭傻帽儿！""卑鄙"冷笑着，给了"双份伏特加"一个大嘴巴，将他抽倒在地。一颗白牙像子弹一样从他嘴里射出，落到几米之外的人行横道上。

"'卑鄙'，你在干吗啊？"琼尖叫道。当警笛声响彻街道时，我们正忙着把那个瘫倒在地的二货扶起来。

"这家伙，这家伙和他的傻帽儿朋友，就是砍伤我弟弟的凶手！""卑鄙"怒吼着。琼看起来无可奈何。

"卑鄙"是在胡说八道。他的弟弟叫乔，几年前在尼德利[2]的酒吧让人砍伤了，而事实上，事端是乔挑起来的，他本人也没受什么

---

1 雷斯的一个帮派。
2 尼德利，爱丁堡郊区地名。

重伤。再说"卑鄙"和乔之间还互相很讨厌呢。可从那事儿之后，那起流血事件就成了"卑鄙"与人斗殴的绝佳借口。每当酗酒之后与人动手时，他都可以表现得正义凛然。他就是这样。而每当这种时候，我都不想待在他身边。

海瑟和我跟着"卑鄙"和琼走着。海瑟想要离开了："'卑鄙'真是有毛病，你看到他把别人的脑袋打成什么样了？咱们走吧。"

而我竟然对海瑟说谎了，我竟然为"卑鄙"的行为辩护起来。真他妈可怕。我就是没办法处理海瑟的愤怒。而且，让她消气儿是件麻烦事，还是说谎容易点儿。我们这圈人，碰到和"卑鄙"有关的事儿都会说谎，结果谎言越说越玄乎，竟然成了一个有关"卑鄙"的神话，就连"卑鄙"本人都相信了。他变成今天这副德行，我们也难辞其咎。

神话："卑鄙"很有幽默感。

事实："卑鄙"的幽默感总是建立在别人的痛苦、挫折和缺点上，而且通常都针对他的朋友发作。

神话："卑鄙"是个硬汉。

事实：我个人是不会这么高度赞扬他的，因为真正的硬汉打架是不会带刀子、球棒、指套、啤酒杯，甚至削尖的毛衣针的。大多数人都很胆小，不敢检验这条神话，但却总在怀疑。在一次打斗中，汤米就抓住了"卑鄙"的一些弱点，结果竟然一度打得难分伯仲。可见"卑鄙"并没有压倒性的优势。但必须得提醒的一点是，汤米身手虽好，江湖经验却不足，而"卑鄙"则在这两方面都表现不俗。

神话："卑鄙"的朋友都喜欢他。

事实：大家只是怕他。

神话："卑鄙"从不欺负朋友。

事实：他的朋友都小心伺候着他，不敢去检验他会不会那样做。

而有时候，有人还是惹火了"卑鄙"，结果证明他也会欺负朋友。

神话："卑鄙"会为他的朋友撑腰。

事实：如果一个天真的小家伙把啤酒意外洒在他身上，"卑鄙"一定会把他揍得满地找牙。如果是一个神经质的可怕角色对"卑鄙"的朋友发威，那他可就不管了。而原因是，可怕角色和"卑鄙"的关系通常比普通朋友更好。"卑鄙"和那些家伙是在少管所或监狱之类的地方认识的，那些地方可都是混蛋俱乐部。

不管怎么说，这些神话让我有了解决今夜这种棘手情况的理论基础。

"海瑟，我知道弗兰克脾气不好，但那些人搞得他的弟弟乔只能靠机器设备维持生存。'卑鄙'一家人是很亲密的。"

"卑鄙"是个混蛋，这我已经习惯了。当我第一天到小学上课的时候，老师就对我说："你坐在弗兰克·'卑鄙'的旁边。"二年级时，这个场景重演了一遍。我当时非常用功学习，升到了高等班，就是为了摆脱"卑鄙"。后来"卑鄙"被退学了，转到了另一所学校，然后又被分派到一所伯尔蒙特的学校，我的学习却从此一落千丈。我失去努力学习的动力。不过无所谓，"卑鄙"不在身边就行。

后来，我到哥吉当了一名建筑见习生，学习木工活儿，还进了塔尔福德学院选修国家规定的课程。有一天，当我在餐厅吃着薯条，一个混蛋朝我走了过来，那家伙竟然正是"卑鄙"，他的身边还有另外一群流氓。他们来参加一个给问题青年开办的金属加工特殊学习班，这课程好像是在教他们如何制作凶器，而非为国家军队生产物资。

当我不学木工，转去大学上预科，后来又进了艾伯顿大学以后，我倒有点儿期望"卑鄙"出现在迎新舞会上了。那家伙一定会暴打那些中产阶级家庭出身的四眼大傻帽儿，因为他会觉得他们在"照"他。

"卑鄙"真是一个头等混蛋。这一点无人可以否认。可最大的问题是，他毕竟是你的朋友。你又能拿他如何是好呢？

我们加快脚步，跟着他们在马路上前行。我们一行人，是倒霉到了极点的四个同路人。

一次失望[1]

我记得这厮。我他妈很确定。我曾经认为他是条汉子，过去克雷吉中学的，对吧？他和凯文·史特洛纳那票人厮混在一起。一群大痞。别误会我的意思，过去我的确觉得这家伙有两下子。可是我记得，有一次有几个小伙子还问起，他是哪儿来的。一个小伙子说："杰基[2]！你丫是从戈兰丁还是罗伊斯丁来的啊？"这斯回答："戈兰丁就是罗伊斯丁，罗伊斯丁就是戈兰丁[3]。"这个狗屁答案让他在我心中的地位大为下降。当然，这他妈已经是学生时代的事儿了，多年以前了。

总之，前几个礼拜，我正和汤米、席克、"二等奖金"一起打台球，然后这个杰基，克雷吉的流氓校友，走进了酒吧。他连招呼都没跟我打。我记得以前在港口那边，还和他一起用石头砸扁过很多螃蟹

---

1 本节以"卑鄙"的视角叙述。
2 "卑鄙"看的那个人名叫杰基。
3 杰基的回答是错的，戈兰丁应读为"戈兰登"，苏格兰当地口音读为戈兰丁，是爱丁堡的一个地名。而罗伊斯丁则应该是罗伊斯登，在格拉斯哥。两个地区不是一码事。

呢。可是这厮却根本没认出我来,把我当成了陌生人……傻帽儿。

后来,这厮的朋友,一个肥脸痞子掏钱要打台球,我就指着另一个小崽儿说:"人家比你早来,先来后到。"其实那小崽儿的名字早就写在黑板上了,可如果我不出来说话,他就只能永远眼巴巴地等着了。

打架我可不怕。人若犯我,我必犯人。我的意思是说,我并不是那种爱找麻烦的痞子,但我现在手里还拿着一根台球杆呢。有必要的话,我能把它插到那家伙的屁眼里。这就是我的原则,绝对的真理。就像我说过,人不犯我,我不犯人嘛。这样一来,那小崽儿就顺顺当当地交了钱,而且开始进球啦。肥脸痞子只好骂骂咧咧地坐下来。而刚才,我一直注意着杰基,那条硬汉——或者说,这厮起码在学校里算条硬汉。他一声不吭,嘴唇紧闭,像个深藏不露的大痞。

汤米说:"嗨,弗兰克,那孙子是挑事儿呢么?"汤米这家伙从来都是什么都不怕。肥脸那伙儿人都听到了这话,但他们却全无反应。哼哼,肥脸,还有那个所谓的硬汉。如果要是打台球,我们倒正好二对二。"二等奖金"就算了吧,你知道,我倒是很鼓励这家伙打球的,但他这个人比赛起来总是蠢得要命,而且醉得连球杆都拿不起来了。现在还只是星期三的上午十一点呢,这孙子就醉成了这样。本来我们可以好好打几杆的,可那群痞子却拒绝了。我倒是没把肥脸放在眼里,但那个所谓的硬汉可真让我大失所望。说实话,这厮也是个厌货,我他妈真是失望透顶。

老二问题

在我身上，要想找一根完整的血管，那可真是太难了。昨天我不得不把一管毒品打进了老二里，因为那儿才有我身上最完整的血管。这可不能养成习惯。实在难以想象，我的那玩意除了撒尿，还有别的用处。

门铃响了，一定是那个该死的狗屎房东——巴克斯特的儿子。老巴克斯特先生，愿他魂归天国，从来就没因为房租而真正找过我的麻烦。他是个安静的老好人，每次他过来，我都会装装孙子，帮他脱掉夹克，请他坐下喝杯啤酒。我们会聊一聊赛马，以及五十年代希伯队的"五大巨星"，也就是史密斯、约翰斯顿、雷利、特尔巴尔和奥蒙德。虽然我对赛马和五十年代的足坛往事一无所知，但这也是我和老巴克斯特唯一可谈的话题。久而久之，我竟然也变成这两个话题的行家了。聊了会儿天，我就会从这个老家伙放在夹克中的钱包里偷出一点钱来，放进自己的私囊。他总是带着大把现金在身上。然后，我就会把他自己的钱付给他当房租，或者干脆告诉他，我已经付过啦。

如果实在缺钱，我甚至会打电话把老家伙喊来，以便趁机下手。当变态男和屎霸也在这儿的时候，我们就会说水管漏水了，或者玻璃破掉了；有时候我们甚至会自己把玻璃砸破。有一次，变态男干脆用老式黑白电视机把窗户砸了个稀巴烂，然后再把老头叫下来，趁机偷窃。这个老家伙的钱包简直他妈是个宝藏，就算我不下手，迟早也会被别的王八蛋抢走。

可现在，老巴克斯特已经去了天国，换成他那个脾气古怪的儿子。这厮竟然指望靠这么破的房子收租。

"瑞顿!"某人的喊叫通过信箱口传了进来。

"瑞顿!"

原来不是房东,而是汤米。这孙子这时候跑来干吗?

"等一下汤米,来了来了。"

这已经是我连续第二天在老二上打针了。当针头刺进去的时候,它就像一只正被用来进行恐怖试验的海蛇。恶心的感觉与时俱增。毒品的力道直捣下身,我获得了一种魔术般的快感,然后直想吐。我低估了这些毒品的纯度,这一针打得有点儿多了。于是我深呼吸,振作了一下精神,旋即感到一股稀薄但强劲的气流在背上穿了个孔,注入我的体内。别紧张,这并不是吸毒过量的表现。我继续深呼吸,放轻松。好多了。

我挣扎着站起来,去给汤米开门。但这事儿现在却没那么容易。

汤米的模样非常拉风。始终如一地中海式黝黑皮肤,头发被太阳晒得金黄,短发上抹了发胶,一只耳朵上戴了个金耳环,温柔的蓝眼睛。不用说,汤米是个皮肤黝黑的美男子,集所有优点于一身,英俊、聪明、随和,也很能打架。按理说,汤米会招人嫉妒,但不知出于什么原因,他却并未如此。这或许因为汤米对自己没有自信,所以不会炫耀他的优势。他也不是个虚荣的人,不会成为其他人的眼中钉。

"我和丽兹闹掰了。"他对我说。

我不知道应该恭喜他,还是同情他。丽兹是个不同凡响的小骚货,但她也有一张刀子嘴和足以把男人阉掉的目光。我想汤米需要缓解一下心情。看得出来,他心事重重,因为他没有因为我吸毒而骂我,甚至并未发现我已经嗨高了。

尽管外部世界已经形同狗屁了,可我仍挣扎着对汤米表示关心:

"她哪儿惹你了?"我问。

"不知道。说实话,我最怀念的就是和她做爱了,那是一种拥有感,你知道么?"

和一般人比起来,汤米更依赖别人。

我对丽兹的记忆是从学生时代开始的。那时候我、"卑鄙"和盖瑞·麦克维躺在雷斯高尔夫球公园的田径跑道下面,躲避着宿舍长瓦伦斯的监视。瓦伦斯是个眼尖如贼的王八蛋,顶级纳粹分子。而我们之所以选择这个地方,还是因为在这儿可以看见姑娘们穿着小背心小短裤赛跑。这是可以用来当作自慰的幻想素材的。

丽兹在跑道上飞奔,但只跑了个第二,落后于又瘦又高的大脚"破抹布"莫拉格·韩德森。我们用胳膊撑着脑袋趴在地上,看着丽兹带着一贯的邪恶而坚定的表情向前冲刺。她做什么事都是这副表情吗?以前汤米失恋的时候,我都会问他关于性生活的情况。现在我却不——还是想问。总之,那时候我们三个趴在地上时,忽然听到一阵粗喘,回头一看,只见"卑鄙"正盯着那群姑娘,慢慢扭着屁股,嘴里念念有词:"丽兹·麦克琳塔……小骚货,我要一周七天都搞你……啊,你的屁股……奶子……"

然后他的脸便趴了下去。那时候我对"卑鄙"还没有现在这么提防,那时候他还不是大哥级的人物,只是个妄想成为大痞的小崽儿。而且那时候,他对我哥比利还有三分敬畏。在某些方面——事实上,是任何方面——我都把比利当作自己的靠山。当时,我们把"卑鄙"拖起来,看到他满是泥土的老二,那上面还一片湿漉漉呢。原来这傻逼偷偷用弹簧刀在泥地上挖了个洞,然后就在泥土上搞了一把。我可真是吓坏了,"卑鄙"可真有一套啊。而当年,这厮的性格还不错,没有变成不可一世的狂妄之徒,或者说,那时候还没有风传他是个彻头彻尾的疯子。

"你丫这个脏货，弗兰克。"盖瑞说。

"卑鄙"收起那东西，拉上拉锁，然后把他的液体和泥土都抹在了盖瑞的脸上。

盖瑞发怒了，当我差不多自慰完的时候，他站起来，用脚去踢"卑鄙"的训练鞋鞋底。踢完之后，他便一股风地跑了。现在想起这事儿，好像真正的主角是"卑鄙"而非丽兹——虽然是丽兹和"烂抹布"赛跑时的精彩演出成就了这段传奇历史。

总之，过了些年，汤米就把上了丽兹。大多数混蛋都想，这个王八蛋运气真好。就连变态男都没有搞过丽兹呢。

令人惊奇的是，就算我满屋子都是吸毒工具，汤米现在却还没提起海洛因。他应该看得出我刚刚嗨到家了吧？通常，在这种时候，他会用老太太的口吻教训我说："你不想活啦？别注射海洛因啦！好好过日子！"[1]

而现在，他却说："马克，注射海洛因的感觉怎么样啊？"他的声音是疑惑又好奇的。

我耸耸肩。我不想讨论这种事儿。这就像有些人上了好学校拿了好学位在金融界找到了好职位，然后又去花大价钱看心理医生，却还和我这种人混在一块儿：真够朋友啊。汤米却坚持让我说。

"告诉我，马克，我想知道啊。"

作为朋友，每当生活中出了什么大事小事——通常是小事——他们总会希望有人来指点迷津。心理医生和思想警察固然会这么做，但我也想到了一套理论。我现在自我感觉很好，头脑清晰，心情平静，可以谈一谈这套理论了。

"我也不知道，汤米，我也不知道。我只是觉得吸完毒之后，万事万物对我来说都更真实了。生活无聊又徒劳，一开始，我们的

---

[1] 汤米原来虽然服用安非他命，却不注射海洛因。

期望都很高，然后我们为之努力奋斗。但我们都知道，我们会在得到生活意义的真正答案之前死去。我们发明了那些长篇大论的理论来解释生活，却没有真正创造出能够让我们直面真实世界的有价值的智慧。说到底，人生有如白驹过隙，死亡不可避免。而我们的生活就像狗屎一样，什么事业呀人际关系呀这些东西，只不过是用来自我欺骗罢了。而海洛因则是一剂让人诚实的药，它过滤掉了那些自欺欺人的谎言。吸过毒之后，当你感觉好的时候，你会觉得自己千秋万岁，而当你感觉不好的时候，它会更加强化你既有的感觉。这是唯一真正的诚实之药。它不会改变你的意志，却会让你感受自我。吸过毒之后，你会真正了解这世上的悲伤，而非视而不见。"

"狗屁。"汤米说，"真是狗屁不通。"或许他说对了。如果是上个星期，他问我同样的问题，我可能会给他另一种答案。如果他明天问我，我回答的版本又会不一样。但在此时此刻，我的感觉就是，除了毒品之外，这世上的东西就是又无聊又没有意义的。

我的问题是，每当我意识到自己可能，或即将，得到自己想要的东西——女朋友、公寓、工作、教育、钱的时候，就会觉得那些东西索然无味，不值得珍惜。可是毒品不一样，你无法轻易从它的诱惑里逃脱，它不会轻易放过你的。尝试毒品是一种终极挑战，也是终极快感。

"那真是爽得不行。"

汤米看着我说："我也来，让我来一下。"

"滚蛋，汤米。"

"你说很爽的，我真想试一下。"

"不行，汤米，你听我说。"这话却好像让他的兴致更高涨了。

"我带钱了，快点，帮我打一针。"

"汤米，别闹了……"

"我跟你说，快点儿，我们不是哥们儿吗？帮我弄一针，我他妈受得了，只来一针不会伤害我的。快点。"

我耸耸肩，答应了汤米的要求。我把工具清洗干净，弄了一份小剂量的药，帮他注射。

"真他妈爽，马克……好像在坐过山车……我他妈彻底晕啦，彻底晕啦。"

他的反应吓了我一跳。有些家伙天生就是这么适合海洛因……

过了会儿，汤米平静下来，准备告辞。我说："你算是破戒了，这可是你自愿的啊。麻醉剂、迷幻药、安非他命、摇头丸、迷幻蘑菇、宁比泰、镇定剂、海洛因，这些他妈的都是毒品。敲敲脑袋想一想，第一次也应该是最后一次。"

我这么说，是因为我很确定，这家伙一定会问我要一些海洛因带回去。而我的存货连自己都不够用了。我从来就没有够用的时候。

"你说的太对了。"他穿着夹克，说道。

汤米走后，我第一次感到自己的老二痒得不得了。我还不能用手挠，如果我挠了，它就会被细菌感染，到时候可就真成大问题了。

星期天的传统早餐[1]

天哪，我他妈身在何方。对于这个房间，我根本没有印象啊……德威，动动脑子。我口干舌燥，舌头好像都动不了了。混蛋。别再这样了。

……请别这样……

求求你了。

---

[1] 本节以汤米的朋友德威的视角叙述。

别让这种事儿发生在我身上。求求你了。说真的。

可事实如此。我在一张陌生房间里的陌生床上醒来，浑身都是脏东西。我在床上尿。我在床上吐。我在床上拉。脑袋嗡嗡乱响，肚子咕噜咕噜的，危机重重。这张床上乱七八糟的，乱到极点。

我把床单抽出来，把床罩也掀了起来，把臭烘烘的屎尿呕吐物卷在里面。我把它包得很紧，一滴不漏，然后再把床垫翻了个个儿，最后走进了卫生间，冲干净自己的胸口、大腿和屁股。现在我想起自己在哪儿了，我在盖儿的妈妈家呢。

盖儿的妈妈家。我怎么到这儿来的？谁把我弄到这儿来的？回到房间，我又看到了自己的衣服叠得整整齐齐的。天哪。

谁把我扒光了呢？

我开始向前追溯。今天是星期天。昨天是星期六，汉普顿半决赛的日子。我一定是在比赛之前或之后把自己搞成这副狗屁德行的。我想，在汉普顿球场，在那种裁判的执法之下，在那一大群球迷俱乐部的会员呐喊助威之下，我们队根本没有机会打败格拉斯哥队。与其看自己支持的球队惨败，不如给自己找点别的乐子。对于这一天，我没有刻意安排，我甚至不记得自己有没有去看球了。我和雷斯的哥儿几个——汤米、瑞顿等人——一起到杜克大街上了公共汽车，坐到马克斯曼。想起来了。我想起比赛之前，在鲁斯伦的酒吧里发生的事儿了，掺了大麻的蛋糕、安非他命、迷幻药、海洛因；而最重要的是酒。和大伙儿碰面之前，我已经喝了瓶伏特加。

至于盖儿是什么时候出现的，我却记不清楚。我又回到床上。没有了床单，床垫和被子显得很冷。几个小时后，盖儿来敲门了。盖儿和我约会了五个星期，却没发生过关系。她说不希望我们的关系从肉体开始，否则它会只停留在肉体层面上。她是在《时尚》杂志上读到这个理论的，并决定在现实中加以检验。于是五个星期后，我的睾丸里积满了精液，肿得像两个熟透了的西瓜。没准我的屎尿呕吐物之中都有精子在游动。

"你昨天晚上太不像话了，德威·米歇尔。"她控诉说。她是真的生气还是故作不悦呢？很难判断。然后她又说："床单怎么没了？"看来她是真的生气了。

"呃，出了点儿意外，盖儿。"

"好好，别管它了，下楼吧。我们要吃早饭。"

她转身离去，我虚弱地穿上衣服，胆怯地走下楼梯，希望自己是个隐身人。我把那个床单卷成的包也带了下去，希望带回家把它洗干净。

盖儿的父母坐在厨房餐桌前。传统星期天早餐的声音和气味把我恶心坏了。我的肚子又开始翻江倒海。

"昨天有人出了点儿状况啊。"盖儿的母亲说。还好，她似乎并没有真生气，我舒了口气。

我仍然尴尬得满脸通红，休斯顿先生也在桌上，他试着让我轻松一点。

"偶尔放松一下也挺好啊。"他倒是很站在我这一边。

"有时候紧点儿更好。"盖儿说完才发现有点儿用词不当，好在她父母并没发现。我偷偷瞄了瞄她。对于有的事儿来说，紧点儿当然好……

"呃，休斯顿太太，"我指指团在厨房地板上的床单，"我把你们的床单弄得有点儿脏，我会回家把它洗干净，明天再带来。"

"哦，别担心了孩子，我用洗衣机洗就可以了。你先坐下吃早饭吧。"

"不行……真是很脏。真不好意思，我真得把它带回去。"

"这小子。"休斯顿先生笑道。

"不不，你坐着。孩子，我来看看它。"休斯顿太太走到我面前，拿起了那包东西。厨房是她的领地，在这儿她说了算。我把那包东西向自己这边拉着；但休斯顿太太很敏捷，力气也真他妈大。她一把就把那包东西抢了过去。

床单立刻展开，滑腻腻的屎、酒气熏天的脏东西和恶心得要命的呕吐物弹射而出，溅得一地板都是。休斯顿太太吓得一动不动，过了几秒，她跑向水槽，开始哇哇大吐。

褐色的屎汤子斑斑点点地喷到了休斯顿先生的眼镜、脸和白衬衫上。污秽溅上了餐桌，粘满了桌布，落进了食物，看起来如同餐厅里的沙司酱。盖儿的黄衣服也未能幸免。

耶稣啊，完蛋了。

"我的天哪，我的天哪。"休斯顿先生重复着这句话，休斯顿太太惊声尖叫，而我则忙不迭地收拾着那些脏东西。

盖儿厌恶地看着我。我觉得我们关系算是完了。我永远都没法把盖儿弄上床了。但这也是我第一次觉得不和她上床也无所谓，我只想赶紧离开这里。

吸毒的困境　　笔记第65号

突然变冷了，真他妈的冷。蜡烛快要烧尽了。屋里唯一的灯光来自电视。一些黑白的东西正在屏幕上……但那本来就是一台黑白电视，放出来的东西当然是黑白的了……如果是彩色电视，那就不一样了……可能。

滴水成冰啊。但移动身体会让你更冷，会让你知道，最好的取暖方法，就是一动不动。至少，这么纹丝不动，我还可以假装自己有能力暖和起来——我可以幻想着走一走，把火生上。我的御寒之道就是尽量不动，这比从房子这头走到那头打开电暖器容易多了。

房子里还有一个人。我想，是屎霸吧。但在黑暗中很难辨认。

"屎霸……屎霸……"

他没说话。

"真他妈冷。"

屎霸——如果是这厮的话——仍然没说话。他可能死了，也可能没有，因为我想他的眼睛是睁着的。但那他妈也什么意义也没有。

日光港口的悲痛

兰尼看看自己的牌，然后观察着朋友的表情。

"别磨叽了比利，快点儿出牌。"比利向兰尼亮了底牌。

"两张A！"

"狗屎运，你他妈真是个走狗屎运的王八蛋，比利·瑞顿[1]。"兰尼击掌叹道。

"给钱吧。"比利·瑞顿说着，抓起了放在地面中央的一叠票子。

"纳兹，给我拿听啤酒。"兰尼说。啤酒罐被扔过来，但他没接住，掉在地上。兰尼打开啤酒，把大股的泡沫喷在匹斯柏身上。

"你丫有病吧！"

"对不起，匹斯柏，不过得赖那孙子。"兰尼笑着指指纳兹，

---

1 比利·瑞顿，本书主人公瑞顿的哥哥。

"我让他把啤酒扔过来,可不是照着我脑门子扔啊。"

兰尼站起来走到窗边。

"还没见那孙子来啊?"纳兹说,"没有大数目,玩不起来。"

"还没见。这孙子不知道死哪儿去了。"兰尼说。

"给丫打个电话,看看他到底怎么回事儿。"比利建议。

兰尼到大厅拨了菲尔·格兰特的电话号码。玩这种小儿科的赌局,他很没兴致。只有格兰特把钱带来,大伙儿才会情绪高涨。

电话一直响着,无人接听。

"没人在家啊,要不就是他在家却不接电话。"兰尼告诉大家。

"我希望这孙子可别拿了钱就溜了。"匹斯柏笑道,但笑得很不轻松。他一语道破了大伙儿最怕却又不敢说的事儿。

"他最好别这样。我最恨那种占哥们儿便宜的家伙了。"兰尼吼道。

"你干吗这么说,那毕竟是格兰特赢的钱,他可以爱怎么花就怎么花嘛。"杰基道。

大伙儿用意味深长并充满敌意的目光看着杰基。兰尼说:"滚蛋。"

"从某个角度来说,那孙子确实是公平竞赛赢了那笔钱啊。我也知道大家的规矩:筹措一大笔钱来,建立公共赌资,这样可以让打牌变得刺激点儿。而不管谁赢,钱都平分。我知道这个规矩。我想说的事,从法律的角度来讲……"杰基为自己的立场辩护道。

"那是大伙儿的钱!"兰尼尖声道,"格兰特知道规矩吧。"

"我知道,我只是说从法律的角度……"

"闭上你的臭嘴,傻帽儿。"比利插了进来,"我们在这儿可不管什么操蛋法律的角度,我们说的是哥们儿义气。如果什么事儿都要依他妈的法律处理,你那间贫民屋就别想摆家具了。"

兰尼点头表示认同比利的观点。

"我们做个结论：格兰特没出现应该有理由，没准他被谁抢了。"纳兹说。他长满粉刺的脸拉得很长。

"也许有人抢劫了他，拿走了那笔钱。"杰基说。

"没人敢抢格兰特。他不抢别人就算不错了。如果他想用这个当借口，我会让他知道知道厉害。"兰尼处于一种非常焦虑的状态中。这可是一大笔公共赌资啊。

"我只是说，拿着一笔这种钱跑掉，那可是只有白痴才干得出来的事。"杰基再次坚持立场。他有点儿被兰尼吓住了。

在过去的六年中，格兰特从来没有错过周四晚上的赌局，除非他去度假了。他在学校时就是最值得信赖的中坚力量。兰尼和杰基都很怀念那段一起打架和抢钱的好时光。

公共赌资，假日开支，这是他们从一起去犹德瑞玛度假的时候就保持下来的好传统，那时他们才十几岁。现在他们都长大了，聚赌也变成了小圈子聚会，或者带着女朋友和老婆参加的聚会，而之所以会拿"公共赌资"来赌钱，也是因为多年前那个烂醉的场合。匹斯柏，当时的公共会计，闹着玩儿地把一笔大伙儿共同的钱扔进了赌局，而他们确实也用这笔钱玩了起来，目的是享受一把豪赌的感觉。到了最后，他们再把那笔钱平分。从那以后，每当手头紧的时候，他们就不会掏自己的腰包，而用那笔公共赌资来下注。这就好像在玩强手棋一样。

有几次，尤其是当某个人"赢得"了所有的钱——就像格兰特上个星期那样——古怪而危险的情绪就会弥漫在众人心中。他们都是哥们儿，赌博的时候谁也不会出老千，也相信没人敢真的把钱全都卷走。从逻辑上说，大家都要讲义气，而且也犯不着为了两千英镑就抛家舍业，远走高飞吧。携款潜逃的下场很惨痛，他们不断这样自我提醒，但大家最怕的也是钱被偷走。其实，这笔钱还是放在银行里更安全。大家越发不安，陷入了集体性的精神紧张。

第二天早上，格兰特仍然没有踪影。而兰尼到救济中心"报到"的时候也迟到了。

"李斯特先生，您就住在附近，而且每两个月才来报告一下生活状况，这并不是什么高标准、严要求吧，您这还迟到啊？"盖夫·坦普利，救济中心的职员，趾高气扬地对兰尼说。

"我知道你们的操蛋规定，坦普利先生，可你也体谅体谅我，我忙得不可开交，好几笔买卖得顾着呢。"

"狗屁，兰尼，你就是个懒骨头。我在皇冠酒吧和你见面好了，我要在那儿吃午饭。你十二点到那儿找我。"

"好的。你得帮我弄点儿钱，盖夫，明天交完房租我就彻底放空枪了。"

"没问题。"

兰尼来到酒吧，夹着一份《每日记录报》，要了一大杯啤酒，坐到吧台上。他想点根儿烟，但又打消了这个念头。现在是上午十一点零四分，他已经抽了十二根烟。每次他被迫早起，都会抽很多烟。他抽得太凶啦。如果能赖着不起床，那就可以少抽点儿，所以他通常下午两点才起。这些政府的傻帽儿实在是说一不二。兰尼想，他们就是要让你早起，以此毁掉你的健康，轧空你的钱包。

一如既往，报纸背面满是格拉斯哥流浪者和凯尔特人这些狗屁球队的评论。桑尼斯大力关注英格兰二队的一个傻帽儿，麦克尼尔说凯尔特人队的斗志回来啦。没有人评论哈茨队。哈茨队的吉米·桑迪森被一笔带过地提到了一点点，他的同一句话被引用了两次，而且都是断章取义。报上还有一个豆腐块，讨论为什么希伯队的弥勒仍然自认为是最好的球员，要知道，过去的三十场比赛他只进了三个球。都是一些垃圾。

兰尼翻到第三版。他很喜欢看《每日记录报》上那些衣着性感的小妞儿，而不喜欢《太阳报》上的那些彻底无上装的艳照。你还是需要一些遐想的空间嘛。

在余光里，他瞥见了寇克·达尔利许。

"寇克。"他头也不抬地说。

寇克把一张高脚凳推到兰尼旁边。他点了一杯特纯啤酒说："听到消息了吗？真他妈操蛋啊。"

"呃？"

"格兰特啊……你没听说？"寇克盯着兰尼。

"没有啊，怎么了……"

"死了。哏屁了。"

"你在开玩笑吧？别吓我啊……"

"真的，好像就在昨天晚上发生的。"

"到底是怎么回事？"

"心脏病发作。"寇克弹着指头说，"很明显，他的心脏不好，可却没人知道。格兰特这可怜虫和皮特·吉里一块儿工作。昨天下午五点，格兰特正帮皮特收拾东西，准备赶紧回家，突然就抓着胸口倒下去啦。皮特叫了救护车，把格兰特送到医院，几个小时之后，人就死了。可怜的格兰特，他这人还挺好，你们常在一块儿玩牌吧？"

"呃……是啊……他是你所希望认识的最好的人了……这实在是太糟糕了。"

几个小时后，兰尼的状态也很糟糕。他去向盖夫·坦普利借了二十英镑买醉。而匹斯柏下午来到酒吧的时候，兰尼还在向对面的两个人喋喋不休，那两个人，一个是个好心的酒吧女服务生，另一个则是穿着"唐纳酒厂"工作服的清醒男人。

"实在是你所希望认识的最好的人了……"

"好了兰尼，我听说这消息了。"匹斯柏用力抓住兰尼的宽肩膀，抓得很紧，仿佛是确定他的朋友还在那里，顺便估计一下兰尼醉到了什么地步。

"是啊，匹斯柏，我他妈都无法相信这个消息……你所希望认识到的最好的人……"兰尼慢慢转身，再一次盯着女服务生，握紧的拳头翘起拇指，指着匹斯柏说，"让这家伙告诉你……么么，匹斯柏……格兰特是你所希望认识到的最好的人了吧，匹斯柏，格兰特，呃？"

"是啊，真让人吃惊，我仍然不敢相信。"

"就是这样，我们以前老在这儿混，以后却再也见不到这个可怜的家伙了……他才二十七，太不公平了，我他妈跟你说，太不公平了……"

"格兰特不是都二十九了么？"匹斯柏问。

"二十七，二十九……这他妈有区别吗？他还是个年轻的小伙子，他的老婆孩子也真可怜，你再看看那些老不死的家伙……"兰尼怒指角落里玩多米诺骨牌的一群老年人，"他们倒活得长，真他妈长命百岁！除了放屁什么都不会做！格兰特就从来不瞎抱怨，他可真是你所希望认识的最好的人了。"

然后，他又指指酒吧另一边的三个年轻人，屎霸、汤米和"二等奖金"。

"瞧瞧比利的弟弟交了一群什么烂朋友。这些瘾君子都该得艾滋病死掉，他们就是在自个儿弄死自个儿。人生宝贵，格兰特多他妈珍惜生命啊，这些家伙却在浪费生命！"兰尼怒视着三个年轻人，但后者则在专心交谈，根本不理会兰尼的怒火冲天。

"算了,兰尼,醒醒神。别东骂西骂了,这些孩子也不错嘛,那个丹尼尔·墨菲脾气就挺好,还有汤米·劳伦斯,你认识汤米的。还有那个拉布·麦克劳林,以前还是个不错的足球队员呢,曾经加入过曼联队。这几个孩子都还不错。而且他们的哥们儿也是你的哥们儿啊,那个在救济中心工作的小子,叫什么来着?盖夫?"

"是是……不过那些老家伙……"兰尼勉强接受了匹斯柏的观点,但又立刻将怒火转到另一头的老年人头上去了。

"算了兰尼,管他们呢。老家伙又没什么害处,也从不惹是生非。喝完杯中酒,我们要去纳兹那儿,我得先给比利和杰基打电话。"

一股阴森的气氛弥漫在巴克曼街比利的公寓。大家从哀悼格兰特转到了哀悼那笔钱上。

"星期五本来是分钱的日子,那家伙却在前一天死了。他的身上可有一千八百英镑啊。六个人平分的话,每人能拿三百多镑呢。"比利说。

"那我们又有什么办法。"杰基说。

"狗屁。这笔钱每年放假之前的两个星期都要平分。我已经用这笔钱的预算去订了度假的饭店,如果拿不到钱,我他妈就要经济崩溃了。如果取消度假,席拉会把我的蛋当台球打。"纳兹说。

"确实他妈如此。我对格兰特的老婆菲欧娜以及他的孩子深表同情,人皆此心嘛。但问题是,那笔钱是我们的而不是她的。"比利说。

"这些都是我们的错。我就知道有一天会发生这种事儿。"杰基耸肩道。

门铃响了,进来的是兰尼和匹斯柏。

"你觉得无所谓吗?你这个笨蛋。"纳兹还在对杰基反唇相讥。

杰基没有回答,只是从匹斯柏扔在地上的啤酒中拿了一罐。

"这消息真可怕,对吧?"匹斯柏说。兰尼悲伤地喝着啤酒。

"你所希望认识的最好的人了。"兰尼说。

纳兹很清醒地意识到,兰尼插话了。当发现匹斯柏提到格兰特的时候,他已经准备对那笔钱说点儿什么了。

"我知道这时候不该自私,不过那笔钱的事儿还是得解决吧。下个星期就是分钱的日子,我也预订好了假期,我需要那笔钱。"比利说。

"你也太孙子了,比利。格兰特尸骨未寒,难道我们就不能等等吗?"兰尼轻蔑地说。

"格兰特的老婆菲欧娜会把这笔钱花光的。如果没人告诉她,她可不会知道这笔钱是我们的。只要清理格兰特的遗物,她就会发现:这是什么啊?将近两千英镑!真他妈爽。然后她就会用这笔钱到加勒比的小岛上去度假,而我们却只能在公园里喝着苹果酒欢度新年。"

"你说的也太惨了吧,比利。"兰尼对他说。

匹斯柏严肃地看着兰尼。他觉得有人在搞阴谋。

"我也很痛恨这么说,兰尼,但是比利说得没错。格兰特是个好人,不过以前没让菲欧娜过上纸醉金迷的生活。别误解我的意思,我是说,我不是故意说菲欧娜不好,不过她也一定喜欢钱吧。想想,如果你在屋里发现两千英镑,肯定会先花了再说,才不去管它是谁的呢。对于这一点我他妈很确定,每个人都会这样做的,人之本性啊。"

"是么,那么谁去管她要这笔钱呢?我可不去。"兰尼说。

"我们一起去,这是我们的共同财产啊。"比利说。

"好吧,葬礼之后去吧。下星期二。"纳兹建议。

"好吧。"匹斯柏也同意。

"好吧。"杰基耸肩赞同。

兰尼点点头,疲倦地接受了建议。这毕竟是大家的钱啊……

很快,星期二来了又走了。葬礼结束之后,每个人都是一通狂饮,喝得烂醉,语无伦次地哀悼着格兰特。但却没人想到钱的事儿。一直到第二天下午,他们才带着宿醉碰面,去找菲欧娜。

没人开门。

"可能去她妈妈家了吧。"兰尼道。

对面公寓的一个灰发女人走了出来,她穿着一件蓝色印染衣服。

"菲欧娜今天早上就离开了,孩子们。她去迦纳利岛了,孩子们都送到她妈那儿去了。"这女人似乎很乐于宣布这个消息。

"真他妈棒。"比利嘟囔着。

"是嘛,"杰基耸肩道。他的态度看起来和朋友们有点不同,"这下我们就没办法了。"

然后,他就感到脸上挨了一记重拳,打他的是比利。杰基被打翻在地,连滚带爬地摔下楼梯,他尽力抓住栏杆,以免继续摔下去,然后恐惧地看着比利。

和杰基一样,其他人也被比利吓了一跳。

"放松点比利。"兰尼抓着比利的胳膊,盯着对方的脸。对于比利的暴跳如雷,他感到紧张而困惑,"你发疯了?这也不是杰基的错呀。"

"不是他的错吗?我是可以什么都不说,但是这个自作聪明的家伙,做得也太过了。"比利指着地上的杰基说。杰基的脸飞快地肿了起来,让他看起来更狡猾了。

"到底怎么回事儿啊?"纳兹说。

比利没理他,继续直瞪着杰基说:"那事儿你干了多久了?"

"什么事儿啊?"杰基说着,但颤抖的声音里藏着一丝做贼心虚的感觉。

"迦纳利岛，王八蛋！你和菲欧娜不是要在那儿碰头吗？"

"你疯了，比利，你没听刚才那女人说过了么。"杰基摇着头说。

"菲欧娜是我媳妇雪伦的妹妹，你以为我是一直被蒙在鼓里吗？杰基，你到底跟她搞了多久？"

"这他妈的纯属谣言啊！"

比利的愤怒充满了整个楼梯，他也感到怒火正在其他人的胸中蔓延。他在杰基身旁长身而立，如同拿着《圣经》的上帝，正在对杰基进行审判。

"王八蛋，你以为格兰特也不知道吗？没准他就是因为这件事儿心脏病发作的。他所谓的哥们儿竟然搞了他的女人！"

兰尼看着杰基，愤怒得浑身颤抖。然后他又看看其他人，大家的眼睛都在冒火。在那一瞬间，他们有了一种心照不宣的默契。

他们开始狠踢杰基，把他一路踢到了楼下，后者的惨叫在楼梯之间回荡。杰基努力保护着自己，忍受着恐惧和疼痛，只希望自己能够大难不死，活着逃出雷斯。

再　戒

人生如粪[1]

我告诉你，今天一大早，我的脑袋就他妈疼得要命。我冲向冰箱，太好了，这儿有两瓶贝克啤酒。这玩意儿估计对我有好处。我飞快地把啤酒灌到肚子里，立刻感觉好多了。但现在，我他妈得留意一下时间了。

当我回到卧室，那女人还在床上赖着。看看她，一个又懒又肥的傻娘们儿，只是因为怀了个孩子就觉得自己有权利成天躺着了……算了，这就是另一桩事情了。我得赶紧打开包，这女人最好把我的牛仔裤给洗了……我的501……我的李维斯501在他妈哪儿呢……噢，在这儿呢，这女人还算有点而眼力见儿。

她终于醒了，问我："弗兰克，你在干吗呢？你要去哪儿？"

"我他妈得赶紧离开这儿。"我头也不回地说。我的袜子又跑到哪儿去了……每件事都要花两倍的时间才能做好，头又晕成这样，

---

[1] 本节以"卑鄙"的视角叙述。

真他妈一团糟。

"哪儿？你要去哪儿啊？"

"我告诉你，我他妈时间紧迫。我和勒克索合伙做了点儿生意。这事儿我不能再说下去了，但我得消失两个礼拜。如果警察来找我，你就说你好几年都没见着我了，你认为我跑路了。对，就说你没见过我，懂了吗？"

"但是你到底要去哪儿呢，弗兰克？你他妈到底去哪儿啊？"

"这是我的事儿。你不知道我去哪儿，警察不就没法儿问出我的行踪了吗。"我说。

然后这婆子就起床了，开始对我咆哮，说我不能就这么一走了之。我照着她的嘴来了一拳，又朝她的小腹来了两脚，就把她揍倒在地，只剩下哼哼的份儿了。这都是她咎由自取，活该。我告诉过她，如果她敢这么对我说话，下场就是这样。这就是我的游戏规则，不爱玩儿滚蛋。

"我的孩子！我的孩子！"她尖叫。

我学着她的腔调："我的孩子！我的孩子！"然后回答她："闭上你的臭嘴，别他妈跟我提孩子。"而她则躺在那儿，像台电视一样持续发出声响。

反正这孩子估计也不是我的。以前，我也和别的女人弄出过孩子来，我知道这里面的玄机。她以为有了孩子就能把我降住，这可打错主意了。我告诉你，小崽子真能把你烦死。

剃须刀，这是我需要的东西。我知道它一定能派上用场。

那婆子还在念叨着她有多疼，要去看医生，还躺在地上。我哪儿有时间理会这些烂事儿。托她的福，我他妈已经快没时间了。我得加快速度。

当我走到门口时，她大喊："弗——兰——克！"

我心说，这可真像哈普啤酒广告里的一景啊："到了快速离开的时候。"这广告词简直是为我定制的。

酒吧已经开门了。他们还挺勤快。那个红头发的小子瑞顿正在和麦迪打台球。如果一杆儿挑了黑八，瑞顿就赢啦。

"拉布，把我的名字排上去，我一会儿也要来两杆儿。你们丫的喝的什么酒？"我走到吧台说。

拉布被我们称为"二等奖金"，他的眼圈都是黑的，看起来刚被谁暴捶了一顿。

"拉布，你他妈怎么搞成这样了？"

"哦，几个罗谢那边的人打的。你知道，我喝高了。"这厮看着我，样子真像个厌货。

"知道他们叫什么吗？"

"不知道，不过别担心，我会把他们找出来的。"

"我觉得也是。你认识那伙儿痞子么？"

"不认识，也就是打个照面儿什么的。"

"等我和瑞顿从他妈伦敦回来，再一块儿到罗谢给你报仇去。道西前一阵也在那边儿让人家揍了。这些事儿都不算完。我的业务还真繁忙。"

我转向瑞顿："准备就绪了么？"

"随时恭候，弗兰克。"

我把球码好，大胜瑞顿，把他的两个蛋都打爆了。"也许你能赢麦迪和'二等奖金'之类的货色，但碰上我快枪手弗兰克就根本不是对手了，你丫这红毛二货。"我说。

"台球是蠢货玩儿的游戏。"他说。这个自以为是的贱人。根据他的理论，只要是红头发瑞顿自己玩儿不好的东西，那就一定是蠢货才玩儿的。

但我们现在得动身了，所以这一局看来是进行不下去了。我看着麦迪，抽出一叠钞票："嘿，麦迪，你知道这是什么吗？"我在这厮眼前扇着钱。

"呃，知道啊。"他说。

我又指着吧台："知道那是什么吗？"

"呃，那是吧台。"这厮的脑袋还真是慢，太他妈慢了，我知道。

"那这又是什么呢？"我指着啤酒问。

"呃……知道啊……"

"你还不知道我到底是他妈什么意思吗？我已经给你这么多提示了，你这个傻帽儿。给我一品脱特酿啤酒和一杯杰克·丹尼尔斯[1]威士忌兑可乐，傻帽儿！"

他靠了过来，对我说："呃，弗兰克，我最近手头有些紧……"

我知道他在说什么。我对他说："也许你他妈会时来运转的。"这厮这次听懂了我的暗示，就往吧台走去。他最近又开始吸毒了，不过说真的，他从来就没戒掉过。等我从伦敦回来，一定得跟这厮好好说一说这事儿。瘾君子，废物。瑞顿现在都不再吸毒了，我从他喝啤酒的模样就能判断出来了。

我很期待这次伦敦之行。瑞顿从他朋友那儿借了套公寓。那个叫汤尼的家伙和他的妞儿要出门几个星期，大概要去度什么狗屁假。我在伦敦也有几个狱友，我也可以看看他们，叙叙旧。

罗莉安正在吧台为麦迪服务。她可真是个小骚货。我走向吧台。

"嘿！罗莉安，我来啦。"我用手指把她的头发撩到耳朵后面。小妞儿都喜欢这一手。这可是女人的敏感区。我对她解释道："从耳朵后面的感觉能判断出一个人昨天晚上有没有做爱，你知道么？做

---

[1] 苏格兰的著名威士忌品牌。

没做爱，那儿的温度会不一样。"

她只是笑着。麦迪也跟着笑。

"这他妈可是科学理论，知道么，可有些傻帽儿就是不知道。"

"那么，罗莉安昨晚有没有性生活呢？"麦迪问。这孙子看起来糟糕透顶，就像一具加过热的尸体。

"这是我们的秘密，对吧，小妞儿？"我对她说。我感觉她对我有点儿意思了，因为每次我跟她说话，她都显得害羞而沉默。从伦敦回来以后，我得赶紧采取行动，我可是个雷厉风行的行动主义分子。

琼这胖婆子生完孩子之后，我可不让她耗在我那儿了。而且如果她让我伤害到孩子，那她可就死定了。她自以为怀了孩子就可以跟我顶嘴，殊不知有没有孩子对我来说都是一码事儿。她应该知道这一点，却还在自作聪明，自以为有了孩子就可以降住我……

"弗兰克，"瑞顿说，"我们最好动身了。还得带点儿吃的喝的呢，别忘了。"

"好的。你带了什么？"

"一瓶伏特加和几罐啤酒。"

一猜就是伏特加。我最讨厌伏特加了，这个红毛傻帽儿。

"我还得带瓶杰克·丹尼尔斯，还有八罐高度啤酒。再让罗莉安帮我灌几壶啤酒好啦。"

"那我们这些酒鬼在车上可有的喝了。"他说。有时候我真是听不懂这厮的冷笑话。我和瑞顿相识已久，但这家伙好像变了。我说的还不是吸毒之类的烂事儿。那感觉好像是我们已经分道扬镳了。但不管怎么说，他仍然是我的哥们儿，这个红毛杂种。

于是我拿了酒壶，一壶为我灌满威士忌，另一壶为红毛小子灌满啤酒。我们带着这些东西，坐出租车来到镇上，又在车站的酒吧迅速灌下一大杯啤酒。在那儿，我和吧台那个从菲弗一带来的家伙瞎侃了几句。我在索顿监狱认识了他哥哥——在记忆中，那并不是个坏人。

开往伦敦的火车真他妈的挤，搞得我无名火起。我们已经他妈掏钱买了票，英国铁路局的那帮王八也没少领工资，为什么火车上就不能有空位子呢！

我们带着大瓶小瓶的啤酒烈酒，在火车上奋力前行。我的酒瓶都快从书包里掉出来了。都怪那些背着大包的旅客……还有那些婴儿车。根本就不应该让婴儿上火车。

"真他妈挤。"瑞顿说。

"最他妈讨厌的是，那些家伙都订了座儿。如果要订爱丁堡到伦敦的座儿，那也没问题，伦敦是他妈首都嘛，可那些傻帽儿订的都是到柏威克那种鬼地方的。火车就不应该在那种破烂小站停，从爱丁堡直达伦敦就够了，少他妈废话。如果让我他妈领导铁路局，我跟你说，我就这么搞。"一些家伙直看我。我他妈有话直说，怎么着吧。

所有人都订了座儿。真他妈的不是东西。本来就应该先来后到，谁先到谁先坐，干吗搞什么狗屁订座儿……去他妈的这些订座的傻货……

瑞顿在两个妞儿身边坐下。真不错，这个红毛杂种总算干对了一件事儿。

"这位子在到灵顿以前都没人坐。"他说。

我把座位上的订座卡撕了下来，坐到了自己的屁股底下："这椅子一直到终点站都他妈没人坐了。去他妈那些订座的人。"我说着，对着那两个妞儿绽开笑容。我说得太他妈对了，四十镑一张票，那些英国铁路局的孙子们还真敢要价。瑞顿耸耸肩。这个装模作样的痞子还戴着一顶绿色的棒球帽,等这厮睡着,帽子一定会被吹到窗户外面去的。我他妈跟你说。

瑞顿灌着伏特加,我们才到波蒂贝利,这家伙就已经喝掉了一大半。我恨死伏特加了,这个红毛杂种。不过这家伙要是非要喝,也只好由他去……我拿起杰克·丹尼尔斯,开怀畅饮。

"走一个,走一个,走一个……"我说。而这厮只是微笑。他不停看着旁边的那俩妞儿,她们好像是美国人。但这红头二货的问题在于,他虽然把自己打扮得人模狗样的,可就是不敢找妞儿搭讪。我和变态男就不这样。也许因为他只有兄弟没有姐妹,所以他根本没法真正和妞儿们套磁。你要是想等这家伙迈出宝贵的第一步,那真不知要浪费多少时间呢。所以我准备给这红毛杂种示范一下,应该如何拍婆子。

"英国铁路局那些孙子够黑的吧?"我推推旁边的女孩说。

"对不起……"那女孩对我说,听起来却好像"对八起"[1]。

"那你们从哪儿来?"

"对不起,我听不太明白……"这些外国人听不太懂我的皇家英语发音。你必须说得很大声、很缓慢,看似很文雅,这些家伙才能听明白。

"你们……是从……哪儿来的?"

这下,他妈的就明白了。坐在我前面的那些家伙好奇地回头乱看。我把那些孙子们"照"了回去。我告诉你,在火车到达终点之前,有些傻帽儿的嘴一定会被我抽得直漏风的。

"哦,我们是从多伦多来的,加拿大。"

"东多?这是独行侠的搭档啊,对不对?"我说。这两个妞儿却

---

[1] 雷斯人说话带有浓重的苏格兰口音,因此和其他英语地区的人交流起来有时会有障碍。

只是看着我。有些傻帽儿就是听不懂苏格兰式的幽默。[1]

"你是从哪儿来的呢?"另一个妞儿问我。好一个火辣小骚货。而红毛杂种就在旁边,即将采取行动了。

"爱丁堡。"瑞顿答道。他力图把自己装得比较有教养。这个自作聪明的红毛杂种。当我弗兰克打破坚冰、暖场结束之后,他就想过来抢夺胜利果实了,这个装丫挺的大尾巴狼。

两个妞儿说了一大堆爱丁堡有多他妈美、山坡上的城堡花园有多他妈可爱之类的屁话。这些观光客只想看城堡啊王子大道啊这些景点,有一次慕尼的姑姑带着她的小崽子从爱尔兰西岸的村里来这儿的时候,也是这副土头土脑的样子。

那老太婆跑到委员会去找房子住。委员会对她说:"你他妈的想住哪儿啊?"

她说:"我要住王子大道的房子,这样就能看见城堡了。"

她可真他妈蠢,只会说爱尔兰话,连英语都不会说。而且这可怜的老太婆刚下火车,就特别喜欢那附近的街道,还以为整个爱丁堡都是那副样子。委员会的孙子们听了她的傻话,笑得够呛,后来把她分配到西格兰顿去当接线员了。那儿是个没人想去的狗屎地方,她没看着城堡,倒天天去欣赏炼油厂了。这就是真实的生活,如果你不是个阔佬儿,没有豪宅没有大笔金银,那就得学会适应它。

到后来,那俩妞儿跟我们喝了几杯。瑞顿已经醉意阑珊了,我很清楚,我都可以把他踹到地上,再从他身上榨出酒来喝了,连榨一个礼拜都不会干。告诉你,昨晚珠宝店的那桩事情结束之后,我和勒克索就来了个一醉方休。我可知道喝醉是什么感觉,而现在,我可只想玩一会儿扑克牌了。

---

[1] 独行侠是一个美国电视节目里的人物,该节目里还有一个人物叫东多。东多的发音和多伦多有些相似,因此"卑鄙"就故意用谐音玩起了幽默。

"瑞顿,把牌拿出来玩会儿。"

"我没带。"他说。我可不信这厮的话。我昨天晚上提醒他的最后一件事就是"别他妈忘了带牌"。

"我他妈提醒你带牌了啊,傻帽儿!我他妈昨天晚上说的最后一句话是什么?别忘了他妈的操蛋扑克牌!"

"真忘了。"他说。我打赌这红毛二货是故意不带牌的。现在没有牌玩,无聊到极点。

而这个无聊的傻帽儿竟然看起书来了。真他妈太能装蒜了。这厮和那个加拿大妞儿都是一副让人恶心的学生模样,现在居然还讨论起了读过什么书。我他妈真快吐了。我认为这种场合大家哈哈大笑最合适了,可别再提读书之类的狗屁事情了。要是我说了算,我会把所有破书都没收,堆成一座山,然后一把火烧个精光。所有那些狗屁书,都是那些自以为是的家伙用来炫耀的,他们就想让别人知道他们读了多少书。要想知道发生了什么事儿,看报纸看电视还不够吗?这群丫挺的,还他妈读书……

火车在灵顿靠站,有几个家伙上了车,查看他们车票上的座位号,找座位。火车还他妈不开,他们还他妈在找。

"对不起,这是我们的座位,我们订了。"一个家伙对我说着,亮出了车票。

"恐怕您弄错了。"瑞顿说。这红毛痞子装得还真有格调。我告诉你,他还真有一手。"我们在爱丁堡上车的时候,并没有看到订位卡。"他说。

"可我们有订位票啊。"一个带着约翰·列侬[1]式眼镜的家伙说。

"好好,我只能建议您去找英国铁路局抱怨一下啦。我和我的

---

[1] 约翰·列侬(John Lennon),摇滚乐历史上最伟大的人物之一,"甲壳虫"乐队的主唱,1980年12月8日在纽约街头被枪杀。

朋友确定无疑，这些位子是我们的。铁路局出了问题，我们也无法负责啊。谢谢你们，晚安。"瑞顿说着，竟然开始笑了。这红头痞子还真是能言善辩啊。我光顾着欣赏他的精彩演出了，都忘了叫那些孙子们滚蛋。我也不想惹事儿，但那个约翰·列侬似的家伙却还没完没了。

"我们有票，这表示位子是我们的。"那厮如此一说，我可就受不了了。

"嘿，你！"我说，"就是你，碎嘴子！"他一转身，我站了起来，"你没听懂他说的话吗？要想坐着去伦敦，那不如骑自行车，你这个四眼狗。赶紧的，滚下去！"我指着火车外面说。

"算了，克利夫。"他的朋友说。这些孙子们滚了。这对他们来说可是个英明决策。而我本以为这事儿过去了，没想到他们竟然把票务员给叫来了。

看得出来，这个管票务的小伙子并不想多管闲事，但他也只好例行公事，告诉我们，座位是那两傻帽儿的。但我直截了当地回答说："我才不管什么狗屁车票呢，哥们儿，我们坐这儿的时候，可没看见什么订座标签，我们才他妈不走呢。就这么着得了，你们的车票已经够贵的了，下次记着要把标签贴上才行。"

"订位标签一定被什么人弄掉了。"票务员说。这厮真他妈厌。

"也许弄掉了也许没弄掉，这可不干我的事儿。就像我说的，座儿空着，我就他妈有权坐。这事儿就他妈的到此为止好了。"

管票务的小伙子对那俩傻帽儿说他也没辙，然后他们又吵了起来。我才懒得搭理他们呢。那些家伙估计会威胁要举报票务员失职，而票务员也奋起回击。

坐在我前面的一个家伙又回头看我。

"你丫有毛病吧？"我吼道。这家伙脸红脖子粗地缩了回去。

厌货!

这时瑞顿倒睡着了。这红头杂种已经醉得不省人事。他把酒壶里的酒喝了一半,啤酒也快喝光了。我拿着他的酒壶到洗手间,把壶里的酒倒出了一点儿,又用自己的尿取而代之,装满了酒壶。这就是对他没带扑克牌的惩罚,现在他的酒壶里已经三分之一是酒,三分之二是尿啦。

回到车厢,我把他的酒壶放回原来的地方。红头杂种还在呼呼大睡,两个妞儿中的一个也睡着了,另一个则钻进了书里。真他妈是两个骚货。我应该先和哪一个搞一把呢?是金发女郎还是黑发辣妹?

火车到彼得市的时候,我把红毛杂种喊醒:"醒醒瑞顿!你他妈怎么这点儿酒量都没有?真没用你,小酒鬼比我们这种老泡儿还是差远了。"

"我没问题……"他拿起酒壶,张嘴就喝。然后这家伙的脸就紧缩了起来。我笑成一团,尿都快笑出来了。

"这啤酒怎么这么臭啊,味道变了,怎么跟尿似的。"

我克制着自己,对他说:"不要找借口了,你这个没酒量的家伙。"

"我还能喝……"他居然还要继续喝。我尽力看着窗外,等着这家伙把我的尿一饮而尽。

火车到了国王十字车站,我的酒已经醒了。那两个妞儿下车了,我还以为我们能有机会搞一把呢。下车的时候,我差点儿把瑞顿扔在车上。我甚至把红毛杂种的包儿当作自己的拎了下去。这厮最好也带上了我的包儿。我他妈连地址都没有,到底去哪儿呢……然后,我就看到红毛杂种在车站入口外面,和一个拿着塑料杯的小乞丐说话。他拿着我的包儿,算这厮走运。

"弗兰克，你有零钱给这孩子么？"瑞顿说。那个一副倒霉样的小崽子举着塑料杯子，眨着眼睛看着我。

"滚一边去，吉卜赛人！"[1]我说着打翻小乞丐手里的杯子。那孩子吓得屁滚尿流，在人腿中间爬来爬去，捡着他的钢镚儿。

"你说的那个公寓到底他妈在哪儿啊？"我对瑞顿说。

"不远。"瑞顿说着，却像看着什么奇形怪状的东西一样看着我。有时候，那些家伙就是会给你这种脸色看，全然不管他是不是你的朋友。然后这家伙就转身前行，我跟着他前往维多利亚路。

姥姥与纳粹[2]

雷斯大街上真是摩肩接踵啊。对于一个皮肤很白的家伙来说，这天气太难受了。有些人很耐热，但我可不行。我快受不了了。

另一件令人沮丧的事就是兜里没钱了，一穷二白的叫花子。我现在只能走在街上，四处乱晃，东张西望。说来每个人也都有朋友，不过那些家伙一旦怀疑你彻底破产了，就会立刻躲得无影无踪啦。

我看见弗兰克正在老巫婆维多利亚女王的雕塑下面，和一个人高马大的家伙说话，那厮的名字叫克勒索，是个偶然认识的朋友。真他妈有意思，所有精神有毛病的人，好像天生就互相认识一样。这种同盟实在是够恐怖的……

"屎霸！你丫怎么样？还好吧？""卑鄙"总是个情绪高涨的家伙。

"只能说还凑合……弗兰克，你怎么样？"

1　在欧洲，吉卜赛人经常被诬蔑为乞丐和小偷。
2　本节以屎霸的视角叙述。

"相当不错。"他说着,转向那个像小山一样的方块大汉,"你知道克勒索吧?"他的口气与其说是问话,不如说是宣布。我点点头,表示认识。那大家伙看了我一秒钟,然后继续和弗兰克说话。

这两个家伙的德行,就像面口袋破了,一副唯恐露馅的样子。于是我说道:"我有事儿先走,回头再聊。"

"等一下,哥们儿,手头有钱么?"弗兰克问我。

"呃,基本上……已经彻底成穷光蛋了。我兜里只有三十二便士,在艾比国家银行的存款数额是一英镑。这样的投资组合不至于让夏洛特广场那些有钱人夜不能寐吧?"

弗兰克塞给我两张十镑的钞票。"卑鄙"真是个好人啊。

"别拿这钱吸毒啊,你丫这烂货。"他温和地责备着我,"周末给我打电话,直接过来找我也行。"

我刚才说过什么弗兰克大哥的坏话吗?你知道……他不是坏人。他就像只丛林野猫[1],但也会安静地坐下来,喵喵叫两声——尤其是在把哪个家伙生吞活剥之后。我很好奇哪个倒霉蛋被弗兰克和克勒索生吞活剥了。前一阵弗兰克·"卑鄙"为了躲警察,逃到伦敦躲了一阵,他们到底干什么了?不过有时候,这种事儿还是不知为妙。一直都是这样,知道越少越安全。

我顺便去了趟伍利斯超市,那儿还是生意兴隆。趁着结账台旁边的保安和一个性感小野猫调情,我顺手牵走了几盘空白磁带……心率加快,随后回归平稳……这感觉真不错,这是我最喜欢的感觉了……等等,不能说最,偷窃只能排第二,仅次于吸毒和做爱。不管怎样,这种肾上腺素奔涌上脑的感觉真是爽,让我直想跑到城里疯狂地偷上几把。

---

[1] 和变态男经常在意识里和肖恩·康纳利对话一样,屎霸总是把别人比作猫。这是他们两人的各自特点。

这天气真是……热。热是我唯一能想到的形容词了。我来到海滨,在救济金发放处附近找了张长椅坐下来。口袋中揣着两张十镑钞票的感觉真好,兜里有钱,许多快乐之门就会对你打开,知道不?我在椅子上望着河面,那儿有一只大天鹅。我立刻想到了白天鹅斯万以及毒品。这只白天鹅真他妈漂亮。身上带着面包就好了,这样我就可以喂喂它了。

盖夫在救济金发放处工作。或许我应该在午餐时间去找他,跟他喝两杯啤酒。最近好几次喝酒,都是他帮我付账。我看见瑞奇·墨纳汉从救济金发放处走了出来,这家伙人还不算赖。

"瑞奇……"

"是屎霸呀,最近怎么样?"

"呃,就那样。东拼西凑苟延残喘吧。"

"这么惨?"

"还有更惨的呢,哥们儿。"

"还吸毒吗?"

"上次在萨利巴瑞公园爽过一把之后,已经一个月零两天没沾那玩意了。每一秒都那么难熬,你知道,度秒如年。"

"现在感觉好点儿了吗?"

现在,只有我才知道自己的真实状况:无聊透顶,但身子骨呢……好像好多了。戒毒的前两个礼拜,简直就像看不到终点的死亡之旅,而现在,我已经可以搞定一个热辣的犹太公主或者信天主教的小妞儿了。要搞就搞那种穿着白袜的纯情少女,对吧。

"啊,是感觉好多了,你知道。"

"星期六去不去复活节大道球场?"

"啊……算了吧。你知道,自从上次看完球赛,我就没去过那儿了。不过也许还是会去吧……跟瑞顿一起去……可瑞顿现在在伦敦呢……找变态男也可以。或者盖夫，我会请他喝两杯的……现在我要去市民辅导中心点卯了。"

"好吧……看情况吧……你不去吗？"

"不去了。上个赛季结束后，我就说过，除非他们让米勒下课，否则我绝不会去看球了。我们需要一个新的球队经理。"

"是啊……米勒……我们在教练席上需要一个新生力量……我都不知道那个经理是谁，我连球队队员的名字都叫不出几个。那什么……肯诺……不过肯诺好像离队了，还有杜瑞，对对，高登·杜瑞！"

"杜瑞还在球队里吗？"

瑞奇看着我，摇头道："没有，杜瑞好多年前就转会了。他在一九八四年转到切尔西了。"

"对啊，好家伙，杜瑞。我还记得他单枪匹马挑翻凯尔特人队呢——或者是格拉斯哥流浪者队？反正没什么区别，就像一个铜板的两面一样没区别对吧？"

他耸耸肩。我很怀疑我的说法是否令他信服。

瑞奇在和我乱侃一通，或者应该说我在对他胡侃……我的意思是，谁知道是谁先挑起的话头啊？不过一路胡言乱语，我们又走上了雷斯大街。没有海洛因，生活真无聊。瑞顿还在伦敦，变态男则在城里鬼混，雷斯这个过去声名远播的老港口好像都不够他们折腾的了。拉布，就是"二等奖金"，也消失得无影无踪，而汤米自从和丽兹那小妞儿掰了以后，更是找了个地缝钻了进去。只剩下我和弗兰克了……咱哥们儿过的是什么日子啊。

瑞奇又叫慕尼，又名里察·墨纳汉，是个爱尔兰独立运动战士[1]，我确定这一点。这时他不跟我臭贫了，而是跑到城里找他的姐

---

1 这人并非真的独立战士，只是一个爱尔兰人。

儿去了。现在只剩下我孤身一人,于是我决定到复活节大道路口的疗养院去,看看娜娜姥姥。娜娜不喜欢那个地方,不过那儿的房子挺不错的。我希望我也有一间那样的房子,可是只有老家伙才能住在养老院里,妈的。知道不,如果住在那儿,你只要拉拉绳子,就会发出警报,然后管理员之类的家伙就会跑过来伺候你啦。这就是我梦寐以求的理想家园啊。如果管理员恰好又是弗兰克·扎帕的女儿,就是那个唱《傻妞儿》的慕恩·于妮·扎帕[1],那幅场景可真是美不胜收啊。

娜娜姥姥的腿已经彻底完蛋了。她原本住在罗恩街道的一处顶楼,可医生说,老太太每天爬上爬下太危险了,那个庸医说得真对。如果你把她腿上的静脉曲张摘掉,那她的腿可就真剩不下什么零件了。我胳膊上针孔累累的血管,都比她腿上纠结在一起的血管好一些。而她对医生的态度也很强硬,你知道,老家伙都很固执,固守成见,如果你侵犯了他们的老观念,他们就会张牙舞爪地抵抗到底。这就是我的娜娜姥姥,又被我叫成慕斯库瑞太太,就是那个希腊歌手娜娜·慕斯库瑞[2],知道不?

娜娜所住的街区有一个交际中心,可娜娜从来不去,她只有在勾引布莱斯先生的时候才会去。后来那老头儿的家人跑到管理员那儿抱怨,说娜娜姥姥性骚扰他。于是那个管理员老太婆就试着在我妈妈和布莱斯先生的女儿之间进行调解,但娜娜姥姥却恶毒攻击对方脸上那块丑陋的胎记,把人家给骂哭了。那块胎记看起来就像块酒渍,知道不?娜娜姥姥很善于抓住别人的缺陷进行攻击,尤其

---

[1] 弗兰克·扎帕(Frank Zappa),美国摇滚乐史上的先锋人物之一,她的女儿慕恩·于妮·扎帕(Moon Unit Zappa)也是一名歌手。

[2] 娜娜·慕斯库瑞(Nana Mouskouri),希腊著名歌手,对流行、爵士、民谣、古典等多种音乐形式都有独到诠释,享誉乐坛四十多年。

当对手是女性的时候。

打开了几道不同的锁,娜娜姥姥终于开了门,微笑着让我进屋。我在她这儿受到了盛情款待,但我妈妈和姐姐可就享受不到这种待遇了。娜娜姥姥完全忽视她们的存在,尽管她们那么尽心地伺候她。娜娜只喜欢小伙子,讨厌女性。她曾经跟五个不同的男人生了八个孩子——这还只是我的已知数据。

"你好啊……你是卡伦,威利,还是帕特里克?要不就是凯文或者戴丝蒙德?"她把她的孙子列举了一遍,就是没有提到我的名字。我倒无所谓,反正我已经习惯被称为"屎霸"了,就连我妈都经常这么叫我。有时候连我自己都忘了我到底姓甚名谁了。

"我是丹尼。"

"丹尼,丹尼,丹尼,丹尼。我把凯文和丹尼弄混啦。我怎么能忘掉你的名字呢,丹尼男孩嘛!"

是啊,她怎么会忘掉呢……《丹尼男孩》和《皮卡蒂的玫瑰》是她知道的仅有的两首歌。她还会掐着嗓子唱这些歌儿,尽管气息微弱、五音不全,但仍然在空中陶醉地挥着手。

"乔治也在这儿呢。"

我扫视了一下这间L形的屋子,在拐角处看见了我舅舅杜德。他正瘫在一张椅子里,喝着清爽啤酒。

"杜德。"我说。

"屎霸!你好么?过得怎么样?"

"还好了,还好了,你怎么样?"

"老样子。你妈怎么样?"

"呃,还那样,老爱唠叨我,知道不?"

"嘿!你说的可是自己的老娘啊!母亲可是你最好的朋友,对不对,老娘?"他问娜娜。

"真他大爷的对，儿子！"

"他大爷的"是娜娜姥姥最喜欢的口头禅，另一个则是"尿"[1]。没有人会像娜娜那样说出"尿"这个词——她说的时候，把话音拖得那么长，你几乎可以看到一道黄色的尿液从她的两排牙里喷射而出，击中陶瓷马桶。

杜德舅舅给了她一个骄纵溺爱的露齿大笑。杜德是个混血儿，西印度洋上一个水手的儿子。知道不，一泡精液不远万里，从西印度洋上迢迢赶来，制造了他！他老爹曾经在雷斯晃悠过很久，然后就把娜娜弄上了床，还弄大了肚子。这之后，他老人家又回去纵横七大洋了。水手的日子听起来还真不错，每当靠岸，就能搞上妞儿。

杜德也是娜娜最小的孩子。

我的外祖父则是她的第一任丈夫。他是个来自威斯夫特郡的有冒险精神的老牛仔。这位老先生曾经把我妈妈抱在大腿上，对她大唱爱尔兰独立战歌。他的鼻毛伸展在外，我妈便觉得他很老——小朋友们常常那样认为。但当时，我外祖父也不过三十岁。后来这位老先生就吹灯拔蜡了，有一天他从一所公寓的顶楼窗户里栽了下来。那时他正在和别的女人尽情欢愉，不是娜娜。没有人知道他到底死于醉酒还是自杀，就这么着，他撒手扔下了三个小家伙，包括我妈。

娜娜的第二个（结了婚的）男人，是个粗声粗气的家伙。他曾经是个建造脚手架的工人。这位老顽童至今仍在雷斯活动，他曾在一家酒吧告诉我，建造脚手架也算是一门专业技术云云。瑞顿那时候正在学木工，他说那老家伙完全是胡扯淡，建造脚手架只是一项

---

[1] 由于当地人操苏格兰口音，他们把英文粗口fucking说成fuckin，而娜娜姥姥又把fuckin说成buckin。所以翻译成了另一个中文粗口"他大爷的"。另外娜娜姥姥说的尿也不是piss，而是pish。

低级技术活儿而已。老家伙听到老底被揭穿，就一溜烟地跑掉啦。有的时候，我仍然会在台球厅碰到他，其实他这个人还算不错。他和娜娜的婚姻持续了一年，生了一个小孩，离婚的时候，还在她肚子里落下一个。

刚刚死了老婆的埃利克，一个合作社的保险员，则是娜娜的下一个牺牲品。埃利克认为娜娜当时肚子里的孩子是他的。这两人的婚姻维持了三年，又生了一个小孩。后来这可怜的家伙发现娜娜在家里和人通奸，就气哼哼地摔门而出。

听说后来的事情是这样的：埃利克等在楼梯上，拎着个酒瓶子，等着屋里的那个男人出来。那厮吓得跪地求饶，埃利克就把酒瓶放下，说他不想用武力解决问题。这样一来，那个奸夫的态度立刻来了一百八十度大转弯，他把可怜的埃利克踢下楼去，拖到街上。埃利克已经昏迷，最后满身血污地被扔在了杂货店旁的垃圾堆里。

我母亲说，埃利克是个正派的小男人，他是雷斯唯一一个不知道娜娜在外面乱搞的男人。

娜娜的倒数第二个孩子非常具有神秘色彩，她就是我的姨妈莉塔。莉塔的年岁和我妈相差很多，倒和我差不多大。我曾经对莉塔充满了意淫情绪，她是个很酷的小妞儿，彻头彻尾的六十年代嬉皮士风范。至于莉塔的父亲是谁，那就无人知晓了。排在她后面的，就是杜德舅舅，娜娜以四十多岁的高龄生下了他。

在我小时候，觉得杜德是个古怪的家伙。每当周六到娜娜家喝茶的时候，便会看见一个脏了吧唧的黑孩子。他瞪着每个人，贴着墙根走路。据说是因为肩膀有毛病，所以杜德走起路来才那么奇怪，当时我也这么认为。后来才慢慢得知，他在学校里和大街上总是遭到虐待。其实他的肤色和别人不一样，不关任何人的事儿。我常听人说，英格兰人才是种族主义者呢，而我们苏格兰人则倡导天下一家——这话纯粹都是扯淡，一定是那些家伙用屁股说出来的。

我的家族一直保持着顺手牵羊的优良传统，我所有的舅舅都是偷鸡摸狗的家伙。可是杜德舅舅只要犯了一丁点儿错，就会受到非常重的惩罚，他真是个倒霉透顶的人。瑞顿曾说过，肤色深的人会被法官和警察特别关照——一点儿没错。

后来，我和杜德舅舅决定到波西酒吧去喝上一杯。这家酒吧有点儿疯狂：平常是个安静的家庭聚会场所，但有时候会挤满来自西部乡下的"橙党"[1]，来庆祝一年一度在雷斯高尔夫球公园举行的大游行。应该承认，这些家伙从来没真的惹到我头上，但我也和他们无话可说。他们的游行充满恨意——庆祝很久以前打过胜仗，实在是蠢得要命。

我看见了瑞顿的老爹，以及他的兄弟和侄子们。瑞顿的哥哥比利也在其中。瑞顿的老爹也是个迷恋于派系斗争的格拉斯哥流浪者队球迷，但他现在好点儿了，不像以前那样乐此不疲了。他们一家都是从格拉斯哥搬来的，瑞顿的爸爸家族意识好像还很强。然而瑞顿却不跟这些人瞎混，而且他很讨厌他们，根本不想提起他们。瑞顿的哥哥比利则不同，他很热衷于橙党的运动，而且对足球派系也很投入。他从吧台那儿对我点了点头，不过我可不觉得他真的对我怀有善意。

"你好啊，丹尼！"比利说。

"呃……还好了。听说瑞顿的什么消息了吗？"

"没有。他应该过得还挺好。我只听说过一次，他正在干什么

---

[1] 橙党（The Orange Order），在爱尔兰创立，活跃于爱尔兰和苏格兰的宗教团体，属于基督教新教的一支。它的名称来源于历史上一位来自法国柳橙王室、信奉新教的英国国王。橙党会在每年举行游行，以庆祝祖先的战功。橙党经常被视为一个激进的宗教组织。

事儿。"比利的话一半是玩笑。他的那些小侄子则狠狠地盯着我们,于是我们只好在门边的拐角坐下。

这是个错误的选择。

我们坐着的地方的附近,有几个危险的家伙。这伙儿人有些是光头党[1],有些不是,有些是苏格兰口音,另一些则是英格兰或北爱尔兰口音。有个家伙穿着"螺丝刀"乐队[2]的T恤衫,还有一个则穿着印有"北爱尔兰阿尔斯特属于英国"的运动衫。他们开始唱一首歌颂爱尔兰独立运动英雄波比·桑德斯[3]的歌儿。我对政治所知不多,但我知道波比·桑德斯是个勇敢的家伙,他也从来没杀过任何人。像他那样死去,一定能够需要很大的勇气,对吧?

那个穿着"螺丝刀"的家伙好像用一种精神错乱的眼神盯着我,我则尽量不与他目光相对。当他唱到"联合王国不该有黑人",其实是很让人不舒服的,但我们仍然保持着冷静。那家伙却不肯放弃挑衅,他终于伸出了爪子,对杜德叫了起来。

"哎,看你妈什么看,黑鬼!"

"去你妈的。"杜德轻蔑地说。这种场合他已经习以为常了,但我却还是头一次遇到。这真是他妈的太沉重了。

我听几个格拉斯哥的小子说,那伙人并不是真正的橙党,而是纳粹分子。但大多数橙党的混蛋也跟着唯恐天下不乱,破口大骂了起来。

他们都唱了起来:"黑杂种!黑杂种!"

杜德站起来,走向他们的桌子。我看到"螺丝刀"那张充满挑

---

[1] 光头党(Skinheads),最初是一种嬉皮士文化,但随着发展,许多光头党具有越来越强的政治性和社会性,并与新纳粹、种族主义扯上了关系。
[2] 螺丝刀乐队(Skrewdriver),英国乐队,在光头党和足球流氓中影响很大。
[3] 波比·桑德斯(Bobby Sands),爱尔兰独立运动领袖,后在狱中绝食而死。

衅和嘲笑的脸突然变了表情：他也发现杜德的手里拿着一只硕大的玻璃烟灰缸……暴力要出现了……这可不是好消息……

杜德照着"螺丝刀"的脑袋狠狠来了一家伙，那家伙被开了瓢，从椅子上摔倒在地。我恐惧得颤抖起来，真的。另一个家伙蹦到杜德身上，把他摔倒，所以我必须要出手了。我抄了个酒瓶子，砸向那个"阿尔斯特"，那厮立刻双手抱头，不过酒瓶子根本没碎，又有个家伙照着我的肚子就是一记重拳。这一拳如此之重，就像捅了我一刀……

"弄死这个爱尔兰的败类！"有人这样说着，把我架在墙上……我毫无感觉，只有拳打脚踢……我甚至开始享受这种场面了。这并不是"卑鄙"那样的家伙热衷的真正暴力，而只是一场闹剧而已……我并不是真打，也不觉得那些家伙有多厉害……他们看起来都在干别的什么事儿呢……

我真不知道后来发生什么了。大卫·瑞顿以及比利·瑞顿，也就是瑞顿的爸爸和哥哥，一定是他们把我拉了出来，然后我又把让人揍了个稀巴烂的杜德搀了出去。我听到比利说："把他弄出去，屎霸，你他妈把他弄到街上去。"这时我才感到了真正的疼痛，我的眼泪伴随着愤怒、恐惧——但主要还是挫败感——夺眶而出。

"这真是……他妈的，这真是……这真是……"

杜德受伤了。我搀着他走在街上，身后的辱骂之声不绝于耳。我只是寻找着娜娜姥姥的家门，都不敢回头看一眼。我们到了，我扶着杜德上了楼梯，他的脸上、腰上和手上都是血。

我打电话叫了救护车，而娜娜则抱着他的脑袋说："他们还在这么欺负你……他们什么时候才能放过你，我的宝贝……自从他还在学校的时候，这种事儿就没断过……"

我心中充满愤怒，但却是针对娜娜姥姥的，知道吗？尽管她有杜德这样一个和别人不一样，被别人视为眼中钉的孩子，但她却从未同情过同样如此的可怜的人，比如那个脸上有个酒渍般的胎记的女人……这都是仇恨，仇恨别人能给我们带来什么呢？仇恨将把我们引向何方呢？

我把杜德送到了医院，好在他伤得并不像看起来那么严重。我看见他躺在急救车上，伤口已经缝合了。

"没什么大不了，丹尼，以前还有过更惨的时候呢，以后也会有更惨的情况在前面等着我。"

"别这么说，别这么说，知道不？"

他看着我，好像我无法体会他的心情。我想他也许是对的。

久旱逢甘露

整整一天，他们都在吸大麻吸得昏天黑地。而现在，他们又来到一家挂着铬黄霓虹灯的俗不可耐的人肉市场，想把自己灌醉。这地方大概想和鸡尾酒吧一比高低，但价格上去了，实际水准却差了十万八千里。

来这儿的人都是为了一个目的——唯一的一个。[1]不过现在时间还早，夜还未深，人们便只能喝酒聊天听着音乐，真实意图并不明显。

自从改用大麻和酒精，而戒掉了海洛因以后，屎霸和瑞顿的性欲便格外高涨。对于他们来说，酒吧里的每个女人都性感无比，甚至就连几个男人都让他们浮想联翩了。他们无法把注意力集中在某一个目标之上，而总是不停地变换着意淫对象。此时此地，他们才

---

1 这里指瑞顿他们戒掉海洛因之后，消失的性欲又恢复了，所以跑到酒吧来猎艳。

意识到自己已经很长时间没做爱了。

"如果在这地方,你还不能来一脚大力射门,那可就是浪费资源了。"变态男想道。他的脑袋随着音乐轻轻摇摆。变态男此时倒是可以心平气和,超然物外,因为他早已和两个美国女人在敏多饭店欢愉了整整一天了——这家伙的黑眼圈就是证明。可惜屎霸、瑞顿或者"卑鄙"他们却谁也没机会分一杯羹。那两个女人只愿意找变态男一个人。变态男一人宠幸两个。

"她们还有上好的可卡因,我从来没抽过那么棒的。"变态男微笑着说。

"那是莫宁赛那种高档社区才有的货色啊。"屎霸说。

"可卡因……什么垃圾玩意儿。那是雅皮士才用的狗屎东西。"虽然已经戒毒几个星期了,可瑞顿还是保持着那种海洛因瘾君子的优越感。

"我那两姐儿回来了,我得走了先生们,接着玩你们的下流游戏吧。"变态男贱兮兮地摇着头,带着高傲而优越的表情环视了一下酒吧。"真是个工人阶级聚集的场所。"他轻蔑地说。屎霸和瑞顿撇撇嘴。

和变态男做朋友,嫉妒他在男女关系方面的大有作为,是不可避免的。

屎霸和瑞顿开始想象,在可卡因的催化之下,变态男和那两个敏多荡妇会玩出什么疯狂的花样呢——变态男自己就是这么称呼她们的。但他们能做的也只有想象了,变态男可从来不把他的床上细节与人同享。当然,他的守口如瓶只有一个目的,就是让性经验没有那么丰富的朋友们嫉妒,而非出于对女性的尊重。屎霸和瑞顿也明白,和有钱的游客吸着可卡因玩一龙二凤,是变态男这种男女关系中的贵族所享有的特权,而他们自己呢,就只能到这个差劲的酒吧来找机会了。

瑞顿眼巴巴地远观着变态男,想象着那厮的嘴里能说出什么屁话。

不过至少,变态男到处乱搞还是意料之中的事儿,让瑞顿和屎霸觉得恐怖的是,连"卑鄙"也泡上妞儿啦。他正在跟一个女人侃侃而谈,而屎霸觉得那妞儿的脸蛋还很漂亮呢。瑞顿则恶毒攻击人家的屁股太大。有些女人就是会被精神病患者吸引,瑞顿怀着嫉恨想。她们会为自己的错误决定付出高昂的代价,从此过上一种恐怖的生活。作为例证,瑞顿得意地想到了琼,"卑鄙"的女朋友,她正在医院里生孩子呢。"卑鄙"是个什么样的家伙已经昭然若揭了吧。瑞顿喝了一口贝克啤酒,心想:确实如此啊。

然而,瑞顿又开始自我分析了,这样一来,他那种自鸣得意的感觉就荡然无存了。事实上,"卑鄙"泡的那妞儿屁股也不算太大嘛,他实事求是地想。他知道,他又被自我蒙蔽了。一方面,他相信自己是酒吧里最有吸引力的人;因为他总是能找出那些红男绿女各种长相上的缺点——只要聚焦于缺点之上,他就可以完全否定掉那些家伙的优点啦。但另一方面,他却不为自己的缺点而困扰。反正他已经习惯那些缺点了,可以熟视无睹。

不管怎么说,他这时很嫉妒"卑鄙"。他确定地想:我已经惨得不能再惨啦。"卑鄙"和他的新情人正在与变态男和那俩美国妞儿聊天。那些女人看起来靓丽夺目,至少她们晒成棕色的皮肤和昂贵的服装很能吸引眼球。看到"卑鄙"和变态男假装一对好朋友,勾肩搭背假装感情深厚,这就更让瑞顿想要吐啦。瑞顿沮丧地发现,不管在性生活还是别的什么领域,胜利者总要迫不及待地和失败者划清界限。

"只剩下咱俩素着了,屎霸。"他道。

"是啊……真他妈惨啊，小猫。"

当屎霸把别人称为"小猫"的时候，瑞顿挺喜欢这个称谓，但说到自己头上，就很讨厌了。猫让他觉得不舒服。

"知道吗，屎霸，有时我真想再回去吸海洛因算了。"瑞顿这么说，本想吓一下屎霸，看看他那张抽大麻抽得形同废料的脸上会有什么反应。但他随即发现，自己还真是想吸海洛因了。

"嘿，你这么说就太沉重了……知道不？"屎霸从紧闭的嘴唇里挤出这句话。

这时瑞顿发现，刚才在厕所吸的、被他们轻蔑地说成狗屎的安非他命，已经开始发挥药效啦。瑞顿发现，戒掉海洛因之后最大的问题，就是让人变成蠢货，饥不择食，不管搞到什么货色的药，立刻上手就吸。吸海洛因的时候，至少还没这么不分青红皂白。

他有了一种说话的欲望。安非他命的药效已经盖过了酒精和大麻。

"事情就是这样，屎霸，如果你吸上了海洛因，你关心的就只有海洛因了。知道我哥哥比利吧？他又应征回到军队去了，要去镇守贝尔法斯特这个鬼地方了。真他妈傻帽儿。我知道，这家伙已经让人家绑牢啦，成了个傻呵呵的帝国主义走狗。你知道这厮是怎么教育我的吗？他说，'我不能总在街上混日子'。当兵和吸毒其实是一样的，只不过吸毒的话，你还不会挨枪子呢。你只需要自己给自己打一针。"

"呃，这听起来，是够混蛋的，对吧？"

"也不完全如此，听我说说自己想法——在军队里，那些大兵什么事儿都被安排好了，有饭吃，还有脏了吧唧的军营俱乐部，给他们灌点儿劣质酒，省得他们上街滋事，破坏当地治安。但当他们一旦回到街上，立刻还是会本性大发。"

"是啊，不过当兵和吸毒还是不太一样，你知道……"屎霸想要打断瑞顿，但后者却谈兴正浓。在这种时候，只有在他嘴里塞上一瓶酒，才能让他停止滔滔不绝，哪怕安静几秒钟也是好的。

"呃……等一会儿，哥们儿，听我说，我说到哪儿了……对了，吸海洛因的时候，你关心的事儿只是到哪儿才能弄来货，仅此一个烦恼。而戒了之后，别的烦恼反而多了起来。你要担心没钱，担心没酒喝，有了钱喝了酒，又开始担心欲火中烧的时候却找不着妞儿，而一旦有了妞儿，就会有更多的麻烦，会被她烦得快要喘不过气了，而你把妞儿蹬了吧，又会有负罪感。你担心账单、食品、警察，还有那些强伯足球俱乐部的纳粹分子要来揍你。吸海洛因的时候，你才不会为这些破事儿发愁呢。吸毒的时候只关心一件事，就这么简单。知道我的意思了吧？"瑞顿终于停止了演讲，让嘴巴放松一下。

"对是对，不过吸毒的生活也太悲惨了，哥们儿，简直不能称之为生活，就病了一样，简直他妈惨到极点了……骨头都会坏掉……那可是毒药，哥们儿，彻头彻尾的毒药，别跟我说你又想吸毒了，那纯粹是狗屁。"屎霸的回答带着一丝怨毒。而屎霸的性格一贯是很温和的，瑞顿知道他触及到了对方的心头之痒。

"对对，我说的都是狗屁。"

屎霸给了瑞顿一个微笑。这种微笑几乎可以让大街上的老太婆把他当流浪猫养起来。

此刻，他们看见变态男正带着安娜贝尔和路易斯那两个美国妞儿离开酒吧。变态男已经花了半个小时为"卑鄙"吹牛捧场了。瑞顿想，这也是朋友们对"卑鄙"而言的唯一一个功能了吧。他又想，跟一个自己并不喜欢的人当朋友，实在是精神错乱了。但这已经成了习惯，就像吸毒一样。"卑鄙"和毒品都是危险的。从统计学上来讲，被家人和密友杀死的人的数量，可比死于陌生人之手的多得多。有些家伙就是喜欢和精神病交朋友，他们臆想，这会让自己变得强大，从而免于在这个残酷的世界中受到伤害，但事实恰好相反。

变态男带着美国妞儿走出酒吧大门的时候，回头对瑞顿扬了扬眉毛。那个范儿就如同演员罗杰·摩尔[1]一样。安非他命引发的躁动彻底击中了瑞顿，他甚至怀疑，变态男之所以在女人方面无往不利，就是因为他能抬起一条眉毛。要知道，做到这一点是很困难的。他曾花了整整一个晚上在镜子前练习此项绝技，但每次都是两条眉毛不约而同地上翘。

大杯酒水下肚，大段时间流过，脑袋开始混乱了。到了酒吧关门前的一个小时，标准不可避免地大大降低，原先根本不考虑的异性，都变成可以接受的了。又过了半个小时，老母猪也变貂蝉啦。

瑞顿游移不定的目光，此时盯在了一个苗条的女孩身上。她有着一头棕色的长发，笔直的头发尖儿稍微向上翘着。她的皮肤完美地晒成了古铜色，因为化妆，五官也显得轮廓清晰。衣着则是棕色上衣搭配白裤子。当这姑娘把手插进裤兜，绷得裤子表面露出了内裤的纹路时，瑞顿登时血脉偾张。该出手时就出手啊。

这女孩和她的朋友正和一个满脸是肉的胖家伙聊天，那男人穿着领口敞开的衬衫，高高凸起的肚皮几乎把衣服都撑裂了。瑞顿对于超重的家伙总是看不顺眼，现在他可找到机会发泄一下了。

他说："屎霸，你看那边那个胖厮。真是个脑满肠肥的杂种。我可不信所谓肥胖是内分泌或者新陈代谢造成的之类的扯淡，电视上放的伊索比亚，一个胖子也没有，难道伊索比亚的人就一点内分泌问题都没有吗？真他妈扯淡。"屎霸听到这套恶毒攻击，露出吸毒过后的迷离笑容。

---

1 罗杰·摩尔（Roger Moore），第三版特工007的扮演者。

瑞顿觉得那妞儿品位不俗，因为她让那胖斯碰了钉子。他喜欢她处理这种事情的方式：坚定而端庄，并不让对方感到太过尴尬，但也清楚地表明自己并不喜欢胖子。那胖子笑了笑，摊开手掌，歪着脑袋，却遭到了自己朋友的笑话。这细节让瑞顿更坚定了和那女孩搭讪的决心。

瑞顿对屎霸作了个手势，叫他和自己一起过去。因为讨厌主动进攻，所以当屎霸开始和那女孩的朋友说话时，瑞顿感到欣慰。屎霸也从来不主动出击，这纯属友情赞助。但后来听到屎霸在大侃弗兰克·扎帕，他就心烦意乱了。

瑞顿努力表现得轻松而投入，诚恳而洒脱。

"抱歉打断你们的谈话，我只想告诉你，我很钦佩你的杰出品位，你不理那胖子实在是明智至极。我想你一定是个很有意思的谈话对象。当然，如果你希望我像那胖子一样滚蛋，我也不会恼火的。还有，我叫马克。"

那女孩对他微笑了一下，显得有些困惑，也有些倨傲。但当瑞顿感到，至少对方没有让他滚蛋，这就是个好迹象。在接下来的谈话中，他开始对自己的外表缺乏信心了。安非他命劲道减弱了，那东西激发的勇气也退却了。他担心自己染成黑色的头发是不是很傻，因为他的橙色雀斑明明说明他是个红毛杂种。他以前觉得自己很像推出《吉季星辰》时期的大卫·鲍伊，几年前，还有个女人说他酷似艾伯顿队的球员阿历克·麦克雷斯，简直像到了双胞胎的程度。当阿历克·麦克雷斯挂靴退役时，瑞顿还特地跑到艾伯顿，去参加他的退役晚会。但变态男曾摇头叹息道，一个长得像阿历克·麦克雷斯的家伙，怎么有希望吸引女人呢？

于是，瑞顿便把头发染成黑色，还打了摩丝让它翘起来，以此摆脱麦克雷斯的阴影。但现在，他又担心，假如到了脱光了的时候，那女人一定会把脑袋都笑掉的。瑞顿把眉毛也染黑了，并曾考虑过把全身的体毛都染一染，他还愚蠢地向他妈征求过意见呢。

"别他妈犯傻了，马克。"她说。生活中的太多变故让她荷尔蒙失调，越来越神经质了。

那女孩名叫黛安。瑞顿想，他真的认为她很美。仪容是很必要的标准。根据以往经验，当化学药品在他的身体和脑袋里大行其道的时候，千万不要轻信自己的判断能力。他们的谈话转向了音乐，黛安告诉瑞顿，她喜欢"简单意见"[1]乐队，于是这两个人开始了第一轮的争论。瑞顿不喜欢"简单意见"。

"自打融入U2[2]乐队的社会批判潮流之后，'简单意见'就成了纯粹的臭大粪，自打他们丢掉了宏大摇滚[3]的根基，开始宣扬那些并不真挚的'微观政治'理念，我就不再信任他们了。我喜欢他们的早期作品，但自从《新的黄金梦》之后，他们就变成了垃圾。所有那些有关曼德拉的作品都让人想吐。"他气哼哼地骂道。

黛安告诉他，她相信"简单意见"的那些支持曼德拉和反种族主义运动的作品，并非违心之辞。

瑞顿立刻摇头反对，他希望自己冷静点儿，但在安非他命的刺激以及对黛安的挑战冲动中，他身不由己："我收集了一九七九年以来所有的《新音乐周刊》，真的，只不过前几年扔掉了。但我记得当'简单意见'的主唱科尔接受采访的时候，还对其他乐队关注政治大放厥词呢，他还说'简单意见'只关心音乐。"

1　简单意见（Simple Minds），诞生于苏格兰的著名乐队。
2　U2，二十世纪最伟大的摇滚乐队之一，至今仍然活跃于乐坛，U2的最大特点在于对政治、社会的积极探讨。今天的U2乐队已经成为爱尔兰的文化象征之一。
3　指Pomp Rock，摇滚乐的一个类型，以曲风宏大壮观著称。

"人都是可以改变的啊!"黛安反驳道。

对于如此纯朴而简单的声明,瑞顿颇感震撼。这也让他对她更加倾心了。他只是耸耸肩,表示勉强接受她的观点,但他的脑袋仍然在飞速转动,认为科尔永远落后于他的禅师彼得·盖布瑞尔[1]。并且,自从"四海一家"音乐会之后,参与政治好像成了摇滚乐手的时尚。然而瑞顿也提醒自己,讨论音乐的时候不应该那么严肃。他想:要顾全大局,何必争论得面红耳赤呢。

过了一会儿,黛安和她的朋友去卫生间,对瑞顿和屎霸这两个家伙进行了一下讨论。对于瑞顿,黛安有点犹豫不决,她觉得他有点儿混蛋,但在这地方,混蛋遍地都是,瑞顿还稍许有点儿不同凡响呢。虽然那家伙还没与众不同到超凡脱俗的份儿上,但要知道,时辰不早啦……

屎霸扭头对瑞顿说了点儿什么,但后者却充耳不闻,因为他正在聚精会神地听着"农场"乐队[2]的一首歌呢。瑞顿认为,只有在吃了摇头丸的时候才适合听"农场",但到那时候,听"农场"却又显得太浪费了——最好还是听点儿更狂野的电音。即使他听见屎霸说了什么,他的大脑也已经乱到不能回答了。还是应该休息一下,等黛安回来再重整旗鼓吧。

瑞顿开始和一个从利物浦来度假的家伙聊起了狗屎个人经历。他这么做,只是由于这人让他想起了他的朋友达佛。没过一会儿,他就发现这家伙和达佛截然不同,而他却错把对方当作了可以交心的朋友。他回到吧台,却发现屎霸不见了。这下,他身上的药物作用就完全消退了,黛安也仅仅成了一个回忆,一种毒品催化下的朦

---

[1] 彼得·盖布瑞尔(Peter Gabriel),英国摇滚乐的著名歌手,曾担任创世纪乐队的主唱,他的音乐风格华丽而充满戏剧性,影响广泛。
[2] 农场乐队(The Farm),也是一支乐队名,一度在英国酒吧很流行。

胧感觉。

他走到外面,想换换空气,却看见黛安正打算独自打车。他心中升起了一阵嫉妒,心想,屎霸是不是已经把黛安的朋友打包带走了?他可能是整个晚上唯一的孤家寡人了,这让他恐慌。一种彻头彻尾的绝望将他推向了黛安。

"黛安,不介意我和你一起打车吧?"

黛安看起来有些怀疑:"我要去弗瑞斯特公园。"

"太好了。我也要去那儿。"瑞顿撒了个谎,告诉自己,走一步算一步吧。

他们在出租车上又开始闲聊。黛安刚刚和她的朋友莉莎吵了一架,决定自己回去了。至于莉莎,据她所知,还在舞池里和那个屎霸什么的跳舞呢。瑞顿真是决策正确啊。

黛安带着卡通人物的忧愁表情,告诉瑞顿,莉莎可真是个恐怖的人。她把莉莎的罪行一一例举,来了个现场大批判。瑞顿倒觉得莉莎也没那么罪不可恕,但黛安恶狠狠的样子却让他感到不安了。他先是迎合着黛安,同意莉莎是天下最自私的女人,然后就话锋一转了。要知道黛安不停地控诉,只会让她自己的心情更糟糕,而瑞顿也无利可图。他便把"卑鄙"和屎霸泡妞儿时的荒唐趣事讲给黛安,不过略去了那些露骨的内容。至于变态男,瑞顿是绝口不提的,因为女人都喜欢变态男,他还得尽量让自己认识的女人离变态男远点儿——即使仅仅是口上空谈的时候。

当黛安心中的怒火稍稍平息,瑞顿便问她,介不介意接个吻。黛安耸耸肩膀,把决定权交给了他。她是毫不在乎呢,还是无法自己作出决定?瑞顿随即想,管那么多干吗,好在人家没有直接拒绝嘛。

他们耳鬓厮磨了一会儿,他发现她的香水太浓烈了,她则觉得他太瘦了,但接吻技术倒还不错。

当他们走出车外，瑞顿才招认道自己并不住在弗瑞斯特公园附近，他只有这么说，才能和她共相处一段时间。黛安故作冷淡，但仍有些感动。

"上去喝杯咖啡吗？"她问。

"乐意之至。"瑞顿尽量让自己的声音听起来是自然而然的高兴，而非欣喜若狂。

"只是一杯咖啡，知道么？"黛安补充道。这样一来，瑞顿就有点猜不透她的真实用意了。黛安很狡猾，她把做爱当成了一种价码，但与此同时，她的态度也再明白不过了：自己说什么是什么，绝无讨价还价的余地。瑞顿只是像乡下白痴一样，迷惑地点点头。

"我们必须得安静，因为别人都睡了。"黛安说。这看起来是没什么欢会一场的可能性了，瑞顿想。他想象这公寓里有个婴儿，还有个保姆。他可从来没和有孩子的人搞过，这让他产生了一种陌生感。

尽管公寓里有人，但他却没嗅到尿、呕吐物和婴儿痱子粉的味道。

他开始说话："黛……"

"嘘！他们都睡了。"黛安打断他，"别把他们吵醒，否则就有麻烦了。"

"谁在睡觉啊？"他紧张地耳语道。

"嘘！"

这种情况让瑞顿不知所措。他的脑袋飞速回忆起自己以及别人的恐怖的一夜情经历，他的心中好像打开了一个数据库，里面都是惊悚情节，从素食主义室友到疯疯癫癫的老鸨一应俱全。

黛安将他带进一间卧室，让他坐到一张单人床上，然后一转眼，她就不见了。几分钟后，她拿了两杯咖啡回来了。瑞顿尝出自己的那杯加了糖，他虽然讨厌糖，但现在味觉不是还不灵嘛。

135

"我们上床吧?"她过于随意,但又颇有力度地轻声问。说话的时候,她还扬了扬眉毛。

"呃……好啊……"瑞顿回答的时候,差点把咖啡洒出来。他的脉搏加快,感觉紧张,笨手笨脚像个童男子。他还担心药物和酒精混合在一起会让他硬不起来。

黛安说:"我们必须安静点儿。"瑞顿点点头。

他迅速脱掉了毛衣和T恤衫,然后是球鞋、袜子和牛仔裤。红色的体毛让他很不自在——跳上床之后,他才敢彻底脱光。

看着黛安脱衣服,瑞顿就兴奋起来了,这让他舒了口气。和瑞顿相反,黛安脱衣服的时候很缓慢,而且看起来悠然自得。瑞顿觉得黛安的体型棒极了。他的脑海中不禁回想起足球场上最常用的那句话:"我们上!"

"我想要在你上面。"黛安说着,掀开了被罩,瑞顿的红色体毛立刻暴露无遗啦。幸亏她似乎并不太留意。对于自己的某个零部件看起来比平常时候要大,瑞顿是很满意的。当然,这也是因为它太久没派上用场了,他意识到。黛安倒是见怪不怪,或许她已经是阅人无数的个中老手了。

他们开始互相抚摸。对于这个过程,黛安很是享受。瑞顿的耐心挑逗和她以前遇到的那些直来直往的家伙大为不同,这让她很开心。但她发现他的手指滑向她的下身时,还是把他推开了。

"我已经可以啦。"黛安告诉他。这让瑞顿有点儿僵住了,做爱并不应该是这样冰冰的机械化运动嘛。他甚至一度认为他会就此痿掉,但是它硬硬的还在。黛安低下身,骑到了瑞顿身上。真是奇迹中的奇迹啊,它仍然屹立不倒。

当她进入状态的时候,瑞顿发出了轻微的呻吟。两人开始一起缓慢动起来,渐入佳境。他感到她的舌头伸到了自己嘴里,他的手则温柔地摸着她。他们好像做了很久,他感觉自己马上就要一泻如注啦。黛安也察觉到了瑞顿的极度兴奋。可别又是一个没用的快枪手啊,她想。

瑞顿尽量不去感觉她,他尽力想象正在和自己做爱的是英国首相撒切尔夫人、保罗·丹尼尔斯[1]以及哈茨队的总经理华莱士·莫塞尔和板球运动员吉米·沙威尔——以及其他可以降低兴奋,帮他晚些结束战斗的大傻帽儿。

黛安则抓住这个大好时机,登上了顶峰,此时的瑞顿对于她来说,就像一根钉在冲浪板上的按摩棒。她咬着自己的手指,尽力忍住情不自禁的大喊大叫,她的另一只手则放在瑞顿的胸上,这举动让他也快到站了。这时就算再联想那些可笑的人物都不能让他多坚持一会儿了。他的那玩意儿如同一个淘气坏小子手中的水枪,射无止境。长期没有性生活,让他的精力过于充沛,几乎把房顶都捅破了。

这大概已经接近灵肉合一的最高境界了。如果有机会向别人显摆,瑞顿就会这么形容的。但是他也知道,自己不应该向别人透露性爱的细节,因为如果你故意耸肩微笑秘而不宣,反而更像个爷们儿;要是来个竹筒倒豆子供人娱乐,那可就太雏儿了。这种策略还是从变态男那儿学来的呢。即便他是个反性别歧视主义者,但不知不觉中,也会有男人会有的以自我为中心一面。男人都是可悲的家伙,他想。

黛安从他身上下来以后,瑞顿就进入了甜美的梦乡,并打算半夜醒来,再战一次。那时,他就会更放松也更积极,更加充分地展示一下雄风。现在,他已经走出了恶性循环,他就像一个恢复状态的足球巨星,正等不及要披挂上阵呢。

但他的良好愿望却被黛安打碎了。她说:"你必须走了。"

还没容得瑞顿争辩,她已经跳下了床,用裤子给自己揩拭起来。

---

[1] 保罗·丹尼尔斯(Paul Danniels),一个滑稽的魔术师,在欧美很受欢迎。

这时瑞顿才意识到，刚才是没有保护的性行为，有感染艾滋的危险。最后一次和人共用针头之后，他曾作过检查，检查结果是并没有感染。然而现在他担心的倒是黛安，你想啊，她能跟他睡，也一定愿意跟所有人都睡。而且她的逐客令也伤害了他的自尊——刚才还是个硬汉，一转眼就成了浑身颤抖的失败者了。他想，多年以来他都和人共用针头——当然那种吸毒聚会的公用大针头除外——都没得上艾滋；而如果和人搞一次就得上了，那可真算是他的命啦。

"我不能留在这里么？"他听到自己用微弱而楚楚可怜的声音说。如果此刻变态男也在，一定会不留情面地对这种腔调大肆模仿的。而黛安直视着他，摇头道："不行。但如果你能保持安静的话，也可以留在沙发上。要是有人看到你，就得装作什么也没发生过。穿上衣服。"

瑞顿再次为自己的红色体毛感到不自在了，他很乐于服从这个指令。

黛安带着瑞顿来到客厅的沙发上，把这个只穿一条内裤，冻得瑟瑟发抖的家伙扔在那儿，转身离开了。过了一会儿，她拿来了一条睡袋和他的衣服。

"对不起。"黛安轻声说着，吻了吻他。他们耳鬓厮磨了一下，瑞顿又来兴致了。他尝试着把手伸进黛安的裙子里，但却被她止住了。

"我必须得走了。"她坚定地说。

黛安离开了，留下瑞顿空虚而困惑地躺在沙发上。他拿睡袋把自己裹起来，拉上拉锁。但在黑暗之中，他却保持着清醒，想弄清楚这房子里到底有什么人。

瑞顿把黛安的室友想象成了一个古怪的混蛋，禁止她带人回来过夜。也可能是黛安不想让别人知道自己和陌生人乱搞。为了保持自尊，他告诉自己，是他那闪亮的智慧以及虽有缺陷但仍不失帅气的外表征服了她，让她把自己带回来的。到后来，他自己都快相信这一套自我安慰的借口了。

他终于断断续续地入睡了，还净做些奇怪的梦。他本来就是一个常常做梦的人，而这时的梦又异常清晰，很容易回忆起来，这就更让他不安。在梦中，他置身于一个四面白墙的房间里，窗外都是蓝色的霓虹灯，他被人用锁链绑在墙上，看着正在大嚼人肉的小野洋子[1]和希伯队后卫戈登·亨特。一张巨大的塑料面桌子上，摆着大卸八块的尸体。那两个吃人恶魔还在用恐怖的腔调骂着他，他们嘴角滴着鲜血，辱骂不休的嘴巴里还嚼着肉片。瑞顿知道，自己将要成为桌上的下一具尸体，他试图讨好戈登·亨特，告诉他自己是他的铁杆球迷。亨特——这个镇守复活节大道主场的后卫却不为所动，只是对着他的脸狞笑着。好在此时梦境转换了，瑞顿这才松了口气。但这一次，他却赤身裸体，浑身淌满了排泄物，正在雷斯的河边和衣冠楚楚的变态男一起吃鸡蛋、西红柿和炸面包。然后他又梦到了一个身着用铝箔做成的露腰泳装的美女，这女人正在勾引他，但她其实是个男人。

切菜和煎肉的声音终于把瑞顿从梦中唤醒了。他看见了一个女人的背影，但却不是黛安。这个背影消失在了客厅隔壁的小厨房。随后，又听到了男人的声音。在这个陌生的地方，在这种宿醉未醒、只穿内裤的情况下，瑞顿最不想听到的就是男人的声音了。于是他开始装睡。

从眼皮的缝隙里偷偷打量那个男人，瑞顿发现对方大概和自己差不多高，也可能矮一点儿。那男人也走进了厨房，尽管他和那女人很小声地说话，但他仍能听到。

---

[1] 小野洋子，日裔美籍音乐家，先锋艺术家，约翰·列侬的第二任妻子。

"黛安又带了一个朋友回家。"那男人道。瑞顿很不喜欢对方说"朋友"二字时轻蔑的语气。

"哦,不过小声点儿,你也别再疑神疑鬼的,闹得大家都不高兴了。"

瑞顿听到他们走回客厅,然后又离开了。他迅速穿上了T恤衫和毛衣,然后打开睡袋,跳下沙发,穿上牛仔裤。所有动作一气呵成。接着,他细心地叠好睡袋,把沙发靠垫放回原处,又穿上了臭烘烘的鞋和袜子。他希望没人闻到臭味儿,但这个希望有些不切实际,因为味道已经传到自己的鼻子里啦。

瑞顿太紧张了,以至于没感到身体虚弱。他倒还感觉自己还醉着,宿醉的感觉仍然留在他心灵的阴影中,就如同一个不急不躁的拦路劫匪,早已恭候多时,只等他一起床就蹿了出来。

"你好。"那个不是黛安的女人回来了。

她是个大眼睛、瓜子脸的漂亮女人。瑞顿觉得她似曾相识。

"哎呀……我是马克。"他自报家门。而那女人却想要了解有关他的更多信息。

"你是黛安的朋友?"她的腔调稍稍有些攻击性。出于安全起见,马克决定撒个谎,但那谎话听起来又不能太夸大其词,这样才更容易骗得信任嘛。但问题是,吸毒时期那种觍着脸说瞎话的本事,现在已经锻炼得更上一层楼了,如今说起假话来,比说真话还要充满信念呢。戒毒容易,戒掉人的劣根性难啊。瑞顿这么想着,不免犹豫了一下。

"我和她还不只是朋友呢。你知道莉莎吗?"

女人点点头。瑞顿继续说着,让他的谎话真实可信起来,并揣摩着什么腔调更能令自己的话易于接受。

"真是不好意思,昨天是我的生日,我得承认,我喝得有点多。我偏偏还把公寓钥匙给丢了,室友又跑到希腊度假去了。这就是一个难题,一个斯诺克[1]了。我也可以把门撞开,可是在那种情况下,我没法好好思考,没准这样一来,还会被警察从我自己的家里抓走呢!幸亏我碰到了黛安,她让我在这儿的沙发上睡觉,真是好心。您是黛安的室友,对吧?"

"哦……从某种程度上来说,算是室友。"女人奇怪地笑起来。瑞顿有点儿找不着北了。事情有些不对劲儿。

那个男人也进来,加入了谈话。他对瑞顿随意点点头,瑞顿也报以一个浅笑。

"这是马克。"那女人告诉他。

"哦。"男人不咸不淡地说。

瑞顿觉得眼前的这两位年纪相仿,可能都比自己要大一些。但他对年纪分得不是很清楚,也不太能够判断人的岁数。黛安明显比他们年轻,瑞顿推测,没准这两人对她有种病态的控制欲。从很多岁数大的人身上,他都发现了这种心态。这些人常常妄图控制比自己更年轻、更受欢迎、更活泼的人,因为他们嫉妒那些年轻人的优势。这种病态心理也常常伪装成关怀和保护的姿态。瑞顿从眼前这两个人身上察觉到了这一点,随即产生了厌恶心理。

但随后,瑞顿被接下来的一幕震惊得语无伦次了。一个女孩走进了客厅。瑞顿看着她,不禁浑身冰凉。她简直就是黛安的复制版本,但她看起来又是中学生的年纪。

过了几秒钟,瑞顿才确定那就是黛安。这时他才知道,为什么女人卸妆的过程被形容为"把脸摘掉"了。现在的黛安看起来不过十岁而已,她也看见了瑞顿的一脸惊讶。

瑞顿看着那对男女。他们对待黛安的态度就像父母一样,因

---

[1] 这个比喻来源于一种英式台球玩法snooker,指无法解开的僵局。

为他们确实是黛安的父母。即使充满焦虑,瑞顿还是认为实在太蠢了,真该早点儿发现的。黛安长得很像她妈妈。

他们坐下来,开始吃早饭,陷入困惑中的瑞顿被黛安的父母很有礼貌地审讯着。

"你是做什么工作的啊,马克?"黛安的妈妈问他。

说到做什么了,正经工作他可没有。他在一个诈骗团伙里工作,专门骗取救济金。他有五个不同的地址,可以用来冒领救济金:爱丁堡、列文斯顿和格拉斯哥每处一个,伦敦则有两个,一个位于牧羊人草场,一个位于哈尼克。用这种方法骗钱,一直令瑞顿心中充满了道德感,他很渴望对人吹嘘这个成就。但是他知道,自己得保持谨慎,到处都有自以为是的伪君子,那些家伙也迫不及待地想把像自己这样的人绑到法庭上。瑞顿觉得那些救济金都是他应得的,而且想要骗到它,还真得有点儿过人之处才行呢。尤其是对于他这样一个常年和海洛因作斗争的人来说,那就更加难能可贵了。他必须周游全国以便登记报到,必须和诈骗同伙在那些救济金发放处保持联系。如果汤尼、卡洛琳或尼克西打来电话,他就得立刻奔赴伦敦,到社会福利部门装孙子。他在牧羊人草场的那笔收入就曾经受到过有关部门的怀疑,因为他拒绝了一个非常好的就业机会——到诺丁山的汉堡王快餐店端盘子。

"我在区委员会的文化司博物馆处任职,我的工作是收集社会历史的相关资料,主要研究领域是城区市民社会的发展历程。"瑞顿撒着谎,并引述了他曾经伪造的那份个人简历。

如他所愿,黛安的父母看起来很感兴趣,还有一点被"镇"住了。在这个反应的鼓舞之下,瑞顿决定把这个游戏进行到底,并力图把自己塑造成一个谦虚稳重、少年老成的知识分子。

"我在人们扔弃的垃圾中寻找素材,再把它们当作历史文物去展览。这些东西反映了劳动者的日常生活。我还得确保在展览期间,它们不会遭到破坏。"

"做这种工作,可是需要头脑的。"黛安的父亲称赞着瑞顿,眼睛却盯向了自己的女儿。瑞顿却刻意回避着和黛安的目光接触,尽管他知道,这种神态是很可能造成穿帮的。

"并没什么了不起的。"他耸肩道。

"但也是合格的人才啊。"

"呃,我有艾伯顿大学的历史学位啊。"这一次,瑞顿说的就几乎是实话了。他确实曾经就读于艾伯顿大学,而且还觉得课程很简单,但却只念了一个学期就被开除了,因为他用奖学金来吸毒嫖妓。当时他想,他可能是学校历史上第一个和校外人士发生性关系的人,否则也不至于开除他啊。但他也想,人不应该仅仅是学习历史嘛,人还应该创造历史呀。

"教育是很必要的,这是我们经常告诉这个小姑娘的。"黛安的父亲说。他又抓住了一个机会来教育女儿。瑞顿不喜欢这家伙的态度,但更讨厌自己还在这里一唱一和。他觉得自己就像黛安的变态叔叔。

这时他又想,黛安的妈妈一定会趁热打铁,请瑞顿劝一劝黛安,让她好好复习准备考试。

"黛安明年就要参加历史会考了。"果不其然,那女人笑道,"还有法语、英语、艺术、数学和计算。"她还显得很自豪。

瑞顿心中无数次地颤抖。

"瑞顿对这些东西没兴趣。"当小孩面对大人的话题时,往往都会被剥夺权利,所以黛安此时故意做出成熟的口气说话,明显和她的父母对着干。瑞顿回想起,以前自己的父母把他当作洋娃娃来讨论的时候,他也曾经这样反抗过。只不过黛安的口气酸溜溜的,也太孩子气了，这样一来，可就适得其反了。

瑞顿的头脑有些劳累过度了——这就叫坏菜啦，人们都这么说，你干出这种禽兽不如的事儿，应该被抓起来，铐起来，他们还会把钥匙扔得远远的。你会被关在索顿监狱里，让人日复一日地抽大嘴巴。你这个诱奸幼女的家伙，奸幼犯，恋童癖。他可以听见自己的心里正在自言自语，就像"卑鄙"惯用的腔调："听说你搞了个六岁的小幼齿？""他们说这就是强奸啊。""假如这样的事儿发生在我们的孩子身上，怎么办？"瑞顿不寒而栗。

培根的味道让他反胃。他曾经当了半年的素食者，吃素食并非出于什么政治或道德目的，而是因为他就是不喜欢肉。但他并没有表露出自己的厌恶，他还得在黛安父母的面前维持好形象呢。他还不想吃香肠，因为他觉得那东西充满了有毒物质。但是再想想自己的吸毒经历吧，他自嘲地想：也不看看你往自己体内注射了什么。他又好奇地想：黛安是不是也喜欢有什么东西注入体内呢？这个双关语让他不禁偷偷乐了起来。

瑞顿有气无力地掩饰着自己的龌龊想法，摇着头，继续把自己的童话说下去——这确实是生编硬造："天啊，我可真蠢，昨晚喝得那么醉。其实我不经常喝酒的，不过二十二岁的生日毕竟一生只有一次嘛。"

对于瑞顿的最后一句话，黛安的父母有些生疑。他已经二十五岁了，而且看起来就跟奔四十的人似的。但他们还是彬彬有礼地听了下去。"就像刚才说的那样，我丢了外套和钥匙，但谢天谢地，碰到了黛安和你们二位。你们收留我过夜，还请我吃了这顿丰盛的早饭，真是太好客了。真是抱歉，我吃不完这根香肠了，可是我确实饱了。早饭我不习惯吃太多的。"

"你太瘦了，得多吃点儿。"黛安的母亲说。

"在外面租房子住，就会这样东一口西一口的，还是在家里好。"黛安的父亲说。这么鲁钝的言辞让大家紧张地沉默下来。他又补充了一句："人人都这么说嘛。"然后，他马上抓住时机转移话题："你打算怎么回公寓呀？"

有些人真能把瑞顿给吓死。在他看来，这些家伙好像一辈子都没干过什么违法的事儿。这就难怪黛安会到酒吧找陌生人乱搞啦。这对夫妻洋溢着健康气息。黛安的父亲头发稍微有些稀疏了，母亲的眼角有了几条鱼尾纹；但瑞顿知道，外人一定会把他们和自己看成同龄人的，仅仅因为他们看起来更健康。

"我可以把门撞开，只是一把锁而已。我可真傻。我一直想装个门闩，不过幸亏没装。公寓的楼梯口就有对讲机，我可以让隔壁邻居帮我打开大门。"

"我可以帮你的，我会做木匠活儿。你住哪儿？"黛安的父亲问道。瑞顿有些不耐烦，但对方毕竟相信了自己的扯淡，这也让他欣喜。

"没关系，上大学之前我也当过木匠。谢谢你的好意。"这话倒是真的，不过对于瑞顿而言，说真话反倒让他不适应。真是说谎说习惯了。说真话固然让生活真实，但也让生活脆弱。

"我曾经给高吉的吉尔斯兰当过学徒工。"瑞顿补充道。因为他看到黛安的父亲听到木匠活儿，眉毛挑了一下。

"我认识拉菲·吉尔斯兰。那个老油条。"黛安的父亲嘲笑着说，他的声音也自然多了。他和瑞顿建立起了一种默契。

"正因为这个原因，我不想在他那儿长干。"

瑞顿聊天的兴头冷了下去，因为他感到黛安正在桌子底下用腿蹭他。他喝了一大口茶。

"好了，我得走了。再次感谢。"

"等一会儿,我正准备和你一块儿进城。"黛安说。瑞顿还没来得及拒绝,她已经一阵风跑出了饭厅。

瑞顿虚情假意地要帮着一块儿收拾餐桌,但黛安的父亲立刻叫他到沙发上坐着,留下她母亲一个人在厨房忙碌。瑞顿心头一紧,还以为两个男人独处的时候,对方会说"你玩的这套伎俩岂能瞒过老夫"云云。好在并非如此。他们聊起了拉菲·吉尔斯兰和他的弟弟柯林,以及在工作中认识的另一些人。听说柯林自杀了,瑞顿不禁由衷地高兴,因为他很讨厌那家伙。

随后他们聊到了足球,黛安的父亲是哈茨队的支持者。瑞顿则是希伯队的球迷,他承认,上个赛季希伯队在和本地对手的对阵中,战绩乏善可陈。黛安的父亲提醒道:希伯队不管跟哪儿的球队比赛,结果都是一团糟。

"尤其是和我们哈茨队的时候,希伯队表现更差,不是吗?"

瑞顿只好微笑以对,他第一次为睡了这男人的女儿而感到高兴。他还承认,事情真是奇妙,以前吸食海洛因的时候,不管是性还是希伯队,对他来说都全无意义,而现在,它们却突然变得重要了起来。他想,也许是希伯队在八十年代的差劲表现把他逼上了吸毒的道路。

黛安已然准备停当。比起昨天晚上,她的妆画得没有那么浓,此时此刻看起来年方十六——比实际年龄还要大两岁。然后他们来到街上,瑞顿为终于虎口脱险而长出了一口气,但也有点儿尴尬,害怕别人看见他和黛安走在一起。他在这边认识的人不是瘾君子就是毒贩子,如果碰到那些货色,他们一定认为他正在拉皮条——瑞顿想。

他们穿过了南盖尔,来到了海马奇特。一路上,黛安都握着瑞顿的手,对他喋喋不休。她也为从父母的控制中逃脱而庆幸。另外，她还想对瑞顿加深一点认识，说不好，她还能从他那儿搞到可卡因呢。

瑞顿想着昨夜种种，心里却充满疑惑。黛安以前到底做过什么事儿，认识过什么人啊，竟然小小年纪就有如此丰富的男女经验，而且在床上充满自信。他觉得自己都不是二十五岁的人了，而是变成了五十五岁的老家伙。他还确定路上有人正看着他们呢。

瑞顿还穿着昨天那套服装，此刻浑身臭汗，看起来很落魄。而黛安则穿着黑色窄腿裤，这种裤子的款式瘦得就像紧身裤。裤子外面，她还套了一条白色迷你裙。这种穿衣风格也让瑞顿纳闷：何必混搭呢，选择一样不就好。当他去买《苏格兰人报》和《每日记录报》的时候，一个人在旁边看着黛安。瑞顿见此情形，心头火起，狠狠地把那厮给"照"了回去。这也许就是缺乏自信者的自我保护之道吧，他想。

他们跑到达尔瑞大街的唱片商店闲逛，在大堆唱片中东翻西翻。宿醉造成的恶心越来越强烈，这让瑞顿烦躁不安起来。黛安则不停地把唱片封面拿给瑞顿看，说着这个很酷炫，那个很带劲。他认为那些乐队大多数都是垃圾，现在却无力争辩了。

"你好啊，瑞顿！怎么样，哥们儿？"一只手在他肩头拍了一下，瑞顿登时感到如同一根铁丝插进黏土，全身的骨头和中枢神经都跑到皮肤之外，然后又钻了回去。他回过身，看见了强尼·斯万的弟弟迪克。

"还好，迪克，你怎么样？"他掩饰着心脏的剧烈跳动，故作不经意地回答。

"也不错，老大。"迪克看见瑞顿带着个妞儿，便给了他一个暧昧的表情，"我还有事儿，回头再聊。你要是碰到变态男，叫他给我打个电话。这孙子还欠着我二十镑呢。"

"彼此彼此，他也欠着我一笔呢。"

"这厮的人品真够差的。得了，回头见。"他说完，转向了黛安，"小妹子，咱们也回头见。你男人也够没劲的，都不给我介绍一下，看来他是爱上你啦！小心这家伙啊。"发现别人如此看待他们的关系，瑞顿和黛安都紧张地笑了。迪克终于跑了。

瑞顿感到他必须一个人静一静。宿醉的感觉越来越强烈，他快受不了了。

"呃，黛安……我也有点儿事，得到雷斯找几个朋友，我们说好了一块儿看足球……"

黛安抬起眼睛，表示明白，但同时又发出了在瑞顿听来如同怪叫的声音。她有些失望——还没来得及管他要点儿大麻呢。

"你家住哪儿？"她从书包里拿出纸笔，又补充道，"别跟我说你住在弗利斯特公园了啊。"瑞顿给她写下了蒙哥马利大街的真实地址——他已经难受到没力气再编一个假的了。

黛安走后，他自我厌恶到无以复加，甚至感到了钻心的疼痛。到底为什么有这样的感觉呢？是因为他跟她搞了一把，还是因为他知道，自己没法再搞一把了？瑞顿无法确定。

然而，晚上的时候，他的门铃响了。此前，因为身上没钱，他只好窝在家里看《迷失行动3》的录像带。瑞顿开了门，看见黛安站在面前。她又化了和昨天晚上一样的性感浓妆。

"请进。"他说着，疑惑着自己为什么能轻易接受这种男女关系——这没准会让他坐牢的啊。

黛安则以为她会闻到大麻的气味呢。她真的非常希望。

穿越草地公园[1]

酒吧里人头攒动，挤满了本地流氓和来看艺术节的家伙。在下一场节目开始之前，这些人都要过来爽一把。有些节目还不错……就是有点儿贵了。

"卑鄙"似乎尿裤子了……

"你尿到裤子上了吗？弗兰克？"瑞顿指着他褪色蓝牛仔裤上的一块湿迹问。

"这他妈是水，洗手的时候溅上去啦。你丫什么都不知道还在这儿胡说八道，红毛二货，我这裤子很容易吸水，尤其是肥皂水。"

变态男满酒吧地搜索着女人的踪迹……这人就是个色情狂。每次和几个哥们儿待不了一会儿，他就会感到无聊了。或许因为这个原因，他才在对付女人方面很有一套——确实如此。麦迪则正在摇头晃脑地喃喃自语，他的脑袋好像有什么问题……还不只是海洛因造成的。他似乎得上了严重的忧郁症。

瑞顿和"卑鄙"正在争吵。瑞顿最好小心一点儿，"卑鄙"就好像……一只丛林野猫，而我们呢，只是寻常的弱小家猫而已，知道吧。

"那些王八蛋就是他妈有钱，你丫一天到晚叫嚣着要杀掉有钱人，散布什么无政府主义的狗屁理论，可也就是说说而已，其实根本不敢动真格儿的！""卑鄙"讥笑着瑞顿，确实地说，他那副样子真是很丑。他长着黑眉毛、黑眼睛，黑头发剃得很短，只比光头党

---

1 本节以屎霸的口吻叙述。

长一点儿。

"这不是敢不敢的问题,弗兰克,我只是不想这么做而已。我们这儿有货色纯正的快克[1],还有安非他命、摇头丸,我们在这个酒吧里就可以很爽啊。没准一会儿我们还可以去找个电音舞场,电音舞场又大人又多,肯定比这儿好玩儿多了。不像这个破地方,说不定一会儿就会把警察招来,接着就是一大堆烦人事儿。"

"我才不去什么电音舞场呢。你自己都说过,只有小崽儿才去电音舞场。"

"没错,不过那是我去之前说的,现在我的看法改变啦。"

"我他妈才不去呢,咱们还是去那些酒吧,然后在厕所里揍个傻帽儿。"

"不去,我才不想惹事儿呢。"

"你丫别跟这儿装丫挺了,还记得有个周末在'牛和草丛'酒吧吗,你丫把屎都拉在裤兜子里了。"

"我才没有呢。咱们没必要非得揍谁才行,这种事儿根本没必要。"

"卑鄙"坐在椅子上的身体绷得很紧,前倾着,盯着瑞顿。我觉得这家伙马上就要扑上去暴打瑞顿一顿啦。

"哼!哼!我觉得你他妈才没必要!你丫这个傻帽儿!"

"好了,弗兰克,放松点儿么。"变态男说。

"卑鄙"似乎意识到自己做得有点儿太过了。收起爪子来吧,野猫,给这个世界一点儿温柔吧。"卑鄙"真是个坏猫,又大又暴躁。

"我们去搞个谢尔曼坦克[2]怎么样?还记得上次那个自作聪明的家伙吗?真是自作自受。而且上次我们在酒吧包间里揍他,把他的

---

1 快克,或者快克可卡因,是可卡因的副产品。
2 谢尔曼坦克,意指美国佬。这是一种二战时期美国装备的主战坦克。

钱抢光的时候,你不也目不转睛干得挺带劲的吗?"

"那人后来昏迷不醒被送医院了,他流了很多血,都他妈上新闻了……"

"那厮已经没事儿了,现在!新闻不也说了吗?根本没受什么伤。而且就算受点儿伤又怎么样?那些有钱的美国佬根本就不该来我们这儿!你干吗替这种傻帽儿担心?还有,你以前不也砍过人吗?就那个伊克·威尔森——上学的时候?所以你他妈就别假高尚啦。"

瑞顿被抓到短处,无言以对。其实他非常讨厌提起那件事,可事情确实发生过。我们也曾经暴打过一个美国佬,那是个张牙舞爪的坏猫。其实我们也不是有心这么做的,但"卑鄙"说,不管有心无心,做了就是做了。那事儿干得实在太差劲了,我们真是穷凶极恶……那美国佬就是不肯交出钱包,甚至当"卑鄙"亮出刀子的时候,他还说了这么一句:"量你也不敢砍我。"

当时"卑鄙"可真是快疯了,他挥刀一阵乱砍,吓得我们几乎忘了抢钱包了。后来"卑鄙"猛踹那厮的脸,我就趁机把手伸进他的口袋。血流到了厕所的地板上,和尿混在一起。真可怕,真可怕,真可怕,知道不?到现在,我想起那件事儿还会浑身发抖,躺在床上都会打战。每当看到长得像那个来自爱荷华州迪莫伊市的美国人——理查德·豪森,我都会浑身发冷。听到有人用美国口音说话,我都会吓一跳。暴力真是太可怕了。"卑鄙"——亲爱的弗兰克,他简直是把我们都强奸了,那天晚上,他相当于搞了我们所有人,然后给我们钱,让我们滚蛋,就好像我们都是妓女一样,你知道吧?坏猫"卑鄙",野猫"卑鄙"。

"谁要参加?屎霸,你觉得怎么样?""卑鄙"对我说。他咬了咬下嘴唇。

"呃……我真是不喜欢暴力……我还是在这儿来点儿迷幻药就

好了,你知道吧。"

"又他妈是个厌货。""卑鄙"转身,却并不太失望,仿佛从来没指望过我会帮他一样。这也许是好事儿,也许是坏事儿,这年头谁能分清好还是坏呢?

变态男则表示,他是个大众情人,不是铁血战士。"卑鄙"正准备说点儿什么的时候,麦迪却忽然插了一嘴:"我去!"

"卑鄙"马上把变态男扔到一边,开始盛赞麦迪。他说我们都是世界上最厌的废物。可我觉得废物恰恰是麦迪,因为他总是对"卑鄙"言听计从……我一直很不喜欢麦迪,他是个蠢货。朋友之间总会互相挤兑,但当麦迪挤对别人的时候,就会感觉他不只是损一损罢了,你会真实地感到一股恨意。大家本来就是找乐子,可麦迪的罪过在于,他根本看不得别人开心。

我意识到,我从未和麦迪独处过。通常都是我和瑞顿、我和汤米、我和"二等奖金"、我和变态男……我甚至也和独裁者大将军弗兰克在一起……但却从不与麦迪单独厮混。这已经很说明问题了吧,你知道。

"卑鄙"和麦迪这两只坏猫出去狩猎了,而我们这儿的气氛也变得……明亮了起来。变态男拿出了一些"白鸽"牌摇头丸,我想那是一种迷幻药品。大部分摇头丸都不包含MDMA[1],只相当于安非他命混合了迷幻药物……但我只用品质纯正的安非他命。知道不,那可真是灵丹妙药,纯正的扎帕风格,就是这个意思……我想到的是弗兰克·扎帕的《乔的车库》,还有黄色的雪、犹太公主和信奉天主教的纯洁少女。我也想,如果我也有一个女人去爱就好了。她不是用来搞的,起码不只是用来搞的——而是用来爱的。就像我爱着世上的每一个人,却没有和每个人乱搞。那只是一种有人令你去

---
[1] 指亚甲双氧基甲基安非他命。

爱的感觉，比如说瑞顿爱海瑟，而变态男……变态男爱着成堆的妞儿。但话说回来，这些家伙并不见得过得比我快乐。

"邻居家的草坪总是更绿，对面的阳光总是更亮……"我他妈唱起歌来了。虽然我从不唱歌……可现在药劲儿上来了，歌声脱口而出。我想着弗兰克·扎帕的女儿慕恩……她跟我真是天生一对……我也可以和她爸一起厮混……去录音棚……看看他的音乐制作流程，你知道吧，音乐制作流程……

"真他妈疯了……我要不走就快烦死了……"变态男抓着脑袋说。

瑞顿的衬衫扣子开了，敞胸露怀，他在晃悠着他的乳头……

"屎霸……看看我的乳头，它们看起来真是不一般……谁也没有我这样的乳头……"

我和他谈论爱情，但瑞顿一口咬定爱情并不存在。他说爱情就像宗教一样，是国家强加于你让你信的。这样一来，他们就能够控制你了，顺便把你的脑袋搞得一团糟……有些人不说到政治，就不会开心，知道不……可是瑞顿的言论并没有让我沮丧，因为其实瑞顿自己也不相信自己所说的，因为我们取笑放眼看到的所有人……吧台那边的那个疯子，脸上的血管都快绷爆了……还有个像是来参加艺术节的妞儿，看起来是典型的英国范儿，脸色差得就像有人对着她的鼻子放了个屁。

变态男说："我们到公园去搞一搞'卑鄙'和麦迪吧，那两个没有吸毒、无聊透顶、烂醉如泥的白痴。"

"那很危——险，危——险，你知道，'卑鄙'已经彻底疯了。"我说。

"让我们为球迷而战。"瑞顿说。这话是他和变态男从希伯队的季前赛宣传单上学会的。在那宣传单上，希伯队主力阿历克斯·米勒就像刚刚吸完了毒一样,他下面就是这句:"让我们为球迷而战。"而瑞顿和变态男呢,只要吸了点儿什么药物,就会说这句话。

我们晃晃悠悠地从酒吧出来,走向草地公园。我们开始唱歌,模仿着夸张的美国纽约腔,唱着辛纳特拉[1]的歌:

> 我和你,就像一对小甜心
> 走过大草地
> 把那许多勿忘草拾起

有两个妞儿向我们走来……我认识她们……这不是罗丝安娜和吉尔嘛……两个出身名校的妞儿,是吉尔斯皮学校还是玛丽·厄尔斯凯学校来着?她们在聊着南方的生活,聊着音乐,聊着毒品,聊着各种经历……

变态男双臂一张,像熊一样抱住了吉尔,瑞顿也对罗丝安娜同样效法……我却仍然孤身一人,看着天边的云彩。在这利于男欢女爱的大好时光,屎霸先生却无事可做。

那两对狗男女耳鬓厮磨起来。这对我来说实在太残忍了。瑞顿把脸从罗丝安娜的脸上挪开,但双手仍抱着她。瑞顿最近可闹了个笑话,你知道么……那天他在多诺凡酒吧带走的那个妞儿竟然是个未成年少女。那妞儿名叫黛安吧?瑞顿可真是只坏猫。而变态男呢,此时已经把吉尔按在树上了。

"怎么样,小妞儿,你想怎么样?"变态男问她。

"去南方吧……"吉尔说。她已经嗑药嗑得有些晕头转向了……一个嗨过头的小公主。她是犹太人吗?她的脸真光滑啊……哇,这两个妞儿很想扮酷,可在瑞顿和变态男面前,就不得不紧张

---

[1] 法兰克·辛纳特拉(Frank Sinatra),美国歌手,曾多次荣获格莱美奖。

起来了。他们这种超级瘾君子可是什么事儿都做得出来的，知道么。真正的酷妞儿应该抽他们丫俩大嘴巴，让他们满地找牙。可现在，这俩妞儿显得半推半就，乐在其中。这种年纪的妞儿，总会为了挑战她们的上流社会父母而这么做……当然，瑞顿现在还没得手，可他在此之前已经尝到甜头了。而变态男就走的是另一种风格了，他径直把手插进了吉尔的牛仔裤……

"我知道你们这些小女孩儿，喜欢在这儿藏毒品……"

"西蒙！没有药了！西蒙！西……蒙！"

看到小姑娘被吓坏了，变态男才让她们走了。每个人都紧张地笑着，尽力装出一副闹着玩儿的样子。然后妞儿就走了。

"也许晚上我们会再见的呀！"变态男对着她们的背影喊。

"可以……去南方找我们吧。"吉尔一边说，一边倒退着行走。

变态男一拍大腿，说："应该把这俩小骚货带走大搞一把的，搞得她们失去知觉，哼哼。对这种妞儿就应该这样。"与其说他在对我和瑞顿讲话，倒不如说是在自言自语。

瑞顿却指着什么东西大喊大叫起来。

"变态男！你的脚边有一只松鼠！弄死它！"

变态男接近松鼠，试着引诱它，但松鼠却蹦开了。这东西的行动真是奇怪，整个躯干都弯成了一张弓。这种银灰色的小东西可真是奇妙……知道吧。

变态男捡起块石头，掷向松鼠，看到那小东西险些中弹，我的心都快停跳了。我感觉很不舒服。变态男疯狂地笑着，又捡了一块石头，准备再接再厉，我却阻止了他。

"让它去吧，一只松鼠招谁惹谁了。"我讨厌瑞顿虐待动物的行为……这是不对的。如果你会虐待其他生物，那么你也不会爱自己……我的意思是……何必如此？小松鼠多他妈可爱啊，它独来独往，自由自在。或许这就是瑞顿所不能容忍的地方：松鼠是自由的。

瑞顿还在笑着，我用手抓住了他。这时，有两个看起来很高雅的夫人经过，带着厌恶的眼神看了我们一眼。瑞顿的眼中登时冒出了火。

"抓住这老娘们儿！"他对变态男喊着，故意让那两个女人听见，"用透明胶条把她下面捆上，这样还紧点儿！"

松鼠从变态男身边逃开，但那两位夫人则转过身来盯着我们。看起来，她们真的感到了挑衅，并觉得我们就像一摊屎。这时我也笑了出来，但我的手仍抓着瑞顿。

"看你妈什么看？喝下午茶的老娘们儿！"瑞顿提高音量说，让那两位夫人听得清清楚楚。

两个女人转身加快了脚步，走开了。变态男也叫了起来："滚吧，你们这些老妇女！"然后他转向我说："我不知道为什么这种老娘们儿都想勾引我。没人想搞她们，就算这时候，我们在这儿实在没妞儿了，我宁可用建材超市里的两片磨砂方砖来自慰，也不想和她们搞一把。"

"去你妈的，如果唐恩发育成熟了，你也会搞她的。"瑞顿说。

我想瑞顿此言一出就后悔了。唐恩是个死去的婴儿，莱斯莉的小孩。她死于婴儿猝死症。每个人都知道变态男是唐恩的父亲。

但变态男只是说："去你妈的，傻帽儿，你丫这个收容所里捡来的野狗。和我有一腿的美女数不胜数，个个儿值得一搞。"

我记得有一次变态男喝高了，往家领了一个斯坦豪斯的女人……我可看不出那妞儿有什么特别之处……我想，每个人都有饥不择食的时候吧。

"呃，记得那个斯坦豪斯的妞儿么，她叫什么来着？"

"你丫别扯淡了行么！别以为揣着美国运通卡和银行信用卡，你就可以到窑子里假装阔佬了。"

我们互相挤兑着，还没往前走两步，我又开始想到了小唐恩，那个婴儿，还有那只松鼠，小松鼠自由自在，与世无争……但他们却要杀死它，为什么呢？这让我感到恶心、悲伤，也很生气。

我想离开这些家伙。于是我掉转身去，朝另一个方向走去。瑞顿追上来说："来吧，屎霸……你他妈的怎么了？"

"你刚才要杀死那只松鼠。"

"那只是一只松鼠啊，屎霸！它们是有害动物啊……"瑞顿一边说，一边把手搭在我肩上。

"也许你和我才是有害的动物呢……什么叫有害呢？那两个高雅的女人也觉得我们有害，难道她们就有权利把我们也给杀了吗？"我说。

"对不起，丹尼……那只是一只松鼠。对不起，哥们儿。我知道你喜欢动物，我只是……你知道我的意思……就像是……我说，我的脑袋一团糟，丹尼。我也不知道怎么回事儿，都是'卑鄙'和毒品搞的。我不知道我应该如何生活下去……到处都是一团糟，丹尼。我也不知道到底是怎么了。对不起，哥们儿。"

瑞顿已有很久没称呼我"丹尼"了，现在他却无法停止这么叫我。他看起来异常沮丧。

"嘿……放松点儿，哥们儿……那只是个小动物罢了，就像……别为那东西担心……我只是觉得它是个无辜的小动物，就像小唐恩一样，知道不……我们不应该伤害他们……"

瑞顿抓住我，一把把我抱住："你是心眼最好的人，哥们儿，记住这个。我这么说不是因为喝高了或者嗑了药，我就是这么想的。人在头脑清楚的时候说点儿真心话，别人就会把你当成同性恋的……"我拍着他的背,其实我也想对他说同样的话,但如果我说了,就会显得是在呼应他。但我还是说了。

我们听到变态男的声音在身后响起来:"你们这两个屁精,要不找地儿搞一把,要不就过来和我一起去找'卑鄙'和麦迪。"

我们彼此放开对方,笑了起来。我们都很了解变态男,他那张臭嘴虽然逮谁骂谁,就像一只妄想咬穿全城所有垃圾袋的猫,但归根结底,他是个好人。

搞砸了

法庭上的灾祸

法官的表情是介于怜悯和厌恶之间的，他看着被告席上的屎霸和我。

法官陈述："你们从水石书店窃取书籍，并企图贩卖。"卖他妈个蛋书。我操他妈的。

"没有。"我说。

"是的。"没想到屎霸在同一时间这样说道。我们面面相觑。要知道，我们花了很长的时间来串供，没想到才一上庭，就告穿帮。

法官长叹一声。这家伙干的不是什么好差事，你想啊，每天都要面对那么多社会渣滓，实在要能把人活活累死。不过当法官的薪水一定很高，而且又不是人家求他来做这苦差的。既然干了，就应该表现得专业一点，实事求是一点，不要摆出一幅勉为其难的样子。

"瑞顿先生，你没有企图卖掉那些书吗？"

"没有啊，呃，法官大人。我窃来那些书是为了读的。"

"所以你也读过克尔凯郭尔[1]了,跟我聊聊他的哲学思想如何,瑞顿先生。"这个不可一世的法官说。

"我对于他的主体性和真实的概念颇感兴趣,尤其注意到他关于'选择'的思想。真正的选择是在怀疑和不确定的情况下作出的,并不依赖于经验或者别人的意见。我们可以大概判断,克尔凯郭尔的哲学思想是一种中产阶级的哲学理论,和整个社会的智慧是背道而驰的。但从另一个角度而言,克尔凯郭尔的思想也是一种解放的哲学,因为一旦社会智慧遭到削弱,那么社会对人的控制也必将被削弱基础……"我觉得自己说的有点儿啰唆了,于是结束了发言。这些家伙讨厌聪明的人,你越是与其争辩,被判的罚金就会越高,甚至刑罚也会更重。别逞强了瑞顿,别逞强了。

法官轻蔑地冷笑了一下。我确定,他作为一个受过教育的人,一定比我这种平头百姓更懂哲学。想当操蛋法官,就得有操蛋脑瓜。不是每个人都能坐上这个位置的。我几乎可以听见旁听席上的"卑鄙"这样对变态男说着。

"那么你,墨菲先生,你企图像卖掉以前的其他赃物一般,把那些书也卖掉以获取不法收益,并用来满足你的毒瘾,对吗?"

"你算是说到点儿上了……呃……猜对了,知道么。"屎霸的一脸沉思变成了困惑,点头说道。

"你,墨菲先生,是一个惯偷。"屎霸却晃悠着肩膀,仿佛在说:不是我的错。"诉讼笔录上说,你仍然依赖海洛因,你也偷窃成瘾。大家努力工作,生产产品,你却把它们偷走,而别人则是必须努力工作才能挣钱买到它们。我们做了多次努力,想要让你改掉这些劣习,可你却屡教不改,可见我们对你的帮助并不奏效。基于上

---

[1] 索伦·克尔凯郭尔(Soren Aabye Kierkegaard),丹麦宗教哲学家、诗人,存在主义哲学的先驱。

述原因，我判处你监禁十个月。"

"谢谢……呃，我的意思是……没问题，知道么……"

那厮又转向了我。操他妈的。

"你，瑞顿先生，则是另一种情况。笔录上说你也有毒瘾，不过你已经尽力戒毒了。你宣称偷窃的行为是因为戒毒之后的忧郁症，我也愿意相信这一点。我也可以接受你当时推搡罗德先生是为了自卫，而非故意攻击。因此我判处你缓刑六个月，不过你必须接受恰当的治疗，继续戒毒，社工会监督你的进展。我也相信你携带大麻是为了自己使用，但我仍然不能对你的非法药品视而不见，即使你声称使用大麻是为了对抗戒除海洛因引发的忧郁症。对于你携带违禁药品，我判处你罚款一百英镑。我建议你另找别的办法来解决忧郁症的问题。如果你像你的朋友丹尼尔·墨菲先生一样，放弃改过自新的机会，再次回到法庭上来，我会毫不犹豫地判你监禁。我的话你明白了吗？"

清楚得像敲钟，乖孙子。我爱你，屎孩子。

"谢谢您，法官大人。我知道自己的行为让家人和朋友失望了，也浪费了您的宝贵时间。然而，找出问题对症下药，才是重获新生的关键所在。我已经定期去诊所接受治疗，也服用美沙酮和提马西潘[1]。我不会再自欺欺人了，在上帝的帮助下，我一定能克服疾病。再次感谢法官大人。"

法官仔细地盯着我的脸，想知道我有没有说笑。这种时候，当然不能露出破绽。和"卑鄙"厮混了这么长时间，我已经习惯面无表情了。没有表情总要比死掉强啊。这傻帽儿相信我说的都是真话，而非扯淡，于是宣告庭审结束。我走向自由，可怜的屎霸却要蹲号子啦。

1　两种替代药物，用来替代海洛因。

一个法警示意屎霸过去。

"不好意思,哥们儿。"我说道,自己觉得自己很孙子。

"没关系……我会戒掉海洛因的,索顿监狱的大麻也很不错。也就是一泡尿的工夫……"他说着,被一个长着小丑脸的条子带走了。

在法庭外的大厅里,我妈妈上来拥抱我。她看起来很疲倦,眼圈都黑了。

"宝贝,宝贝,我该对你怎么办?"她问。

"蠢货,那东西会把你害死的。"我的哥哥比利摇着他的脑袋。

我想对比利这厮说点儿什么。没人要求他来这儿,我也不喜欢他这副粗里粗气的模样。然而我还没说话,弗兰克·"卑鄙"跑了过来。

"瑞顿,干得漂亮!这个结果很不错,对吧?屎霸太倒霉了,不过也比我们预料的结局强多了。只要表现良好,他不会被关十个月的,顶多他妈六个月就会出来,甚至还要更早。"

变态男看起来像个广告总裁,环抱着我妈妈,又给了我一个爬行动物一般的微笑。

"这可得好好庆祝,去迪康酒吧怎么样?"弗兰克建议道。如同一群瘾君子,我们跟在他后面。大家无事可做,喝啤酒就被默认为最佳选择了。

"如果你知道,你所做的事让我和你爸有多难过……"妈妈看着我,严肃到了极点。

"这傻帽儿,"我哥哥比利不屑地说,"到书店偷书。"这厮把我惹毛了。

"我在过去的六年一直都在偷书,我偷了价值四千英镑的书啦,都放在爸妈和我家的公寓里。你以为那些书都是我买的吗?我靠偷书赚了四千英镑，蠢货！"

"哦……马克，你怎么能，原来那些书都是你……"我妈妈看起来心都碎了。

"但我已经金盆洗手了，妈妈。"我总是说，只要我被抓个正着，就再也不干了。这种事是会让人上瘾的，而现在到了挂靴退出的时候了。不玩儿了，结束了。我说得很认真，我妈也一定相信了，因为她换了个话题。

"注意你的措辞，你也一样。"她又转向比利，"我不知道你们从哪儿学的这些脏话，你们在家里可从来不会听到它们。"

比利扬扬眉毛，狐疑地看了看我。我也以同样的表情反看着他。我们两个站在同一条战线上，倒是难得的。

大伙儿很快喝得微醺。我妈谈起了她的月经问题，把我和比利弄得相当尴尬。因为四十七岁了还有月经，所以她觉得需要让每个人都知道。

"我简直是血流成河。卫生巾对我完全没用，那就好像用一份《晚报新闻》去堵一只爆裂的水龙头。"她放声大笑，把脑袋向后甩，就像一个雷斯码头工人俱乐部里常见的、喝多了嘉士伯的放荡女人。我想，她早上一定已经喝过酒了，没准还混合了点儿抗抑郁药物。

"好了，妈。"我说。

"别跟我说，你妈让你难堪了。"她用拇指和食指捏着我的瘦脸庞说，"我只是很高兴他们没把我的宝贝儿抓走。你们不喜欢我这么叫你们，但你们永远都是我的小宝贝，两个都是。还记得你们坐在儿童车里，我唱着你们最喜欢的歌的时候吗？"

我咬紧牙关，感到自己喉咙发干，面无血色。真他妈操蛋。

"妈妈的小宝贝爱酥油，酥油，妈妈的宝贝爱吃酥油面包……"她跑着调儿唱了起来。变态男竟然也兴高采烈地加入了合唱。我真希望被关起来的人是我,而不是屎霸那个幸运的王八蛋。

"妈妈的小宝贝,再来一杯?""卑鄙"问我。

"好啊,你们真该唱歌,你们真该唱这些血淋淋的歌儿!你们这些混蛋!"这个时候,屎霸的妈妈却走进了酒吧,对着我们喊道。

"我对丹尼的事儿真的很抱歉,墨菲太太……"我说。

"抱歉?我还得跟你说抱歉呢!要不是和你、你们这一群垃圾混在一起,我的丹尼现在也不会在监狱里了!"

"好了,柯琳,我知道你心里不舒服,可这么说也不公平啊。"我妈妈站起来说。

"我告诉你什么是公平,都是他害的!"屎霸的妈妈恶毒地指着我,"就是他让我们丹尼染上了毒瘾,自己倒还在法庭上说得天花乱坠。还有这个家伙,还有那个,都不是好东西。"激愤之下,她把变态男和"卑鄙"也捎带上了,这倒让我舒了口气。

变态男没有反驳,但却从椅子上站起来,带着一种"本人毕生从未受此奇耻大辱"的表情,悲伤而高傲地昂着头。

"不要血口喷人!""卑鄙"则粗声粗气地回敬,他从来不怕老家伙,甚至就连面对儿子刚被抓进监狱的雷斯老娘们儿,他也无所畏惧,"我从来不碰毒品,我也告诉瑞顿和屎霸……马克和丹尼,毒品是祸根!变态……西蒙也在几个月前就戒毒了。"他站起来,看起来义愤填膺。他不停击打着自己的胸膛,仿佛在自我克制着,否则真会冲上去照着墨菲太太的脸上来一拳:"是他妈的我叫他们戒毒的!"

墨菲太太转身跑出了酒吧,她那种彻底被击败的表情触动了我。不仅是因为孩子被抓进监狱,而且是因为孩子在她心中的形象也毁于一旦了。我同情这女人,因此也很讨厌弗兰克这么说她。

"唉，她是洗衣店的收银员，"我妈悲哀地摇头道，"我很同情她，她的儿子被抓起来了呀。"她又看着我，摇着头，"不管怎么样，你也要跟人家来往的呀——弗兰克，你的小宝贝呢？"她又转向"卑鄙"了。

我心里直发抖：我妈这种人为什么会很轻易地对"卑鄙"之流产生好感呢？

"好极了，瑞顿太太，越长越大啦。"

"叫我凯西，老叫我瑞顿太太，都让我觉得自己是个老太太了！"

"你本来就是啊。"我说。但她根本不理我，大家也没有笑，就连比利也没笑。事实上，"卑鄙"和变态男已经用那种叔叔辈的不满眼神看着我了，好像他们很想惩罚惩罚我这个没教养的晚辈。我竟然沦落到了"卑鄙"的孩子那种地位上啦。

"是个男孩吧，弗兰克？"我妈问着那个刚成为父亲的人。

"是啊，太对了。我对琼说，如果要是个女孩，那她就最好钻回去算了。"

此时，琼的面孔浮现在了我的脑海里：稀饭一样灰暗的皮肤，头发油腻腻的，瘦小的身体上挂着赘肉。她冰冷的脸上死气沉沉，既不会笑，也不会皱眉。她一直在服用镇静剂来控制情绪，因为孩子实在太吵闹了，总是发出令人心惊肉跳的尖叫。琼很爱这个孩子，她的爱会和弗兰克对孩子的冷漠成正比。那种爱一定是毫无条件、不打不骂、也令人窒息的溺爱，在这种环境下长大的孩子，将来一定会和他爸"卑鄙"一样。自从琼开始怀孕，这孩子就已经命中注定要到索顿监狱预订房间啦——同理，阔佬的孩子自打在娘胎里，就已经命中注定要去上伊顿公学了。当这孩子照着这条既定的道路一摸黑走下去的时候，他的老爹弗兰克正在做什么呢？和现在一样：在酗酒。

"我快要当奶奶了，上帝，你们一定不会相信的。"我妈又看着比利，又敬畏又自豪地说。比利也充满自豪地挤出了笑容。自从他把他的妞儿雪伦的肚子搞大之后，就成了我爸和我妈的心肝宝贝。他们都忘了比利被条子登门拜访的次数比我还多。至少我还没有厚颜无耻到在自己家门口拉屎的地步。但是现在，这些恶劣记录全都烟消云散啦，只是因为他又和军队签了六年的约，而且还搞大了那个婊子的肚子。我爸我妈应该问问比利，他这辈子有过什么作为呢？但是现在，他们只会自豪地微笑。

"如果你老婆生了个女孩，比利，那就把她塞回去。""卑鄙"又在重复那套论调了，只不过此刻已经口齿不清了。酒精已经把他搞得晕头转向。又是一个不知从几点就开始醉酒的操蛋家伙。

"要发扬弗兰克精神！"变态男拍着"卑鄙"的背，企图激励这痞子再说出一两句"卑鄙"式的经典名言。我们会收集他的那些最愚蠢、最性别歧视、最崇尚暴力的言论，背着他进行模仿秀。这种娱乐会让我们笑得要晕过去。当然，其危险性也是存在的：要是"卑鄙"知道我们拿他取乐，谁知道他会作出什么反应。有时候变态男甚至会对着"卑鄙"的背影做鬼脸，总有一天，我们中的一个或者我们两个都会玩火自焚，被"卑鄙"施以拳头、酒瓶或者"球棒铁血惩罚"（这也是一句"卑鄙"的名言）。

我们坐出租车回到雷斯。"卑鄙"开始抱怨爱丁堡的出租车"忒贵"了，然后又开始胡言乱语地宣称雷斯是个无所不有的娱乐中心。比利表示同意，他也想早点儿回家了，他想：从雷斯的酒吧给老婆打个市内电话——而非长途——她会更放心的。

变态男想要对雷斯冷嘲热讽一番，可惜被我捷足先登，早骂了一步。于是，这厮兴高采烈地打电话，叫了出租车。我们一群人又来到了雷斯大街的一家酒吧。我并不喜欢这里,但却似乎总是进去就出不来了。吧台的胖子马尔科姆给了我一杯免费的伏特加。

"听说你的审判结果不错,干得漂亮!"

我耸耸肩。一群老家伙则把"卑鄙"团团围住,如同这家伙就是一个好莱坞明星,投入地听着他讲一些无聊的故事——弄不好,他们已经听过很多遍了。

变态男给大家买了一轮酒,准备开怀畅饮一翻。他夸张地晃着手上的票子。

"比利喝啤酒么?那么瑞顿太太……哦,不,凯西,你来点儿什么?金酒加柠檬?"他对着坐在吧台一角的我们叫道。

是"卑鄙"拿出钱来让变态男买酒的。我还知道"卑鄙"和在场的那个方块脑袋丑男人共同卷入了什么阴谋交易。那男人丑得像个瘟神,让人一见就想敬而远之。

比利则在电话里和雪伦吵了起来。

"我那个操蛋弟弟被放出来啦!他从书店偷书,还袭击店员,还携带禁药!结果这家伙逃脱了法律的制裁!就连我妈都在这边呢!我为我弟弟庆祝,这是理所应该的!"

如果不把我搬出来,作出一副兄弟情深的样子,他可没法堵住雪伦的嘴。

"这儿有一个《人猿星球》[1]里的家伙。"变态男对我耳语,冲着一个正在喝酒的男人撇撇头。那家伙看起来真像那部电影里的群众演员。他一如既往地喝醉了,想找个聊伴儿,又很不幸地发现了我,向我挪过来。

"你对赛马感兴趣吗?"他问。

---

1 《人猿星球》(*Planet of the Apes*),美国科幻影片,后在2001年被大导演蒂姆·伯顿翻拍过。变态男的话,指的是那人长得像一个猿人。

"不。"

"足球呢?"他含混地说。

"不。"

"橄榄球呢?"他听起来有些失望了。

"不。"我说。我不知道他到底是想找人搞同性恋,还是想和人聊天。我想他自己也不清楚。他对我失去了兴趣,却又转向变态男了。

"你对赛马感兴趣吗?"

"不。我还讨厌足球和橄榄球。不过我喜欢电影,尤其是那部《人猿星球》,你看过么?我特别喜欢。"

"看过!我记得那部电影!《人猿星球》嘛。他妈的查尔顿·海斯顿和罗迪·麦克……那男孩叫什么来着?就是那小子,你知道我在说谁吧——他知道我在说谁吧?""人猿星球"又转过来问我。

"麦克道尔。"

"就是那厮!"对方带着胜利的口吻地说道。他又转向了变态男:"那天那个妞儿是谁呀?"

"呃?你说哪个?"变态男问道。他彻底迷惑了。

"那个金发美女啊,前几天晚上你还和她一块儿的。"

"哦,对,她啊。"

"那是个很端庄的小美女……如果你不介意的话……你知道,我没有抢你婆子的意思。"

"没事儿,完全没问题,哥们儿。你给我五十英镑,她就归你了,这不是开玩笑。"变态男压低声音说。

"你说真的?"

"是啊。不过不能性虐待,只能做爱。花费五十英镑。"

我简直不敢相信自己的耳朵啦。变态男却不是说笑。他真要把玛丽亚·安德森和"人猿星球"扯到一块。他已经和那个女瘾君子聚散离合好几个月了，而现在却在为她拉皮条。我对这个做法感到恶心，现在我又开始嫉妒身陷囹圄的屎霸了。

我把变态男拉到旁边："你他妈要干吗？"

"我要干的就是，先照顾好一号，也就是我自己。你他妈又要干吗？你变成社工了么？"

"这不是一码事儿。我真是不知道你到底要他妈干吗了，哥们儿，真不知道。"

"你现在觉得自己是戒毒大使了吗？"

"不是，不过我也不会把别人往火坑里推。"

"滚你妈蛋吧。叫汤米管席克那群人买毒品的是不是你呀？"他的眼神干净而奸诈，完全没有同情心。而后，他又转回去和"人猿星球"谈生意啦。

我想对变态男说，汤米有选择的权利，而玛丽亚却没有。这个问题也可以归结为对于选择的思考——何处开始，何处终结。我还要注射多少毒品，选择的概念才会在我的生活中消失？我他妈真想知道。我他妈真想知道这世上的所有事情。

这时就像预先安排好的一样，汤米走进了酒吧，后面跟着已经烂醉如泥的"二等奖金"。汤米已经开始注射海洛因，而以前，他可不沾这东西。这也许是我们的错，也许是我的错。在以前，汤米是只用安非他命的，而丽兹把他踹了以后，他就成了这副模样——安静得让人害怕，自制得让人害怕。"二等奖金"则是另一种情况。

"瑞顿干得漂亮！嘿！你丫这个傻帽儿！""二等奖金"吼叫着，几乎握碎了我的手。

于是乎，"独一无二的瑞顿"的歌声响彻酒吧。就连牙都没有的威利·沙恩也跟着唱了起来，此外还有"卑鄙"的爷爷，一个独腿老好人。"卑鄙"和他的两个我不认识的疯子朋友也加入了合唱，此外放声高歌的还有变态男、比利和我妈妈。

汤米拍了一下我的背："干得不错啊。"随后他又说："有海洛因吗？"

我告诉他，别想那东西了，趁早戒还来得及。而他则跟所有狂妄自大的人一样，告诉我，他能解决这个问题。这话让我感觉似曾相识——以前我也这么说过。说不定再过不久，我又要这么说了。

我被这些亲朋好友包围着，却感到从未有过的孤独。

这个时候，"人猿星球"已经和大家混熟了。这家伙要是真和玛丽亚·安德森搞上的话，那可真是太丑陋了。而如果他想和我妈搭讪，我会抄起酒杯砸烂这傻帽儿的脸。

安迪·洛根也走进酒吧来了。他是个精力旺盛的男人，周身弥漫着犯罪和监狱的气息。我和洛根已经相识多年，当时我们都是议会高尔夫球场的停车管理员，足足狠赚了一笔。我们利用停车场巡逻车里的那台打卡机中饱私囊，那确实是收入丰厚的日子，我都可以做到工资基本不用了。我很喜欢洛根，但我们的友谊却从未往深里发展。每次见面，他都只会说当年的事。

其实每个人都是这样，只会回忆当年依稀的风光。每一段对话都是以"想当年，我们……"开始的。而我们现在，则在讨论可怜的屎霸了。

弗洛克希也来了，他在吧台那边让我过去，想管我要点儿海洛因。可我现在正在戒毒啊，真是疯了。说来可笑，我竟然是在努力戒毒的时候，因为偷书而被抓到的。都怪我服用的美沙酮，这东西差点要了我的命，让我精神紧张，以致失手。那个长得像个睾丸的书店店员还想逞英雄，结果让我收拾了一番。

我告诉弗洛克希，我正在戒毒。他立刻一句话也不说地掉头滚蛋了。

比利却发现我们正在说话,便跟着弗洛克希走了出去。我赶快冲上前去,抓住了他的胳膊。

"我非废了那个垃圾……"他从牙缝里挤出话来。

"别管他了,他没干什么。"弗洛克希沿着路一直走下去,根本没注意到我们的举动。除了海洛因,他是什么都不关心了。

"垃圾,你就是跟这种人搅和在一起,才会变成现在这副样子,真他妈活该。"

直到看见雪伦和琼来了,他才回酒吧坐下。

"卑鄙"看见琼,立刻恶狠狠地瞪着她。

"孩子呢?"

"在我姐姐那儿。"琼提心吊胆地说。

"卑鄙"那恶狠狠的眼睛、裂开的嘴巴和冰冷的脸,这才从琼身上移开,他在努力确定一件事:自己对琼的答复是高兴还是不高兴呢?抑或全无感觉?然后他便转向了汤米,亲热地称赞对方是条汉子。

和我在一起的都是什么人啊?比利是个保守主义分子,脾气暴躁的混蛋。雪伦看着我,好像我长了两个脑袋。我妈醉态和淫态百出,变态男……这个二货。屎霸正在监狱里,麦迪还在医院里,没人去探望他,也没人提起他,好像他从未存在过一样。"卑鄙"……操蛋,他还在发火。而琼则穿着丑陋的运动服,全身的骨头好像都散架了。这身运动服恐怕从来没有好看过,而穿在琼身上,则更衬托出来她的面容憔悴、身材臃肿。

我爬到厕所撒了泡尿,知道自己再也无法回到桌上,面对那一派狗屎场面了。于是,我从酒吧侧门偷偷溜掉了。此时离我下一次服用药物的时间,还剩十四个小时零十五分钟。那些东西是国家提供的海洛因替代药品——美沙酮，一种让人恶心的胶状物，每天都要服用三次。我知道许多参加戒毒行动的瘾君子都是一口气吃下三份剂量，然后再去吸毒不误。我必须等到明天早上再吃那些药，可我实在等不了那么久了。我要去强尼·斯万那里来一针，只要一针就行，这样我就能够撑过这痛苦而漫长的一天了。

吸毒的困境　笔记第66号

　　移动身体都是一个挑战，但这是不应该的啊。我能够移动。我的身体以前是可以动的。从理论上说，我们人类都可以移动。但当你需要的所有东西都在这里的时候，为什么还要移动呢？不过，我马上就要不得不动一下了。当我足够难受的时候，我就要动一下，这是我的经验。我只是无法想象，在那么难受的情况下，我怎么还能动。这让我害怕，因为我必须赶紧行动了。

　　当然，我还能动。操他妈的。

死狗[1]

　　哦……敌人报销了。007邦德总会这样说。看看这厮的倒霉德行吧，光头，绿色的飞行夹克，九英寸的马丁医生鞋。典型的蠢货。一条汪汪叫的狗忠实地跟在他后面。牛头大粪犬……一条狗一张嘴

1　本节以变态男的视角叙述。

四条腿。哇哈，那东西在树下撒了泡尿。来呀，小伙子，来呀。

住在公园附近，就可以进行这种运动。我通过瞄准镜锁定了这头野兽。或许是错觉，我老觉得瞄准镜这些天有点儿不准，总往右跑偏。不过别担心，我西蒙可是个足够好的神枪手，我可以以技术弥补装备上的不足。这是支点二二口径的老式气枪，我转换了目标，又对准了那个光头党，对准了他的脸。我在他身上瞄上瞄下，从上到下从下到上……别紧张，小宝贝……再让我瞄一下……从没有人给过他这么多注意，这么多关心，这么多……对，这就是爱。坐在自家客厅里，知道自己有能力让别人受苦受难，这个感觉可真不错。叫我隐形杀手好了，玛尼潘尼小姐。[1]007就是这么说的。

其实我的目标是那条牛头犬，我希望它奋而攻击自己的主人，咬掉他的蛋，彻底撕碎人与动物之间的和谐关系。我希望这条狗比前几天挨了我一枪的那条傻乎乎的牧羊犬表现得要好。当时我一枪打在那条大畜牲的侧脸，但这个可悲的家伙去咬他那个穿运动服的蠢货主人了吗？他的主人像《加冕街》[2]里的薇拉和爱薇那样惊声尖叫了吗？都没有。那条笨狗只是嗷嗷惨叫。

他们叫我变态男，我是社区公敌，一个无脑笨狗的血腥杀手。不管它们叫作菲多，还是洛奇，还是蓝波，还是泰森——还是其他主人给狗起的无脑名字，我都不会手下留情。我所做的一切，都是对你们咬死孩子、撕裂人家的脸以及在街上随地拉屎的惩罚。最让我气愤的事情，就是你们这些笨狗随地大便啦：我西蒙在周日业余联盟的艾比山运动俱乐部踢球，踢的还是中场，但每一次飞身铲球的时候，都会粘到一身狗屎。

现在他们并肩而行了——人与兽。我扣下扳机，后退一步。

1　007系列电影中的人物。

2　一部英国播放最长、收视率最高的电视剧。

漂亮！那狗狂吠一声，一跃而起，照着光头党的胳膊就是一口。好枪法，西蒙。谢谢你的称赞，肖恩·康纳利。

"夏恩！夏恩！你这家伙！我他妈杀了你！"那男孩尖叫着，猛踢着他的狗。但是他的马丁医生鞋可对付不了这头猛兽。那种狗一旦咬上决不撒嘴，只有弱智才会养这种狗，因为它唯一的可取之处就是凶猛。男孩真是快疯了，刚开始他还在挣扎，后来就静下来不动了，因为越挣扎就越疼。他本来还想恐吓它，但后来，就只好向这台杀人机器苦苦哀求了。有个老家伙想上来帮忙，但那狗一抽鼻子一瞪眼，如同在说："下一个就是你。"老家伙立刻吓得退了回去。

我抄起一根铝合金棒球棒，飞速跑下了楼。这一刻我已经等了很久了，这就是我期待的情况。我，一个猎手。我激动得口干舌燥——变态男冲向战场啦。到了由你来解决问题的时候了，西蒙。我会搞定的，肖恩·康纳利。

"帮帮我！帮帮我！"光头党哀号着。他比我想的要年轻点儿。

"没事儿，哥们儿，保持冷静，我跟你说，别害怕，西蒙来也！"

我偷偷绕到那狗的后面，我可不希望这傻东西放过他的主人，对我来个反戈一击——就算风险不大，我也得保持警惕。那小子的手上和狗的嘴角鲜血淋漓，夹克都被血浸透了半边。他还以为我会用球棒打狗，但要知道，这么做就如同送瑞顿或屎霸去满足罗拉·麦克雯[1]的性欲，也太大方了吧。

所以我是这么行事的：轻轻挑起狗项圈，把球棒插到它下面，然后开始转动球棒，转啊转……如同甲壳虫的那首名曲：边旋转，边喊叫……那狗仍不撒嘴，光头党都疼得跪了下来，几乎要昏过去啦。而我只是旋转着球棒，感觉到狗脖子上那粗大的肌肉终于屈服

---

[1] 一个和变态男"有过一腿"的姑娘。

了,松弛了。我则继续转动。让我们再次旋转,就像去年夏天。

那狗的鼻孔和紧咬不放的嘴里,终于吐出一串可怕的喘息,我把这家伙勒死了。在痛苦挣扎的时候,甚至直到身体像一袋马铃薯一样一动不动的时候,这狗都始终没有撒嘴。我把球棒从狗项圈底下抽出来,然后又用它把狗嘴翘开,让男孩的手臂恢复了自由。这时候警察也赶到啦,我用还算干净的那半边夹克把他的胳膊包了起来。

那光头党不停地对警察和急救人员盛赞我的见义勇为。他对他的夏恩很失望,到这个时候,他还不明白这只"连苍蝇都不会伤害"的可爱宠物为什么会摇身一变,成为一只可怕的猛兽。狗这种东西随时都会发狂的嘛。

把这家伙抬上救护车的时候,年轻的警察摇着头:"真他妈蠢货,这些狗简直能杀人,他们还以为牵着狗挺威风的呢,可那些畜牲早晚会兽性大发的。"

年纪较长的警察则有礼貌地询问我棒球棒的用途。我告诉他,这是为了确保家庭安全,最近这个地区发生了好几起入室盗窃案。我解释,本人西蒙绝不会违法乱纪,保留球棒只是为了增加一点安全感。不过我想,在大西洋这一岸的英国,可没什么人买球棒就是为了打棒球吧。[1]

"我能了解。"老警察说。你当然能了解了,这个蠢货。执法人员通常都很笨,对吧,肖恩·康纳利?那还用说,西蒙。

那些家伙说我是个勇敢的人,还说要表彰我呢。谢谢长官!何足挂齿!

变态男今晚要去玛丽亚那儿找点儿变态的乐子。狗趴式可是当之无愧的最佳姿势,谨以这种形式向夏恩这条死狗致敬吧。

我的情绪像风筝一样高涨,性欲则像公鹿一样亢奋。这真他妈

---

[1] 棒球在英国不流行,这句话指买球棒就是为了打人的。

是美妙的一天。

搜寻内在的自我

我从未因吸毒而遭到监禁。但仍有很多家伙劝我重新做人。重新做人就是狗屁，有时候我宁愿自己臭揍自己一顿，也不想重新做人。重新做人意味着投降。

我曾经被指派过很多戒毒指导员。那些家伙的背景，从精神病学家到临床心理学家再到社工一应俱全。佛伯斯大夫就是个精神病学家，他常常采用弗洛伊德的心理分析，而非那种治疗病人的态度对待我。他力图帮助我回到过去，发现心理中悬而未决的矛盾。这种理论的基础，就在于找到矛盾的来源，解决矛盾，消除我的愤怒——恰恰因为我愤怒，所以我才会自我毁灭，而自我毁灭的最主要手段就是吸毒。

下面是一段我们之间的典型对话：

佛伯斯医生：你提到过你的弟弟，他是个残疾儿童，后来过世了。能不能再谈谈他呢？

（沉默）

我：为什么要说他？

（沉默）

佛伯斯医生：你不愿提起你的弟弟吗？

我：不是。我只是不知道他和我吸海洛因有什么关系。

佛伯斯医生：似乎是你弟弟刚刚去世的时候，你才开始大量用药的吧？

我：可那段时间发生的事儿太多了。我真不能确定我弟弟的去世和我吸毒之间到底有多大联系。当时我还正好进了艾伯顿，艾伯顿大学啦。我可真是讨厌那儿。除此之外，我还坐船穿越了海峡，去了荷兰，在那儿见到了所有人都能想到的荒唐事儿。

（沉默）

佛伯斯医生：我倒很希望能重返艾伯顿大学呢。你说你恨艾伯顿？

我：对啊。

佛伯斯医生：你恨这所学校什么地方呢？

我：整个大学都恨。教职员工、学生，统统都讨厌。我觉得他们是一群毫无趣味的中产阶级大傻帽儿。

佛伯斯医生：我明白了。因此你没法儿和学校的人交朋友？

我：不是没能力，而是不乐意。不过对于你们这些专业人士来说，没能力和不乐意应该是一回事儿吧

（佛伯斯医生耸耸肩，不发表意见）……

我对那里的那群傻帽儿确实一点兴趣也没有。

（沉默）

我确实不知道跟那些人交朋友有什么重要性，反正我又不会在那儿待多长时间。如果我想找哥们儿，我会去酒吧，如果我想做爱，我可以去嫖妓。

佛伯斯医生：你找过妓女？

我：是啊。

佛伯斯医生：是不是因为你交朋友以及性爱的层次太低了，所以才会去嫖妓呢？

（沉默）

我：也不是。我在学校也认识了几个妞儿。

佛伯斯医生：跟她们发生了什么吗？

我：相比于正常交往，我只对做爱感兴趣。我也不想掩饰这一点。女人对我而言，完全就是满足性欲的工具嘛。因为不想玩儿什么痴男怨女的游戏，所以我觉得嫖妓更诚实呢。那些日子，我可真是个道德沦丧的家伙，我把奖学金花在嫖妓上，然后去偷吃的、偷书。这也是我偷窃行为的开始。我当时的问题还真不是吸毒，不过后来吸毒了，也没解决别的问题。

佛伯斯医生：哦……我们可以回去再谈谈你弟弟——那个残疾儿童。你对他有什么感受？

我：我也不确定……你知道，这个人根本就不在我的生活之中。对于我来说，他就是个生活在别处的人，还全身瘫痪了。他只是坐在那儿，脑袋歪在一边，他只会眨眼和吞咽食物，有时候再发出点儿噪声……与其说他是个人，不如说他是一个物件。

（沉默）

我想，我从很小的时候就对他心怀怨恨。我是说，我妈总是推着婴儿车出去玩，他已经挺大个儿的了，还他妈坐在婴儿车里。因为这个，我和我哥哥比利总是被其他孩子笑话。什么"你弟弟是个弱智"或者"你弟弟是个僵尸"之类的狗屁东西。我知道，这都是小孩胡说八道嘛，不过那时候对我伤害还是挺大的。因为我当时正在长个儿，开始为青春期的变化而困惑呢，我担心自己的身体也出问题啦，我还担心我会像我的残障弟弟大卫一样……

（长时间的沉默）

佛伯斯医生：所以你恨你弟弟？

我：是啊，小时候和刚开始发育的时候会恨。后来他被送到医院，我就想，问题终于解决啦。眼不见心不烦嘛。我也到医院看过他几次，但这也没什么意义。我们之间根本没有交流，知道么？我只觉得他的生命被残酷地扭曲了，可怜的大卫饱受折磨，真他妈太惨了，可你也不能为他伤心难过一辈子吧。他待在医院还是挺好的，起码有人照顾他。当他去世的时候，我有一种负罪感，因为过去恨过他，或许也因为自己没为他做过点儿什么。但你又能怎么样呢？

（沉默）

佛伯斯医生：你以前跟别人聊过这种感觉吗？

我：没有……也许跟我爸妈说过……

这就是心理咨询的大致情形。在这个过程中，很多事情都要被拎出来：有鸡毛蒜皮的，有非常沉重的，有无聊的，有有趣的。有些时候我说真话，有些时候我则会说谎。说谎的时候，我有时候会故意迎合佛伯斯医生，说些他愿意听的，有时候也会捉弄他一下，故意说些让他迷惑的东西。

要是我知道那些事儿和吸毒之间有什么关系就好了。不过——

基于佛伯斯医生的启发以及我自己对心理分析的研究，我还是学到了一些东西。我知道我的行为应该怎样解释。对于已经死去的弟弟大卫，我有一个不解心结：我无法正视他那令人紧张的生命，以及他随后的死亡，我也无法表达他所引起的另一个情绪——我对母亲怀有俄狄浦斯情结，并嫉妒父亲。我吸毒，是因为我仍然怀有肛门期的人格，渴望受人关注。但我不能用憋屎来表达对父母的反抗，而是将毒品注入体内，表示对自己的身体拥有主权，以此对抗社会。[1]这种分析很有一套吧？

这套理论也许对，也许不对。我对分析的结果反复思索，也愿意通过思索来揭开它们背后的深刻含义，更没有想要反驳。不过我还是觉得这些分析结果和我吸毒之间没什么本质联系。当然，深入讨论我的人生也他妈的很有好处，只是我想，佛伯斯医生和我一

---

[1] 这都是典型的弗洛伊德心理分析结论。

样，思绪也很混乱吧。

莫利·葛瑞夫是个临床心理专家，他试图研究我的行为，并加以调整。这个路子可就和精神分析专家不一样了。仿佛是佛伯斯大夫完成了铺垫工作，现在轮到他来治病救人了。刚好在那个期间，我开始了鲜有成效的戒毒工作，后来又开始服用美沙酮，情况就变得更糟了。

汤姆·克森，戒毒咨询员，他并不是个医疗工作者，而是一个社工。他很信奉罗杰斯的那套以受辅导人员为中心的工作方法。我也去了中央图书馆，读了卡尔·罗杰斯的《成为一个人》。我觉得这本书完全就是狗屎，但必须承认，汤姆似乎让我更加认可自己对世界的看法啦：我讨厌自己以及整个世界，因为我无法面对自己的有限性，以及生命的有限性。

其实，能够正视并接受那些让人沮丧的有限性，是有益于身心健康的，也有助于避免越轨的行为。

显而易见，成功意味着欲望的满足，而失败则是欲望落空。欲望也有两种，一种基本是内在的，建立在人类原始的需要之上；而另一种则是外在的，是被媒体和流行文化里那些广告与模特激发出来的。但汤姆认为，对我个人而言，成功仅仅意味着个人内在欲望的满足，完全与社会层面无关。由于对来自社会的肯定毫无认同，成功（或失败）对我来说也就成了过眼云烟，无法被积累下来，成为通常人们所认可的财富、权力、地位，等等。同理，失败对我来说一样不会成为心头的一块伤疤。所以，根据汤姆的推论，称赞我考试考得好、工作找得好、妞儿泡得好之类的好话，其实对我一点感染力也没有，因为这些夸奖我根本就不认同。当然，我也许会从这些称赞中得到一时的乐趣，但它们的真正价值却无法留在我的心灵中，因为我意识不到其社会价值。我想，汤姆想告诉我的事情就是：我他妈对什么都不在乎。不过为什么呢？

原来，这种种问题，都来源于我和社会的对立状态。我认为社会不会变得更好，我自己也无法去适应它。然而汤姆可不同意我这种观点。正是这种观点，导致了我的忧郁，让愤怒控制了我的感情。他们说，这就是忧郁症的病因。忧郁症让人丧失了生活的动力，让人的心灵也陷入空虚。这时，海洛因就乘虚而入，填补了我的空虚，同时也满足了我自我毁灭的欲望，但这样一来，愤怒却又控制了我。

我是基本同意汤姆的上述说法的，不过我和他也有分歧。他拒绝承认生活一片黑暗，他觉得我会这么认为，是因为我既过于低估自己，又要埋怨社会。他认为，我拒绝认同那些来自社会的好评（或责备），并不意味着我完全拒绝了它们的价值，而是因为我过于低估自己。我觉得自己不够好（或不够坏），没有资格接受来自社会的肯定或否定。我本应该勇于面对地说：我应该过得好（或者我不该过得好）！但我却说了：去你妈的，都他妈是扯淡！

在海瑟和我分手之前，曾对我说过一句话——当时我又开始第无数遍重新吸毒了——"你没完没了地吸毒，其实只是为了使别人觉得你多有深度多复杂。这太可悲了，而且他妈很无聊。"

在这个方面，我又比较认同海瑟的观点。"自我"是个重要因素，而海瑟很了解"自我"需要什么。她在百货商场布置橱窗，却总爱声称自己是个"消费展示艺术家"或其他自我美化的头衔。为什么我拒绝这个世界，觉得自己比整个世界都好呢？因为我就是拒绝了，这就是为什么。因为我就是这么自我感觉的，这就是为什么。

而我的这种态度，带来的后果只能是被迫接受这些狗屁治疗或咨询。我不想接受，但不接受的后果，又是去坐牢。现在我开始觉得，屎霸其实比我舒服多啦。这些狗屁咨询，只能把浑水搅得更浑，不仅没有把问题弄清楚，反而把我弄得越来越迷惑。基本上，我对这些人的要求就是把自己管好就行，而我也会做好自己的一摊事。就因为我吸毒，所有人都自以为有权利来分析我、解剖我，这是为什么呢？

一旦你承认了他们有这些权利，你也就加入了他们的寻找圣杯之旅，只能让他们牵着鼻子走了。你会屈从于他们，任由自己被欺骗，相信他们强加于你的那些狗屁理论。在此之后，你就属于他们了，不再属于你自己，你也会从依赖毒品转为依赖他们这些所谓的专家了。

这个社会发明了一套扭曲的逻辑，用来招安那些主流之外的人士。想想吧，我知道吸毒的好处和坏处，也知道自己不会长命，这种种后果我非常清楚，可是尽管如此，我还是决定要去吸毒，这又有什么不可以呢？他们却不允许你这么做。不让你这么做的原因，就是你的行为意味着他们的失败。实际上，你只需要拒绝他们提供给你的一切就行了：社会生活、分期付款、洗衣机、汽车、坐在沙发上看毫无内涵的综艺节目，还有满嘴垃圾食品、腐烂到底、在家拉屎撒尿、在自己生出来的小崽子面前丢人现眼——这就是生活。

所以，我才不想这么生活。如果那些傻帽儿解决不了我的问题，那只是他们自己的问题。就像哈里·劳德爵士唱的一样：走自己的路，一路走到底……

禁闭在家

我对这张床很熟悉，或者说，我对床头的那堵墙很熟悉。墙上贴着一张托洛茨基派分子派蒂·斯坦顿[1]的海报,他正留着七十年代的鬓角,盯着躺在床上的我。另一张海报,则是伊吉·波普正用锤子砸烂一堆唱片。这是我过去的房间,在我父母家。我绞尽脑汁,想着自己是怎么到这儿来的。我只记得自己本来在强尼·斯万那儿,然后感觉自己快要死了。想起来了:白天鹅斯万和爱丽森把我扶下楼,扔到一辆出租车上,迅速送到医院……

可笑的是,就在这一幕发生之前,我记得自己还在吹嘘,说我不可能吸毒过量。不过万事皆有开头嘛。都怪强尼·斯万,他总是把掺了杂质的毒品卖给我,所以我每一次用汤勺备药的时候,都会刻意多加一点儿量。但这一次,这孙子做了什么?他居然给了我一些高纯度的货色。这么多的药量,还真能吸死人。而强尼·斯万又是个蠢货,他肯定把我妈的地址告诉了医院,所以我在医院住了几天,脱离生命危险之后,就被带到这儿来了。

现在,我正处在瘾君子的状态之中:既难受得睡不着,又疲倦得醒不了。我的感觉飘忽不定,只感到那无比沉重、无所不在的悲伤与痛苦正在折磨着自己的身心。我吃惊地发现:妈妈正坐在床边,沉默地看着我。

乍一看见她的时候,我还以为她坐在我的胸口上了,否则我怎么会喘不过气来呢。

而当她抚摸我的时候,我冷汗直流。她的抚摸很可怕,让我胆寒,富有攻击性。

"你正在发烧,孩子。"她温柔地说,然后摇摇头,一脸忧虑。

---

[1] 派蒂·斯坦顿(Paddy Stanton),托洛茨基的信徒,社会主义者。托洛茨基是国际共产主义发展史上著名的革命者,苏联红军的缔造者之一,但列宁死后,他却受到斯大林排挤,被迫流亡,最后在墨西哥被暗杀。许多西方和美洲马克思主义者深受托洛茨基的影响。

我抬起放在被子外的手，想把她的手推开。可她却误解了我的意思，反而伸出双手紧紧握住了我的手。这让我几乎想要尖叫。

"我是来帮你的，孩子，我会帮你战胜毒瘾的。你会住在这儿，和我和你爸在一起，一直到你好了。你一定能战胜毒瘾的，我们一定可以的。"

她的眼中闪耀着热情的光辉，声音充满了宗教性的激情。

够了，妈妈，够了。

"你能挺过去的，孩子，马修大夫说戒毒就像得了重流感一样。"她告诉我。

马修那老家伙懂个屁！他接受过强制戒毒吗？真该每天给他打上两针海洛因，然后把他关在一间四周都是海绵墙壁的房子里放几天。这样一来，他就会求我再给他来一针啦。而这时，我则会摇着头对他说："放松点儿，哥们儿，这有什么问题啊？无非像是重流感啊。"

"他有没有给我提马西潘？"我问。

"没有。我告诉他了，什么垃圾替代药物都不要，用了那些东西，你会比打海洛因还糟糕，会抽搐、恶心、拉肚子……不要再用任何替代药品了。"

"也许我应该再回医院去。"我期盼地建议道。

"不，不要住院。不要美沙酮，那会让你更糟的，儿子，你自己都说过。你骗了我们，骗了自己的父母！你向我和你爸保证过，说你正在戒毒，正在用美沙酮，可你还是在吸海洛因。从现在开始，一切都断得干干净净了，你就住在这儿，让我看着你。我已经失去一个儿子了，不想再失去另一个了！"她的眼中含着泪水道。

可怜的妈妈，她仍在自责，认为是自己基因不好才把我弟弟大卫二世生成了一棵卷心菜。她含辛茹苦照料我弟弟好几年之后，终于把他送进了医院，这让她怀着负罪感。去年，大卫二世死了，她痛不欲生。我妈知道外人是怎么想她的，那些七大姑、八大姨、街坊四邻都把她当作了一个厚颜无耻的轻浮女人，因为她把头发染成金色，打扮得过于年轻，还喜欢大喝嘉士伯。他们认为我爸和我妈是利用大卫二世的残疾人身份，才得以从原来的破房子里搬走，迁居到河岸附近的高档公共住宅里的，而得逞之后，他们又残酷地把大卫二世扔到了医院。

这都是些鸡毛蒜皮的无聊小事，那些人的嫉妒之心已经成了雷斯的一大风尚。在这个破地方，人人都在关心张家长、李家短，却没人真正管好自己。这是个穷光蛋垃圾白人组成的国度，他们都是典型的穷光蛋垃圾白人。有的人说，爱尔兰人是欧洲的垃圾，这是扯淡，苏格兰人才当之无愧呢。起码人家爱尔兰人还战胜了英格兰人，夺回了自己的国家——至少是大部分国家。我记得，有一次在伦敦，尼克斯的哥哥说苏格兰人是"白种黑人"，我们还被一伙人围了起来。而现在我明白了，这个词的唯一不妥之处，就是冒犯了真正的黑人，而形容苏格兰人真是再恰当不过了。人人都知道，苏格兰只出产合格的军人，就像我的哥哥比利。

这片的居民们也对我爸怀有戒心。因为我爸是格拉斯哥口音，因为我爸从教会退职之后，老在英利斯顿和伊斯佛顿那一带的市场打发时间，而不跟本地老家伙在斯特拉西酒吧胡侃。

我爸妈的意图很好，对我也是一番好意，但他们却不了解我的感觉，不了解我的需要。

保护我，别让这些想帮我的人接近我。

"妈……我谢谢您为我做的一切，不过我现在只需要来一针，这能让我感觉好点儿。就一针，求求您了。"

"忘了这个吧，儿子。"我爸不知何时也进了屋，我和我妈都没听见他走进来。而他一开口，我妈就找不到机会说话了。"你的茶点在外面，你最好振奋精神，起床吃饭。"他板着脸，严肃得就像石板一块，下巴高昂，双手叉腰，一副准备跟我打一架的样子。

"唉……好好。"我从被单底下发出悲鸣。我妈把手保护性地搭在我的肩上。我和我妈都让步了。

"你把什么事儿都弄得一团糟！"他开始指责我，历数我的罪行："当学徒工，上大学，交女朋友，你有过那么多机会，但你都搞砸了。"

他实在没必要再说自己当年在哥凡的时候，因为没有机会，十五岁就去当学徒的事儿了。这一段可以隐去了。想一想就明白：我在雷斯长大，也是十六岁就去当学徒了，我们两代没什么不同嘛。而且他还不是生长在一个高失业率的年代呢。不过，我可没力气跟他争论了。就算我有力气，和格拉斯哥的人争论也全无意义。我遇到的格拉斯哥人，清一色地认为自己是全苏格兰、全西欧、全世界里最苦大仇深的无产阶级。格拉斯哥人唯一的宝贵财富，就是他们受的苦了。于是我试着话锋一转："呃，或许我应该回到伦敦，找个工作什么的。"我几乎在说胡话了。我想象麦迪也在这间屋子里。"麦迪……"我似乎真的叫他的名字了。疼痛又他妈地侵袭了我。

"你已经在快乐窝里了，待在这儿，哪儿也不准去。就算拉屎也得先经过我的允许。"

看来我是没什么机会从这儿逃出去了。我的肠结石得赶紧取出来才行。我必须开始忍痛服用镁乳溶剂，然后忍痛熬上好几天，才能搞定这毛病。

我爸离开房间以后，我开始乞求我妈，让她把自己的抗忧郁药物分一些给我。我弟弟大卫二世死去以后，她曾服用了半年这东西。但就因为她戒掉了抗抑郁药，就把自己当成戒毒专家了。见鬼去吧，我吸的可是海洛因啊，娘亲。

我已经被监禁在自己家里啦。

在这里,早上肯定是难熬的,但比起下午,早上简直就像愉快的野餐啦。我爸去作了一系列调查,图书馆、健康委员会和社会工作者他都拜访了一圈。他作了研究,咨询了意见,还带回了宣传资料。

我爸希望我去进行艾滋病检测,但是我不想再去忍受那一套过程了。

我起床去吃东西——拖着病体,弯着躯干半死不活地走下楼。每走一步,都有一股血液顶上脑门。在那时分,我觉得自己的脑袋将会像气球一样爆炸,血、头骨碎片和脑浆会喷洒在我妈的浮雕壁纸上。

老娘让我坐在一张椅子上,就在电视前面,火炉旁边。她还把一个托盘摆在我面前。我本来就疼痛得直抽筋了,现在看见那些碎肉,就更恶心得要命。

"我跟你说过我不想吃肉,妈。"我说。

"但你过去最喜欢吃土豆肉块了啊。这就是你的错了,儿子,你没吃自己应该吃的东西。你需要吃肉。"

现在可以看出,海洛因和素食主义之间有着一种显而易见的联系。

"这是很好的牛排碎肉,吃了它。"老爹说。这真是他妈太荒唐了。

我想,就算此刻只穿着训练服和拖鞋,我也应该走出大门,拂袖而去。而我爸呢,仿佛读懂了我的心思,他从兜里掏出一串钥匙。

"大门已经上了锁。你房间的门也会锁起来。"

"这是他妈的法西斯。"我怀着恨意说。

"少跟我来这套。你想哭就哭,反正这都是咎由自取。另外,你在家得注意自己的措辞。"

我妈突然激动起来，爆发出一阵叫嚷："我和你爸也不想这么做啊，儿子！我们这不是害你，而是爱你啊！你们是我的一切，你和比利是我的心头肉啊！"我爸则把手放在她的手上。

我吃不下眼前的食物。我爸也不能强行把那些肉都塞到我嘴里吧，所以他必须得接受这个现实了：这些上好的牛排碎肉被浪费了。其实也不能算是真的浪费嘛，他自己还可以吃。我则喝了一罐亨氏牌番茄汤罐头。这是我在生病期间唯一能下咽的东西。有一段时间，我觉得自己的灵魂好像离开了身体，开始看起了电视综艺节目。我听见我爸正在对我妈说着什么，但眼睛却还是无法从那个丑陋的电视节目主持人脸上挪开。而我爸说话的声音，却好像是从电视机里传出来的了。

"……苏格兰的人口数占英国的百分之八，但感染艾滋病毒的人数却占英国的百分之十六……福特小姐的积分是多少？……爱丁堡的人口数也占苏格兰的百分之八，但感染艾滋病毒的人数却占了全苏格兰的百分之六十。这也是全英国最高的感染比率了……达芬和约翰得到十一分，但露西和克里斯已经拿到十五分了……他们在慕尔赫斯进行肝炎验血的时候，发现了这个令人震惊的现状……哦……哦……失败的这一队很有体育精神，掌声鼓励……这些垃圾把毒品卖给孩子们，如果我知道他们是谁，一定会带人把他们揪出来的。警察显然都在袖手旁观，任由他们在街头贩毒……不会让你空手而归啊……就算他染上了艾滋病毒，也不意味着他会死的，这就是我要说的，凯西，不一定会死的……欢迎来自斯塔佛夏尔的里克的汤姆和西尔维娅……他说他从不和人共用针头，但他过去经常说谎话……亲爱的西尔维娅，听说你第一次见到汤姆的时候，他正在你车子的发动机盖下面找什么东西……我现在只是说'如果',凯西……汤姆当时正在帮你修车,是这样吗……希望他能有点理智……我们的第一个游戏叫'射杀'……并不意味着一定会死啊……介绍一下我们的老朋友,来自皇家射箭协会的独一无二的兰·洪姆斯……我能说的只是这些了,凯西……"[1]

我开始感到天旋地转,整个房间都转起来了。我从椅子上摔下来,把刚吃下去的番茄汤都吐在了火炉旁的地毯上。我不记得自己被抬上床的经过了。这就是我的初恋,噢噢……

我觉得自己的身体被扭曲,被压碎。那感觉就像我当街倒地,然后有一张床缓缓压在了我的身上,然后又有一群邪恶的工人把沉重的建筑材料压到了床上,与此同时,我的身下还有很多削尖的木棒,给我来了个万箭穿心。我曾和这个人……

现在是他妈什么时候了?我想大概是他妈的七点二十八了吧。我无法把她忘怀……

海瑟……

我的心都碎了,噢噢,当我看见她……

我掀开又重又厚的被子,看着墙上的派蒂·斯坦顿。派蒂,我该怎么办?现在得多少分了?伊吉……你也经历过这样的事啊!救救我吧,哥们儿,救救我。

你在说什么呢?

你他妈的一点也帮不上忙……一点也他妈帮不上忙……

血流到了枕头上。我咬了自己的舌头。看起来咬得挺使劲。我身上的每一个细胞都想要离开我的身体,每一个细胞都他妈被浸泡在纯粹的毒药之中,忍受着煎熬——

---

[1] 因为意识混乱,瑞顿无法分辨电视的声音和自己父亲的声音了。

癌症

死亡

病　病　病

死　死　死

艾滋病　艾滋病　操你妈的　你们丫的这帮混蛋

咎由自取的得癌症的人——没有选择

对于他们　咎由自取

自己的错　自己宣判自己死刑

丢弃生命　何必呢

自己宣判自己死刑　毁灭

重回健康

法西斯

好老婆

好孩子

好房子

好工作

好

见到你真好，见到你……

好　好　好

大脑失控

痴呆了

疱疹　疮疤　肺炎

以后的全部生命　遇到一个好姑娘　然后

安定下来

她仍然是我的初恋

咎由自取

睡吧

太恐怖了。我是睡着还是醒了？谁他妈知道，谁他妈在乎？反正不是我。疼痛仍然没有消除。我知道一件事。如果我动一动，就会把我自己的舌头给吞下去。多么好的一条舌头。就好像小时候总是迫不及待想吃的，妈妈做的舌头沙拉。舌头沙拉。毒死你的孩子好了。

你要吃舌头啦。很好吃啊，尝一点舌头吧，孩子。

你要吃舌头啦。

如果我静止不动，那么我的舌头就要滑下食道啦。我能感觉到它的移动。我坐了起来，感到一阵昏天黑地的疼痛和恐惧，但却什么也没吐出来。心脏在撞击着胸口，汗水从嶙峋的骨架中间渗出。

我正在睡睡睡睡觉吗？

这房子里除了我，还有别的东西。它从床上的天花板中冒出来了。

是个婴儿。小唐恩，她正在天花板上爬动。来打个招呼呀。但她正居高临下地看着我。

"你他妈的让我死死死死……"她说。

这不是唐恩，不是小婴儿。不，我是说，这他妈真是太疯狂啦。

天花板上的小孩长着一嘴吸血鬼的血淋淋的锐利的牙齿。她身上还覆盖着一层黄绿色的黏液。她的眼睛，就像我遇到的所有疯子的眼睛一样。

"你他妈宰了我，你他妈宰了我，你这个臭屁精操蛋脑瓜子，看看那块操蛋的墙，你丫这个狗屎瘾君子，我要把你他妈的撕开，把你那操蛋的灰色破烂肉体吃掉。我死的时候还从来没有梳妆打扮，从来没有穿过拉风的衣服，我什么都没做过，因为你这个狗屎瘾君子从来不关注我，让我死了算了，我他妈憋死算了。我知道这是什么感觉，因为我也有灵魂，而且我还知道什么是痛苦。你这个自私自利的瘾君子，你还有你的海洛因把属于我的东西都夺走了，我要把你撕开，他妈的，他妈的，他妈的——"

她从天花板上一跃而下，跳到我的身上。我的手指把她那柔软的黏土般的肉体撕烂，但她那丑陋刺耳的声音仍然在尖叫、在嘲弄我。我翻来覆去，感到床也上下晃动。地板裂开，我掉了下去……

我正在睡睡睡睡觉吗？

我的初恋一去从此不回来。

然后，我又回到床上，仍然抱着那婴儿，温柔地摇着她。小唐恩，真他妈可怜。

其实我抱的是个枕头。枕头上沾着血。那也许是我舌头上的血，也许是小唐恩真来过这里。

平平淡淡总是真。

越睡越痛苦，越痛苦越睡。

当我重新组织起自己的意识，我意识到已经流过了一段时间。究竟过去了多久，我并不知道。表上显示的是两点二十一分。

变态男坐在椅子上，看着我。他带着春风化雨式的关心，却又夹杂着轻蔑。他喝着茶，吃着巧克力威化饼。我发现我爸我妈也在房里。

现在他妈的得分是多少？

现在他妈得分是——

"西蒙来了。"我妈说。眼前的景象声色俱全，看来这不是幻觉——就像刚才的小唐恩一样，吓死我了。

我对变态男微笑了一下："好啊，西蒙。"

这混蛋还真是魅力十足。他开朗可亲，和支持格拉斯哥球队的我爸谈起了足球；而对于我妈来说，他是像家庭医生一样的好朋友。

"这是个危险的游戏，瑞顿太太。我倒不是说我没做过错事，我当然也有过不对的时候。但到了关键时刻，人总要学会说不。"

学会说不。多简单。选择生活。保养皮肤吧，海洛因男孩。

我父母都不敢相信，"小西蒙"居然也沾过毒品，而且不只是年轻人好奇的尝试而已。在他们的眼中，小西蒙简直就是成功的榜样：小西蒙有很多女朋友，小西蒙穿的衣服很漂亮，小西蒙的皮肤晒得不错，小西蒙在城里有一套公寓。就连小西蒙跑到伦敦去玩，也被看成丰富多彩、充满时尚气息的冒险。西蒙就是雷斯香蕉形平民住宅区里钻出来的可爱骑士。而我的伦敦之旅呢，就被看成下流无耻的流氓之旅了。小西蒙从没犯过错误。他们把这厮看作电视时代的小威利。[1]

小唐恩曾经入侵过变态男的梦吗？自然不会。

虽然我父母没有挑明过，但他们都猜测我之所以会吸毒，是因为和"墨菲小子"混在一起。这是因为屎霸是个又懒又不修边幅的混子，脑袋里面空空如也——不管有没有吸毒，他看起来总像刚嗨过一样。屎霸很没用，就算酩酊大醉，也气不走一个他想踹掉的婆子。至于"卑鄙"，那就是个彻头彻尾的疯子，却被我爸妈当成硬汉的典范。固然，每当"卑鄙"狂性大发，就会有个可怜虫被他用啤酒瓶砸花脸庞，但是"卑鄙"工作认真，娱乐也认真啊，诸如此类，诸如此类。

此后的一个小时里，屋里的每个人都把我当成一个头脑简单的蠢货来对待，我爸妈在确定变态男没再吸毒，不会出于操蛋的同情心偷偷塞给我毒品之后，终于离开了我的房间。

"这里还是老样子啊？"变态男四处打量，看着我的海报说。

---

[1] 小威利，一个苏格兰的漫画角色。

"等一会儿，让我把足球棋和黄书拿出来。"我们小时候，经常一起边看色情书刊边自慰。变态男以前就是这种家伙，但他现在却不愿提起这段性启蒙时期的青春往事啦。他马上更换了话题。

"这盏台灯不错啊。"他说。这孙子到底想干吗？

"太他妈对了，我的灯真他妈好。我他妈的难受得快死啦。西蒙，你给我弄点儿海洛因来。"

"不可能。我已经戒毒了，马克。如果我重新再和屎霸、强尼·斯万那些家伙搅在一起，我马上又会开始吸毒的。我可不能重走那条老路，不可能。"他摇着头撇着嘴说。

"谢谢你，哥们儿。你可真他妈的关心我。"

"别他妈的怨天尤人了。我知道你现在很不好过，你这种情况我以前也经历过好几次啊。你已经戒毒好几天了，最难熬的时候马上就要过去了。我知道你不容易，但如果又开始吸毒的话，那一切努力可就白搭了。你可以继续服用镇静剂，我周末给你弄些大麻来吧！"

"大麻？大麻！你他妈的还真会装孙子。你觉得掏出一包冻豆子就能解决第三世界的饥荒吗？"

"听我说，等你现在的痛苦劲儿过去，真正的战役才刚打响呢。后面还有一连串的沮丧和无聊，我告诉你，你会情绪低落得想要自杀。到那时候，你就需要一些东西来让自己振作一点。我戒毒之后，曾经昏天黑地地喝酒。我曾经每天喝掉一瓶龙舌兰，那段时间，就连'二等奖金'都对我自愧不如了！可现在，我连酒也不喝了，来瞅瞅我新泡的妞儿吧。"

他递给我一张照片，上面是变态男和一个漂亮妞儿的合影。

"这是法碧安，好像是个法国妞儿。我在放假的时候认识的。这张照片是在苏格兰纪念碑前照的。到了下个月，我就要去巴黎找她啦。然后我们会一起去科西嘉,她的父母在那儿有一间小房子。他们家可真他妈有品位啊。到时候我一边搞着法国女人一边听她用法语尖叫,可真是太他妈爽了。"

"是啊,不过她会说什么呢?我打赌她会这么说:你的那玩意儿——法语怎么说——精致可爱的那玩意儿——你到底进去了没有……我猜她会用法语跟你说这些的。"

他给了我一个宽容的笑,似乎在说:你少跟我在这儿扯淡了。

"说到这事儿,我上个星期才跟罗拉·麦克雯见面,她告诉我说你那方面好像有点儿不行,她还说上次跟你搞的时候,一点快感也没有。"

我笑着耸耸肩,觉得这个灾难已经过去了。

"她还说,你连自己都满足不了,就别提别人啦。你那根小火柴哪儿能叫老二啊。"

说到老二的尺寸,我确实不能跟变态男比。毫无疑问,他要比我大。年轻一些的时候,我们曾经在威佛利火车站的立等可取快照亭里,把自己的老二拍成照片,再贴到那些又老又旧的灰色候车亭的玻璃上,展示给过往行人。我们管这个叫公共艺术。很明显变态男的老二更大,于是我在拍照的时候,会尽量让我的那玩意儿离镜头近些。很不幸,变态男很快识破了我,并同样效法。

而至于我和罗拉·麦克雯的灾难一般的做爱,就更没什么好说的了。罗拉是个女神经病,对于她来说"恐怖"可是最好的词儿了。我跟她搞了一夜,身上被抓得伤痕累累,比我的针孔还要多。对于那一夜,我已经尽可能地解释过了,但有些人就是不愿放过别人的痛处,真烦人。变态男恨不得让所有人都知道,我在床上是个废物点心。

"好吧,我承认,那天晚上我表现不佳。但当时我喝醉了,又吸过毒,而且是她把我拖进房里,又不是我主动请缨。这女人还想干吗?"

变态男哂笑一声。这混蛋每次都会亮出这种表情,示意你,他还抓着你的更多把柄呢——暂且放你一马,下次再抖出来好啦。

"好吧,哥们儿,想想你错过的那么多好事吧。前几天我在公园里溜达,那儿到处都是在校女生。只要你点上一根大麻,就能把她们都吸引过来。她们就像一群苍蝇,逐臭而营。妞儿实在是太多了,连外国妞儿也随处可见,她们中的一些就是喜欢大麻。就算在雷斯,我也见过一些小甜妞儿,她们都是绝色美人啊。说到小甜妞儿,我上星期六在复活节大街球场看比赛,米基·维尔表现很亮眼啊。当时大家都问你去哪儿了。我告诉你,伊吉·波普和博格斯乐队[1]快来开演唱会了。你应该努力振作,把日子过好。你总不能一辈子躲在这间黑房子里吧。"

对于这家伙的狗屁论调,我真是一点兴趣也没有。

"我真的需要再打一针,西蒙,只要一针我就舒服了,就是美沙酮也行……"

"如果你是个好孩子,你就会有机会喝几杯兑了水的鞑靼特纯啤酒的。你妈说,要是你表现好,礼拜五就会带你去码头工人俱乐部。"

当这个自大的家伙离开之后,我却开始想念他了。他几乎要把我弄疯了,这种感觉,就像回到了往日。但我也知道,世事多变。我们都发生了一些事,比如吸毒。不管我是和毒品一起生活还是死亡,抑或能够成功戒毒,我明白,往日的时光是不可能再回来了。我必须立刻离开雷斯,离开苏格兰。永远离开,绝不只是在伦敦待六个月而已了。我已经看到了雷斯这地方的狭隘和丑陋,我再也无

---

[1] 博格斯乐队(The Pogues),爱尔兰知名乐队。

法怀着以前的心情看待自己的故乡了。

过了些天，我的疼痛稍微减轻了点儿。我甚至能自己做饭了。每个人都觉得自己的妈妈是全世界最善于烹调的女人，我过去也这么认为，不过自己住了一段时间之后，我才明白，我妈的烹饪技术纯属狗屎。于是，我开始给自己弄吃的。我爸嘲笑我的菜是"给兔子吃的"，因为太素了，但我认为他其实很喜欢我做的辣椒、咖喱饭和炖菜。我妈固然对我占据了厨房——她的地盘——很不满，并吵着要吃肉，但我觉得她还是挺欣赏我的厨艺的。

然而后来，我的痛苦发生了变化，变成了一种恐怖、绝望、漆黑一片的忧郁症。直到这时，我才知道什么叫作彻底绝望，有时候，还伴随着一种强烈的焦虑感。这让我失去了活力，每天只能坐在椅子上，看着自己讨厌得要命的电视节目。虽然看不下去，但我却隐隐觉得，如果关掉电视，会有更恐怖的事情发生。我一直坐着，憋着尿，却不敢去上厕所，因为我害怕楼梯间里会藏着什么东西。对于这种感受，变态男曾经警告过我，我以前也亲身经历过。但无论是事先的告诫还是过往的经历，都没法让我鼓足勇气，渡过难关。醉酒之后的感觉和这种感觉相比，简直就像一曲田园牧歌，一场无痕春梦。

我的心咔嚓一声都碎了，调台了。谢谢上帝发明了遥控器，只要你按一下，就会进入另一个截然不同的世界。现在，电视上有个女的正拿着一个用坏了的运动器材，要求退换，而男的则说，因为严重缺乏高效的输入输出方法，这个问题会影响到利润评估，就一个地区来说，就功能和效率而言，广大纳税人毕竟是掏钱付账的人。

"喝点咖啡么，马克？"我妈问我。

我没有回答。"好，谢谢您"或"不用了，谢谢您"我也没说，要或者不要我也不知道。还是让我妈决定我是不是需要喝咖啡吧。我决定把决定权交给她好了。学会移交权力，才能让自己获得权力。

"我给安琪拉的小女儿买了件漂亮的小衣服。"我妈说着，向我展示了那件据说是漂亮的衣服。她似乎根本不知道我认不认识安琪拉，而对于到底是哪位小朋友将要得到漂亮的小衣服，我也全无概念。我只好颔首微笑。这些年来，我妈和我的生活已经完全分道扬镳了，我们之间也有交汇点，它们虽然看起来很强烈，但实际上却是模糊的。我会说：我从席克的朋友——一个我忘了名字的暴牙——那儿买到了上好的海洛因。这就是事实：我妈给我不认识的人买衣服，而我则从她不认识的人那儿买海洛因。

我爸开始留小胡子。再配上他那剪短了的头发，看起来真像个激进的男同性恋，一个模仿主流时尚的克隆人。简直就是弗雷迪·马库里[1]的复制品。他对于同性恋文化一无所知，而我向他解释了一番，他又表现得很轻蔑。

不过第二天，小胡子还是不见了。我爸现在是"懒得"留它了。克莱尔·葛洛根[2]正在收音机里唱《别对我说到爱》，我妈则在厨房煮豆角汤。我的脑袋里成天都在响着"快乐分裂"[3]的《她失去了控制》这首歌。不知为什么，这乐队的主唱伊安·科蒂斯和麦迪——这两人的形象总在我的脑袋里纠缠。而他们之间只有一个共通之处：活腻歪了。

这就是今天发生的值得一提的事情。

到了周末，我的情况还不算坏。西蒙给我带了点儿大麻来，但那些东西是标准的爱丁堡货色，绝对的狗屎。我把它做成了大麻蛋糕，药劲才大了点儿。下午，我甚至得以一个人在房间里，享受了

1　弗雷迪·马库里（Freddie Mercury），皇后乐队的主唱，同性恋者。
2　克莱尔·葛洛根（Claire Grogan），英国著名女歌手。
3　快乐分裂（Joy Division），英国乐队，属于"后朋克"风格。

一次迷幻之旅。但我仍然不想出门，尤其不想和我爸妈一起到码头工人俱乐部去。可后来，看在二老需要放松的分儿上，我还是决定跟他们去了。每逢周六晚上，我爸妈都会到那个俱乐部去买醉，很少错过。

我半梦半醒地在街上踯躅而行。我爸的眼睛一直盯着我，生怕我突然逃跑。我在步行街看见了马利，聊了几句，我爸却突然插了进来，呵斥我赶紧走，并狠瞪了马利一眼，那神情就好像要打断他的腿。可怜的马利，其实他是个连毒品都不碰的人。我们在路上也碰到了洛伊德·贝提。几年前，在这家伙被发现和自己的妹妹乱伦之前，他还是我的好哥们儿。而现在，他只能羞怯地对我点点头了。

到了酒吧，每个人都给了我爸我妈热情洋溢的微笑，但对我笑得却有点僵硬。我能察觉，有些家伙正在交头接耳，但当我们找了张桌子坐下之后，这些家伙立刻就安静了。我爸拍拍我的背，对我眨眨眼，我妈则给了我一个温柔得让人心痛、纵容得让人窒息的笑容。毫无疑问，他们这两个老家伙不算坏。说真的，我也真他妈的太爱这俩老家伙了。

我想，我变成今天这副德行，他们一定颇多感慨。他们一定为我感到羞耻。可不管怎么说，我还在这儿，在这个世界上呢，可怜的莱斯莉却永远也看不到小唐恩长大成人了。莱斯莉和变态男吹了，后来她住进了格拉斯哥的南部总医院，挂着维生仪器，吃着扑热息痛。当初在慕尔赫斯，她是想逃脱我们这个吸毒的圈子，才搬到了格拉斯哥，结果到了那儿以后，却又和斯科里尔、嘉伯一起搬到了波西尔。有些人就是永远无法逃脱混蛋的包围啊，对于莱斯莉来说，剖腹自杀恐怕是最好的解决之道了。

白天鹅斯万还是那副一以贯之的敏感的样子。他说："最好的货色现在都被格拉斯哥的那帮家伙搞走了，他们可以享受医疗等级的上等毒品,我们却只能随便找点粗制滥造的东西爽一下。对于那些家伙,用那些上好的海洛因完全是浪费,他们之中的大部分家伙甚至不注射,而是把它卷烟抽,用鼻子吸,真他妈是暴殄天物啊!"他的语调既不满又不屑,而说到莱斯莉,他又说:"她竟然也找我白天鹅斯万来买毒品,她有没有替我着想一下啊?当然没有,她只会坐在那儿,为她的孩子自怨自艾。真可怜——别误会我的意思,我是说,孩子死了其实也是一个机会啊,从此她就从责任里面脱身了,不必当一个单身母亲了,她应该抓住这个大好时机重获新生啊!"

从责任里脱身?听起来真不错。我现在也想从"坐在这个破酒吧"的责任里脱身呢。

约奇·林墩走过来,加入了我们。他的脸长得就像个躺着放的鸡蛋,一头茂密的黑头发,中间也点缀着几丝灰色。他穿了一件蓝色的短袖衬衫,手臂上露着文身。一条胳膊上文着"约奇和爱玲——真爱永不死",另一条胳膊上则是"苏格兰"字样和狮子徽章。很不幸,真爱还真出了点儿问题,爱玲在多年以前就离开这家伙了,而约奇现在则和玛格丽特住在一起。玛格丽特自然很讨厌约奇手上的这个文身,但她每次要求他重刺一个,约奇却都以害怕针头传染艾滋为由,故意推托。这个借口纯属扯淡,很显然,约奇现在仍然还无法忘记爱玲呢。约奇给我留下印象最深的,就是他在派对上高歌。他的派对主打歌是乔治·哈里森[1]的《我亲爱的神》,对于那首歌,约奇从来就没把歌词背全过,他只会唱歌名和一句"我太想见到你啦,我的神"。至于其他部分,他都用"啦啦啦"蒙混过关。

"大卫,凯西。姑娘,你今天晚上真是美不胜收啊,你可得看好了她,瑞顿,千万别转脸,否则我会趁机把她带走,带回我们格

---

[1] 乔治·哈里森(George Harrison),甲壳虫乐队的成员。该乐队解散后,成员各自单飞,仍然从事音乐事业。

拉斯哥去！"约奇像一支卡拉什尼科夫冲锋枪那样突突突地说着。

我妈故作羞涩，她的表情让我差点儿吐了。我只好假装忙着喝自己的啤酒。到了酒吧里开始玩填格游戏的时候，大家终于安静了下来。这下太好了，终于不会我说什么话都会有人挑刺儿了。

我手上的填格已经快完成了，但我还是不想说出来，也不想引人注目。这看起来就像是命运——也是约奇——的安排。他可不在乎我不想被人关注的愿望。这家伙看见了我的卡片。

"连成了！是你啊，马克。我们这里有人赢了！你怎么赢了还不出声，快他妈的领奖去！"

我宽厚地对约奇笑着，心里却希望这个好事之徒立刻当场暴死。

杯子里的啤酒就像堵了的小便池里积攒的尿，只不过填充了点儿二氧化碳。我一口干了一杯，猛烈地抽搐起来。我爸拍拍我的背。以我现在的身体情况而言，已经不能饮酒了，但约奇和我爸却一直在给我倒酒。玛格丽特也过来了，没过一会儿，她就和我妈一起痛饮了一番嘉士伯特醇。好在台上的乐队开始演奏，我终于可以借机不再说话了。

我爸和我妈站了起来，随着《摇摆的苏丹》的节奏跳起舞来。

"我很喜欢'恐怖海峡'[1]乐队。"玛格丽特说，"他们的音乐适合年轻人，但岁数大的也会喜欢。"

对于这种肤浅的看法，我很想鼓起斗志和她争论一番，然而，我现在正在和约奇聊足球，这就够我受的了。

"罗克斯伯还想射门呢，这可真是我见过的最差劲的苏格兰球队了。"约奇抬着下巴发表声明。

"这也不怪他，有多大家伙撒多粗的尿嘛，他们队里还有谁能用呢？"

---

[1] 恐怖海峡（Dire Straits），组建于伦敦的著名乐队。

"那当然也对,不过我更想见到约翰·罗伯森发挥一下,他绝对有这个能力,他可是苏格兰耐力最好的前锋了。"

我和约奇继续着这种形式主义的争论,我力图营造充满激情的气氛,让人觉得我是个有活力的人。可是我的这种努力也失败了,真倒霉。

我发现约奇和马格丽特肩负着一个任务,就是监视我,确保我不会逃走。他们轮番看守着我,而他们与我父母这四个人也从不同时走入舞池。约奇和我妈去跳了一曲《流浪者》,玛格丽特和我妈跳了一曲《裘林》,我爸和我妈去跳《沿河而下》,然后是约奇和玛格丽特去跳《留给我最后一段舞》。

当胖歌手开始唱起《蓝色的歌》,我妈就把我也拖入了舞池,那架势就像我是个布娃娃。在灯光下,我挥汗如雨,我妈则舞兴甚高。我又忍不住哆嗦起来了。当我发现那些家伙奏起尼尔·戴蒙德的套曲时,屈辱之感已经无以复加了。我只得踏着《永远都穿牛仔裤》《岩石上的爱情》《美丽的噪音》的节奏跳舞,而当他们开始演奏《甜蜜的卡洛琳》之时,我真快崩溃了。我妈还强迫我像舞池里的其他傻帽儿一样挥动手臂,一同合唱:

手……拉拉手……伸出手……摸摸你……摸摸我……

我转过头去看桌子那边,只见约奇正亢奋不已,摇头摆尾,恰似一个雷斯的埃尔·乔尔森[1]。

一个灾难过去之后,另一个灾难接踵而至。我爸给了我一张十英镑的钞票,让我去给大家买一轮酒。提高社交技巧,训练重建自信,这显然也是今晚的任务之一。我拿着托盘,走向吧台,开始排

---

[1] 埃尔·乔尔森(Al Jolson),著名黑人爵士歌手。

队。我看着门口,摸着那脆生生的钞票:值不值得赌一把?只要半个小时,我就可以跑到席克或白天鹅斯万那儿去。只要到了那儿,我就可以彻底摆脱眼下的噩梦啦。但我随后却看到我爸正在门口盯着我呢,就好像他是个保安,我则是个惹麻烦的家伙。只不过他的任务并非把我轰出去,而是严防我逃跑。

这情形真是太丧心病狂了。

我转过头去,继续排队买酒。而这时,我看到了以前在学校认识的姑娘翠西娅·麦克金蕾。我不想和任何人说话,但我也不能对她视而不见——人家正对我微笑,表示认出我了。

"翠西娅,你好么?"

"你好呀,马克。好长时间没见了,过得怎么样?"

"还凑合。你呢?"

"这不都看见了么——这位是杰瑞,杰瑞,这是马克,我们以前的同班同学。那好像是很久以前的事儿了,哦?"

翠西娅把一个粗暴、臭汗淋漓的大猩猩介绍给我。我点点头。

"是啊,当然很久。"

"还能见到西蒙吗?"每个妞儿都要向我提起变态男。这真让我伤感。

"是啊。前几天他还来我们家呢。他要去巴黎了,然后去科西嘉。"

翠西娅绽放了一个笑容,那大猩猩则心怀不满地看着她。那家伙长着一张对全世界都不满意的脸,看起来随时准备和人大打出手。我确定,他一定是个萨瑟兰[1]的土包子。而以翠西娅的条件,可以找个更好的男伴。当时在学校,就有一大群痞子成天意淫着她

---

[1] 萨瑟兰,苏格兰北部地区,因为地处偏僻,所以当地人被瑞顿他们视为土包子。

呢。我以前也故意在她身边打转,希望别人认为我们俩正在约会。我还妄想借助这种舆论作用,把她变成我的女朋友呢。有一次,我真的对自己的宣传攻势信以为真了,结果却被抽了一个大嘴巴:当时是在废弃的铁路上,我想把手伸进她的衣服里。但变态男却已经上过她啦,这孙子。

"他总是东跑西颠的,这个西蒙。"她幽怨地说。

西蒙是小唐恩的爸爸。

"那是当然,西蒙总是夹着他的蛋东奔西走,忙于拉皮条、贩毒和招摇撞骗。这就是我们的西蒙。"我自己都被这脱口而出的诋毁之词吓了一跳。变态男可是我最好的哥们儿——变态男、屎霸……也许再加上汤米。我为什么要恶毒攻击自己的好哥们儿呢?只是因为他没尽到一个父亲的职责,还是他根本不认那个孩子?更可能的,还是因为我嫉妒他。对于我的嫉妒,变态男则压根不在乎。因为不在乎,他永远也不会受到伤害。

无论如何,翠西娅是被我吓坏了。

"呃……好吧,回头见吧,马克。"

他们迅速离开了。翠西娅拿着放满酒的托盘,而那萨瑟兰(我认为如此)的大猩猩则回头瞟了我一眼。他几乎是用手指关节擦着地面走路啦。

我如此诋毁变态男,实在是失去控制了。我只是痛恨这厮能自由自在地从苏格兰远走高飞,而我却被当成一个混蛋。我猜,这也许只是我的个人立场罢了,变态男也有他个人的焦虑和痛苦。他的敌人也许比我的还要多呢,这是毋庸置疑的。管他那么多蛋事儿干吗。

我把酒拿回桌上。

"儿子,你怎么样?"我妈问我。

"太好了,妈妈,我感觉自己简直是焕然一新了。"我想学着詹姆斯·凯格尼[1]的口吻说话，但可悲的是却没成功。就像我的其他方面一样，永远都以失败告终。不过，所谓成败，又有什么意义呢？有谁会在乎呢？我们都还活着，我们也会死去，每个人的生命都很短暂。就这么着吧，我也就想说这么多了。

兄弟一家亲

真是美好的一天。这似乎意味着专心致志。

手头有事儿。我第一次参加土葬。有个温柔的声音说道："来吧，马克。"我走上前去，抓住一截绳子。

我帮助我爸和我的叔叔们——查理和道吉——把我哥哥的遗体放入墓穴。军方负责承担一切丧葬费用。"把这事儿交给我们做吧。"一个说话软绵绵的福利部门军官对我母亲说，"把这事儿交给我们吧。"

是的，这是我参加过的第一个土葬仪式。现今大多数人都是火葬了。我很好奇那具棺木里装着什么。比利的身体已经所剩不多了，这一点可以确定。我看着我妈，还有正被姑姑阿姨们安慰着的雪伦，比利的老婆。比利的朋友们，兰尼、匹斯柏、纳兹等人，也在这里。

比利这小子，比利这小子。喂，喂，我们在这儿呢。但却和你没关系了。

---

1 詹姆斯·凯格尼（James Cagney），美国演员，常演硬汉。

我一直想着沃克兄弟[1]的这首歌,它后来还被米兹·尤瑞[2]翻唱过:没有后悔,没有洒泪而别,我不想让你回来——等等等等。

我并未感到悔恨,只感到愤怒与鄙夷。当我看到棺木上覆盖着操蛋的英国国旗,看到一个军官低三下四地想和我母亲说话的时候,情绪不禁沸腾了。更差劲的是,我爸的一群格拉斯哥的朋友也凑在一起,他们满嘴都是狗屁,说比利为国捐躯,说他是格拉斯哥人的骄傲。比利其实是个傻帽儿,头脑简单的纯傻帽儿。他不是英雄,不是烈士,只是个傻帽儿。

我突然发出了一阵傻笑,完全不能控制。我疯狂地笑着,都快受不了了。我爸的弟弟查理跑过来抓住我的胳膊。他看起来充满敌意,不过这人平常也就是这个德行。他的老婆爱菲把这傻帽儿拉开,说:"这孩子在难过,这只是他表达情绪的方式。这孩子在难过。"

回家洗洗自己吧,傻帽儿叔叔,你这个格拉斯哥脏货。

比利这小子。当他还是个小孩的时候,这些家伙都这么叫他。就像这样:"比利这小子,你怎么样?"而对于藏在沙发后面的我,大家则这样轻蔑地称呼:"小鬼。"

比利这小子,比利这小子。我还记得有一次,你坐在我身上,把我死死按在地上,动弹不得。我的气管都快被压得像一根稻草那么细了。我的肺里、脑袋里的氧气流失殆尽,我却只能乞求自己瘦弱的身体被彻底压扁之前,妈妈能从普雷斯多超市回来。你老二上的尿气逼人,你的内裤都湿了一块。这么干能让你觉得有劲吗,比利小子?但愿如此。现在,我就是恨你也没用啦。你一直就有这么个毛病:大小便失禁。因为这个,妈妈也总是对你特殊照顾。哪支

---

[1] 沃克兄弟(The Walker Brothers),一个英国组合。
[2] 米兹·尤瑞(Midge Ure),苏格兰歌手,在二十世纪七八十年代取得过巨大成功。

球队才是最棒的？你一边用力压着我挤着我扭着我，一边问。我只好说：哈茨队。就算我所支持的球队刚刚在泰恩索球场的新年大战中狂胜了哈茨队，你仍然让我说哈茨队最棒。我想我真该荣幸啊，因为对于你来说，我的违心之辞竟然比事实更重要。

我亲爱的哥哥效忠女王，他在爱尔兰的克罗斯麦格伦基地附近巡逻，这块地区都在英国人的控制之下。但当他们一群人离开车子，检查路障的时候，砰砰，梆梆，几声巨响，一个活口也没留下来。而此时再过三个星期，他们的任务就结束了。

他们都说比利是壮烈牺牲的。我却想起了那首歌《比利，别当英雄》。事实上，他死的时候，就是个穿着军装拿着步枪，走在乡间的小路上的弱智。他是帝国主义政策的无知牺牲品，他明知成百上千种情况会导致他的死亡，还是要去执行任务。让明知会死的比利去执行任务，这就是最大的罪行。促使他去爱尔兰冒险，导致他死于战场的东西，就是那么一些不清晰的情绪。这厮的死亡和这厮的生活，都是那么扯蛋。

但他的死对于我来说却是一件好事。他上了"十点新闻"。根据沃荷利恩的说法，他死后"当了十五分钟的名人"。人们都对我们表示了同情，虽然这些同情都是误导的结果，但我们也还是和善地接受了。总不能驳人家的面子吧。

在场的还有一个看似是副部长之类的统治阶级王八蛋，操着一嘴牛津剑桥腔，说比利是个多么勇敢的年轻人。这种角色，如果不是在替女王当狗腿子，而是在街头厮混的话，一定是个厌货。这王八蛋还说，杀害比利的凶手肯定会被绳之以法的。是啊，到议会两院去抓凶手吧，就是那些家伙害死比利的。[1]

如果臭骂这个有钱人的白胖狗腿子一顿，我是不是能够享受一

---

[1] 言下之意是英国政府害死了比利。

次小小的胜利呢？不不不。

我仿佛看到：比利被萨瑟兰兄弟乐队[1]及其跟班围绕着，载歌载舞，饱受折磨。他被吓得直哆嗦。他们唱着一首七十年代在雷斯颇为流行的老歌《你的兄弟麻痹了》。那时候，在看二十二人对二十二人的街头足球时，每当看得双脚发麻，就会有人演奏这首歌。而所谓的"你的兄弟"指的是谁？大卫二世还是我？无所谓。他们没发现我正在向桥下看。比利，你低下了头，实在是个废物。你现在感觉如何，比利这小子？应该不太好吧？我知道，因为……

葬礼被一种古怪的气氛包围着。屎霸也来了，这家伙刚戒了毒，从监狱里放出来了。汤米那些人也来了。太疯狂了：屎霸看起来很健康，汤米却像个活死人。他们两个来了个彻底对调。汤米的好朋友德威·米歇尔也出现了，他曾和我一起当过木匠学徒工。德威从一个妞儿那儿染上了艾滋病，却还能够出现在这里，真是勇敢。他妈的勇气可嘉啊。可是"卑鄙"却没来，我还想利用这个邪恶的家伙来制造点儿混乱呢。原来他到西班牙贝尼多姆度假去了。如果这家伙在场的话，我就可以用他来对付那些格拉斯哥亲戚了。而变态男仍在法国，享受他的梦幻之旅。

比利小子哦，我记得我们曾经共处一室。那拳脚交加的几年，我他妈是怎么熬过来的啊。

太阳充满力量。你可以理解人类为何崇拜太阳。太阳当空普照，我们都知道烈日当空，我们能看到太阳，也需要太阳。

你有房间的优先使用权。你比我大十五个月么，力气就是权力。你经常把一些眼神淫荡嚼着口香糖的妞儿带回家来乱搞——至少上下其手一番。那些妞儿轻蔑地看着我，如同我是你的仿生机器人。而你则把我和我的朋友都赶到了客厅里。我尤其记得，你把我

---

[1] 萨瑟兰兄弟（Sutherland Brothers），一个二十世纪七十年代的当红乐团。

的足球棋子踩碎了不少，一个是利物浦的，还有一个是谢菲尔德星期三队的。其实你没必要这么对付我的，但你要显示，你可以完完全全地骑在我头上，对吧，比利这小子？

我的表妹妮娜也来了，她有一头黑色长发，穿着一件黑色长大衣，这身哥特风格的打扮，看起来很容易被人搞上。比利的那群哥们儿和我的格拉斯哥舅舅们好像混得挺熟。我发现我自己竟然吹起口哨来了，是《雾露》[1]这首曲子。比利的一个龅牙哥们儿发现我这么做，便愤怒而惊诧地瞪着我。于是我向这家伙飞了个吻。他看了我一眼，便满脸臭大粪地把脸扭开了。漂亮，干掉兔八哥了。

比利小子，除了大卫二世之外我也是你那麻痹的兄弟，一个从来没做过爱的兄弟。你把这事儿告诉了你的哥们儿兰尼，笑得他都快哮喘发作啦。这还不是最过分的，比利，你这个傻——波——依。

我对妮娜夸张地挤挤眼，她羞涩地对我笑了。我爸看见了我的轻浮之举，便怒气冲冲地向我走来。

"你再这么不着四六，你就完了。知道不知道？"

他的眼神很疲倦，眼窝深陷。一种悲伤、不安和脆弱的感觉弥漫在他周围。这都是我以前没见过的。我很想和他多说几句，但我也很讨厌他把葬礼搞成马戏团的节目表演。

"回家再见吧，爸。我去找我妈了。"

不知道是什么时候，我在厨房外面听到过他们的一段对话。我爸道："这孩子怎么看着不对劲啊，凯西。他成天坐着，太不正常了。我的意思是，比利就不这样。"

我妈说道："孩子们本来就不一样，大卫。就这样。"

和比利不一样。瑞顿可不是比利这小子。他的特点不是吵闹，而是沉默。当他走向你的时候，他不会大声尖叫着宣布他的意图，

---

[1] 《雾露》（Foggy Dew），十九世纪凯尔特民谣。

209

但他还是来了：你好，你好，再见。

汤米、屎霸和德威用车送我，他们没去我父母家，很快就告辞了。我看到我妈神志不清的，被爱琳姨妈和爱丽丝舅妈扶下了出租车。这些格拉斯哥的七大姑八大姨们唧唧歪歪的，口音实在可怕。如果一个男人用这种口音就够糟的了，而要是女人，那简直见鬼到家里了。[1]这些脸上一团糟的老娘们看起来很不舒服的样子，当然，要是参加老一辈的葬礼，情况就会好多了。

我妈抓着雪伦的胳膊，比利的遗孀现在还挺着大肚子呢。我实在是弄不明白，为什么在葬礼上大家总要抓别人的胳膊呢？

"他会说，你是个诚实的女人，你一直是他的绝配。"我妈的口气仿佛不是在说服雪伦，而是在说服自己呢。可怜的妈妈，两年前她还有三个儿子，可现在只剩一个了，还是个瘾君子。这个游戏真是太不公平了。

"军队能给我点儿什么吗？"当我们进屋时，我听到雪伦问我的婶婶爱菲，"我怀着他的孩子呢……这可是比利的孩子……"她哀求说。

"难道你觉得月亮是他妈的绿奶酪做的吗？别异想天开啦。"我说。

好在大家都失魂落魄的，没人搭理我。

这种态度，就像比利对我的一样。每当我隐身起来，他也故意忽略我。

比利，我对你的蔑视与年俱增。到最后，轻蔑已经取代了恐惧，成为我对你的主要情绪，这整个过程，就如同治疗烂疮一样。只要手里有刀子，就可以切开烂疮。我手里就有了这么一把刀，可以弥补自己身体上的劣势了。还记得我们揍过的那个伊克·威尔森

---

[1] 格拉斯哥人的口音和雷斯人又不一样。

吗？他上二年级的时候，就已经为欺凌弱小付出过代价啦。那时你显得大吃一惊，然后就开始尊敬我，像一个兄弟一样爱我了。但我却因此更加鄙视你。

知道么，当我发现刀子的厉害后，你的力气就显得越来越不实在了。你知道这个的，你这个愚蠢的混蛋，应该很了解刀子和炸弹啊。但你偏偏就不知道炸弹的厉害。

我感到越来越尴尬，越来越不舒服。大家开始倒满酒杯，边喝酒边盛赞比利了。我却实在想不出比利还有什么优点，所以只好不说话。但很不走运，比利的龅牙哥们儿，就是接了我一个飞吻的那厮，悄悄走到我旁边说："你是比利的弟弟吗？"他说话的时候，龅牙都在嘴巴的外面，快被晾干了。

猜都不用猜，这又是个格拉斯哥的橙党。难怪他一直跟我爸那些人混在一起。而现在，大家又来看我了，都是因为这个讨厌的兔八哥。

"确实，正如你言，我是他的弟弟。"我欢快地附和道。我感到一股怒气正在对我扑面而来。现在我可得好好对这群人表演一番了。

此时此刻，要想和这群人混熟，而又不流于所谓"很懂礼数"的虚伪形象，那最好的办法就是多说套话废话了。人人喜欢说套话，因为套话都是真话，而且还具有某些意义。

"比利和我总是意见不一致……"

"是啊，有所不同也不错啊……"肯尼舅舅说。他想帮我打圆场。

"……但有一件事，我们却是不约而同的，就是我们都喜欢喝高级啤酒，还喜欢恶作剧。"如果比利现在能看见我，他一定会把脑袋都笑掉的。他会说：玩儿得开心！天啊，我这儿还有这么多亲戚，我们都是很多年没见面了。

这里还有我和比利互赠的卡片：

比利：
　　圣诞快乐，新年快乐。
　　（元旦当天的三点到四点四十除外）
　　　　　　　　　　　马克

马克：
　　圣诞快乐，新年快乐。
　　　　　　　　　　　比利
　　（哈茨加油）

比利：
　　生日快乐。
　　　　　　　　　　　马克

马克：
　　生日快乐。
　　　　　　　　　　比利和雪伦

这是雪伦的笔迹，很像。

我爸的家人都是一些格拉斯哥白人垃圾，每年都会参加橙党七月游行。有时他们也去复活节大街和泰恩凯索球场看格拉斯哥流浪者队的比赛。我倒希望这些家伙能留在格拉斯哥的德拉夏普。他们听到我对比利的感怀之辞，大多肃穆地点头。只有查理叔叔看穿了我的心思。

"你他妈觉得这很好玩吗，孩子？"

"你应该知道，这很好玩。"

"我真为你感到悲哀。"他摇着头说。

"你才没有呢。"我告诉他。他摇着头走开了。

更多的麦克伊文啤酒和威士忌被端上了桌。爱菲婶婶开始唱一首鼻音很重的、哀伤的乡村歌曲。我来到妮娜旁边。

"你真是越长越漂亮啦，变成一个小甜妞儿啦，知道吗？"我趁着醉意口不择言。而妮娜看着我，仿佛以前就听过我如此这般地说话了。我想建议她和我一起溜走，到福克斯酒吧或者到我在蒙哥马利大街的公寓去。表兄妹搞在一起算违法吗？还真有可能。他们建立了法律，让你什么也不能做。

"我为比利的事儿感到遗憾。"她说。我能断定，她一定觉得我是个流氓。这个自然，她完全正确。我曾经认为，二十岁以上的人都是傻帽儿，根本不值得跟他们废话，而现在，我也二十了。随着经历的增长，我倒越发觉得自己以前的看法没错。一个人只要过了二十，就会变得丑陋妥协、胆怯屈服，这种德行会一直保持到咽屁着凉。

真是不走运，查理叔叔这鸡贼听出了我言语之间的骚扰意味，就过来保卫妮娜的贞操啦。她可不需要这个脏了吧唧的胖家伙来狗拿耗子多管闲事。

这混蛋来到我旁边，我想对他视而不见，他却抓住了我的胳膊。他已经醉醺醺的了，想对我低语，却依然很大声。我都能闻到他嘴里的威士忌酒臭。

"听着，孩子，如果你不赶紧滚开，我就要打得你满地找牙。要不是看在你爸的面子上，我早就想收拾你了。我可不喜欢你，从

213

来就没喜欢过你。你哥哥比你强十倍，你永远也赶不上他。你是个他妈的瘾君子，如果你知道自己给你爸和你妈带来了……"

"你有话直说得了。"我打断了他，怒火中烧，却也感到一丝痛快，因为我知道这混蛋被我气坏了。冷静——只有如此才能搞垮这种自以为铁肩扛道义的混蛋。

"哦，那我就直说好了，你这个混账，念过大学就自以为很聪明吗？我一拳就能把你打到墙里去。"他那只有文身的胖拳头举了起来，离我的脸只有几英寸。我则紧握着威士忌酒杯。我可不能让这家伙的脏手碰我。要是他敢动一动，我就会用杯子给他迎头痛击。

我把他挥起来的手推开。

"如果你真想收拾我，我还得谢谢你呢。我一会儿还要给自己撸一管儿呢。我们这种被大学退学的聪明人，就是瘾君子，就是色情狂。不过你他妈也是个垃圾，你要是想打架，咱们出去单练啊，你说怎么着吧。"

我指着大门。这屋子仿佛缩到了比利的棺材那么大了，里面只剩下我和查理。但毕竟在场的还有别人。他们都盯着我们看呢。

查理那家伙轻轻一推我的胸口。

"今天我们已经有一场葬礼了，我不想再有一场。"

肯尼舅舅过来把我拖开。

"别理这些橙党的混蛋了，来吧，马克，看在你妈的分上。如果你把这儿搞得一团糟，那会杀了她的，今天是比利的葬礼啊。记住你在哪儿吧。"

肯尼舅舅是对的。尽管他也有点儿操蛋，还有一大堆缺点，不过说实话，我宁可忍受一个天主教徒，也不愿和橙党混在一起。很不巧，我妈的家人都是天主教徒，我爸的家人则都是橙党。

我又猛灌了一口威士忌，享受着喉咙和胸腔之间的灼热感，可是酒进入胃里之后，我的腹部却因为恶心而剧烈收缩。我赶紧跑向厕所。

比利的老婆雪伦刚好从厕所走出来。我挡了她的道儿。雪伦和我从来没说过几句话，她也喝得挺高的了，醉意和肚子里的孩子让她满脸通红，浑身水肿。

"等等，雪伦，我们需要好好聊聊。这儿不会有人来的。"我说着，把她拽进了厕所，锁上了门。

我开始一边用手挑逗她，一边淫声浪语，说我们应该像这样常聚聚。我摸着她的大肚子，说我对未出世的侄子或侄女也有责任。然后我们开始接吻，我的手一路向下，摸着她纯棉孕妇装下面的内裤轮廓。然后我就把手伸了进去，她则也对我投桃报李了起来。我还在扯淡，说什么我一直很欣赏她的人格和身上的女性魅力，她却根本没在听我说话，因为她已经蹲了下去。不过很显然，我的花言巧语还是很让她享受的。她挑逗男人的技巧高明得很，我很快就兴奋起来了。毋庸置疑，她是个床上高手。我开始想象她对我哥哥用出同样技巧的情形。并且，我也好奇：比利被炸死的时候，他的那玩意儿被炸到哪儿去了？

如果比利能看见这一幕就好了，我想。但我这么想，恰恰是在向他致敬。我不知道他在天有灵的话，能否看到这一幕。我希望他能。这是我第一次对他怀有善意。在快要一泻如注之前，我赶紧将雪伦翻转过来。我掀开她的孕妇装，拉下她的内裤。她的大肚子垂向地面。我想给她来个隔江犹唱后庭花。

"不是这儿，不是这儿！"她说。于是我停止努力，转而找了点儿霜剂，用手指挖了一些。

我和雪伦达成共识，还是用正常的方式搞一搞好了。人家都说怀孕的时候搞一把对胎儿很有好处，能够促进它的血液循环，或者其他

215

的什么狗屁玩意儿。这就是我对没出生的小宝宝所作的贡献嘛。

有人在敲厕所门,然后是爱菲婶婶的声音。

"你在里面干吗呢?"

"没干吗。雪伦不舒服,她怀着孕却还喝多了。"我气喘吁吁地说。

"你在照看她吗,孩子?"

"是啊……我正在照看她呢……"我继续喘息,而雪伦喘气的声音也大了起来。

"真好啊。"

这个时候,我到达顶点了;于是我抽身而出。我温柔地推着她的身体,帮她翻过来,把她一对雪白而巨大的乳房从衣服底下掏了出来,然后像个婴儿一般一头扎到它们中间。她则开始抚摸我的头。真是奇妙的感觉,安详宁静。

"真爽。"我心满意足地喘息道。

"我们以后还会一直见面吗?"她问,"嗯?"她的声音里带着渴望与恳求的意味。真是他妈的荒唐。

我坐起来吻她的脸。她的脸就像一个肿起来、熟过了头的水果。我不想说什么沉重的主题,不过,现在的事实是,雪伦让我恶心啦。这娘们儿觉得有过这么一次,以后就可以让我代替比利了么?当然,她这么想大概也没错。

"我们得起来了,雪伦,让我们收拾一下。如果被人发现,他们可不会理解我们的。他们什么都不懂。雪伦,我知道你是个好女人,不过他们他妈什么都不懂。"

"我也知道你是个好小伙子。"雪伦鼓励地对我说。可是我想,她要相信自己的话才怪呢。比利确实配不上她,当然,比利也配不上连环猎童杀手米拉·哈得利和英国首相玛格丽特·撒切尔夫人啊。雪伦已经被"找个男人，生个孩子，买套房子"这种狗屁观念彻底灌输，无力挣脱了。除了那个土豆一样的脑袋以外，她也找不到什么东西来进行自我认同了。

另一个人又来敲门了。

"如果你再不开门，我就要撞进去啦！"那是查理叔叔的儿子嘉米，一个他妈的年轻警察。他长得活像一个苏格兰奖杯：两个巨大的耳垂，没有下巴，长脖子。这家伙一定以为我在里面注射什么东西呢。没错，我确实在注射，只不过不是给自己注射毒品，而是给别人注射一些东西。

"我没问题……我们很快就出来。"雪伦把自己擦干净，穿上裤子，又把厕所收拾整齐。看到她身怀六甲居然还能如此行动迅速，我都被迷住了。我实在不能相信自己刚刚和她肌肤相亲。明天早上我会后悔的，但变态男有一句名言：明天的事明天再说。只要大家坐下来谈一谈，喝几杯，这世界上任何一种尴尬事都会烟消云散。

我打开了门。

"轻松点儿，警察先生，你没见过女人嗨起来过吗？"对面警察大张着嘴要流哈喇子的样子，让我不由得心生蔑视。

我不喜欢这儿的音乐声，于是就把雪伦带回了我自己的房子。在那儿，我们只是聊天。她告诉我很多事情，让我很感兴趣。有些事连我爸妈都不知道呢——我想他们也不愿意知道。她说比利对她差极了，他会打她，污辱她，把她当成一泡臭大粪。

"那你当时干吗还跟他在一起呢？"

"他是我男人啊。一旦认准了这点，你就总会想着，将来情况会改变的，你能够改变他的。"

我知道她是怎么想的。只不过她错了。唯一能改变比利的，就是北爱尔兰共和军啦，当然，那些家伙也是一群混蛋。我从来就没幻想过北爱尔兰共和军是什么自由斗士。这些混蛋把我的哥哥炸到棺材里去了，但他们也只是负责扣扳机的人。比利的死，还是应该归咎于那些橙党的混蛋们。每年七月，这些家伙就会摇着旗子吹着风笛举行大游行，把那些效忠皇室效忠国家的一套狗屁观念灌进比利的笨脑袋里。他们在这儿犯了一天粗，然后就回家，告诉家里人有个亲戚死掉啦，他是为了保卫大英帝国的领土被共和军干掉的。这些别人的悲剧却激发了他们的愤怒，让他们跑到酒吧喝得酩酊大醉，然后和其他热衷教派问题的大傻帽儿一块儿鼓吹什么狗屁信仰。

"我不会让任何人他妈的欺负我弟弟。"有一次，包布·葛拉安和道奇·胡德在酒吧里滋扰我，告诉我买了毒品要交钱，而比利则过来，对他们说了这句话。这话说得真像条汉子，清晰而又坚定，不怒自威。那两个找麻烦的家伙互相看看，就从酒吧里溜跑啦，我则偷着乐起来，屎霸也跟着乐。我们当时真是爽得忘乎所以了。比利这小子轻蔑地看着我们，仿佛在说：真他妈废物。然后他就加入到自己的哥们儿中去了，后者则正因为包布和道奇逃之夭夭而失望，因为这下他们就没有大打出手的机会了。而我仍然在窃笑。谢谢这些家伙，实在是——

比利这小子曾经对我说，毒品要把我的生活变成一摊狗屎了。在很多场合，他都说过这句话。这实在是——

让我怎么说呢，比利。天哪，我没有——

雪伦是对的，要想改变一个人是很难的。

每个伟大理念的召唤都需要烈士。我现在希望的，只是雪伦赶紧滚蛋，让我能把藏着的毒品拿出来，来上一管，忘掉一切。

吸毒的困境　笔记第67号

苦难是相对而言的。每时每刻都有孩子在饿死，他们就像苍蝇一样死去。就算这种事情在别处发生，也是无法否认的事实。当我碾碎药丸，加热它们，注射它们的时候，其他国家正有无数孩子死去，也许这个国家也有一些孩子死去。当我吸毒的时候，也有无数富有的王八蛋正在投资获益，日进斗金，变得越来越富有。

碾碎药丸，真他妈蠢。我真应该内服而非注射毒品的。我的大脑和静脉太脆弱了，禁受不了注射的刺激。

就像丹尼斯·罗斯一样。

丹尼斯非常喜欢威士忌，就把威士忌注射到血管里了。然后他的眼睛就开始乱转，鼻孔里喷出血来。这就是丹尼斯。当你看到血从鼻孔里喷出来，你就会知道……还是人家厉害。吸毒是因为勇敢无畏吗……不，吸毒是因为需要吸毒。

我的确很怕，怕把屎拉在内裤上。但把屎拉在内裤上的我和碾碎药丸的我其实是不同的人。碾碎药丸的我说，死亡固然很糟，但更糟的是不断沦落却无力阻止。这个自我获得了胜利。

有了毒品，你就没有难题。难题只有毒品吸完了的时候才会出现。

流 亡

爬过伦敦

无路可走了。那些孙子们到他妈哪儿去了？都是我这个混蛋的错。我应该先打个电话，跟他们说我要来伦敦的。本想给他们一个惊喜，可现在，只剩下自己惊喜的份儿了。那些傻帽儿全都不知道跑哪儿去了。黑色大门冷冰冰硬邦邦的，仿佛在告诉我：他们早就走了，而且短时间内是不会回来啦。我从信箱口往里看，也看不出地板上是否被投了信。

我充满失败感地踢着门。走廊对面的那个女人——我记得是个麻子脸的婊子——打开了门，探出头来。她好像在等着我提问，但我却对她视而不见。

"他们不在家，已经出去好几天了。"她告诉我，同时怀疑地看着我的运动背包，仿佛认为里面藏着炸弹。

"真不错。"我粗声粗气地说着，心情很坏地仰望天花板，同时希望自己的绝望能够引起这女人的同情，说上几句：我认得你，你过去总待在这儿啊，从苏格兰过来一路辛苦吧？来来来，到我这儿喝杯好茶，等等你的朋友。

但她只是说："不在这儿……我至少有两天没看见他们了。"

这婊子。混蛋。狗屎。

他们可能在任何地方。他们可能任何地方都不在。他们随时都会回来。他们可能永远不回来。

我走到汉莫史密斯大道。才三个月没来，伦敦就已经变得陌生而疏远了；那些曾经熟识的地方，已经面目全非。好像什么东西都是过去的复制品，虽然相似，但却缺乏质感。这感觉如在梦中。人家说，如果你想了解一个地方，必须得在那儿居住，但如果你想真正认清它，就需要离开一段时间再来了。记得以前，我和屎霸走在王子大街上，我们都很讨厌这条丑陋可怕的街道，旅游者和购物者——现代资本主义的两大诅咒——在路上摩肩接踵，水泄不通。而我看着王子大街上的城堡想，这只不过是又一个建筑物罢了。那地方对于我而言，就和"英国家庭用品商店"以及"处女唱片店"一样，没什么高下之分。我们来这里，只是为了寻欢作乐嘛。但当离开一阵，再从威佛利车站出来，看到伦敦的景象，我却想，嗬，这地方还不错。

街上的一切都开始变得朦胧，这或许是因为我缺觉——或者缺药吧。

酒吧换了个新招牌，但那上面的字还是老的。大不列颠。大不列颠长治久安！我从来就不觉得自己是个不列颠人，因为我本来就不是。这国家又丑陋又做作。我也从来没有真正觉得自己是苏格兰人。他们都说苏格兰人很勇敢，其实勇敢个屁。苏格兰人全是狗屎货色。我们总是为了巴结讨好英格兰贵族而内讧不休。我对于国家全无感觉，根本就是很厌恶国家这东西。国家就应该被他妈的废除。还有那些脑满肠肥的政客，穿着西服挂着假笑，对着人们花言巧语满嘴法西斯主义的陈词滥调，这种家伙就该被统统杀光。

一个酒吧广告牌告诉大家，今天晚上在酒吧后面，将举办光头党同性恋之夜。各种邪教以及地下文化，都会在这种地方争奇斗艳。在这里，你会觉得自由一些，并不是因为这里是伦敦，而是因为这里不是雷斯。一到假日，我们都会乱成一团。

走进酒吧的公共区域，我搜寻着熟识的面孔。这里的装饰以及装修风格变化很大，而且是越变越差。这里曾经是个脏乱差的好地方：你可以把啤酒泼到朋友脸上，还可以在女厕所或男厕所享受一下色情服务。而现在，这儿却变成了一个被彻底消毒过的洞穴了。几个本地人，脸上的表情硬邦邦的，穿着便宜衣服，正坐在吧台的角落，活像几个扒在木板上的海难幸存者。而另一头的雅皮士则在大声吵闹，他们好像还在办公室里上班呢，只不过打电话的动作变成了举杯劝酒。现在，酒吧全天都为办公室里的白领提供餐饮服务，那些办公室的风气已经侵占了这片地方。达佛和苏西一定不愿意在这个全无灵魂的地方喝酒。

但有一个服务员却看起来有点面熟。

"保罗·戴维斯还到这儿喝酒吗？"我问他。

"你是说那个阿森纳队的黑人球员么？"他笑道。

"不不，他是个块头很大的白人，留着黑色的寸头，鼻子就像他妈个斜坡滑雪道。你一定对他有印象。"

"哦……是啊，我认识这人。达佛嘛，每次他都带着一个黑色短发的小妞儿一块儿来。不过我已经很久没见过他们了，就连他们还住不住在城里我都不知道。"

我喝下一杯泡沫啤酒，然后开始和这服务员聊起酒吧的新客人。

"哥们儿，听我说，来这儿的大部分人都不是真正的雅皮士。"

他指着角落里一群穿西服的家伙说,"大部分只是屁股发亮的店员和拿底薪的保险推销员,一个星期只能挣那么点儿小钱。他们只不过是外表光鲜,其实,要是把他们的债单摞起来,足够摞到眼睛那么高呢。这些家伙穿着名牌西服,招摇过市,冒充每年能挣五万英镑的样子,其实他们中的大部分就连五分之一都挣不到。"

服务员说了很多,口吻和他的人一样,都是酸溜溜的。这里的混账当然要比马路上多,但泡在这里的人还有一个特点:就是认为你只要装出一副人模狗样的德行,就能真的混得人模狗样。这他妈纯粹是个狗屁观点。我认识的那些爱丁堡的瘾君子,他们的资产债务比例倒比那些拿着双薪却债台高筑的夫妇们健康得多。[1]这真是当下的笑话。已经有很多供起不起房贷就被收回住房的案件发生啦。

我又回到公寓,那些家伙却还连影儿都没有。

那个住在对面的女人又出来说:"你可找不到他们。"她一副幸灾乐祸的腔调,真他妈是个顶级老婊子。一只黑猫从她脚下走过,跳上楼梯。

"巧达!巧达!你这个坏家伙……"她一把把猫揪起来,像抱婴儿一样抱在怀里保护着,与此同时还仇恨地看着我,好像我要伤害她怀里的那坨狗屎。

我讨厌猫,就跟我讨厌狗一样。我一直主张禁养宠物,赞成把狗统统杀光,只留下一些放在动物园里供展览用。这也是我和变态男少有的意见一致的事情。

这些混蛋跑到哪儿去了呢?

我再次回到酒吧,又喝了一轮。这破地方真是快把我的灵魂摧毁了,为什么他们必须要把这儿搞成这副样子呢。许多夜晚,我都

---

[1] 意指白领家庭为了房子、车子等消费贷款而债筑高台,倒不如瘾君子,因为没有信用,反倒没有贷款,所以也就没有欠债了。

曾在这儿打发时光,但这些回忆已经随着过去的装修陈设一起被拆除了。

也没多想,我就离开了酒吧,沿着来时的路走向维多利亚。在一个投币电话亭前,我站住脚,从兜里掏出零钱和一个破烂的电话本。现在,我得想想其他去处了。真糟糕,我和斯蒂夫、史黛拉闹崩了,他们一定不欢迎我。安德烈回希腊了,卡洛琳去西班牙度假了,还有汤尼,那个大傻帽儿,他和变态男一起去了法国,现在已经回爱丁堡了。我忘了管他要钥匙,而这傻帽儿也没提醒我。

夏琳·希尔。她住在布里克斯顿,现在的第一选择就是她了。如果出对了牌,也许还能和她同床共枕呢。她一定会答应的……这就是戒了毒的人,一旦不依赖毒品,就要饱受性欲的折磨。

"你好?"电话里传来另一个女人的声音。

"嗨,我找夏琳。"

"夏琳……她不住这儿了。我也不知道她搬到哪儿去了,也可能是斯托克维尔,我找找……我也没有她的新地址……等一下……米克!米克!你有夏琳的地址吗?夏——琳——没有啊,不好意思,我们都没有。"

今天真他妈倒霉。那么尼克森总该在家吧。

"没有没有,我们这儿没有布莱恩·尼克森。"

"你有他的地址么,哥们儿?"

"没有没有,他搬走了,这儿没有布莱恩·尼克森。"

"他搬到哪儿去了你知道么?"

"什么?什么?我不知道你的意思……"

"我的朋友布莱恩·尼克森搬到哪儿去了?"

"这里没有布莱恩·尼克森,也没有毒品。走吧走吧。"这厮就这么挂了我的电话。

夜色已晚，这座城市已经把我排除在外。一个格拉斯哥口音的男人管我要了二十便士。

"你他妈的是个好小伙子，我告诉你，孩子……"他口齿不清地说。

"你还好吧，老哥。"我用标准的伦敦腔说。住在伦敦的苏格兰人都很招人讨厌，尤其是从格拉斯哥来的，他们喜欢狗拿耗子多管闲事，还号称这就是热情待人。对于我来说，现在最不想见到的就是这种格拉斯哥脏货啦。

我考虑着乘坐38或55路公共汽车，到哈克尼去找达尔斯顿的梅尔。如果梅尔也不在家或不接电话，那我今天就算彻底没着落了。

不过，我最终却没有去哈克尼，而是去了维多利亚的一家夜间电影院。这儿通宵达旦地放映黄色电影，一直到凌晨五点才告一段落。当然，这里也就成了天底下所有底层人士的收容所。酒鬼、瘾君子、无家可归者、色情狂、神经病，这些家伙一到晚上就在这儿济济一堂。上一次来过这里之后，我就发誓不在这儿过夜了。

几年以前，我和尼克森一起来过这里。当时有个小伙子被人用刀捅了，警察就冲了进来，把包括我们在内的每个人都抓起来了。我们的身上正好带着一夸脱的大麻，情急之下，只好把那东西全都吞下去啦。在警察局录口供的时候，我们连话都他妈的说不出来。他们把我们关了一夜，第二天又送到警察局旁边的波街治安法庭。最后，所有说话口齿不清的家伙都被罚款了。尼克森和我每人被罚三十英镑，还好，只有三十英镑。

而现在，我又故地重游了。自从上一次造访之后，这地方就开始江河日下了。除了一部令人发指的、描写其他地区的野生动物互相残杀的片子之外，其他播放的全是清一色的黄色电影。那部暴力片，比起大卫·艾登堡[1]的动物电视节目还差十万八千里呢。

"上！黑杂种！操他妈的黑杂种！"当银幕上，一群黑人手持长矛，插进了一头野牛的身体侧面，观众中便有个苏格兰口音对着银幕大吼起来。

一个苏格兰的种族主义动物保护主义者。我猜他一定是哈茨队的球迷。

"脏了吧唧的丛林野人。"一个油腔滑调的伦敦口音插了进来。

这是什么操蛋地方啊。我努力专心看电影，不理会那些怪腔怪调以及周围那些沉重的呼吸声。

这一夜银幕上放映的最好的电影，是一部美式英语配音的德国片。故事情节平淡无奇，是个身穿巴伐利亚风格服装的姑娘在农场里到处被人搞，还同时被好几个人搞。这部片子的美工倒是充满创意，我看得很投入。而看这种片子，恐怕是这个电影院的观众们的全部性享受了，除此之外，也许他们全无性生活可言。然而话虽这么说，我还是听到观众席上传来了男女之间或者男男之间正在做爱的声音。这个时候，我发现自己勃起了，甚至还想自慰一下。可惜接下来播放的电影却大大败坏了我的兴致。

那部电影不可避免地是一部英国片。故事发生在伦敦派对季节的一个办公室，还有个充满想象力的片名《办公室派对》。出演的男星是麦克·鲍德温抑或《科罗纳新街》中的那个强尼·布里格？这就像是一部《继续搞笑》[2]的喜剧片，不过没什么幽默感，倒是有一大堆色情场面。麦克最后被人搞了，但他也不至于爽成那样吧，这家伙在片子里扮演了一个充满刺激性的贱货。

我坠入了狂乱的睡眠，然后猛然惊醒。我的脖子搭在椅背上，

1　大卫·艾登堡，一个英国自然节目的主持人。
2　《继续搞笑》（Carry On），一部英国喜剧系列片。

脑袋几乎从肩膀上掉下来了。

我用余光看到一个男人跑过来,在我身边坐下。他把手放在我的大腿上。我一把把他推开。

"滚蛋,你不想让我把你的脑袋和臭手统统砸烂吧,孙子?"

"对不起,对不起。"他用欧洲口音说。这是个面容憔悴的老头,声音听起来很可怜。我开始对他产生同情了。

"我不是基佬,朋友。"我告诉他,而他看起来很困惑。于是我又指着自己说:"我不是同性恋。"说这种话真让我感到荒唐。

"对不起,对不起。"

这景象倒让我陷入沉思。如果我没和男人肌肤相亲过,我怎么能知道自己是不是同性恋呢?我的意思是,我真的能确定自己不是吗?我老是幻想,什么时候能找个男人来试一次,看看那是什么感觉。我是说,什么事情都要尝试一次嘛。不过话虽如此,就算找个男人来试试,也得我主动。我可受不了被人家隔江犹唱后庭花。有一次,我在伦敦的学徒酒吧遇到了一个年轻漂亮的变装皇后,就把他带回了杨树区的公寓。汤尼和卡洛琳进屋的时候,正碰上我在给那男孩爱抚。这真是尴尬透顶。其实我感到很无聊,但那男孩先帮我爱抚了一阵,我也只好投桃报李。但从技术上说,那男孩真是做得不错,然而我一看到他的表情,就会情不自禁地哈哈大笑,那玩意也随之疲软了。他长得很像我很久以前暗恋的一个姑娘,所以我便发挥了一点想象力,并试着专心致志。

因为这件事,我被汤尼大大羞辱了一番。而卡洛琳却觉得这事儿很有意思,她还承认,她对我很嫉妒,因为她觉得那男孩长得很甜。

不管怎么说,只要感觉对头,我也不反对和男人亲昵。只是为了尝试一次嘛。但问题是,我真正喜欢的还是女人。男人看起来一点也不性感。这只是我的审美标准,跟他妈的道德全无关联。

227

如果我觉得失去同性恋方面的贞操，那么我要列出一张候选人名单，而这老家伙绝对不会榜上有名。他告诉我，他在斯托克纽维顿有个地方，问我愿不愿意跟他一起过夜。斯托克离梅尔在达尔斯顿的家很近。我想：管它呢，去。

这个老家伙是个意大利人，名字叫乔，我想，这应该是"乔凡尼"的缩写。他说，他在一家餐馆上班，老婆孩子都留在意大利了。我有一种感觉，他的话不是真的。当瘾君子的最大好处，就是整天都和谎话连篇的家伙混在一起。自己已经对于说谎很精通了，自然可以知道对方是不是在说瞎话了。

我们乘坐夜间公共汽车，从维多利亚前往斯托克。车上装满了年轻人，吸毒的、酗酒的、前往派对的、从派对出来的，形形色色。真希望我是跟这些家伙一起厮混，而非跟着一个老头回家。真没辙。

乔的地下室公寓位于教堂街附近。我有些迷失方向，但我知道这儿离纽维顿公园不远。公寓的里面真是他妈阴暗极了。房间里满是霉味儿，有个老式餐具柜，还有一个戴抽屉的柜子。屋子中间摆了一张大铜床，厨房和盥洗室则在外面。

我以前还在猜测他在说谎呢，而现在，我惊讶地发现，一个女人和一个小孩的照片就摆在屋里。

"这是你的家人？"

"是啊，我的家人。他们很快就要过来找我了。"

尽管如此，我仍然不太相信他说的话。或许，我已经习惯了谎话，就连真话都会歪曲成假的了。不过，管它的呢。

"你一定很想念他们。"

"是啊，是啊。"他说，"躺在床上吧，我的朋友，你可以睡在这里。我喜欢你，你能待在这里。"

我用力盯了这家伙一眼。他应该没有什么威胁性，所以我想，管他妈那么多呢，我已经快累死了。于是我爬上了床。我脑海中忽然闪现出丹尼斯·尼尔森[1]，不禁又有些害怕。那些被害的人也觉得尼尔森没有威胁性，没想到却被他给掐死。尼尔森曾在格林克伍德的求职中心工作，我认识一个叫葛林诺的人也在那里。葛林诺告诉我，有一年圣诞节，尼尔森还带着自己做的咖喱，来给中心的职员们吃。这可能是扯淡，但又有谁知道呢。不管怎么样，我一闭上眼，人就立刻塌了下来。我已经累得动弹不得了。当我感觉到他也上了床，躺在我身边的时候，我稍微有些紧张，但随即又放松了，因为他并没有对我动手动脚，我们也都和衣而眠。我渐渐陷入了一种难受而迷离的睡眠里。

当我醒来的时候，都不知道自己睡了多久。我感到自己的嘴巴干巴巴的，脸上有种古怪的感觉。我摸摸脸庞，手上竟然粘着蛋清般黏糊糊的液体。我转过身去，看见那老家伙正躺在我身边，但这时已经是全身赤裸。

"你这个脏货！居然趁我睡觉时对着我手淫……你这个恶心的老王八蛋！"我觉得自己就像一块脏手绢，被人用过后丢到一边儿。我勃然大怒，照着这贱人的脸上就是一个大嘴巴，然后把他推下床去。他看起来就像个小矮人，肚皮和脸都是胖胖的。我抬脚踢了他好几下，把他踢得在桌子旁边蜷成一团。然后我发现他正在抽泣，便停了下来。

"你这个脏货……"我在房间里走来走去。他的哭声很烦人，我从铜窗的栏杆球头上抓起一件睡衣，扔到他那丑陋的裸体上。

"玛丽亚……安东尼……"他啜泣着说。我发现自己竟然把这老杂种搂在了怀里，并且安慰起他来。

---

[1] 丹尼斯·尼尔森（Dennis Nilsen），一个连环杀人犯。

"没事儿了,哥们儿,没事儿了。对不起,我并不想伤害你,不过……知道不,我从来没被人做这种勾当。"

这确实是事实。

"你是好人……我该怎么办?玛丽亚,我的玛丽亚……"他哀鸣了起来。他大张的嘴几乎充满了整张脸,仿佛一个拂晓时分的大黑洞。他的身上混合着串了味的酒、汗水以及精液的气息。

"好了,得了,我们去喝杯咖啡吧。我请你吃早饭,我请客。雷德利路上有家不错的地方,就在市场旁边,知道不?现在应该已经开门了。"

我的这个建议,其实也是出于自私的目的。那家早餐店距离梅尔在达尔斯顿的家不远,而且我也想赶紧从这个让人沮丧的地下室离开。

他穿好衣服,我们走了出去,沿着斯托克大街和金斯兰大街步行,朝着市场前进。那家小餐馆里热闹得让人吃惊,但我们还是找了个位子。我点了番茄奶酪蛋卷,而老家伙则要了一盘可怕的黑色煮肉。这种东西,估计只有住在斯坦福桥的犹太佬才愿意吃。

老家伙又开始聊起了意大利。他和那个叫玛丽亚的女人结婚很多年,后来家里人却发现,他和自己的小舅子安东尼勾搭在了一起。我这么说其实不对,乔和安东尼本来就是一对情侣。我觉得,他很爱安东尼,但也很爱玛丽亚。我是个毒品的受害者,他们则是爱情的受害者。问世间情为何物啊。

结果,那个家族的另两个兄弟出来乱管闲事了。他们都是很爷们儿很虔诚的天主教徒,听说还是那不勒斯黑社会[1]的成员呢。这两个家伙无法认同自己的家族里出了同性恋,便在自家的餐馆外面抓住了乔,在他身上猛踹一气,几乎要把他踹死了。安东尼当然也逃

---

1 这里的黑社会是指意大利那不勒斯地区的黑手掌组织克莫拉(Camorra)。

脱不了同样的惩罚。

再后来,安东尼就自杀了。在意大利文化中,他受到了奇耻大辱——乔告诉我。而我想,不管在哪种文化里面,这他妈当然都是奇耻大辱。乔又告诉我,安东尼是卧轨而死的。这么一说,受到侮辱在他们的文化里似乎还真是挺严重的一件事了。乔后来就来了英国,在意大利餐馆打工,住破烂地下室,酗酒,利用那些老女人小男人,或反被对方利用。他的人生听起来还真是挺悲哀的。

而后,我们走到了梅尔住的那条街,我听到了嘈杂的雷鬼乐,看到了他的公寓亮着灯。我的精神立刻就高涨了起来。这里正在举行派对,我得赶在散场之前加入进去。

看到老朋友的面孔,实在是太好了。他们全在这里,达佛、苏西、尼克森(已经吸毒吸得昏了头),还有夏琳。肉体在地板上横陈,两个女孩正在跳贴面舞,而夏琳正在和一个男的对舞。保罗和尼克森都在抽烟,他们抽的是鸦片,而非大麻。我所认识的大多数英格兰瘾君子,都喜欢拿海洛因当烟抽,而非直接注射。苏格兰和爱丁堡则流行用针头。不过我还是跟着他们吸了一口。

"再次见到你真是他妈太好了,我的老朋友!"尼克森兴奋地拍着我的背说。他随后又看见了乔,便小声问:"这老家伙是谁啊?"因为听了他的悲惨人生之后,就不忍心把他一个人扔在街上了,所以我把这个老混蛋也带过来啦。

"是啊,哥们儿,我也很高兴见到你。这是乔,我的好朋友,住在斯托克。"我拍着乔的背。那老可怜虫的表情就像一只笼子里的兔子,正乞求别人喂他莴笋叶子呢。

我把乔丢给了保罗和尼克森,让他们探讨全世界男人的共同语言:足球。他们聊起了那不勒斯、利物浦和西汉姆联队。有的时候我也很喜欢侃球,但有时又想,什么他妈狗屁足球,根本就是毫无意义、让人沮丧的破玩意儿。

在厨房里，两个家伙为了人头税的事情互相争论，一个家伙对这个话题很有发言权，另一个则是狗屁不懂的工党或保守党厌货。

"有两件事你说的完全就是狗屁：第一，你觉得工党在本世纪还有机会获胜吗？第二，就算他们获胜，又能搞出什么新花样呢？"我突然加入了他们的谈话，告诉那厌货。他张着嘴无言以对，而另一个人则在笑着。

"这就是我想向他指出的。"那人用一嘴伯明翰口音说道。

我把那厌货留在原地，继续目瞪口呆，自己则走开，来到卧室。在那儿，一个男的正在给一个姑娘爱抚，三尺之外，就有几个人正在吸毒。我看着那几个瘾君子，他妈的，他们正在注射海洛因。我以前说到的所谓伦敦人不爱注射之类的言论，纯属扯淡。

"看什么看？你还想拍照留念吗？"一个穿着哥特风格衣服的怪物一边弄着药，一边问我。

"你想满地找牙吗，孙子？"我用这个问题来回答他的问题。他调转头去，继续弄药。我对着这家伙的头顶盯了一会儿。他把毒品注射进去之后，我也轻松了下来。每次来到伦敦，我都是这种态度。这种态度会持续几天。我想，我知道自己为什么如此，但要解释起来就说来话长了，而且听起来也很可悲。离开这房间的时候，我听到那姑娘仍在床上喘息，而那男人则说："你他妈的真美味呀！"

我晃晃悠悠地走出大门，而那柔软而缓慢的声音仍在我耳边盘旋："你他妈的真美味呀！"真是一语道破天机，我想要的就是这个。

在这里泡妞儿，不能东挑西拣。尤其是这个时候，像样的妞儿不是被泡走了就是已经拎包回家。夏琳就被泡走了，在二十一岁生日那天被变态男上过的那姑娘也被泡走了。就连眼睛像马蒂·费尔德曼[1]，头发像阴毛的一个女孩，都被人泡走了。

这就是我的操蛋生活。来得太早，喝得太多，吸毒吸得晕头转向，把事情都搞砸了。或者说，我其实是他妈的来得太晚了。

乔这个老家伙还在火炉边喝着啤酒，看起来骇人而迷惘。我暗自思量，或许今晚，我到头来能搞上的，只剩下这家伙啦。

这个念头让我沮丧无比。不过在假日，大家都是这么不要脸嘛。

坏血[2]

我第一次碰到艾伦·凡特斯，是在"HIV与乐观生活"的自助团体里，尽管他参加这组织的时间并不长。凡特斯没有照顾好自己，他很快就得上了我们很容易得上的多种感染之一——伺机性感染。我总是觉得"伺机性感染"这个词很好笑。在我们的文化里，"投机"似乎是个正面词汇，让人想起那些在市场中"伺机而动"的商人，以及在点球区附近寻找射门机会的足球队员。伺机性感染，真是一个狡猾的问题。

这个团体成员的病情大致相同，我们都有阳性反应，但却还没有显示出发病症状。在聚会中，我们总是疑神疑鬼，每个人都在暗中观察别人，想知道对方的淋巴有没有肿大起来。在交谈中，发现别人的眼睛总在看着你的侧脸，这真让人心慌。

这种习惯让我越发觉得生活不真实。我实在无法确定我身上到底发生了什么。第一次检测结果出来的时候，已经让我难以置信了。我觉得自己很健康，看起来也不像生病的样子啊。虽然已经检

---

1 马蒂·费尔德曼（Marty Feldman），英国喜剧演员，长着一双凸眼。
2 本节以德威的视角叙述。

查了三次,但我还是觉得有人把我的检查结果弄错了。当唐娜把我甩掉以后,这种自欺欺人的态度其实早就应该被抛弃了,但它却仍然暗藏在我意识里。人们总是相信自己愿意相信的东西。

而在艾伦·凡特斯被人送进医院以后,我就不去参加聚会了。这聚会让我沮丧,而且我想多花点时间来探望他。汤姆是对我负责的社工,也是我在团体里的咨询师,他对我的决定很不以为然。

"德威,你想去医院看望艾伦,这当然——对他很好,不过我关心的是你现在的状况,你还很健康,而我们团体的目的,也是激励大家去积极面对,多做点事情。我们并不能因为HIV阳性,就不想再活下去了啊……"

可怜的汤姆。今天,他先说错了话。我说:"你说的是'我们'吗?你自己也是病毒携带者吗?等你也被检测出阳性,再来开导我好了。"

汤姆那健康粉红的脸立刻变得通红。他无法克制脸红。这么多年专业训练出来的人际交往技巧,已经能让他很好地隐藏自己的紧张不安了。在尴尬的时候,他不会转移视线,也不会声音颤抖。但在某些时刻,他仍然无法抑制脸红。

"对不起。"汤姆使劲道歉。他有权利犯错误。他经常说人有权利犯错误。是这样吗?去跟我那正在完蛋的免疫系统道歉得了。

"我只是关心你,如果你把大把时间花在陪伴艾伦上,看着他死去,这对你不好。而且,艾伦是我们这个团体中最不乐观的一个人了。"

"他是最乐观[1]的了。"

汤姆不理我了。对于别人的消极行为,他有权不作回应。我们有权决定自己的态度,这也是他说的。实际上,我很喜欢汤姆,他

---

1 "乐观"与"阳性"在英文中都是positive。

一个人埋头苦干，总是保持着乐观。我又想起了自己的工作：看着冰冷的尸体被豪伊森大夫切开。那真是让人沮丧的工作。不过，比起汤姆在团体聚会中看着大家的灵魂被撕裂扭曲，我这工作还算是愉快的呢。

"HIV与乐观生活"的成员大多数是静脉吸毒者。他们都是在吸毒的聚会上感染的。在八十年代中期，类似的吸毒聚会在爱丁堡比比皆是。那时候，面包街上的医疗用品商店关张了，因为缺乏足够的消毒针头，他们只好共用针头。我有个叫汤米的朋友也是开始吸食海洛因之后，就开始和雷斯的瘾君子鬼混的。那些瘾君子里我还认识一个，名叫马克·瑞顿，那家伙还和我一起做过木匠学徒。有趣的是，据我所知，马克常年吸毒，却也没被爱滋病病毒感染。而我却从来不碰毒品。但我们的团体中，却充满了因为静脉注射毒品而感染的人，马克应该算是个特殊情况，而非常态吧。

团体聚会的时候，气氛总是很紧张。瘾君子们很憎恶两个同性恋。他们相信是同性恋把爱滋病病毒带到吸毒人群中的，因为有一个剥削成性的同性恋房东，总是搞他的那些吸毒房客，用以抵房租。但我和另两个女人则痛恨其他人，因为我们既不是同性恋也不是吸毒者。其中一个女人根本不吸毒，但她的伴侣却吸毒。在刚加入团体的时候，我和其他人一样，认为自己是在"无辜"的状态下被感染的。而在那时候，要把责任推给同性恋者或瘾君子，实在是太轻而易举了。不过后来，我看过海报，也看过宣传资料，我记得在朋克年代，性感手枪乐队[1]曾说过：没有人是无辜的。这真是对极了。还必须得说的是，有些人的罪行比其他人更重。这就要重新说到凡特斯了。

---

1 性感手枪（Sex Pistol），二十世纪七十年代朋克音乐的代表乐队之一，经常用粗暴尖锐的方式攻击社会现状。

我给他表现忏悔的机会，实在是对这杂种够好的了。在团体讨论中，我说了几个谎话中的第一个，通过这个诱饵，我就可以一把抓住艾伦·凡特斯的灵魂了。

我对团体里的人说，我明知自己是HIV阳性，却还和人发生了未加保护的性行为，而现在我后悔了。屋子里一片死寂。

大家在椅子上紧张地挪动着。然后，一个叫琳达的女人开始摇着头哭了起来。汤姆问她是否需要退席。她却说不退席，想等着听别人说什么。她一边说着，一边恶毒地盯着我。我却基本没有理会这女人的愤怒，而是将目光一直聚焦在艾伦·凡特斯的身上。他的性格特点是，脸上一直挂着无聊的表情。但我却相信，这时有一丝浅笑挂上了他的嘴角。

"你能说出这些是很勇敢的，德威。我确信你鼓起了很大勇气。"汤姆严肃地说。

不勇敢，你这个蠢货，我他妈在说谎啊。我耸耸肩。

"我相信你心中的罪恶感一定减轻了。"汤姆继续说。他扬扬眉毛，示意我继续讲下去。我当然接受这个机会了。

"是的，汤姆。我刚刚能够和大家分享我的心情。这段经历真是太可怕了……我并不敢希望人们原谅我。"

团体里的另一个女人，麦杰瑞，鄙视地辱骂了我一声，但骂了什么我却没听清楚。琳达仍然在哭。坐在我对面的艾伦却全无反应。他那种自私而缺乏道德感的表现让我厌恶。我真想当场用手把他撕成碎片。但我必须得控制情绪，我得制定一个计划来摧毁他。疾病会占有他的肉体，而我则更进一步，更有毁灭性。我要占有他的灵魂。我要在他所谓永恒的灵魂上刻下一道无法治愈的伤口。阿门。

汤姆扫视一圈，问："有人同情德威吗？大家对他的话有什么感觉？"

又是一阵沉默之后，我的目光落在艾伦·凡特斯那无动于衷的身影之上。有个从格拉斯哥来的瘾君子，开始发出紧张的咕咕声。然后他真情流露，大发感慨，说出我本来等待凡特斯说出的话来。

"我很欣慰德威能说这些……我也做过同样的事……我他妈的也做过同样的事……有个无辜的女孩，从来没对别人做过不好的事……我只是恨这个世界……我的意思是……我想，我他妈还有什么应该在乎的呢？我还能从生命中得到什么呢？……我二十三岁了，却一无所有，连他妈的一个工作也没有……我为什么要在乎……后来当我把真相告诉那女孩，她吓坏了……"他像个孩子一样抽泣起来，然后抬起头看着大家，露出我有生以来见过的最美丽的微笑，"但幸好她没事。她做了检查，六个月里做了三次，她没被感染……"

那个麦杰瑞，她却是在同样的情况下被感染的，她对我们发出不满的嘘声。然后，我等待的事情发生了。艾伦·凡特斯转了一下眼球，对我笑了。是这样，这就是我要的。我依然愤怒，但它却混杂了一种镇静，一种强大的洞察力。我也回敬了他一个微笑，感到自己好像一只漂浮在河中的鳄鱼，正觊觎着一只正在河边饮水的软绵绵毛茸茸的小动物。

"不……"格拉斯哥人可怜地看着麦杰瑞，"不是你想象的那样……等她的检测结果的时候，比等我自己的还难熬……你不懂……我不是……我是说我不是……不是那样……"

汤姆对这个越发口齿不清、浑身颤抖的家伙说："我们都不应该忘记，当你知道自己感染时的那种愤怒、怨恨和不甘心。"

这种话通常是一个信号，让我们把讨论深入下去，达到触及心灵的效果。汤姆把这方法视为"用面对现实来解决愤怒"。这样的过程应该很有效，对于很多团体成员，它似乎也确实很有用。但我却

237

觉得这真是个让人又疲倦又无聊的过程。或许，这是因为我此时的期待和其他人不同。

在这场有关个人责任感的讨论中，凡特斯一如既往地用他的方法来帮助、启迪众人。那个方法是，每当有人激动地发言，他就立刻大吼一声："狗屎！"而汤姆每次都问他，为什么要这样做呢？为什么他会产生这样的感觉？

"我确实这么认为。"艾伦·凡特斯报以耸肩。汤姆又说，他是否能解释一下呢。

"只不过是一个人和其他人的观点不同而已。"

汤姆再次问艾伦，他的观点是什么。而艾伦呢，不是说"我才懒得管那么多呢"，就是"关他妈我屁事"。我却忘了他究竟是怎么说的了。

然后汤姆就问他，那他为什么来这里。艾伦就说："那我走行了吧。"他真的就走了。在此之后，聚会的氛围突然变好了，如同刚刚有人放了个臭屁，但那屁却又被吸回去了。

可是他还是会再来参加聚会，并一如既往地挂着轻蔑与幸灾乐祸的表情。看起来，好像他相信只有他一个人是不朽的。他很喜欢看着别人尽力表现得积极乐观，然后再对他们大加嘲讽。他没有因此被赶出团体，但却足以败坏这里的气氛。比起这种病态的心理，他身体内的爱滋病病毒就完全像是蜜糖一样了。

讽刺的是，艾伦·凡特斯把我当作他的同类人，却浑然不知我参加这个团体就是为了审视他。我从不发言，而当别人说话的时候，我就作出一副尖酸刻薄的神态。这样的行为，让我有了被艾伦·凡特斯引为知己的基础。

和这人交朋友其实是很容易的。没有其他人愿意认识他，我顺理成章地成了他的朋友。我们开始一起喝酒，他喝得酩酊大醉，我则保持着谨慎。我试着了解他的生活,并很有毅力地全面系统地收集他的信息。我曾在斯特拉斯莱克大学获得过化学学位,但在以前研究这个专业的时候,也没有如今研究艾伦·凡特斯这样认真勤奋。

艾伦感染爱滋病病毒,也和爱丁堡的大部分人一样,是共用针头吸毒的结果。讽刺的是,在他被确诊为HIV阳性之前,他就已经把毒给戒了。但他现在却变成了一个不可救药的醉鬼,他喝起酒来从无节制,在那马拉松式的狂饮过程中,偶尔才会吃一口酒吧提供的面包或烤吐司。可以想见,他那虚弱的身体已经成了各种病菌狂攻的目标。在和他的交往中,我可以确定,他将不久于人世。

如我所料,他的身体很快发生了好几种感染,他却全不在意,照旧我行我素。他住进了医院,或者他们所说的"那地方"。最开始,他只是个门诊病人,后来却被安排了一个专门床位。

我去探望他的时候,每次都是雨天。雨水绵绵,潮湿阴冷,风则像X光那样穿透衣服。寒冷导致感冒,感冒导致死亡,但那时候的我也毫不在意。现在,我当然会照顾好自己,但在当时,我有一个全心全意要去完成的任务。我要完成它。

那医院看起来还不错,灰色的砖楼上贴着漂亮的黄色瓷砖。不过通往病房的路,可不像《绿野仙踪》里写的一样用黄砖铺就。[1]

每次去探望艾伦·凡特斯,都会让我那最后的复仇计划前进一步。关键时刻马上就要到来,我已经没有时间去审判他了,我也不指望他会对自己的罪恶作出诚恳的道歉。曾几何时,我也希望他忏悔,也不想亲手进行复仇——如果那样的话,我会在人性本善的信仰中死去。

---

1 《绿野仙踪》(OZ系列),非常著名的童话作品,多次被改编成电影和动画片,作者是美国作家莱曼·弗兰克·鲍姆(Layman Frank Baum)。书中主人公桃乐丝所走的是一条黄砖铺成的路。

皮包骨头的身体上，近乎干枯的血管勉强维持着艾伦的生命。但这具肉体似乎已经无法容纳任何一种灵魂了。要在这家伙身上找到人性，那绝对是异想天开。然而，这具行将就木的身体，却好像把灵魂也凸现了出来，让我们这些普通人也能看到灵魂究竟是什么模样。这个观点，是以前和我一起在医院工作的吉丽安告诉我的。吉丽安笃信宗教，她也很适合信教。人只能看到他们想要看到的。

而我真正想要的又是什么？也许就是复仇，而非他的忏悔。艾伦可能像个哭丧着脸的孩子一样，嘟嘟囔囔地祈求我的原谅。但是这些都无法阻止我的复仇计划。

我的这种自我讨论，是向汤姆咨询而留下的后遗症。他强调最基础的真理：你并非正在死去，而是要活到你死的那刻。这种观点的根基在于，只要认为自己的生命有价值，那么也无须在意死亡这个迟早要到来的事实。当时我并不信这个，但现在却信了。在定义上，人死前的状态就是活着的嘛，所以人应该尽量使活着的生命完整、愉快，以免死亡对于我们来说就是一摊狗屎。而我想，那的确是一摊狗屎。

医院的护士看起来有点像盖儿，我以前约会过的女孩。她和盖儿一样，都冷着脸。因为她是护士，所以她有装酷的理由，对于这个职业需求，我能理解。而盖儿呢，她那副样子就让我觉得很不合适了。这护士紧绷着脸，表情严肃，以掌权者的姿态对我说："艾伦现在很虚弱。请别待太长时间。"

"我知道。"我绽放出一个充满关切的笑容。既然她的角色是专业看护者，那么我的角色就是满腔关切的好友。看起来我表演得还挺好。

"他有你这么好的朋友真是很幸运。"她说，不过明显疑惑于那样一个混蛋为什么也能有朋友。我装腔作势地说着无关痛痒的话，进了小病房。艾伦的情况还真是糟糕，我不禁有些担心起来：担心这混蛋可能活不过一个星期，从而逃脱我为他策划的恐怖命运。必须抓紧时间了。

在刚开始的时候，我看着艾伦饱受肉体折磨，确实还是得到了很大的乐趣。如果有一天我也病到这个地步，我才不要像他这样。我会把自己关在车库里，让汽车一直发动着，用毒气来自杀。艾伦这个孬货，他没胆量自我了断。他宁可苟延残喘到最后关头，把所有人都烦死。

"你怎么样，艾伦？"我问他。这真是一个愚蠢的问题。当然，在对方这种痛苦的情况下，问什么问题都是愚蠢的。

"还好啊……"他喘着气说。

> 你确定自己还好吗，艾伦，亲爱的小伙子？你看起来可憔悴得很呢。可能是有个小虫子在捣鬼吧。吃一些阿司匹林再上床睡觉，明天你就会好得如同经历一场及时雨了。

"疼吗？"我充满希望地问。

"不……他们给了我药……只是我的呼吸……"我握住他的手，抓紧他那可怜的细手指，心里一阵尖锐的畅快。看到他瘦得只剩下骨头的脸，还有疲倦得不断闭上的眼睛，我想我都要忍不住哈哈大笑了。

> 可怜的艾伦，我已经了解他了，护士小姐。他是个混蛋，一只害虫。

看着他挣扎着呼吸，我努力憋着笑。

"没事儿,哥们儿,我在这儿呢。"我说。

"你是个好人,德威……"他气喘吁吁地说,"很遗憾我们没在得病之前认识……"他的眼睛睁开,又闭上。

"真他妈遗憾,你这个混蛋王八蛋……"我对着他紧闭的眼睛低语。

"什么?你说什么?"他已经被疲劳和药物弄得神志不清了。

懒虫。整天在床上浪费时间。起来做点儿体育锻炼,去公园跑跑步,做上五十个俯卧撑,两组蹲跳。

"我是说,我们在这种情况下相遇,真是可惜啊。"

他挣扎着发出一点声响,然后又睡着了。我把我的手从他干枯的手指中抽了出来。

祝你做噩梦,混蛋。

那个护士走进来,检查这个现在对我而言最重要的人。"他现在很难和人交流,这可不是待客之道。"我笑着说,看着睡得像个死尸的艾伦。护士挤出一个僵硬的笑容。或许,她觉得我说的是同性恋或瘾君子的黑色笑话。或许她还觉得我是个白血病患者或者其他什么病人。而我才不管她如何看待我呢。我把自己看作一个复仇天使。

把这个屎囊粪袋给杀了,那还是太便宜他了呢。如何令他痛不欲生,这是当务之急。如何才能伤害一个行将就木并且已将生死置之度外的人呢?相比于对他说话,听他说话更重要。通过这个方法,我已经找到折磨他的关键所在了。你要通过那些活着的人来伤害他，用他最在乎的人来摧毁他。

有首歌曾经唱道："每个人都有需要别人的时刻。"但艾伦却似乎挑战了这句话的正确性。这家伙不愿与人交往，更别提礼尚往来了。和别人相处时，他总把自己视为祸害。他尖酸刻薄地诬蔑过去的朋友，例如"某人是个唯利是图的奸商""某人是个傻帽儿"。他把所有人都描述成了伤害、盘剥和作弄别人的高手。

对于女人，他则是另一种态度。他谈起她们来，不是"下身像鱼一样臭"，就是"松垮垮的婊子一个"。在艾伦的头脑中，女人全无用处，只是一个"泄欲工具"——用他自己的话来说。就连他恶毒攻击女人乳房和屁股的言论，都让人叹为观止。我觉得很灰心：这混蛋爱过任何人吗？我为了这个问题付出了时间，好在耐心终于有了回报。

虽然他就是一坨可鄙的狗屎，但他的的确确在关心着一个人。当他说到"小家伙"这个称呼的时候，口气就彻底变了。我小心谨慎地探着他的口风，尽可能地让这家伙多说一点儿他五岁的儿子。这孩子名叫凯文，是他和一个威斯特海利斯的女人生的。那女人叫法兰希丝，就是一头"母牛"，她不让艾伦去见凯文。听到这个消息，我已经开始有些爱上这个女人了。

这孩子让我找到了伤害艾伦的法子。每当艾伦说到他无法看着儿子长大成人，说到他有多么喜欢"小东西"，他就会变得长吁短叹，真切地痛苦，和平时的他判若两人。而正是认为自己的生命通过儿子得以延续，艾伦才可以不害怕死亡。

进入艾伦的前女友——法兰希丝的生活，对于我来说不是难事儿。她对艾伦满怀怨恨，所以即使她并没有真正地吸引我，我也对她产生了亲近感。

经过一番调查之后，我故意在一家破烂迪斯科舞厅"邂逅"了她。我施展魅力，表现得像一个善解人意的追求者。当然，钱上也没问题。她恐怕这辈子都没见过一个对她这么好的男人，再加上经济很窘迫，还要养孩子，所以很快就掉进了圈套。

在这个过程中，最大的问题还在于做爱。我自然坚持要戴避孕套。在我们走到这一步之前，她曾提到过艾伦的事。我很高尚地说，我很信任她，也可以不戴避孕套和她做爱，但我希望打消她心中的不安。我也向她坦承自己曾经和很多人上过床。基于艾伦的事情，她现在一定还疑神疑鬼呢。当她开始哭泣的时候，我想，可能搞砸了。可随后却知道，她流下的是感动的泪水。

"你真的是个好人，德威。你知道吗？"她说。如果她知道我的真实意图，才不会把我看得这么伟大。这让我感觉很不好，但一想到艾伦，我立刻释然了。没错，我就是要把报复计划进行到底。

我计算时间，确保对法兰希丝大献殷勤之时，也正是艾伦的健康急转直下之日。很多可怕的并发症一起发作，首当其冲的当然是肺。和很多感染爱滋病病毒的瘾君子一样，艾伦躲过了皮肤癌——那种病症常常发作在男同性恋身上。可以和肺炎相提并论的，则是嘴上和胃部的鹅口疮，这不是企图夺走他生命的第一个疾病，但如果我不加快行动，它没准就是最后一个了。他的病情恶化之快，已经危及到了我计划的顺利实施。我想，他很可能在我痛施最后一击之前就咽屁朝凉了呢。

机会终于来了，来得不早不晚，恰如其分。到头来，对于这件事情的成功，运气和计划的作用各占一半。艾伦正在挣扎着，变成了一团褶皱的皮肤包着的骨头。正如医生所说，他随时都会死。

我取得了法兰希丝的信任，让她放心地把孩子交给我照看。我鼓励她多和朋友出去玩，于是她计划周六晚上出去聚会，而让我和她的孩子待在一起。机不可失啊。在实施计划的前一天，我还要去看看我的父母。我曾想把感染的事情告诉他们，但我知道，一旦说了，他们就不会愿意再见到我了。

我父母的家在欧克斯岗的公寓里。我小时候觉得这儿挺摩登，可现在，这儿却像一个破烂没落的贫民窟了。我妈来开门。开门前的几秒钟，她还犹豫了一下，但她随后看清来的是我，而非那个总是管她要钱的兄弟——她的钱包保住了。松了一口气之后，她热情欢迎我，还说："真是稀客呀！"然后唱着歌儿把我拉进门。

我知道她为什么这么着急忙慌的：电视上正在演《科罗纳辛大街》呢。麦克·鲍德温不得不作出决定，向自己的同居爱人爱玛·斯维克坦白，他真正爱的是有钱的寡妇洁基·英格拉姆。麦克身不由己，他是爱情的奴隶，外在的力量已经控制了他的行为。套用汤姆的话，我也可以"同情"这个家伙嘛。我也是仇恨的奴隶，也同样有一股外力逼迫着我啊。我坐到了沙发上。

"稀客啊。"我爸也重复着同一句话，却不看我，眼睛盯着晚报。"你最近在做什么呢？"他虚弱地问。

"没干什么。"

真是没干什么，老头子。哦，我跟你说过我感染了爱滋病病毒么？这可是很时尚的啊，这年头，很流行把免疫系统彻底搞垮哦。

"你就别扯淡了，起码我证明过自己是个爷们儿了，儿子。"我爸挑衅地回答我。他在讽刺我二十五岁了却还没娶妻或者生子。而我差点儿以为，他会把自己的裤子脱了，证明自己是个爷们儿呢。

幸亏这时候，我妈这个肥皂剧捍卫者介入了。

"你们闭嘴，我要看电视。"

对不起，老妈。我知道我太自我中心主义了。当电视上的麦克·鲍德温正在痛苦抉择之际，我却竟然指望你来关心我这个爱滋病病毒感染者。电视里那个过了更年期的老太婆要跟谁搞了？别换台。

245

我决定还是不提感染爱滋病病毒的事了。对于这种事，我父母的观念还是不够开明。或许他们很开明？谁知道。不管怎么说，我觉得告诉他们还是不好。汤姆经常告诉我们，要跟着感觉走，而我的感觉是：我爸妈十八岁就结婚了，到了我这个年纪，他们已经生了四个整天乱叫的小崽子。现在，他们已经觉得我是个"酷儿"[1]了，再提到艾滋病，就更会让他们确定自己的怀疑了。

所以，还是喝一罐特纯啤酒，和我爸聊聊足球吧。自从一九七零年开始，他就不到比赛现场看球了，彩色电视捆住了他的腿。而过了二十年，卫星转播更是让他足不出户了。尽管如此，我爸却仍认为自己是个足球专家，其他人的观点都是扯淡。试图跟他讨论任何事情都是浪费时间。而在政治方面，他却可以来个一百八十度大转弯，反对自己曾经支持过的立场，而且反对得坚决彻底。这时候，对付他的办法就是不争辩，反正他自己也会转变立场的。

我坐了一会儿，不断对他点头，表示赞同。而后，我就找了个俗气的借口离开了。

我回家检查了一下我的工具箱。那是我做木匠的时候留下的一套锐利器具。在星期六，我带着这些东西来到威斯特海利斯的法兰希丝家里。我有一些工作要做，其中有一件，是法兰希丝根本不懂的。

法兰希丝很期待即将到来的聚餐。她一面准备停当，一面和我说话。我尽力说些"是啊""对啊"之类的话来敷衍她，但心里却在一直盘算着随后要做的事。我弯着腰，靠在床上；法兰希丝正在梳妆打扮，而我则频频看着窗外。

似乎过了整整一生的时间，我终于听到汽车驶进废弃的破烂停车场的声音。我腾地向着窗户站起来，欢欣鼓舞地说："出租车

---

[1] 酷儿，来自英语queer，其本意指古怪的，与通常的不同的。这个词成为一个带有贬损意味的同性恋的代名词。

来了。"

法兰希丝留下我照顾她熟睡的儿子,走了。

整个计划实施得相当顺利。但事后,我却感到难受。比起艾伦来,我的行为能好到哪儿去?小凯文,我们在一起还度过了一段快乐的时光呢。我带他去看草地嘉年华,去看小联盟比赛,去儿童博物馆。这些都算不了什么,只是比他的混蛋爸爸做的所有的还多。法兰希丝说,我为他们母子做了很多。

虽然感觉已经很坏了,可在洗照片时,我才第一次感到了恐怖。当照片完全成像后,我在恐怖与悔恨之中颤抖不已。我把照片拿到烘干机上,给自己弄了杯咖啡,用咖啡送下两片镇静剂。然后我带着照片去医院探望艾伦。

他的身体已经消瘦得不成人形了。看着他僵滞的眼神,我也看到了我最害怕的情况。有些艾滋病患者会并发早期老年痴呆症的症状。艾伦可能已经这样了。如果病情已经让他丧失神智,那么我的复仇也就没有意义了。

还好,艾伦很快认出了我。他先前的反应迟钝,可能是由于药物的作用。当他的眼睛盯住我,立刻就恢复了平日那做贼心虚的神情。我感到他那虚弱的嘴角仍然透出对我的蔑视。他以为他找到了一个愿意在最后时刻陪着他的蠢货。我在他旁边坐下,握住他的手。我很想把他的手指掰下来,然后插进他的七窍里去。我痛恨他,因为是他让我对凯文做了那些事,以及其他一串坏事。

"你真是个好人,德威。真遗憾我们没在患病之前认识。"他气喘吁吁,重复着这句每次我来看他都要说的话。我紧握他的手,他用尽力气盯着我。太好了,这混蛋仍然能感觉到痛苦。让他的肉体疼痛并非我的目的,但也是不错的附赠品。我用慎重而清晰的口吻说:"我曾告诉你,我是注射吸毒而感染的,艾伦。不过我是骗你的，我还骗了你很多事。"

"你在说什么呀，德威？"

"听我说，艾伦。我是被以前的一个女孩传染的。她当时并不知道自己已经感染了爱滋病病毒，而传染她的，则是一个在酒吧里认识的狗屎混蛋。那女孩太傻，也太单纯了，她还只是个小姑娘，知道吗？那个混蛋说他家里有毒品，那女孩就跟着他去了他的公寓。然后这混蛋就强奸了她。你知道他做了什么吗，艾伦？"

"德威……你在说什么……"

"我他妈的告诉你好了，那家伙用刀子威胁她，把她绑起来强奸。这女孩吓坏了，也受了很大的伤害。这事儿听起来是不是似曾相识啊？"

"我不知道……我不知道你他妈在说什么，德威。"

"别他妈装蒜了。你记得唐娜的。你记得南方酒吧的。"

"我被搞糊涂了，哥们儿……"

"你记得你说过什么吧？"

"我那是胡说八道。如果我知道有病，我根本就直不起来啊。"他说。我他妈的根本笑不起来了。

"那个格拉斯哥人……记得他吗？可能是他啊……"

"你他妈闭嘴。那个格拉斯哥人起码抓住了表示悔恨的机会。你他妈却坐在那儿装傻充愣。"我对他厉声说着，口水飞溅到他满是汗水的脸上。我让自己镇定了一下，继续把故事说下去。

"那女孩后来度过了一段艰难的日子，但她很坚强。这种事儿曾毁了很多女人，但她却尝试着振作起来。为什么要让一个到处乱射精的混蛋毁了一生呢？这话说起来容易做起来难，但她做到了。不过她却不知道，那混蛋竟然是爱滋病病毒感染者。后来，她认识了另一个人，他们在一起了。他喜欢她，却发现她和男人做爱时有障碍。这他妈没什么好奇怪的,啊?"我想要把眼前这混蛋体内的邪恶力量掐死。但还不是时候,我告诉自己,还不到时候,你这蠢货。我深呼吸了一下,继续讲故事,我要让他体会最恐怖的段落。

"那女孩和那男孩,他们一起克服困难。他们进行得很顺利——直到有一天,女孩发现那强奸犯是爱滋病病毒感染者。后来,她发现她也被感染了。但更坏的是,她发现一个诚实、他妈有道德的人也被感染了,那就是她的新男友。这所有所有,都是因为你,你这个强奸犯。而我就是她的新男友。就是我,一个他妈的大白痴。"我用手指着自己说。

"德威……我很抱歉——但我能说什么呢,你一直都是好朋友……都是因为病毒……他妈的可怕的病毒啊……德威。病毒害死了无辜的人……"

"现在说这些都太晚了。你本来和格拉斯哥人一样,还有忏悔的机会的。"

他却对我的脸笑了起来。那是沉重的气喘声。

"那么你想怎么样?你想对我怎么样呢……杀了我?随便啊……那反倒是帮了我一个大忙呢……我他妈不在乎!"他干瘪的充满死亡气息的脸,这时却像活了过来,充满了一种诡异而丑恶的力量。他不是人。我宁愿相信他不是人,这样我就可以轻易毁灭他。但在光天化日之下,他却显然还是人。现在,到了亮出我的底牌的时候了。我平静地把手伸进衣袋,将照片拿了出来。

"我并不想对你做什么——反正想干的事,我已经都干过了。"我笑着,享受着他脸上迷惑而恐惧的表情。

"这是什么……你什么意思?"我的感觉现在真是棒极了。他完全震惊了,干枯的脑袋前后乱甩,他的心灵一定在恐惧中挣扎着。他恐惧地看着照片,却弄不清楚到底发生了什么事,更不知道照片背后那可怕的隐情。

"想象一下我能对你做的最坏的事，艾伦，然后乘以一千倍……恐怕都赶不上这件呢。"我凄凉地摇着头说。

我给他看的是我和法兰希丝的合影。照片中的我们自然地摆着造型，表现出一对初堕情网的男女掩饰不住的得意。

"这他妈是什么。"他挣扎起来，试图把他干瘦的骨架拉到床头。我在他胸口推了一把，不费吹灰之力就把他推了回去。我的动作缓慢而优雅，像是在展示我的力量和他的孱弱。

"放松点儿，艾伦，放松点儿。再放松一点儿，别着急。记得医生和护士怎么对你说的吗？你需要休息。我把第一张照片翻过去，向他展示了第二张："刚才那是凯文为我们照的，这小子照得还不错，呢？就是他，小家伙。"在第二张照片中，凯文穿着苏格兰条纹足球服，坐在我的肩膀上。

"你他妈做了什么……"他已经发不出人声了，只是制造声响。那声音好像是从他破败不堪的身体的某个角落中传出来的，而非从嘴巴里说出来。这种怪异的感觉让我很难受，但我仍然尽力保持着冷峻的口吻。

"我对他所做的基本就是这些。"我翻到了第三张照片。照片上，凯文被绑在厨房的凳子上。他的头沉重地垂向一边，双目紧闭。如果艾伦仔细观察，他会发现自己儿子的眼皮和嘴唇上都有蓝色的痕迹，皮肤则过于雪白，就像个化了妆的小丑。但我可以肯定，他最关注的，还是儿子脸上、胸口和膝盖上的淤痕，以及伤口中渗出的血。凯文浑身上下伤痕累累，血迹斑斑。你甚至无法一眼发现他是裸体的。

照片之中到处都是血。血流到地上，在凯文椅子下面形成了一道深红色的水洼。还有些血喷到了地板上。凯文的身体是僵直的，他的脚边散落着很多工具：电钻、砂轮、各种锐利的小刀、改锥。

"不……不……凯文，老天啊……这孩子什么也没做……他没有伤害过任何人……不……"艾伦呻吟着，刺耳地哀号着，嗓音中绝无希望与人性。我抓住他稀疏的头发，把他的脑袋从枕头上拽起来。当他的头骨在我的扯拽之下，突然陷进松垮的皮肤时，我获得了一阵罪恶的快感。我把照片丢到他的脸上。

"我想，小凯文应该和他爸爸一样。所以我玩腻了你的前女友之后，也打算和他……玩一玩。我想，既然当爹的那么喜欢爱滋病病毒，儿子也应该喜欢哟。"

"凯文……凯文……"他悲鸣着。

"还不光是玩一玩而已，我还得用上一些工具啊，比如钻头什么的。但我有点失去控制了，就在他身上钻了一些洞。他让我想起了你，我很想告诉你，他所经历的那些并不是很疼，但我却没法这么说。至少他死得很快，比待在床上等着腐烂快多了。他只花了二十分钟就死了，其间一直都在尖叫。可怜的凯文。就像你说的一样，艾伦，疾病害死了无辜的人。"

泪水滑过艾伦的脸颊，他遍复一遍地重复着"不……不……"，低声抽泣，声音哽咽。他的头在我的手中抽搐。因为担心护士会走进来，所以我把他后面的枕头抽了出来。

"小凯文说出的最后一个词就是'爸爸'。这就是他的遗言，艾伦，我很抱歉。我告诉他：爸爸走啦。"我直视着他的眼睛。他的眼中只剩下了瞳孔，那里面装满了黑色的空洞、恐惧以及全然的挫败感。

我把他的脑袋向后一推，把一个枕头放到他脸上，捂住了他的呻吟声。我用尽全力向下压着，把我的脑袋也压在了枕头上面。我

251

一边喘着粗气,一边唱起了波尼·M[1]的歌:"爹地,爹地好酷,爹地,爹地好酷……你被耍啦……再见啦,爹地好酷……"

我欢唱着,直到他彻底丧失了最后一点徒劳的抵抗。

枕头仍然留在他的脸上,我从他的柜子里拿出了一本《阁楼》[2]杂志。这混蛋早已虚弱得没力气翻杂志了,更没力气一边看色情杂志一边自慰。但这家伙却怕别人说自己是同性恋,所以故意把《阁楼》放在显眼的地方,以混淆视听。我把杂志放在枕头上,轻松地翻看着。片刻,我又去检查了一下艾伦的脉搏。没有脉搏。他咽屁了。而更重要的是,他在死的那一刻受尽折磨,痛苦而凄惨。

我把枕头从他的尸体上拿开,然后抬起他丑陋的脑袋,再让它重重落下。对眼前这具尸体,我思索了一会儿。他的眼睛睁开,嘴巴也张着,看起来很傻,不像是一个真人,而像是恶作剧的复制品。我想,这大概就是死人的样子吧。我还可以告诉你,艾伦生前就已经是一具行尸走肉了。

我和法兰希丝一起去谢菲尔德火葬场,参加了艾伦的葬礼。对于她来说,那是一个伤感的时刻。我觉得我有责任陪伴着她,支持她。无论做什么,我都不应该缺席。艾伦的母亲和妹妹也出现了,此外还有汤姆和"HIV与乐观生活"的几个成员。

牧师找不出什么赞美之词来形容艾伦,而且牧师有信誉,不能信口胡说。他为艾伦准备了一段简洁而甜美的祷告词:"终其一生,艾伦犯了很多错误。"没人觉得这话说错了。"艾伦和我们一样,会接受上帝的审判,上帝也会为他带来救赎。"这话真有趣。但我想,如果这种混蛋也能去天堂的话,那可真不公平。如果他上天堂,那我就要去别的地方,谢谢。

---

1 波尼·M(Boney M),西德演唱组合,演唱过的作品有《巴比伦河》等。
2 《阁楼》(Penthouse),一本美国色情杂志。

在葬礼门外，我查看了一下花圈。艾伦只收到了一个。上面写着"给艾伦——爱你的妈妈和西尔维娅"。但就我所知，他的妈妈和妹妹可从来没去医院探望过他。她们很聪明。对于艾伦这种家伙，要保持安全距离。有些人，如果离得远些，反而更容易爱他。我和汤姆以及其他人握了手，然后带着法兰希丝和凯文到马赛尔伯的"路卡斯"吃了很多昂贵的冰激凌。

很明显，我骗了艾伦，我声称对凯文做的那些事都是撒谎。我不是一个和他一样的畜生。对于我真正做过的事，我也不感到光荣。我冒了很大的险，对孩子的身体也很不好。我在医院的手术室工作过，知道麻醉的关键技术。麻醉师的工作也是救死扶伤，和那个虐待狂臭猪豪伊森可不一样。当你被麻醉以后，就在药物的作用下进入了无意识状态，然后就得依靠医疗仪器维生了。所有的生命迹象都在严密监控之中。麻醉师的工作就是处理这些事情。

氯仿麻醉剂的药效很明显，也有很大的危险。当我想到要把这种东西用在孩子身上，就会紧张得发抖。谢天谢地，凯文苏醒过来了，并且只是有点儿头痛而已。他的脑袋里还残存着厨房里的支离破碎的情景，还以为是做了场噩梦呢。

我利用从恶作剧玩具店买来的道具，以及汉布洛牌瓷砖漆，伪装成凯文的伤口。而他那已经死去的脸色，则是用法兰希丝的化妆品和滑石粉化妆的。效果好得让人吃惊。而最为神来之笔的，是我从医院病理实验室偷出来的三塑料袋血液。当我拿着这些东西走过走廊，碰到豪伊森大夫的时候，他满腹狐疑地看着我，让我紧张得不得了。他永远都是一副不怀好意的德行。我想，那是因为有一次我叫他"大夫"，而非"主治医生"。这人其实很可笑。外科医生都可笑。要想当外科医生，你首先得做一个可笑的人。我想汤姆的工作也是如此吧。

要把凯文伪装好，还算容易。而最大的困难是，我得在半个小时之内把景布好，拍下那些照片，然后再清理干净。其中最为艰难的地方，在于我哄凯文上床睡觉以前，得先把他洗干净。我用了松节油和水，才算彻底把他身上洗干净了。接下来，我花了整整一个晚上来清洗厨房。这一切必须在法兰希丝回家之前做完。当然，我的辛苦还是值得的，那些照片几乎可以以假乱真，足以把艾伦的精神摧毁。

自从把艾伦送上西天之后，我的生活状态也相当好了。法兰希丝和我掰了，我们两个原来就不是很情投意合。她只是把我当成一个照看孩子的临时保姆，或者可以借钱的自动取款机。而对于我来说，既然艾伦已经死了，和法兰希丝的那段关系也就没有存在的必要了。而因为凯文，我也希望自己能有个孩子。不过，这就是痴心妄想了。法兰希丝说，艾伦让她对男人彻底绝望了，而我则帮她重拾信心。这真是讽刺，我的作用似乎就是清理艾伦遗留下来的感情垃圾。

老天保佑，我的健康状况也不错。我是爱滋病病毒感染者，但我并没有发病。我会害怕感冒，有时候也会对一些身上的小症状紧张得要命，但我还是努力照顾好自己。除了啤酒之外，我不喝别的酒。对于饮食，我也很注意，每天都坚持做不太剧烈的运动。我定期去检查血液，了解自己体内T细胞的数量。我的T细胞比800这个警戒线多很多，也没有下降的趋势。

我又回到唐娜身边了。她毫不知情地成为我和艾伦之间的传染中介。我和她之间产生了其他情况中不会有的特殊感情。我们也不用再想什么太多的东西了，毕竟我们的时间很珍贵。然而，我告诉汤姆，我不会再参加团体聚会了。汤姆说，我还要学会处理愤怒。他说得没错。而对于我来说，最迅速最高效的克服愤怒的法子，就是送艾伦上西天。他死后,我只剩下一点点负罪感,这就是我很容易克服的了。

后来,我还是告诉父母,我是HIV阳性。我妈哭着拥抱了我,我爸则什么也没说。当时,他正坐在椅子上看电视里的《运动问答》,听到我的话,脸色立刻变得苍白。我妈痛哭流涕,一直叫我爸说点什么,但他只是说:"我没什么好说的。"他重复着这句话,眼睛从未正视过我。

可那天晚上,我回到家以后,却听到对讲机响了。我还以为是唐娜回来了,就把公寓和楼道的门都打开了。几分钟以后,我父亲站在门口,泪流满面。这是他第一次来到我住的地方。他走过来,紧紧把我抱住,一边抽泣,一边低声说道:"我的儿子。"虽然只有几个字,但我觉得却比"我没什么好说的"感人肺腑得多。

我也无法继续自控,大哭起来。我在父亲的怀抱中泪如雨下。我在唐娜和我的家庭之间找到了亲情的感觉。而这种感觉,以前居然差点被我错过了。我希望如今还来得及恢复人性,相信我,有些事情,不怕做得晚,只怕不去做。

孩子们在玩闹,草地在阳光之下闪耀着绿光。天空湛蓝万里无云。生命是美好的,我应该尽力享受它。而且,我将会活得很久,我将是专家所说的"长期生存者"。我一定会活下去的,我知道。

那道光芒永不消逝

他们从楼道口出来,走向废弃街道的一片黑暗之中。有的人动作急促杂乱,躁动吵闹,另一些人却沉默寂静,如同鬼魂夜行。后者的心灵已经受到了伤害,并时刻提防着更大的痛苦。

他们的目的地是一家位于复活节大街和雷斯大街之间小路上的酒吧。它开设在一间破烂的公寓里。附近的建筑物外表都经过了清洁，唯独这小路上的房子没有。这栋破房子呈现出一片烟熏火燎的黑炭的颜色，如同一个每天抽两包烟的肺。夜很黑，在这夜色中，很难分辨出那破房子的形状。只有顶楼窗户里那一盏孤零零的光，或者附近探出的街灯，才能让他们找到那里。

酒吧的门脸被涂上了厚厚的深蓝色的油漆，这是二十世纪七十年代的设计风格。那时的连锁企业喜欢把每一家酒吧都装饰成统一的样式，抹煞一切个性。和它所在的公寓一样，这家酒吧在几乎二十年的时间里，也仅仅维修过外表。

现在是凌晨五点零六分。旅馆的黄色灯光亮了起来，在黑暗潮湿、毫无生命迹象的街道中，如同一个闪亮的避风港。屎霸回忆着，上一次见到太阳，已经是几天前的事了。他们就像吸血鬼一样，日夜颠倒，和附近大多数作息正常的本分良民截然相反。和别人不同的感觉真酷。

虽然刚刚开门几分钟，但酒吧已经忙碌了起来。在里面，摆着一个长长的塑料贴面吧台，它的前方有一些啤酒龙头。同样风格的塑料贴面破桌子勉强支在肮脏的地板上。吧台后面，倒立着一个做工精美的木质起重架。灯泡发出令人恶心的昏黄灯光，毫无遮挡地照射在被烟熏黄的墙上。

酒吧里坐满了从啤酒工厂和医院下夜班的工人，这些人都是好主顾，也给了酒吧必须一大早营业的理由。然而也有一些散客，坐在这里却是绝望的——他们来这里，是因为必须得来。

刚刚走进酒吧的这一群人，也是被某种需求驱使着的。这需求并不只是用酒精来高扬意志，驱走宿醉带来的沮丧，他们还有更大的需求——加强彼此之间的情感联系。连续几天的酗酒狂欢已经让他们打成一片了，而他们想要维持这种不知从何而来的良好气氛。

有个老得看不清岁数的醉鬼，在吧台上撑着身体，看着他们走进酒吧。这老头子的脸，已经被便宜的烈酒、北海吹来的彻骨寒风完全毁掉。好像皮肤下面的每一根血管都断裂了，让他的脸看起来像块社区咖啡馆里卖的方块冷香肠。虽然眼白和那烟熏火燎的墙壁是一个颜色了，但他那双冷冰冰的蓝眼睛依然很夺目。当那群吵吵嚷嚷的家伙走进酒吧时，他的脸却突然紧张了起来，这是由于他看到了似曾相识的人。有一个年轻人——也许不止一个，可能是他的儿子。他充满自嘲地这么想。当他年轻时，曾经相当吸引某一类型的女人，从而也把相当多的子孙后代带到了这个世界。不过这也是酒精把他的面容毁掉之前的事了。在那时，他是个说话尖酸刻薄的人，而不像现在这样，只会口齿不清地乱嚷嚷。他看着那个被认为是自己儿子的年轻人，很想对他说点儿什么。但到头来，他觉得，其实还是没什么可说的。他从来就没什么可说的。而那年轻人甚至都没有看到他，只是专心致志地买酒喝。老酒鬼看着这年轻人和朋友们一起开怀畅饮，他回想起过去，自己也曾经和他们一样。而如今，快乐和友谊早已如命中注定一般远去，剩下的只有酒了。事实上，过去生活所留下的空间，全被酒灌满了。

屎霸想要的最后一样东西就是一杯啤酒。在来这个酒吧之前，他曾在道西公寓的卫生间镜子里仔细看着自己的脸。他脸色苍白，满脸污垢，发黑的眼皮显得很沉重，仿佛没有力气去直面现实了。这张脸被一片根根直立的暗黄色的头发覆盖着。他想，如果要再喝下去的话，他应该先来点番茄汁，这可以保护他的肠胃，或者来点鲜榨橙汁和柠檬汁也行，这可以补充水分。

但当他顺从地接过"卑鄙"一马当先买来的啤酒时，他的状况就已经变得毫无希望可言了。

"干杯,弗兰克。"

"我要健力士啤酒,弗兰克。"瑞顿要求道。他刚从伦敦归来。他觉得回到家乡就和当初离开家乡的感觉一样好。

"健力士啤酒在这儿就是狗屎。"盖夫·坦普利说。

"可我还是想喝。"

而这时,道西抬了抬眉毛,对吧台的女服务员唱道:

耶耶耶,你是个美丽的情人耶。

他们曾经举行过一个五音不全的演唱比赛,自从道西获得了冠军,他就总是不停地唱着这首夺冠单曲。

"你他妈闭嘴,道西。"爱丽森用胳膊肘捅捅他,"你想让我们都被轰出去吗?"

吧台的女孩对道西视而不见,于是他就把歌声转向了瑞顿。瑞顿只是无可奈何地笑笑。他知道道西的毛病:如果你制止他,他更会变本加厉,一发不可收拾。前几天,这个脾气还让人觉得挺好玩的,而现在,瑞顿已经觉得很乏味了。要说唱歌,瑞顿还是喜欢那首鲁博·霍姆首唱的《逃亡或菠萝鸡尾酒之歌》。

"我还记得你和我在里约相识的那一夜……健力士啤酒太差劲了,你在这儿唱这玩意儿实在是疯了,马克。"

"我已经跟他说过啦。"盖夫带着胜利者的口吻说道。

"无所谓。"瑞顿回答道,脸上仍挂着懒洋洋的笑。他感觉自己喝高了。他还感觉凯莉的手伸进了他的衬衫,摸着他的乳头。她已经这么做了整整一夜了,同时还说她喜欢他平滑无毛的胸部。这感觉很好。摸他的人是凯莉,那感觉就更好了。

"苏打水加伏特加。"她对正在冲吧台指手画脚的"卑鄙"道,

"顺便再给爱丽森来一杯金酒加柠檬水,她刚刚上厕所去了。"

屎霸和盖夫在吧台继续聊天,而其他人则找了个角落坐下。

"琼怎么样?"凯莉问弗兰克·"卑鄙"。她指的是他的女朋友。她猜她刚刚生完孩子便又怀孕了。

"谁?"弗兰克侵略性地耸着肩膀,结束了这次对话。

瑞顿抬头看着早间的电视节目。

"看那个女主播安·戴蒙啊。"

"呃?"凯莉看着他。

"能把她弄上床就好了。""卑鄙"道。

爱丽森和凯莉扬扬眉毛,把目光移向天花板。

"不过现在,安·戴蒙的小孩也死于婴儿猝死症,和莱斯莉的孩子唐恩一样。"

"真是太可怜了。"凯莉说。

"这倒是一件好事,小孩儿突然死了总比得了艾滋病死掉好多了。对于婴儿来说,这是很轻松的死法啦。""卑鄙"大放厥词。

"莱斯莉没有得艾滋病!唐恩也是个健康的婴儿!"爱丽森对"卑鄙"发出嘘声,并抗议道。瑞顿自己也很沮丧,但他发现,每当爱丽森生气的时候,就会说出那种优雅的上流人士的英语来。在意这么鸡毛蒜皮的小事,这让瑞顿略微有些罪恶感。"卑鄙"则在一旁露齿而笑。

"那又怎么样啊?"道西谄媚地说。瑞顿狠狠地瞪了这家伙一眼。但他从来不敢这么看"卑鄙"。他从来就是软的欺负硬的怕。

"……"

"我想说的是,谁知道会发生这种事呢?"道西顺服地耸肩道。

而在吧台那边,屎霸和盖夫正聊得兴高采烈。

"你知道瑞顿马上就要搞上凯莉了吗?"盖夫问。

"不知道。不过凯莉已经和那个叫戴斯的家伙掰了,同样,瑞顿和海瑟也分手了。你可以说,他们都是自由球员了,知道不。"

"那个叫戴斯的家伙,我很讨厌他。"

"我才不认识这家伙呢。"

"你他妈明明认识!他就是你的表哥嘛,屎霸。你表哥戴斯!戴斯·菲尼。"

"哦,就是那个戴斯啊。不过我还是和他不熟。我从小到大,只和这家伙见过几面而已,知道不?生活真沉重啊,海瑟在派对上和另一个男人在一起,而瑞顿和凯莉也……知道么,这真是沉重。"

"那个海瑟就是个冷着脸的母牛,我从来没见这妞儿笑过。跟你说,这也不奇怪她为什么不和瑞顿在一起了。跟一个成天吸毒吸得天昏地暗的家伙在一起当然不会开心了。"

"是啊,我是说,生活太沉重了……"屎霸觉得盖夫好像也在对自己含沙射影呢。要不他老提吸毒成瘾的人是为什么呢?但他后来又想,这只不过就是随口一说吧。盖夫这人还不错。

屎霸那乱成一团的脑袋转向了性。在座的每个人似乎都泡上妞儿了,只有他还是孤家寡人。他真想好好搞一把。但他的问题是,当他清醒的时候太羞涩了,而吸完毒或喝醉酒之后又会口齿不清,这是没法吸引女人的。他最近正想拍一个名叫妮可拉·汉侬的婆子,他觉得她长得很像著名歌星凯莉·米洛[1]。

就在几个月之前,妮可拉和他从塞特山的一个派对出来,前往威斯特海利的另一个派对。他们聊得很投机,渐渐就掉了队,两人结伴而行。妮可拉对于屎霸说的每句话都心有灵犀,而屎霸在吸了安非他命之后,也能够畅所欲言。他说的每个字似乎都能激起妮可拉的兴趣。当时,屎霸希望永远也不要赶到那个派对,希望他们能

---

1 凯莉·米洛(Kylie Minogue),澳大利亚著名女歌手。

这么一直走下去谈下去。他们走进了地下通道，屎霸觉得他应该抱住妮可拉了。而这时，他的头脑中却响起了史密斯合唱团那首他很喜欢的歌《那道光芒永不消逝》：

> 在那黑暗的地下通道
> 我想，神啊，机会终于来了
> 但奇异的恐惧却抓住了我
> 我无法开口发问

主唱莫里塞那悲凉的嗓音，正好唱出了屎霸的感觉。他不敢去搂妮可拉，继续和她谈话的心气也大为降低。取而代之，他反而跑到卧室去找瑞顿和麦迪了。相比于对于爱情的举棋不定，他宁愿享受那种毫无负担的快乐。

每当性爱降临到屎霸头上，他都被一种强制的意志所驱动。尽管如此，灾难也离他不远。有一天晚上，一个以床上技巧闻名遐迩的女孩萝拉·麦克雯在草地市场的酒吧抓住了屎霸，并把他带回了家。

"我们来试一次后庭花吧，我还没这么搞过呢。"萝拉对他说。

"呃？"屎霸几乎不能相信自己听到的。

"从后面来，我还没用这种方法做过呢。"

"哦，好啊，这听起来真是……太好了，你知道……"

屎霸觉得他简直被性爱之神选中了。他知道萝拉喜欢和一群人一起厮混，只有在和这个圈子中的所有人都上过床后，她才会转移阵地。变态男、瑞顿和麦迪都和萝拉有过一腿，但这些前辈可都没尝试过他将要进行的这项伟大事业啊。

可是萝拉却首先要对屎霸做点儿事情。她用塑料绳绑住了他的手腕，然后又把他的脚踝也绑在了一起。

"我这么做，是因为不想让你弄伤我。你了解吗？当我觉得疼的时候，就得立刻结束，因为没人能伤到我。也从来他妈没人伤到过我，你明白么？"她尖酸刺耳地说。

"好啊……这主意听起来，听起来……"屎霸说。他也不想弄伤任何人。而萝拉的话也让他震惊。

萝拉后退了一下，欣赏着自己的手工作业。

"真他妈美不胜收啊。"她摸着自己的胯部说。屎霸觉得自己很脆弱，而且还有一种莫名其妙的羞涩之感。他以前从来没被人绑起来过，也从没被人称赞过"美"。而这时，萝拉则在爱抚屎霸啦。

屎霸自然爽得不得了，然而过了一会儿，她却停住了。部分是出于直觉，部分则来自经验，她知道应该在什么时候进入正题。然后，她离开了房间。屎霸还被绑着，开始慌了。每个人都说萝拉是个古怪的女人：自从她的长期伴侣，那个叫罗伊的男人被送进精神病院之后，她就开始和见到的每个人乱搞。罗伊有三个毛病：性无能、大小便失禁、忧郁症。而对于萝拉来说，第一条应该是主要问题。

"他已经很久都不能正经八百地干我一次了。"萝拉告诉屎霸。就好像这事儿是她把他绑架到疯人院的合理原因。然而屎霸却替她辩解：她的冷酷无情，也是她魅力的一部分呀。变态男曾将她称为"性爱女神"呢。

萝拉回到卧室，看着被绑起来、任由她摆布的屎霸。

"我现在要让你提枪上马啦，但首先，我要先给你的那东西涂上一层厚厚的凡士林，这样才不会弄伤我。"她猛抽了一口大麻。

从严格意义上来说，萝拉做得并不够精确。她没在浴室的柜子里找到凡士林，却找了另一种东西来取而代之。那是一种黏稠的胶状物。她把这东西往屎霸的那东西上涂了很多。那是维克软膏，一种类似于万金油的东西。

屎霸立刻感到了一种灼热感,并且痛苦地尖叫起来。他在捆绑之下使劲扭动着身体,觉得自己的那东西被送上了断头台。

"对不起,屎霸。"她大张着嘴说。

她帮他下了床,然后扶着他走向卫生间。因为仍未松绑,所以屎霸只能一跳一跳地前进,疼痛的眼泪模糊了双眼。萝拉把水池注满水,然后又到外面去找刀子,好把他手腕和脚踝上的塑料绳割开。

在很难保持平衡的状态下,屎霸把他的那东西放进了水里。没想到这样一来,他受到的刺激更强烈了,一阵剧痛让他摔倒在地,头撞在马桶上,眼睛上方也弄了个口子。当萝拉回来,屎霸已经失去知觉了,黑红色的血流到了地板上。

萝拉叫了救护车,屎霸在医院里才醒来,他的眼睛上面被缝了六针,还有严重的脑震荡。

他从此就再也没有跟萝拉上过床。据说没过多久,充满失败感的萝拉就打电话给变态男,让他帮朋友代劳了。

这起灾难之后,屎霸的注意力就转移到了妮可拉·汉侬的身上了。

"呃,我很奇怪妮可拉为什么没在这派对上……妮可拉,你知道她吗?"他对盖夫说。

"知道。她是个肮脏的婊子,逮谁跟谁睡。"盖夫随口道。

"是吗?"

屎霸脸上那几乎不加掩饰的关切和不安,让盖夫感到很有趣。他觉得很痛快,但还是刻意用僵硬、快速、对事不对人的口吻继续说道:"是哦,我跟她搞过好几次,感觉还挺不错,变态男自然也搞过,还有瑞顿。我想汤米应该也没闲着,他也应该没少占便宜吧。"

"是吗?呃,好吧……"屎霸觉得很气馁,但同时也乐观了起来。他决定要停止吸毒,让脑袋保持清醒,否则这些发生在眼皮子底下的事儿自己都不知道。

另一边的桌旁,"卑鄙"表示他必须摄取一些货真价实的营养了:"我就是他妈的李·马文[1]。大家一起去找点儿吃的东西吧,然后再找一间高雅点儿的酒吧。"他刻薄地看着眼下这家山洞一样的、到处都是烟味的酒吧,那架势就好像自己是个高傲的贵族,却发现自己竟然来到了一个如此下贱的地方。而事实上,他是看见了吧台旁边的那位老醉鬼。

他们离开酒吧的时候,天还黑着。他们来到了位于波特兰大街的一家餐厅。

"大家好好地吃一顿早餐吧。""卑鄙"热情洋溢地看着其他人说。

大家都表示赞同,瑞顿例外。

"不。我不吃肉。"瑞顿说。

"我他妈的吃你那份里的培根和香肠,他他妈的吃黑布丁就行了。""卑鄙"建议。

"是啊,当然好了。"瑞顿冷笑道。

"我他妈把我的鸡蛋和烤西红柿分给你丫,怎么样?"

"好。"瑞顿又转过头问女服务员,"你们这儿的油是植物油还是脂肪油?"

"脂肪油。"女服务员说道,用看白痴的眼神看着瑞顿。

"这他妈也没什么吧,瑞顿,没有区别的。"盖夫说。

"自己吃什么,应该由马克自己决定。"凯莉支持瑞顿。爱丽森也是这个意见。瑞顿觉得自己像个了不起的皮条客。

"你丫他妈就是想给大伙儿败兴!""卑鄙"咆哮起来。

---

[1] 李·马文(Lee Marvin),一个美国动作明星。

"我怎么败兴了？给我一份奶酪沙拉卷好了。"瑞顿对女服务员说。

"我们都他妈同意要吃一份像模像样的早餐了。"

瑞顿不能相信自己听到什么了。他想对"卑鄙"说：去你妈的！但实际上，他却克制了这种冲动，而是慢慢摇着头道："我不吃肉，弗兰克。"

"去他妈的素食主义者，真他妈的狗屎。你需要吃肉，一个瘾君子会担心把什么吃到肚子里吗？这他妈真是笑话。"

"我只是不喜欢肉。"瑞顿说着，听到旁边的人都在窃笑，觉得自己非常傻。

"可别他妈告诉我你痛恨杀害动物的行为啊！记不记得，我们用气枪打猫打狗，还用火烧鸽子，把炮仗用胶带绑在白老鼠身上——这都是你过去的光辉事迹！"

"我不管杀害动物的事，我只是不想吃它们罢了。"瑞顿耸耸肩，感到尴尬，因为少年时代的残忍行为被凯莉知道了。

"真是残忍的混蛋，竟然有人会拿枪打狗。"爱丽森摇着头，鄙视地说。

"是啊，现在又是谁杀了一只猪还准备吃它呢？"瑞顿指着她盘子里的培根和香肠说。

"这不是一码事。"

屎霸环视一周："其实……我是说……瑞顿做的是一件正确的事，但是原因却是错的。如果我们不会照顾弱小生命，我们就不会爱自己了……不过，瑞顿当个素食者也不错啊，我是说，如果能坚持不吃肉也不错啊……"

"卑鄙"软塌塌地趴在桌上，对屎霸做了个象征和平的V字手势。其他人都笑了。对于屎霸努力替自己说话，瑞顿很感激，但他却打断了他,以免他继续胡言乱语。

"我的问题不是坚持不吃肉,而是讨厌肉。那东西让我恶心。我就说这么多了。"

"好吧,不过我他妈还是要说,你败坏了大家的兴致。"

"怎么败坏了?"

"我说你有就是有!""卑鄙"嘘嘘作声,指着自己道。

瑞顿再次耸耸肩。再争辩下去也没意义了。

他们很快把早餐吃完,除了凯莉。凯莉全然不管别人都眼巴巴地看着,只是玩着自己的食物。最后,她把一些食物碎片分给了"卑鄙"和盖夫。

这时,有一个身穿哈茨队上衣的走了进来,他看起来紧张而不安,想买打包外带的食物。"卑鄙"这伙人就故意唱了起来:"噢噢噢,希伯队万岁!"然后他们还唱起了其他流行歌曲。收银台上的女人警告说,她要报警了,这群人才以优雅的姿态离开了餐厅。

他们又去了另一个酒吧。瑞顿和凯莉喝了一杯酒,就一起悄悄溜走了。盖夫、道西、"卑鄙"、屎霸和爱丽森则在继续狂喝滥饮。道西都喝得站不稳了,最终轰然倒地。"卑鄙"被几个认识的神经病拉走了,盖夫则用他的魔掌搂着爱丽森。

屎霸听到提泡乐队[1]开始唱起了《你手中的瓷器》这首歌,马上就意识到,"卑鄙"用了点唱机。他总是重复地点这几首歌:柏林乐队[2]的《让我窒息》、人类同盟[3]的《你不要我吗?》或洛德·司徒尔特[4]的一首歌。

---

1 提泡乐队(T'Pau),一支英国乐队。《你手中的瓷器》是他们的成名作。
2 柏林乐队(Berlin),一支美国乐队,曾为电影《壮志凌云》配乐。
3 人类同盟(The Human League),一支英国乐队。
4 洛德·司徒尔特(Rod Stewart),英国歌手,素有"摇滚铁公鸡"之称。

当盖夫摇摇晃晃地走向厕所时，爱丽森转向了屎霸："屎……丹尼，我们离开这里吧。我想回家。"

"呃……好的……我是说。"

"我不想一个人回家，丹尼。跟我一起走吧。"

"呃，好啊……回家就对了……对了。"

他们拖着疲倦的身体，悄悄离开了这间云山雾罩的酒吧，尽力不被人发现。

"到我家陪我一会儿，丹尼。不吸毒也不做别的事。我现在只是不想一个人，丹尼。你懂我的意思吗？"爱丽森紧张地看着他，眼泪汪汪的。他们沿着街道蹒跚而行。

屎霸点点头。他认为自己应该了解爱丽丝的意思，因为他也不想独自一人。但他也无法确定自己的感觉，他永远无法自我确定。

享受自由[1]

爱丽森真是变得恐怖极了。我在这个咖啡馆陪她坐着，试着想听明白她到底在胡说八道些什么。她一直在说马克的坏话。那些话虽然听起来也没错，只不过却让我厌烦透顶了。我知道她是好意，但她和西蒙又怎么样呢？那家伙只有在实在找不到做爱对象的时候才来使一使她。她根本没资格对我说三道四。

"别误会，凯莉。我也喜欢马克，但他确实有大堆的问题。他并不是你需要的那种男人。"

爱丽森正在保护我，因为我和那个叫戴斯的男人闹崩了，还打过胎。这想想就让人屁股作痛。不过她应该听听自己都说了些什

---

[1] 本节以凯莉的视角叙述。

么。她自己也正在努力戒掉海洛因，却还觉得自己有权利教别人如何生活。

"是啊，那么西蒙是你需要的男人喽？"

"我说的不是这个，凯莉。咱们两个的情况不一样，西蒙至少还在努力戒掉毒瘾，而马克却在自暴自弃。"

"马克不是瘾君子，他只是偶尔玩一把而已。"

"真是千真万确。你他妈生活在哪个星球上啊，凯莉？那个叫海瑟的女人就是因为马克吸毒才跟他吹了啊。他已经离不开毒品了，而且就连你自己，说起话来也像一个瘾君子了。想想看，你再这么下去，没过多久就会和他一样了。"

我懒得和她争了。毕竟她还有事，一会儿即将接受房屋管理部门的召见。

爱丽森是来解决她拖欠房租的问题的。为了这件事，她几乎发疯了，搞得又疲倦又紧张，而那个坐在办公桌后面的公务人员，人家可一点也不着急。爱丽森解释说自己已经戒了毒，而且正在积极应聘好几个工作，进程相当顺利，她可以每周分期付款，尽快把债务还清。

我能确定，她现在还处于紧张的状态中。这从她面对滋扰的反应中就能看出来——邮局外面的几个建筑工人正对我们吹着口哨。

"你好么，小妞儿？"一个家伙喊道。

爱丽森这头发疯的母牛，立刻掉过头去一顿臭骂："你有女朋友吗？我很怀疑。因为你又肥又丑。你干吗不找本儿黄书到厕所自慰去？除了自己摸自己以外，你是什么办法也没有。"

那男人看着她的眼神里，真的饱含恨意，当然，他长得本来也不面善。现在，他的确有痛恨爱丽森的正当理由了——不仅仅因为她是个女人。

这家伙的朋友开始起哄："哇哇哇！"一个劲地煽风点火。而被骂的那家伙则站在原地，气得浑身颤抖。一个工人像个猿人一样，在脚手架上荡过来荡过去——这就是男人的真实面目，低等灵长类。一群疯子！

"臭婆子，滚蛋吧！"那家伙怒吼。

爱丽森却岿然不动。这真是令人尴尬，但也挺有趣。几个人站住了脚，开始看热闹，还有两个背着书包的学生模样的姑娘站到我们身边。这让我感觉真带劲。真是疯啦。

天哪，爱丽森这个女人，现在真是来劲了。她说："一分钟前你调戏我的时候我还是个小妞儿，现在你让我滚蛋，我又成了个臭婆子。无所谓，你自己一直就是个又肥又臭的蠢货，而且你永远都是这个操性。"

"说得对！"一个背包族的女人说。她一嘴的澳大利亚口音。

"女同性恋！"另一个男人骂道。这真是把我惹毛了。难道就因为我们不想被垃圾男人骚扰，就会被叫成同性恋吗？

"如果所有的男人都是你这个操性，那我他妈宁可当同性恋！"我回骂道。我刚才真说了这种话吗？疯得过头了！

"你们这些男人明显都有问题，你们为什么不去互相搞算了呢？"另一个澳大利亚女人说。

好多人都围了过来，还有两个老太太也听到了我们的话。

"真可怕，姑娘家这么对男人说话真可怕。"其中一个说。

"一点也不可怕，那些男人太不是东西了。让年轻姑娘教训一下他们吧，真希望我们当年也能这么做。"

"我说的是措辞，希尔达，她们的措辞太粗鲁了。"第一个老太太嘟着嘴说。

"是啊，那么他们的措辞就很文明吗？"我对她说。

围观者越来越多,那几个男人也显得越来越窘迫了。这就叫自作自受。这群疯子!一会儿,一个工头装成一副《第一滴血》里兰波的样子,跑过来了。

"你能不能管管这些畜牲?"一个澳大利亚女人说,"除了骚扰别人以外,他们就不会干别的了吗?"

"你们都回去!"那工头厉声呵斥,挥手让男人们走开。我们欢呼雀跃。干得漂亮!真是疯狂啊。

我和爱丽森、那两个澳大利亚女人,以及那两个老太太一起回到了里约咖啡馆。这两个"澳大利亚女人"其实来自新西兰,她们是一对女同性恋。不过这他妈都无所谓。她们正在结伴环游世界,真是酷啊。我也很想这样旅行一次,我和爱丽森一起去,听起来的确够疯狂的。但想想看,那两个女人,在寒冷的十一月来到了苏格兰,这基本上算是疯了吧。我们无话不说地聊了很久,爱丽森对很多事的态度也不那么别扭了。

随后,我们决定回到我那儿,再喝点儿茶,然后抽点儿大麻。我们试图邀请那两个老太太一起去,但她们还得回家给丈夫做饭呢。我们说,让那些混蛋自己做好了,但她们还是得回家。

一个老太太真的很想加入我们:"我希望我能回到你们的岁数,如果真是这样,我会让自己过得不一样的。"

我感觉真棒,这大概就是自由吧。我们都感到了自由,这就像一场奇迹!爱丽森、韦罗妮卡、珍妮[1]和我,我们一起到了我的公寓,吸大麻吸到爽。我们说到男人,一致同意他们是一种愚蠢、不完善、低等的生物。我以前从未感到与女性亲密无间,现在,我真希望自己也是个女同性恋。有时候我认为,所有男人都只在床上有点儿用,其他时候,他们都让人讨厌。这么说或许有点疯狂,但细

---

[1] 韦罗妮卡和珍妮就是那两个新西兰女孩。

想一下,的确如此。我们女人的问题就是不仔细思考,我们总是无条件接受那些男人丢给我们的狗屁观念。

门打开了,来的是马克。我们不禁对他的脸笑了起来。他进来的时候,脸上一片愕然,而我们全都笑得滚到地上去了。这可能就是大麻的药效吧。而马克看起来确实很搞笑,男人看起来都很搞笑——平板一块的身体和古怪的脑袋。正像珍妮所说的:他们是可怕的东西,生殖器竟然吊在身体外面。男人真是纯然的垃圾!

"好了,小妞儿!"爱丽森叫喊着模仿刚才那些工人的腔调。

"把这家伙的衣服脱掉!"韦罗妮卡对马克笑道。

"我他妈的和这个臭男人搞过,我记得感觉还很好,不过,他的那东西有点小!"我指着马克,模仿着弗兰克的口气说。弗兰克·"卑鄙",号称是每个女人的梦想,不过我可不这么认为。我和爱丽森还没把这家伙骂够呢。

马克倒是接受了眼前的一切,应该说,他的表现还算挺好。他只是笑着摇摇头。

"我显然来的不是时候,还是明天早上再给你打电话吧。"他对我说。

"哦……可怜的马克……我们只是在享受做女人的快乐啊……你知道女人的快乐是什么吧……"爱丽森带着罪恶感说。她的话让我们哈哈大笑。[1]

"我们在享受做女人的快乐?"我说。我们又笑作一团。爱丽森和我或许应该生为男儿身才好,因为我们总是用性的角度来看待一切。特别是在我们嗨高了的时候。

"没关系,回头见。"马克转身离开,临走前对我眨眨眼。

---

[1] 爱丽森说的"快乐"(crack)一词,既是"快乐",又是"女性生殖器"的意思,这是一个双关语。

"我觉得有些男人还算不错。"我们恢复正常之后,珍妮说。

"对呀,当他们处于弱势的时候还算不错。"我说。我很奇怪自己为什么会这么说,不过我也懒得多想了。

令人费解的杭特先生

凯莉在一家酒吧工作,那地方位于南区,有很多男人前来厮混。酒吧生意兴隆,凯莉也就忙得不可开交,尤其是现在这样的星期六下午。瑞顿、屎霸和盖夫都来喝酒了。

变态男则在马路对面的另一家酒吧打了电话来。

"等一下马克,"瑞顿起身去买酒的时候,凯莉拿起电话,用唱歌的音调说,"鲁斯福酒吧。"

"嘿。"变态男说。他做出了一副马尔柯姆·雷佛金[1]的派头,"马克·杭特[2]在酒吧吗?"

"这里有马克·瑞顿。"凯莉告诉他。变态男想了一秒钟,以为自己的玩笑穿帮了。但他还打算继续玩下去。

"不,我要找的是马克·杭特。"他用软绵绵的口气坚持道。

"马克·杭特!"凯莉对着酒吧喊起来。那些正在喝酒的人大部分都是男的,他们看着她,脸上露出笑容。"有没有人看到马克·杭特?"有些人忍不住笑了起来。

"没看到,不过我是很想见一见的。"一个人说。

凯莉还是没弄清楚是怎么回事儿。她带着困惑的表情说:"电话

---

[1] 马尔柯姆·雷佛金(Malcolm Rifkind),英国前外相。
[2] 马克·杭特(Mark Hunt)的读音类似于ma cunt,也就是"我的阴部"的意思。变态男在利用谐音搞恶作剧。

里这个人要找马克·杭……"然后，她的声音就小了，睁大眼睛捂住了嘴。她终于弄明白了。

"要找马克·杭特的人可不只他一个啊。"当变态男走进酒吧，瑞顿笑道。

那些家伙哈哈大笑，得互相扶着才能站稳。

凯莉拿起桌上的半壶水泼向他们，但他们却毫不在意。在一片大笑声中，她感到被羞辱了。而更坏的感觉是，她觉得自己太不禁逗了。

然后，她意识到，并不是这个玩笑本身让她生气，而是酒吧里这群男人的反应让她难受。她在吧台后面，觉得自己就像动物园笼子里的一只可笑的动物。她看着那些男人的脸，他们都变成了张着血盆大口狂叫的怪物。又是一个关于女性的玩笑，她想，取笑的对象是吧台后面的笨女孩。

瑞顿看着她，看出了她的痛苦和愤怒。这也让他心痛，并且困惑。凯莉平时是很有幽默感的啊。可现在她怎么了？他随即想：可能是快来月经了吧。这想法在他头脑中刚刚成型，但他又从酒吧里的大笑中察觉到了什么。那并不只是觉得滑稽的笑。

那是充满性别歧视的暴民的笑。

我怎么会想到，事情会变成这样呢？他想。我他妈的怎么会想到呢？

归　乡

专业人士好赚钱[1]

真是一泡屎，这彻底就是一泡屎。要让我说，"卑鄙"实在是个坏家伙。

"你他妈不要对任何人说，记住，不要对任何人说。"他对我说。

"呃，我是说，我已经讲得很明白了，很明白。放松点，弗兰克，放松点。我们不是已经搞定了吗，知道不。"

"是啊，不过不能告诉任何人，就连他妈的瑞顿也不能告诉。记住。"

对于有些家伙，你不能跟他们讲道理。你一说"道理"，他们就认为你"叛变"。知道了吧？

"另外，不要去买毒品。把钱藏起来。"他补充道。这家伙居然在教我怎么花钱了。

这确实是一趟富贵。分给那些帮忙的年轻人一些钱以后，我们

1　本节以屎霸的视角叙述。

每个人还剩下一大笔呢。而"卑鄙"这家伙现在却还在穷紧张，他就是那种绝不缩在安乐窝里享清福的坏家伙。真可怜……

我们又喝了一杯啤酒，然后打了一辆车。我们背上的运动书包，上面的文字不应该是阿迪达斯或者海德[1]，而应该是"赃物"。两千英镑，知道么，太厉害了。"别被吓尿了，这只不过是我力量的体现罢了……"弗兰克会这么说——不是"卑鄙"，而是另一个弗兰克。摇滚巨星弗兰克·扎帕。

出租车把我们带到"卑鄙"家。琼也在家，她正把孩子放在腿上。

"孩子醒了。"她对弗兰克说。她的语气更像是在辩解什么。而"卑鄙"的眼神，就好像他要把琼和孩子都杀了。

"来，屎霸，我们到他妈的卧室去。我在自己家都不能得到一点安静！"他指着卧室门说。

"这些是什么东西？"琼看到袋子问。

"你他妈别问。你他妈只要管好孩子就行了！""卑鄙"怒吼道。他说话的样子，就好像孩子不是他的。不过我觉得这也没什么错的，我是说，弗兰克本来就不是能为人父母的那类人。那么，他又是哪类人呢？

这次行动非常完美。没有暴力，没有麻烦。凭借那些复制钥匙，我们得以长驱直入。在柜台后面的地板上，有一块瓷砖是虚掩着的，掀开它，下面露出一块木板，那下面就是装满了可爱的钱的帆布袋了。妙不可言啊，那些钞票还有硬币。这简直就是通往美好生活的护照啊。

门铃响了。我和"卑鄙"吓了一跳，还以为是警察呢，但进来的却是一个小痞子，他是来分赃的。他可真会挑时候，我们正把钞

---

[1] 海德（head）和阿迪达斯（adidas）一样，也是著名运动品品牌。

票和硬币堆得满床都是呢。我们也正准备分赃呢,知道不……

"你们搞来的?"那家伙瞪圆了眼,好像不敢相信床上的好东西是真的。

"你他妈坐下!闭上你丫那张臭嘴!""卑鄙"大吼一声,快把那小子的屎都吓出来啦。

我想告诉弗兰克,对这孩子和善点。我是说,毕竟是这孩子帮我们发了这笔横财。他把信息告诉我们,甚至帮我们弄到了钥匙以便复制。即使我没说话,但"卑鄙"也能从我脸上看出我在想什么了。

"这小兔崽子拿到钱以后,一定会他妈的到学校去臭显摆,跟他那些操蛋哥们儿和操蛋妞儿。"

"不,我不会。"那小子说。

"你他妈闭嘴!""卑鄙"轻蔑地说,那小子再次差点大便失禁。"卑鄙"又转向我:"如果是我,我他妈一定会那么做的。"

他站起来,对着墙上的飞镖靶子,很用力很狂暴地射出三镖。那小家伙的表情十分紧张。

"在这个世界上,比告密的家伙可恨的只有一种人,""卑鄙"说着,把飞镖从墙上拔出来,然后再用同样吓人的力气射出去,"那就是嘴上没把门的王八蛋。这种王八蛋只要一张嘴,就会比告密造成的破坏大得多。他会让告密的家伙知道我们做了什么,然后告密的家伙再去找警察汇报情况。到那时候我们就都完蛋了。"

说着,他把一支飞镖径直射到了那小家伙的脸上。我立刻跳了起来,那小家伙也大声尖叫,忘乎所以地大哭,然后开始浑身发抖。

我看到"卑鄙"向他射出的,其实只是一支飞镖的塑料柄。他偷偷把金属头的部分拧了下来。但那小家伙还是在哭,看样子吓得不轻。

"这只是个塑料柄,你丫这个傻帽小崽子!"弗兰克一面嘲弄地笑着,一面数着那笔巨款。但他分给那小孩的,大多都是硬币:"如果警察问你,你就说是在游戏上赢的,或者是老虎机上赢来的。如果你敢向任何人透露一个字,那你最好就希望被警察抓到监狱里,而不是他妈的被我逮到了,明白吗?"

"明白……"小孩仍然在瑟瑟发抖。

"现在滚吧,回那个自选商场接着干你那份操蛋兼职去吧。记住,如果我听说你在外面他妈的臭显摆,我会让你连怎么死的都不知道。"

那孩子拿着自己的那份离开了。可怜的小家伙,只拿到了五千英镑中的几百镑。不过对于他这个岁数,这已经算是个大数目了。但我还是要说,弗兰克对这孩子太厉害了。

"哥们儿,那孩子帮我们每个人赚了好几千英镑……我是说……弗兰克……你对他也未免太厉害了,知道不?"

"我只是不希望这种小崽子到处吹牛,或者拿着钱乱花。跟这种小崽子打交道就是这样,实际上很危险。他们没有一点谨慎的意识,知道吗?这也是我愿意和你一起去洗劫商店和别人家的原因,屎霸,你是个真正的抢劫犯,你的嘴上有把门的。我很欣赏你的职业操守。跟专业人士一起工作,那就他妈的不会出问题。"

"是啊……你说得对,哥们儿……"我说。我还能说什么呢?真正的专业,这听起来还不错,很像那么回事儿。

一份礼物

我实在没法接着住在我妈家了。那实在让人头疼。于是,在麦迪葬礼期间,盖夫收留了我。我坐火车去找他,一路上还算顺利,没惹什么事儿；这正如我所愿。我带了随身听、一些坠落[1]乐队的磁带，四罐啤酒，还有一本拉夫克拉夫特[2]的书。那老家伙是个纳粹，但我还是最喜欢他的书。每当别人满脸堆笑地说着抱歉，想要坐到我对面的座位上，我就露出一副"别烦我，否则就对你不客气"的表情。这是一次很舒服的旅行，也很短。

盖夫的新公寓在麦当劳路，我决定溜达过去。到了他那儿时，他心情不太好。当他讲起心情不好的原因，我就有点后悔来找他了。而且我开始不想搭理他了。

"告诉你吧，瑞顿，你知道那个'二等奖金'吗？"他摇着头，指着空空如也的客厅说，"我给他现金，让他把这地方清理一下，把墙上涂上腻子再粉刷一下。今天早上他对我说：'我去百安居买工具。'而到现在还没看见他的影儿呢。"

从直觉上，我想告诉盖夫，让"二等奖金"来干这种活儿实在是疯了，而且居然还是先给他现钱，这更是他妈的蠢到家了。不过我猜，他现在可不想听我说这些了，而且我还是客人呢。我把背包扔进客房，然后就和他到了酒吧。

我想听听麦迪的消息，想知道他到底出了什么事儿。听了之后，我很吃惊，但又不得不说，那并非完全出乎意料。

"麦迪从来不知道自己感染了爱滋病病毒，"盖夫说，"他可能已经感染一段时间了。"

"是肺炎或癌症之类的吗？"我问。

"不，是弓浆虫病。"

"哦。"我无言以对。

"真他妈惨。麦迪竟然出了这种事。"盖夫摇着头，"他想去看

---

[1] 坠落（Fall），一支英国乐队。
[2] 拉夫克拉夫特（H.P. Lovecraft），和爱伦·坡齐名的美国奇幻文学作家。

他的小女儿丽莎，就是他和雪莉的孩子，知道吧？但雪莉不让他靠近房子。他当时那个样子，雪莉这么做也是情理之中。另外，你认识妮可拉·汉侬吗？"

"认识啊，妮可拉啊。"

"她的母猫生了小猫，麦迪就向她要了一只。麦迪想要把小猫带到雪莉那儿，送给女儿做礼物。于是他就带着猫去威斯特海利，把它带给丽莎，作为一件礼物。知道吧？"

我实在弄不清楚小猫和麦迪中风之间会有什么联系，不过听起来，那事儿确实又像麦迪所为。我摇头说："麦迪就是这个样子，装模作样地拿了只猫去，然后又把它扔给别人照顾。我打赌，雪莉一定让他吃了个闭门羹。"

"没错，那个无知的家伙。"盖夫笑了笑，伤感地点点头，"雪莉说：'我才不想照顾猫呢，把它拿走，滚蛋！'于是，麦迪只好自己把猫带走了。你可以想象会发生什么，这家伙根本就不照顾小猫，沙盆浮在猫尿上，猫屎弄得满屋子都是。而麦迪的眼里只有海洛因和镇静剂，到了家里也到处乱躺。或者他还得了抑郁症，你知道他很容易抑郁的。就像我说的，他不知道自己感染了爱滋病病毒，他也不知道自己会从猫屎里感染上弓浆虫病。"

"我也不知道。"我说，"那到底是什么啊？"

"啊，这种病实在他妈太可怕了。那就像是脑袋里长了脓，知道吗？"

我想到可怜的麦迪，打了个冷战，感到胸口受了一次重击。有一次，我的那东西也长了个脓包，而想象到那东西长在大脑里，你的脑袋里都是脓，真他妈操蛋。麦迪太惨了。"然后呢，发生了什么？"我问。

"他开始头疼，于是开始吸食更多毒品，知道吧？然后他的病

279

就发作了，就像是中风一样。一个二十五岁的小伙子居然会中风，这他妈太不真实了。我几乎都认不出来这家伙了，有一次，我在步行街上碰到他，他的身体歪向一边，像个瘸子一样一瘸一拐地走路，脸整个都扭曲了。他这样挣扎了三个星期，然后第二次中风发作，他就死了。他死在了自己家里，过了很长时间，因为邻居抱怨他屋里的恶臭和喵喵叫，这可怜的混蛋才被发现。警察撞开门，看见麦迪死在地上，脸朝下，浸在一摊呕吐物里。小猫倒还挺好。"

我想到，麦迪和我曾经一起住在伦敦"谢菲尔德·布什"的空房子里，那是他度过的最快乐的一段时光。他喜欢朋克文化，大家也都很喜欢他。他和房子里的每个女孩都有一腿，包括那个我搞了几次就甩掉的曼彻斯特妞儿，他也接手过来。后来，我们从伦敦回来，这可怜的家伙就开始学坏了，并一发不可收拾了。可怜的麦迪。

"见鬼，"盖夫嘟囔着，"那个香水詹姆斯过来了。来得真是时候啊。"

我抬头看到了面带笑容的香水詹姆斯。他正向我走来，提着一个箱子。

"你好吗，詹姆斯？"

"不错，小伙子们，不错。前一阵藏到哪儿去了，马克？"

"去了趟伦敦。"香水詹姆斯就像是屁股上的疮疤，这家伙到处向人推销香水。

"这段时间有什么艳遇么，马克？"

"没有。"我很高兴让他知道这个信息。

香水詹姆斯皱皱眉，嘟起嘴："盖夫，你的漂亮女朋友怎么样？"

"还好。"盖夫敷衍道。

"如果我没记错，上次见到她的时候，她用的还是妮娜丽姿香水，对吧？"

"我不要买香水。"盖夫冷冰冰地宣布。

香水詹姆斯歪着脑袋，摊开手掌："你错了。我可以告诉你，要想让女孩对你有好印象，那送她什么也比不上香水了。鲜花容易凋零，而在这个注重身材的时代，巧克力也算了。任何人的皮肤都别想骗过我的鼻子。"他笑着打开了箱子，好像我们一看见里面的那些尿瓶，就会改变主意似的。"其实我没什么好抱怨的，今天的生意还不错。你的哥们儿，'二等奖金'，刚刚做了我的大主顾。就在差不多一个小时之前，我在史拉布酒吧遇见他，他已经喝得酩酊大醉了，对我说：'给我一些香水，我要去看看卡洛尔。我一直对她很差劲，但现在要对她好点儿。'他买了整整一船香水哪。"

盖夫的脸明显拉长了。他攥着拳头，摇着头，压抑着愤怒。香水詹姆斯看到势头不对，赶紧逃跑去找下一个受骗上当的人了。

我对盖夫说："我们看看，能不能找到'二等奖金'，否则他就会把你的钱都买酒喝了。你给了他多少？"

"两百英镑。"盖夫说。

"笨蛋。"我窃笑着说。我没法忍住笑，脸上的肌肉都绷得难受了。

"我也觉得，应该找个人检查一下我的脑袋了。"盖夫承认，但他却挤不出笑意。我想，谈了那些话题，经历了这种事情，确实是没他妈什么好笑的了。

关于麦迪的记忆

"奈利，你好吗？很长时间他妈的没见到你了，你丫还是那个样子啊。"弗兰克对奈利笑着。奈利穿着西装，看起来实在是不搭调。他的蛇形文身一直蔓延到了脖子上，此外还有一个椰林沙滩岛屿的文身，海浪拍打着他的前额。

"很遗憾在这个场合和你见面。"奈利郑重其事地说。瑞顿正在和屎霸、爱丽森以及斯蒂夫说话，他听到奈利的话，不禁笑了一下。这是他今天听到的第一句葬礼的套话。

接上奈利的话头，屎霸也说："可怜的麦迪，那真他妈是个坏消息，知道不……"

"对我来说也是。我已经戒毒了。"爱丽森说着，双手抱肩，把自己保护起来。

"如果我们不小心点儿，那迟早都他妈得完蛋。"瑞顿沉痛地说着，又问屎霸，"你做检测了么，屎霸？"

"嘿……现在不是谈这个的时候吧……这是麦迪的葬礼啊，我说。"

"那什么时候才应该谈呢？"

"你真的应该去，丹尼，你真的应该去。"爱丽森恳求道。

"或许还是不知道要好一点。我的意思是，麦迪知道自己感染了爱滋病病毒之后，他的生活又好到哪儿去呢？"

"那是麦迪。就算他没感染之前，他的生活又好到哪儿去呢？"爱丽森说。屎霸和瑞顿对于这一点，都点头同意。

这个小教堂连着火葬场，牧师对麦迪简短地说了一段话。他今天早上还有很多葬礼要赶场，根本没工夫说太多废话。简单的几句话，一段圣歌，几句悼词之后，他就按下开关，把尸体送进了焚尸炉。这样他的任务就完成啦。

"今天聚集在此的诸位亲朋：麦迪·肯奈尔在我们的生活中扮演着不同的角色。他是人子、人父和朋友。他年轻生命的最后一段日子非常凄惨，而且受尽磨难。然而我们必须记住真正的麦迪，他是个可爱的青年，对生活充满热爱。他是一个音乐家，他乐于用他的吉他给朋友带来乐趣……"

瑞顿几乎不能和站在旁边的屎霸交流眼神，一股笑意涌了上来。麦迪是他见过的最狗屎的吉他手，他只会演奏大门乐队的《路边旅馆布鲁斯》和冲撞乐队[1]、现状乐队[2]的那几首作品。他曾努力学习《摇滚冲击城市》这首歌，但却一直没有成功。尽管如此，麦迪还是非常喜欢他的芬德牌斯特拉多卡斯特吉他。这把吉他也是他最后卖掉的东西。为了买毒品填充血管，他连扩音器都卖了，却几乎把吉他保留到了最后。当然，他还是把它卖了。可怜的麦迪，瑞顿想。我们真正了解他吗？或者说人与人之间能够真正了解吗？

斯蒂夫此刻却希望自己身在四百英里以外的哈洛威公寓，和史黛拉在一起。这还是他们同居以后的第一次分离呢。斯蒂夫心神不定，他试图回忆麦迪的样子，但却总是把念头转到史黛拉身上。

屎霸在想，住在澳大利亚一定会非常让人难受。那里的炎热，那里的昆虫，还有那些好像澳大利亚电视剧《邻居》和《远离家乡》里的郊区。澳大利亚好像没有一家像模像样的酒吧，那些地方就像巴伯顿曼、巴克斯东或者东格瑞格等爱丁堡郊区的热带翻版。那里看上去是那么无聊，那么狗屎。他很好奇，在墨尔本旧城区和悉尼，是不是也像爱丁堡、格拉斯哥甚或纽约那样，有廉价公寓呢？不过就算有，电视里也不会介绍。他也很好奇，为什么会把澳大利亚和麦迪联系在一起了。也许因为他们每次去找麦迪，那家伙都是躺在垫子上，吸毒吸得昏沉沉的，看着澳大利亚的肥皂剧吧。

爱丽森则回忆着和麦迪做爱的情景。那是很多年以前，在她

---

[1] 冲撞乐队（The Clash），前朋克时期具有划时代意义的英国乐队，也是二十世纪七八十年代商业运作最成功的乐队之一。

[2] 现状乐队（Status Quo），一支英国乐队。

吸毒以前。她那时候大概已经年满十八了吧。她努力回忆起麦迪那玩意儿的模样，回忆那东西的具体形状，但却没法在脑海中成像。麦迪的身体却进入了她的记忆，他虽然没有太多肌肉，但却纤瘦结实。他有着苗条好看的外表和灵活锐利的眼睛，眼里散发着狂放不羁的性格。然而爱丽森记得最清楚的，还是麦迪上床前对她说的话。他告诉她："我会让你出乎意料的。"他说得没错，她确实出乎意料——不是出乎意料之好而是出乎意料之差。麦迪几秒钟就结束了，然后从她身上翻下来，喘得几乎快窒息了。

她没有试着去掩饰自己的不满："真他妈垃圾。"她告诉他，然后从床上蹦下来，感到焦虑而紧张，欲望高涨却无法满足，几乎想要充满挫败感地大叫一阵。她穿上了衣服，他却什么也没说，一动也不动，但当她离开时，却看到他的眼中流出了泪水。这景象震动了她，当她看着棺材时，真希望当初对他善良点儿。

弗兰克·"卑鄙"感到愤怒而困惑。任何朋友所受到的伤害，对于他个人来说都是侮辱。他可是为能"罩"着哥们儿而自豪的哦。而一个朋友的死去，更是迫使他面对自己的重要性受到挑战这一事实。但弗兰克解决这个问题的方法，却是迁怒于麦迪。他回忆起了有一次，麦迪在洛辛安路惹着了吉伯和弗瑞斯特，而他则把那两个家伙全解决了。对于他来说，这自然不算难事，而关键在于做事要有原则。他挺了自己的哥们儿，却也让麦迪为自己的懦弱付出了代价：在肉体上，麦迪被暴打一顿，在精神上，他也被羞辱了人格。而现在"卑鄙"感到，麦迪这厮受到的教训还远不够多呢。

麦迪的妈妈，肯奈尔夫人则想到了麦迪还是个孩子的时候。所有的小男孩都很脏，但麦迪脏得格外厉害。他经常把鞋穿坏，把衣服穿得脱线，烂成一团。因为这个，当麦迪进入青春期后成了一个朋克，她并不感到非常在意。这就像是命中注定的一样。麦迪一直就是个朋克。一件特别的事情被回忆起来，麦迪小时候，曾经陪她去做假牙。在回家的公共汽车上，她对自己的假牙感到很不自在，而麦迪则不断告诉车上的每一个人，他妈妈做了一副假牙。他是个特别可爱的孩子。她想，当孩子七岁以后，你就失去了他们，他们就不再是你的了。而当你刚刚能够适应，孩子又到了十四岁，一些事情发生了，他们更加远离你了。最后，当他开始注射海洛因之后，他们也不是他们自己的了。麦迪逐渐被海洛因所取代了。

她轻轻地有节奏地哭泣，毒品就像让人恶心的熏风，吹散了她心中浓郁的悲伤与思念。然而与此同时，她内心压抑的痛苦也喷薄欲出了。

安东尼，麦迪的弟弟，正一心想着报复。他要报复那些害了他哥哥的人。他认识他们，那些家伙中的有些人居然他妈的今天也来了。墨菲、瑞顿和威廉森。这些彻头彻尾的混蛋，他们一个个人模狗样的，就好像拉出的不是屎而是冰激凌，就好像没有人知道他们的勾当——他们都是一些垃圾瘾君子。他们，以及他们背后隐藏的邪恶，把他那软弱又愚蠢的哥哥害苦了。

安东尼想起过去，他被德里克·萨瑟兰在废铁道旁痛打的情景。麦迪发现这事之后，就去找德里克报仇。那家伙和安东尼同岁，麦迪比他大两岁呢。安东尼记得自己如此渴望哥哥能亲手羞辱德里克，为自己一雪前耻，但当他看到麦迪反而被德里克痛打的时候，那每一拳都好像打在了自己的身上。那一次，麦迪让他彻底失望了，并且从此以后，麦迪让每一个人都失望了。

小丽莎·肯奈尔对她爸爸躺在那个盒子里感到难过。但她想，他可能会有一双天使一样的翅膀，飞到天堂里去。当丽莎告诉奶奶自己的猜想时，奶奶哭了起来。爸爸的样子就像在盒子里睡着了。她的奶奶说，这个盒子会离开这里，到天堂去。丽莎却想，天使有翅膀才能飞走呢，她担心爸爸如果躺在盒子里，也许就不能飞了。当然，人们总是知道该怎么做，天堂听起来也是个好地方。她在某一天也要到那里去见她的爸爸。每当爸爸到威斯特海利来看丽莎，他的样子看起来都不太好，而丽莎也被禁止和他说话。而去天堂就好得多了，她可以像小时候那样跟他玩儿了。在天堂，爸爸的身体也会变好。天堂应该是个和威斯特海利不一样的地方。

雪莉紧紧抓着她女儿的手，把她的一头卷发也弄乱了。看起来，丽莎就像麦迪此生并非一事无成的唯一证明。只要看看丽莎，没人能说她不是麦迪的孩子。牧师说麦迪曾是个父亲，这话把雪莉激怒了，因为麦迪只是名义上的父亲而已。她才是孩子的父亲，同时也是母亲。麦迪提供的只有精子，以及在吸毒以前偶尔过来陪陪孩子。他为孩子做的只有这些。

麦迪身上有着不可弥补的弱点，那就是没有能力面对他的责任，也没有能力控制他的情感。她认识的大多数瘾君子几乎都是浪漫主义者，麦迪也是。雪莉曾经爱过他的这一面，爱过他曾经的开朗、温柔，爱过他洋溢的爱心和活力。但这爱从没有持续过。就算是在他吸毒之前，他也表现出过严厉和刻薄的一面。他曾经给她写过情诗，即使从文学的角度来说那算不上什么杰作，但在她看来也是非常美的，麦迪以一种善良的纯真表达着对她的炽热感情。然而有一次，他读了一首诗，随后却将它付之一炬。她哭了起来，问他为什么要这样做。那燃烧的火焰看起来那么有象征意义，那是雪莉一生中经历过的最心痛的时刻。

麦迪转过身来，看着肮脏的公寓："看看这里，住在这里你绝不会有梦想可言。你只是在自欺欺人，自我折磨而已。"

他的眼睛漆黑，深不可测。他那种传染性极强的尖酸和绝望打消了雪莉对生活的希望。这种感觉曾差点毁掉她，但最后，她还是勇敢地说："我不想再忍受你了。"

"安静点儿，先生们！"频繁受到骚扰的酒吧服务员正在恳求一群醉鬼。这些家伙是前来参加哀悼的人中最后留下来的。他们本来都在严肃地喝着酒，追忆过往，但最终却唱起歌来。他们就是想引吭高歌，以此消除紧张的情绪。而对于酒吧服务员，他们视而不见。

  不要脸，西姆斯·欧比恩
  都柏林的年轻姑娘都在哭泣
  她们厌倦了你的欺骗和谎言
  不要脸，西姆斯·欧比恩

"求求你们安静点好吗？"酒吧服务员喊道。酒吧位于雷斯高尔夫公园的一家小旅馆，这地方显然还不适应如此的激情——尤其这天又不是周末。

"那傻帽儿在他妈说什么呢？我们当然有权利用他妈的歌声来给他妈的朋友送别！""卑鄙"狠狠瞪着酒吧服务员道。

"嘿，弗兰克。"瑞顿知道"卑鄙"这家伙的危险性，便抓着的肩膀，尽力缓和他的怒火，"还记得那次你，我，还有麦迪去安特菲看全国赛马大赛吗？"

"记得！我他妈的当然记得！我他妈还告诉那斯，在电视上看转播就行了，跑那么远现场看多他妈麻烦。对了，那傻帽儿电视主持人叫什么来着？"

"凯斯·薛哥文，也就是薛哥斯。"

"就是那傻帽儿，薛哥斯。"

"电视上那人？就是'薛哥斯流行游戏'中的那个？"盖夫问。

287

"就是那傻帽儿。"瑞顿说。而弗兰克则放肆地笑着,鼓励他把那天的故事讲完。瑞顿接着说:"我们去了全国赛马大赛,对吧?那傻帽儿薛哥斯正在给利物浦城市电台做采访,找人群里的那些家伙说些狗屎,对吧?就是那时候,他朝我们走过来啦。我才不想跟这傻帽儿说话,可是你知道麦迪,他可把这傻帽儿当个大明星呢,于是他开始说,来到利物浦真棒呀,在这里玩得多高兴呀,这些狗屎。然后,薛哥斯那个傻帽儿,或者贱人,总之你叫什么都行啦,他居然把麦克风捅到了弗兰克面前。"瑞顿指着"卑鄙","于是这家伙:滚蛋!回家自己干自己去吧!傻帽儿!薛哥斯登时就脸红脖子粗。后来他们把所谓的现场直播中断了三秒,就是为了剪掉这些粗话。"

当大家哈哈笑的时候,"卑鄙"则在为他的行为寻求合理性。

"我们他妈到那儿是去看赛马,又不是对着那些大傻帽儿在广播上放屁的。"他的表情就如同什么重要人物,已经厌烦了媒体的采访。

然而,弗兰克要是想发作,总是能找到契机。

"变态男那王八蛋应该来的啊,麦迪还是他的哥们儿呢。"他说。

"呃……他在法国呢,但是……他得陪他的妞儿,好像。也许他没时间吧,知道吧……我是说……他在法国呢。"屎霸醉醺醺地说。

"这他妈有什么区别。瑞顿和斯蒂夫都从伦敦赶过来了。如果瑞顿和斯蒂夫能从他妈的伦敦赶过来,变态男也能从他妈的法国赶过来!"

屎霸看来是真喝高了,他已经愚蠢到了和弗兰克继续争辩的地步了:"是啊,但是,呃……法国很远呢……我们说的是法国南部呀,知道不?"

"卑鄙"感到不可思议地盯着屎霸。很明显，那家伙分不清情况了。于是他眼中喷火，嘴唇扭曲，缓慢而大声地说："如果瑞顿和斯蒂夫能从他妈的伦敦回来，变态男也能从他妈的法国回来！"

"是啊……你说的对。别吵了，今天是麦迪的葬礼，对吧。"屎霸想，苏格兰的保守党应该很需要"卑鄙"这样的人才。保守党的诀窍在于，说什么不重要，说话的方法才重要。"卑鄙"是很善于强迫你听到他在说什么的。

斯蒂夫感觉很糟糕。他很久没练习去适应这种景象了。但弗兰克却一手搂着他，一手搂着瑞顿。

"能再见到你真是太好了，斯蒂夫，我希望你在伦敦好好看着这家伙。"他转向瑞顿，"如果你变得跟麦迪一样，我会好好地收拾你。你他妈最好听清楚弗兰克的话。"

"如果我跟麦迪一样，也轮不到你来收拾了，我早就哏屁了。"

"你不信我说的是吗？我会把你的尸体挖出来拖到雷斯大街狠踹一顿的，知道吗？"

"谢谢你的关心，弗兰克。"

"这是因为我关心你们，我得挺着哥们儿，对吧？我说的对不对啊，奈利？"

"呃？"奈利醉醺醺地慢慢转过来。

"我刚才告诉这家伙，我是最挺哥们儿的！"

"太他妈对了。"

屎霸在和爱丽森说话，瑞顿也从弗兰克那里溜过去，加入了他们。弗兰克一直搂着斯蒂夫，像展示奖杯一样告诉奈利，斯蒂夫是多么棒的一个人。

屎霸转向瑞顿："我刚才对爱丽森说，今天真是太狗屎了，全都是狗屎。我是说，我已经参加过好几个差不多岁数的人的葬礼了，谁会是下一个呢?"

瑞顿耸耸肩:"至少我们得做好准备,不管是谁。如果参加葬礼也可以拿到学分的话,我他妈都快博士毕业了。"

在酒吧关门的时候,他们拥进了寒冷的夜,带着打包的外卖,向"卑鄙"的家前进。他们已经花了十二个小时来喝酒、就麦迪的一生发表意见。事实上,他们之中那些脑袋还算清楚的人已经发现,尽管他们说了这么多,但仍然没有破解那残酷的人生谜题。

葬礼已经结束了,但他们并没有比葬礼之前变得明智。

戒毒的困境　笔记第1号

"来吧,来点儿这个,没问题的。"她拿着一根大麻对我说。我他妈怎么在这儿啊?我应该已经回家,换衣服,然后看电视或者和戴安娜王妃上床的啊。都是米奇的错,都怪他和他所谓的"下班之后爽一下"。

我坐在这儿,穿着西装打着领带,坐在这间舒服的公寓里,却无法进入状态。周围都是穿着T恤衫、自以为很颓废的家伙。这些周末狂欢族真是无聊。

"别烦他了,宝拉。"我在酒吧认识的那个女人说。她真是使劲儿往我的内裤里钻,想和我搞一把。她那种精神错乱般的热情,在伦敦的这种聚会上随处可见。或许她已经成功地和我搞过了,但我每次去厕所都会努力回想她的样子,却连一个大致的印象也描绘不出来。这些女人都是整过容、浑身塑料件的烂货。你能做的,就是在她们身上发泄性欲,然后走人。她们甚至给你这种感觉:对她们好她们就会不爽。这话听起来就像变态男说的,但在这里,在此时此地,变态男的态度就是行之有效。

"来吧,穿西服打领带的先生,我打赌你一辈子也没尝过这东西。"

我呷了一口伏特加,观察着眼前这姑娘。她的皮肤晒得很好,发型也很好,但这些亮点却更加衬托了她那略微干瘪、不健康的外表。我眯着眼睛看她:又是一个假装在街头混过的傻瓜。墓地里埋的尽是这种人。

我接过大麻,吸了一口,还给她,然后问:"大麻,加了点鸦片,对吧?"这东西的味道闻起来还真不错。

"是啊……"她有点心虚地说。

我又看了看她手上燃烧的大麻,希望自己能感觉到点儿什么,任何东西都行。我真正要寻找的,其实是一个恶魔,一个坏家伙,一个藏在我内心深处,让我的大脑停止工作,让我接过大麻放到嘴里,让我像吸尘器一样猛吸的混蛋。但这恶魔并没有出来。也许他早已不在我体内了,而我则变成了一个朝九晚五的蠢货。

"我想我得拒绝你的好意了。你愿意的话也可以说我没用,但我对毒品总是感到紧张。我知道很多人都好这一口,结果都陷入了麻烦之中。"

她认真地看着我,好像在怀疑我故意说话留半截,而没说的那些才是重点所在。她显然觉得无聊,就起身离开了。

"你真是疯了你。"在酒吧认识的不知道名字的女人说。她大声笑着。我很怀念凯莉,她现在回苏格兰去了。凯莉有着善良的笑容。

事实的真相是,毒品现在对我来说已经显得很无聊了。尽管不吸毒显得更无聊,但关键在于,那种不吸毒的无聊却是新鲜的,于是也就不那么让人厌烦了。就让这种感觉再维持一段吧。再维持一段吧。

统统吃光[1]

我的天,早就猜到了,又是一个如此这般的夜晚。我喜欢酒吧人满为患的时候,而像现在这样死气沉沉的,连时间都被拖慢了。也没有拿小费的机会了。狗屎。

酒吧里几乎没有人。安迪正无聊地坐着,看着晚报。格拉汉姆则在厨房,准备着他希望有人吃的食物。我则靠在吧台上,感觉真的疲劳极了。明天早上的哲学课,我还要交一篇报告,是关于道德的:根据情况不同,道德是否有"相对"和"绝对"之分呢,诸如此类。想到这个,就够让我沮丧的了。等我在酒吧值完了这一班,还得赶回家去通宵达旦写作业。真是疯了。

我并不想念伦敦,但我想念马克……有一点想念吧,好吧,可能比一点还多了一点,但绝没有我自以为的那么想念他。马克曾说,如果我想要上大学,可以在伦敦上,这和回家乡上一样容易。我告诉他,在哪儿生活都不容易,何况是伦敦,这根本不可能。马克说他赚钱不少呢,我们能解决问题的。我说,我不想被人供养,就好像他是个大皮条客,而我是个聪明的妓女一样。他说,不会像那样。无论如何,我回来了,而他仍留在伦敦。我们对于这个结果都不感到后悔。马克能够表现得很热情,但看起来,他并不真正需要别人陪在身边。我和他在一起住了六个月,但却仍然不认为自己了解他了。有时候,我觉得自己想要了解的太多了,而他却不是一

---
[1] 本节以凯莉的视角叙述。

个多么深不可测的人。

四个男人走进餐厅,明显喝高了。真疯狂。有一个看起来很面熟,我想,可能在大学见过他吧。

"需要什么吗?"安迪问他们。

"来几杯你们最好的啤酒……我们一共四个人……"他口齿不清地说。从他们的口音、穿着和神态,我能看出他们大概是中上阶层的英格兰人。这城市里到处都是这种外来的定居者,而我自己也刚从伦敦回来。过去,你在这儿的大学里总能碰见新堡、利物浦、伯明翰和伦敦东区的学生,而现在呢,这儿却变成了牛津、剑桥退学生的游乐场,还有一些爱丁堡有钱人家的孩子,占用着苏格兰本地人的入学名额。

我对他们微笑。我刚才有太多主观成见了。我应该把他们当成普通客人来对待。我一定受到了马克的影响——他就对很多事情抱有偏见,真是个疯狂的家伙。他们坐下了。

一个人说:"我们应该怎么称呼一个苏格兰美女?"

另一个接口道:"旅游者!"[1]他们说得很响。不要脸的家伙。

又有一个人指着我的方向说:"我可不这么认为。我可舍不得把这个小妞儿从床上踢下去。"

你这个蠢货。

我压抑着怒火,假装没听到那句话。我不能丢掉这份工作。我需要钱。没有钱,就没法上学,就没有学位。我想要那个学位。我他妈的真的想要学位,胜过世界上的一切事物。

当他们研究菜单的时候,一个留着长长刘海的黑发瘦子色眯眯地看着我,笑道:"你好吗,宝贝儿?"他模仿着工人阶级的口音。对于有钱人来说,这么说话是一种时髦,我知道。天哪,我真想叫

---
[1] 意为苏格兰没有美女。

这个混蛋滚蛋。大不了我不挣这份儿烂钱了……还是得挣啊。

"对我们笑一个，小妞儿！"一个胖一点的家伙，粗声粗气而又过于过分殷勤地说。这声音听起来自以为是、愚蠢无知、财大气粗、不知所谓。我尽量露出一副倨傲的笑容，但脸上的肌肉却僵硬了。真他妈的谢谢你。

给他们点菜就是一场噩梦。他们聚精会神地讨论职业话题，推销手法啊，公关策略啊，公司法规好像是最受关注的。在讨论之余，他们还会摆着臭架子，不遗余力地羞辱我。那瘦子竟然问我什么时候下班，我对他视而不见，他们却在桌子上打着鼓点，制造着噪声。点完菜之后，我又疲倦又屈辱地回到了厨房。

我真是气得发抖，不知道自己还能控制多久。如果路易斯或者玛丽莎也来值班就好了，那样还有另一个女性可以听我抱怨。

"难道不能让这些混蛋滚出去吗？"我对格拉汉姆吼道。

"开门做生意，顾客永远是对的，即使他们是他妈的蠢货。"

我记得马克告诉过我，多年以前的夏天，他和变态男曾经在温布利的"年度骏马展览"工作过。他总是说，服务员是很有权力的，千万别惹服务员。他当然是对的，现在，是我这个服务员动用权力的时候了。

我正处于经期量最多的日子，我感觉自己的经血正在慢慢流淌，都快溢出来了。我到厕所去换了卫生棉条，却没有把浸满经血的旧卫生棉条扔掉，而是把它包在卫生纸里。

那伙有钱的资本主义王八蛋点了汤，那是一种漂亮的西红柿桔子汤。趁着格拉汉姆正忙着准备主菜，我把那血淋淋的卫生棉条拿出来，浸到第一碗汤里，就像泡袋装茶那样。然后，我又大力搅拌了一番。

我给他们端上去了两盘开胃菜和两份汤，特意把加了特殊调料的那碗汤给了瘦子。在那桌的聚会上，有一个棕胡子的丑陋龅牙，正在大喊大叫，说夏威夷是个多不好的地方。

"太热了，那儿，倒不是说我怕热，只不过那边的热，根本比不上加利福尼亚南部那种奢华的热风。那地方还潮得要命，让你整天流汗，就像一头猪一样。还有当地的那些土鳖，整天哭着喊着让你买他们的垃圾纪念品。"

"多倒点儿酒。"一个头发稀少的胖子对我粗鲁地说。

我回到厕所，把一只平底锅里装满了自己的尿。

我把尿兑到他们的酒里。尿很黄，但他们都醉得稀巴烂，肯定不会察觉。我将瓶中四分之一的酒倒进水槽，然后再用我那反抗的尿将它填满。

我还把更多的尿搁进了鱼里。做鱼的沙司和尿颜色一模一样，简直搭配得无可挑剔。

这几个王八蛋又吃又喝，根本没发现任何异样。太棒了！

我感到心情舒展，并且充满了巨大的力量。我甚至享受起他们的轻蔑了，也更容易持续微笑了。那个胖胖的王八蛋最倒霉，他那份冰激凌里的配料是捣碎了的耗子药。但愿格拉汉姆不会惹上麻烦，但愿饭馆不会就此关门。

至于我的报告，我认为，自己会被迫持以下观点：在有些情况下，道德就是相对的。如果让我实话实说，我就会这么写。但这可不是拉蒙博士的观点，所以我只好坚持善恶分明的理念，以"道德绝对论"来换取高分。

这一切都太疯狂了。

在雷斯中央车站猜火车[1]

城里看起来邪恶而古怪,而我则沿着威佛利大街慢慢前行。在卡尔顿路的拱桥下,两个人正在邮局仓库前互相大吼。如果不是相互大吼,他们就是在对我大吼?我这是挑了一个什么样的时间和地点来戒毒啊。不过对于戒毒来说,又哪有所谓恰到好处的环境啊?我加快脚步——但提着一只重重的手提袋倍感吃力——走向雷斯大街。这他妈的是什么事儿啊?那些粗野的混蛋……

我他妈必须坚持前进。加快步伐。当我走到剧院附近,那两个混蛋的噪声被一群中产阶级的谈话取代了。那些家伙刚看完歌剧《卡门》,正走出剧院。他们中的一些人正走向步行街尽头的餐馆,已经订好了座儿。我继续前进,到了下坡路上。

我走过了蒙哥马利大街的旧公寓,又走过了以前在阿尔伯特大街的吸毒地点。这地方现在已经被翻修,重新铺了路。一辆警车响着刺耳的警笛,在步行街上呼啸而过。三个人跌跌撞撞地出了酒吧,撞到了一个亚洲人。那些家伙中的一个瞪了我一眼。一点鸡毛蒜皮的小事都会导致大打出手,有些混蛋绝不会放过任何施展暴力的机会。还是低调点儿好,于是我再次加快了脚步。

在夜晚时分,沿着步行街越往下走,被人打得满地找牙的几率就越高。也怪了,我却越走越觉得安全。这里是雷斯,我猜这里意

---

[1] 猜火车(Trainspotting)的含义,一是一种打发时间的游戏,在车站观看转瞬而过的火车,记下各节车厢的编号,记得越多就越厉害。另外,因为长期吸毒血管断续斑驳得就像铁路,从血管上找到可以注射之处,也叫猜火车。而本书的书名,也来自这个词。

味着故乡。

我听到呕吐的声音，就朝一个通向建筑工地的小巷里看去，结果看到了"二等奖金"正在大吐特吐。我很耐心地等他认出了我，才对他说话。

"拉布，你还好吗？"

他转过身来，摇晃着脑袋，试着把目光聚焦在我身上。此时此刻，他沉重的眼皮向下耷拉着，看起来就像拐角的亚洲商店——像那儿深夜拉下的铁栅栏。

"二等奖金"说了些什么，听起来像是："嗨，瑞顿，见到你很好啊……你丫……"然后他却脸色一变，说："他妈的，我他妈要把你……"他朝我走来，挥动着拳头。尽管我拎着手提袋，但还是足够敏捷地往后两步，避开了他。那家伙笨重地撞到墙上，然后跌跌撞撞地向后退去，一屁股坐到地上。

我把他扶起来，他还在说着听不清楚的狗屎，但现在，他至少不那么激动了。

我才刚刚搂着他，把他搀到路上，这家伙就像一摞扑克牌一样垮塌了下去。像这种老资格的酒鬼都很会装蒜，此时他把全身的重量都压在我身上了。我只得把手提袋放下，才能撑住这孙子，以免他再次轰然倒地。但这么做一点用也没有。

一辆车沿着步行街驶来，我把"二等奖金"塞进了后座。司机看起来不太高兴，但我给了他一张五英镑的钞票，然后说："把他拉到霍索瓦里的宝淘酒吧，到了那儿他会自己找到回家的路的。"现在是节假日期间，每年到了这种时候，"二等奖金"这样的家伙就会比比皆是。

我本来想和"二等奖金"一起坐车到我妈妈那儿，但汤米·杨格的酒吧太吸引我了。"卑鄙"正在那里，他在和几个混蛋开着玩笑,其中有一个看起来很眼熟。

"瑞顿!你丫他妈怎么样?刚从伦敦回来吗?"

"是啊。"我握着他的手,他却把我拽了过去,猛拍我的背。我说:"我刚把'二等奖金'送上出租车。"

"那傻帽儿。我刚刚叫他滚蛋。今天晚上他已经吃到了两张黄牌,被罚出场啦。这种傻帽儿真是一个累赘,比瘾君子还要差劲。如果不是圣诞节什么的,我一定会亲手臭揍这厮一顿。我和他已经掰啦,彻底掰啦。"

"卑鄙"把我介绍给他的那些朋友。而对于"二等奖金"为什么会被轰出去,我就一点也不想知道了。那些家伙中有一个叫唐纳利的,江湖绰号"索顿小崽",他曾经跟着麦克·弗瑞斯特混。后来这家伙似乎对弗瑞斯特厌烦了,就把他暴打一顿,打到了医院里面。这个结果真不错。

"卑鄙"把我拉到一旁,压低了声音。

"你知道汤米病了吗?"

"是啊,我听说了。"

"趁他妈的你还在家,去看看他吧。"

"是啊,我正打算去的。"

"这太他妈对啦。你们这些人都他妈应该去看他。我他妈的不会责怪你瑞顿,我对'二等奖金'就是这么说的,我他妈不会因为瑞顿让汤米吸毒而责怪他的。每个人的生活都在自己手上,我他妈就是这么对'二等奖金'说的。"

然后"卑鄙"就去告诉那群人,我是个多么好的家伙,然后期待着我的回报。我也乖乖地对他投桃报李了。

我就好像一个道具一样,为"卑鄙"的自我膨胀煽风点火。我扮演着喜剧中的配角,讲述着"卑鄙"的那几件经典战例。"卑鄙"

被我描述成了一个坚毅勇猛的硬汉,这种吹捧总是要由别人来说,听着才比较真实。后来我们就离开了酒吧,沿着步行街前进。我本想到我妈家去睡觉的,但"卑鄙"却坚持让我到他家里去喝啤酒。

与"卑鄙"一起在步行街结伴而行,让我感到自己是个狠角色,而非牺牲品。我也开始冲人瞪眼,直到后来,发现自己也是一个彻头彻尾的混蛋。

我们跑到步行街旁边的老中央车站撒尿。这里已经被废弃了,即将全部拆除,改建成超级市场和游泳馆。就算我岁数太小,没见过这里来火车的情景,但现在还是有点伤感。

"这车站真不小,听他们说,以前从这儿上车,能到任何地方呢!"我一边说,一边看着自己的尿冒着热气,浇到冰冷的石头上。

"如果现在还有火车来,我他妈一定会跳上去,离开这里的。""卑鄙"说。这很不像他往常谈论雷斯的态度。他以前总说这儿是个浪漫之地呢。

有个老酒鬼,拎着酒瓶子,鬼鬼祟祟地走过来。"卑鄙"刚才就看到了他。很多酒鬼都喜欢到这儿来喝醉、刷夜。

"你们在干吗呢,小伙子?在猜火车么?"他说着,为自己的机智放声大笑。

"是啊,说对了。""卑鄙"说完,又屏住呼吸低声道,"老王八。"

"好啊,那我走了,你们继续玩吧。不要放弃猜火车的顽强精神啊!"他步履蹒跚地离开了。他那醉汉的笑声充满了整个废墟,我发现"卑鄙"看起来异常地沉默、不安了。他把目光从我脸上挪开。

直到此时,我才意识到,那个老酒鬼就是"卑鄙"的父亲。

前往"卑鄙"家的路上,我们一直都沉默着,直到在杜克大街碰到了一个路人。"卑鄙"照着他的脸上就是一拳,把他打倒在地。

这家伙只是向上瞄了一眼,就把身体蜷缩了起来。"卑鄙"接着猛踢他那蜷缩的身体时,只说着一句话:"野杂种。"当那被打的人抬头看着"卑鄙"时,脸上的表情与其说是恐惧,不如说是无奈。这家伙似乎已经了解了一切。

我根本不想劝架,甚至连装装样子也懒得装了。最后,"卑鄙"转向我,向我们将要前进的方向撇撇头。我们把那家伙扔在马路上,继续沉默着前进,没有一个人回头。

独脚戏

自从强尼·斯万截肢以后,这还是我头一次见到他。而就在找到这家伙之前,我还不知道他出了这种事儿呢。上次见到他的时候,他的伤口已经化脓了,正胡言乱语着要去泰国爽一把。

让我惊讶的是,这家伙少了一条腿,却还对别人热情洋溢:"瑞顿!老兄!你怎么样?"

他居然对我的关心报以大笑:"我将在伤病中重建自己的足球职业生涯,就像球星加里·麦凯一样,对吧?"

"我白天鹅斯万不会在这里窝着的,等到我可以用那些操蛋拐杖的时候,我就要回到街头。我是一只没有人能束缚住的鸟儿,虽然腿没了,但他们永远夺不走我的翅膀。"他用手环绕着肩膀,扇动不休,那架势,就好像觉得自己真插上了翅膀。"哦,这只鸟儿你无法改……改……改……改……改变……"他唱起了《自由鸟》这首歌。我真奇怪这家伙到底是怎么回事。

他好像读出了我的心思,说道:"你应该试试塞克罗塞[1],这东

---
[1] 一种药品,常用于癌症病人。

西单独用就是狗屎,但和美沙酮混合在一起,绝对能把你丫爽死。这是我试过最爽的一种嗨法了,比一九八四年我们用过的哥伦比亚货色还要爽。我知道你已经戒了一些日子,但我还是建议你试试这种混合品。"

"你这么认为?"

"这他妈的简直无与伦比。相信我——'师太'——白天鹅斯万好了,瑞顿。我在毒品这方面,一向相信自由市场,但还是得说,'国家医疗服务'这东西不错。自从我停止贩毒,改用替代疗法,我开始相信国家在毒品工业中绝对可以与私人竞争,他们为顾客提供了更安全的产品和低廉的价格。美沙酮和塞克罗塞混合使用,我他妈告诉你,爽死我了。我只需要到诊所去领我的美沙酮,然后再拿一些去向别的小伙子换点儿塞克罗塞就搞定了。他们总是把这东西开给可怜的癌症病人和艾滋病患者,大家以物易物,各取所需,何乐而不为呢?"

强尼的身上已经找不到可以下针的静脉了,于是,他开始在动脉上打针。只试了几次,他的肌肉就坏死了,然后腿就被锯掉了。他发现我正看着他绑着绷带的残腿;我就是忍不住想看。

"我知道你在想什么,你这丫孙子。没关系,他们永远夺不走白天鹅中间的那条腿!"

"我不是这个意思。"我辩解道。但他却把自己的那东西从短裤里掏出来啦。

"对我来说,这东西其实用处也不大啦。"他笑着说。

"你的烂疮看起来正在变干,好像快好了啊,强尼。"

"是啊。我正在尝试着坚持使用美沙酮和塞克罗塞,停止注射。我也曾经把那玩意儿当作一个机会,当作另一个可以注射的地方,但医院的那家伙说:别琢磨这个了,如果在那地方打针,你就完蛋了。

不过代替疗法还不算太差,我白天鹅斯万的特点就是说干就干,我要戒毒,然后再开始贩毒,只不过那时候就不是为了自己吸了,纯粹是为了牟利。"他解开腰带,把那根难看的东西揣了回去。

"看来你是真要和毒品说再见了,哥们儿。"我说。但那家伙却根本一个字也听不见。

"不不不,我的目标是狠赚一票,然后到泰国去爽歪歪。"

他虽然少了一条腿,可到泰国去找乐子的想法却还未打消啊。

"告诉你。"他说,"我可不要等到了泰国,才搞好马子。因为减量疗法,我的狗屎性欲已经回来了。那天有个护士来给我换衣服的时候,我居然兴奋起来。那护士是个老娘儿们,不过我的宝贝东西还是翘起了脑袋。"

"等你出院以后再搞吧。"我鼓励他说。

"扯淡。谁会和一个独腿的家伙搞呢?我要想搞就必须得付钱啦。白天鹅斯万竟然落到如此地步。不过说来,还是给那些妞儿钱比较好,应该把搞与被搞的关系也建立在做生意的原则之上啊。"他说得酸溜溜的,"你还在和凯莉搞吗?"

"没有,她回去了。"我不喜欢他问话的方式,也不喜欢自己回答的方式。

"爱丽森那个妞儿前几天来看过我。"他说着,透露出了自己不高兴的原因。爱丽森和凯莉是最好的朋友。

"是吗?"

"她把我当作畸形看。"他指指绑着绷带的残腿。

"别这么说,强尼,爱丽森不会有那种态度的。"

他再次笑了,拿出一罐无糖可乐,拉开罐子喝了一口:"那儿还有你的一罐。"他指指厨房请我喝。我点点头,拒绝了。

"是啊,她是好些天以前来看我的。我想,得有好几个礼拜了吧。我说：小妞儿，帮我吹吹箫怎么样，看在旧日情谊的面子上。我是说，她至少可以帮我——'师太'——白天鹅斯万——做这点儿事儿吧，毕竟我过去很照顾她的。可是这个冷酷的婊子居然不同意。"他摇着头，面带厌恶地说，"我跟这婊子从来没有过一腿，你知道么？从来没搞过。就算她以前吸毒的时候我也没搞过。她曾经想用跟我做爱来换毒品，可我都未曾乘人之危啊。"

"对对。"我只得承认。他说的是真的还是假的？我和爱丽森之间总是有一种沉默的对抗性，互相看不顺眼。我也不知道这是因为什么。但不管怎么着，听到爱丽森的坏话，我总是容易相信。

"白天鹅斯万从来不会乘人之危的。"他笑道。

"是啊。"我说，却根本没有被说服。

"太对了，我不会干出那种事的。"他尖着嗓子强调道，"我没有，对不对？只有吃过布丁的人才知道布丁的滋味。"

"是啊，你没干，不过那只是因为你正在睾丸上注射毒品呢。"

"不不不，"他用可乐罐敲着胸膛说，"白天鹅斯万从不陷害朋友，这是我的原则。我不会为了海洛因而陷害朋友，更不会损人不利己。永远不要在这方面怀疑白天鹅斯万，瑞顿。我也从来不在睾丸上注射。如果我想搞她，早就搞了。就算我在睾丸上注射，我还可以给她拉皮条嘛。其实她是块很容易上手的肥肉，我可以让这婊子穿着超短裙不穿内裤，然后一鼓作气把她搞到复活节路去。只要给她一点毒品，让她闭嘴，就可以在啤酒屋后面的地板搞她。也许那时候，后面还会有一串人排着长队等着一起搞呢，这样我白天鹅斯万就可以每个人收费五英镑了，利润实在可观啊。而在下一个周末，我就要把她带到泰迪球场，让那些染病的哈茨队球迷也来搞一搞。"

不可思议的是，强尼到现在还是HIV阴性，即便在以前他去过的共同注射的吸毒聚会比任何人都多。他有个奇怪的理论，那就是只有哈茨队球迷才会染上艾滋病，而希伯队球迷则百毒不侵。"我已经有了个计划，等我过几个星期退休了，立刻就去泰国，让那些东方小姐儿坐在我的腿上。我以前从来不搞女人，那是因为我不和熟人搞。"

"要做一个有原则的男人，真是一件难事儿啊！"我笑道。我想要离开了。我已经忍受不了强尼的东方性幻想啦。

"太他妈对啦。我的问题是，总会忘记人有多坏。做毒品这行，一条颠扑不破的法则就是永远不能有同情心。但现在，我白天鹅斯万却变成了一个软心肠的二货，也开始讲交情了。而那个自私的小婊子是怎么报答我的？我只是叫她给我来一次小小的吹箫而已，就算扶伤助残也应该帮我一把的，知道不？后来我就给她衣服，给她化妆品，她总算是勉强答应了，但到了那时候，刚看到我的那玩意儿正在流脓，她就不干了。我说，别担心，口水就是天然的消毒剂啊。"

"是啊，口水能消毒，大家都这么说。"我承认道。我真是受不了了。

"是啊，我还要告诉你一点别的事儿，我们在一九七七年的时候，曾经有一个非常好的想法，就是用口水把整个世界都淹没。"

"很遗憾，我们现在都干枯啦。"我说着，站起来准备走。

"是啊，太对了。"强尼·斯万的声音小了下去。

是我离开的时候了。

西格兰顿的冬天

汤米看起来还不错。真可怕。他就要死了啊——最早几个星期以后，最晚十五年以后，这个世界上就不会有他这个人了。我的情况也有可能和他一样，只不过，现在我们知道有病的是汤米。

"你好啊，汤米。"我说。他看起来是那么好。

"很好。"他说。汤米坐在一张破圈椅上，空气中弥漫着酒味，房间里的垃圾一定很久没人清理了。

"感觉如何？"

"还不错。"

"想说说这事儿吗？"我不得不先问问他。

"真是不想说了。"他这么答道，但看起来却很想说。

我笨手笨脚地坐在一张同样的椅子上。这椅子很硬，弹簧都绷出来了。多年以前，这椅子还属于某个阔佬，但现在却到了穷人家里，一用几十年。现在，它正陪伴着汤米。

这时我才看出来，汤米的气色并不是那么好。他身上似乎丢失了某一部分东西，这使他看起来像个未完成的拼图板。我的感觉远比震惊和沮丧要多：有点像汤米已经死了，而我正在哀悼他。现在我意识到，死亡其实是一个过程，而非一个结果。人们总是一点一点渐渐死去。他们在家里或者医院之类的地方慢慢腐烂。

汤米无法离开西格兰顿。他和他妈闹翻了。这是一间"静脉曲张"公寓，之所以被这么叫，是因为所有墙上的腻子都裂了。汤米从住房委员会的热线那儿得到了这间房子，有五千人在排队，但就是没人想要这一套。这里就是一个监狱。不过这也真不能算是房屋委员会的错，政府把好房子卖掉，留下这种垃圾房子给汤米这种人住。这就是完美的政治策略。对于政府来说，这片地方没什么选票，他们为什么要给这儿的人做事呢？而道德，就是另一件事情了。道德和政治无关，一切都以利益为重。

"在伦敦怎么样？"他问。

"还不坏，汤米。其实和在这边一样，知道么。"

"是啊。"他讽刺地说。

"瘟疫"的字样被写在房子的板制门上，字迹很大，还是黑的。此外还有"艾滋病"和"瘾君子"。那些有人生没人养的小崽子会骚扰任何人。但还没有人当着汤米的面说什么，汤米是个好心肠的人，但他也相信"卑鄙"所谓的"棒球棒铁血法则"。他也有强硬的朋友，比如"卑鄙"，还有不那么强硬的朋友，比如我。尽管如此，汤米面对压力时，还是变得越来越脆弱。当他对朋友的需要增强时，朋友的数量却减少了。这是一个反比公式，也是一个丧心病狂的公式。

"你去做检测了没有？"他说。

"是啊。"

"你没事儿？"

"是啊。"

汤米看着我，好像同时怀有愤怒和乞求两种情绪。

"你吸毒吸得比我多。你还和人共用针头。变态男的，基兹柏的，雷米的，屎霸的，白天鹅斯万的……你还用过麦迪的。难道你没用过麦迪的针头吗？"

"我从来不共用针头，汤米。每个人都这么说，不过我是真不共用针头，我也不去吸毒聚会。"不管怎么样，我这么对他说。真是可笑，我都忘了基兹柏了，他已经在监狱里关了好几年。我一直想去看看他呢，可我也知道，自己绝不会下决心去的。

"狗屁！混蛋！你就是共用针头！"汤米身体前倾，开始哭泣。我记得自己曾经打算，如果汤米哭起来，我也跟着一起哭。但我现在感到的，却只有一股丑陋、让人窒息的愤怒。

"我从来不和人共用针头。"我摇头道。

他向后坐去，对自己笑了笑。他开始说起了过去的事，但眼睛没有看我，口气也不那么苦涩了。

"事情真是可笑，对吧？都是由于你和屎霸还有变态男、白天鹅斯万之类的家伙，我才染上海洛因的。过去我还和'二等奖金'、弗兰克一起喝酒，笑话你们，说你们是世界上最差劲的家伙。后来我和丽兹掰了，记得吧？我就去找你，让你给我打一针。我当时想，管他妈的那么多呢，什么事情我都要试一试。但试过一次之后，我就戒不掉啦。"

我记得那件事。天啊，那只不过是几个月以前啊。有些可怜的家伙就是会对某种毒品先天性地容易上瘾，例如"二等奖金"对于酒精。而汤米却是为了报复而打了海洛因。没有人能真正控制自己的毒瘾，但我也知道有些混蛋——比如我自己——能够学会适应。我曾经戒过好几次毒，戒了再吸，就像出了监狱再进去。每当你二进宫三进宫，摆脱犯罪的机会就减少了一些，同理，每当你复吸一次，摆脱毒品的机会也就少了一些。是我鼓励汤米第一次吸毒吗？是因为当时我手头有货吗？或许吧。可能吧。我现在感觉到负罪了吗？足够有负罪感了。

"我真的抱歉，汤米。"

"我不知道他妈的该怎么办，马克。我该怎么办呢？"

我只是坐在那儿，微微低着头。我想告诉汤米：好好过日子，这就是你能做的一切了。照顾好自己，你不会变得更差的。看看德威·米歇尔吧。德威是汤米的好朋友之一,他也感染了爱滋病病毒,而他从来没吸过毒。德威过得相当好。他过着正常的生活,比我认识的任何一个人都要正常。

但我知道汤米已经付不起这套公寓的暖气费了。他不是德威·米歇尔,更别提德里克·贾曼[1]了。汤米没法创造舒适的环境,住在暖和的屋子里,吃新鲜的食品,在新挑战之中积极应对。也许过不了五年或者十年或者十五年,他就会死于肺炎或癌症了。

汤米无法在西格兰顿的冬季里生存。

"抱歉,哥们儿,我真的很抱歉。"我重复着。

"有货吗?"他抬头直视着我。

"我已经戒毒了,汤米。"我告诉他的时候,他甚至没有冷笑。

"那借我点儿钱吧,哥们儿,我的房租支票快来了,我正等着呢。"

我把手伸进裤兜,掏出两张皱巴巴的五英镑钞票。我想起了麦迪的葬礼。那天所有人都在说,下一个就轮到汤米了,但所有人都无能为力——我尤其无能为力。

他接过钱去。当我们的眼光交会,一种东西在我们之间闪动了一下。那是一种无法描述,但的确美好的东西。它只持续了一秒钟,然后就消失了。

---

[1] 德里克·贾曼(Derek Jarman),死于艾滋病的英国同性恋导演。他不仅敢于面对自己的性向,同时为同性恋者寻求正义和公理,成为先锋艺术家们和年轻同性恋者们的偶像。

一个苏格兰士兵

强尼·斯万对着卫生间的镜子,检查着自己剃得光光的脑袋。他那一头又长又脏的长发在几星期前被剪掉了。现在,他还必须把下巴的胡子刮了。当你只有一条腿时,刮胡子自然是一件苦差事,强尼一直难以保持平衡。然而,经过了几次刮伤,他终于勉强完成了任务。他下定决心,再也不要回到轮椅上去了,这是必须的。

"回去要饭吧。"他察看着自己的脸,自言自语。强尼现在看起来很干净。这感觉并不好,把自己弄干净的过程也很不舒服,然而,人们希望一个老兵呈现出这副模样。他开始用口哨吹起了《一个苏格兰士兵》这首歌的调子。为了让自己更加投入,他还给自己敬了个僵硬的军礼。

强尼残肢上的绷带自然是引人注目的。它看起来很脏。社区的护士哈维小姐今天来给他换了绷带,毫无疑问也唠叨了一些个人卫生方面的问题。

他检查了一下自己剩下的那条腿。在原来的两条腿中,剩下的这条其实并不是最好的。它的膝盖上有淤青,那是很长时间以前,足球场上的一次事故留下来的。而现在,因为要支撑全身的重量,它的淤青更严重了。强尼想,他真不应该往自己的另一条腿的动脉上打针,那造成了坏疽,最后得由外科医生锯掉。真是右脚队员的悲哀啊,他想。

来到寒冷的街道上,他步履蹒跚地往威佛利车站前进。每一步都是一次折磨。疼痛并不来自残肢,而似乎是来自整个身体。然而,他服下的美沙酮和巴比妥酸盐还是减轻了疼痛。强尼在市场街的出口支起了行头。他那块巨大的黑板上用黑体写着：

福克兰战役[1]的老兵——我为了国家失去了腿。请帮助我。

有个叫席尔瓦的瘾君子——强尼并不知道他的真名——正以电影定格的速度走过来。

"有药吗，白天鹅？"他问。

"没有，哥们儿。不过我听说，雷米礼拜六能到一些货。"

"星期六啊，那可不太好。"席尔瓦喘息道，"我的瘾大得就像背上扛了一只猿猴，必须得快点。"

"我白天鹅斯万现在是个生意人了，席尔瓦。"强尼指着自己，"如果我手头有货，那肯定会卖的。"

席尔瓦垂下眼睛。一件脏了吧唧的黑外套，松松垮垮地披在他满是灰尘的身上，"我的美沙酮处方都用完啦"。他说着，但看起来却并不是在寻求或期待同情。而后，一道亮光在他死气沉沉的眼中闪动了一下："嗨，白天鹅，你这法子挣得多吗？"

"天无绝人之路嘛。"强尼笑着，他嘴里的牙齿发出了一股腐烂的恶臭，"干现在这活儿，比以前贩毒挣得多多啦。现在真对不起，我得开始为生计奔忙了，一个正义的老兵可不能被人看见跟瘾君子说话。回头见。"

席尔瓦根本没意识到强尼在说什么，自然也就不会生气了："我一会儿还是去诊所看看好了，没准有人能卖给我点儿货。"

"回见。"强尼对他的背影喊道。

强尼的生意很稳定。有些人会偷偷往他的帽子里扔几个硬币，

---

[1] 即马尔维纳斯群岛之战。英国和阿根廷为争夺该岛主权发生战争，结局以英国付出惨痛代价获胜告终。

另一些则害怕他带来坏兆头，掉头就走或视而不见。女人比男人给钱的多，年轻人比年长者给钱的多，看起来经济并不宽裕的比脑满肠肥的给钱的多。

帽子里多了一张五英镑的钞票。"先生，上帝保佑你。"强尼致谢道。

"不用客气。"一个中年人说，"是我们欠你的。这么年轻就得忍受这种生活，一定很痛苦。"

"我并没有后悔。我不能怨天尤人，老兄。这也是我的人生哲学。我爱我的国家，如果有机会，我还会再上战场的。另外，我还算幸运的，我毕竟回来了。在古斯格林战役中，我失去了不少好兄弟，我要对您说。"强尼眺望远方，几乎自己都相信自己了。他转向那男人，"好在还能见到您这样的人，您记住了我们，关心我们，您让我觉得自己所做的是值得的。"

"祝你好运。"那男人温柔地说，而后转身走向市场街。

"傻帽儿。"强尼嘟囔了一句，摇了摇低下的脑袋，笑得身子都晃起来了。

他几个小时就挣了二十六英镑七先令八便士。运气不错，而且这算是一个很好干的活儿。强尼很有耐心等待，就算是不列颠铁路的晚点，也没有破坏他这个瘾君子的生意。然而，戒毒的后遗症却提前发作了，这让他叫苦不迭。他一阵冷一阵热，心跳加快，冷汗淋漓。当他正准备收拾行头离开的时候，一个瘦弱无力的女人接近了他。

"你是在皇家苏格兰军队吗，孩子？我儿子也在那儿，他叫布莱恩·雷德洛。"

"呃，我是海军的，太太。"强尼耸耸肩膀。

"我的孩子一直没回来，上帝保佑他。他才二十一岁。我的孩

311

子，他是个好孩子。"这女人的眼中闪着泪光，声音渐渐低了下去，变得更像唏嘘，"你知道，孩子，我恨撒切尔夫人，恨她到死。没有一天我不诅咒她。"

她打开钱包，掏出一张二十英镑的钞票，塞进强尼的手里："孩子，拿着。这是我身上所有的钱了，但我希望你能拿着。"她突然爆发出一阵抽泣，几乎蹒跚着离开了他，看起来像是被人捅了一刀。

"上帝保佑你。"强尼·斯万在她身后喊，"上帝保佑皇家战士。"然后他把两手合在一起，搓了又搓，想着自己即将享受的塞克罗塞和美沙酮混合物——塞克罗塞-美沙酮调制饮品——他通向美好时光的车票。他那小小的、外人嗤之以鼻，但却永远无法分享的私密天堂。阿尔伯有一些塞克罗塞，那是他的癌症处方药。强尼下午要去探望这位生病的朋友。阿尔伯需要强尼的美沙酮，而强尼也需要阿尔伯的塞克罗塞。真是各取所需。是的，上帝保佑皇家战士，上帝保佑国家医疗服务站。

逃　走

站复一站

夜里天色不好，阴沉沉的。黑云压城，等着将肮脏的雨水洒向艰难行走的平头百姓。而自打黎明时分，雨就断断续续再没停过。油腻腻的公共汽车站的大厅就像是社会福利中心的翻版，外面挤满了穷人。大批心怀梦想但却一文不名的年轻人正在沉默着排队，等着开往伦敦的汽车。除了竖起大拇指搭顺风车，公共汽车是最便宜的交通方式了。

这趟车是从艾伯顿出发的，中间在丹顿停靠一站。"卑鄙"冷着脸检查着订座车票，然后又恶狠狠地对已经登车的乘客瞪着眼。最后，他又转过身来，看着脚旁的阿迪达斯运动书包。

瑞顿躲开"卑鄙"，又指着这家伙对屎霸偷偷说："这厮就是希望有人占了我们的位子，然后他可就有了惹是生非的机会。"

屎霸笑着扬了扬眉毛。看着他，瑞顿想，你可猜不到我们这回玩儿得有多大。这可是一票大买卖，毫无疑问。也正因为如此，他才给自己打了一针,来保持冷静。这是他几个月来第一次吸毒。

"卑鄙"又转过身来,看起来躁动不安,也很生气,好像察觉到了瑞顿他们在偷偷议论自己:"变态男他妈的到哪儿去了?"

"呃,我哪儿知道啊。"屎霸耸耸肩。

"他会来的。"瑞顿对着那个阿迪达斯运动书包点点头,说,"他可有百分之二十的货在你手上呢。"

这话惹来了一阵偏执的攻击:"你他妈闭嘴!蠢货!""卑鄙"对瑞顿嘘道。他私下环望,盯着每个乘客,希望有人能跟他照上一眼,只要一眼就行了,那样他就可以找到机会发泄那满腔的怒火,然后把事情全都搞砸。

不行,必须得控制情绪。这票买卖太大了,不能冒险。任何节外生枝都是危险的。

但这里没有一个人看向"卑鄙"。即使有注意到他的人,也都感到了他身上那股狂躁的气息,于是采取对付疯子的常用战术:假装没看见。甚至就连"卑鄙"的同伴也不跟他对眼。瑞顿把他的绿色棒球帽拉低,遮住了眼睛。屎霸穿着一件爱尔兰共和国足球队的队服,正看着一个背着双肩包的金发小妞儿。那妞儿正在把书包取下来,向他展示了牛仔裤里绷得紧紧的屁股。"二等奖金"则在稍微远离大家的地方,正有条不紊地灌着酒,并看管着脚下的两大塑料袋外带食品。

大厅对面,有个号称酒吧的地堡,变态男正在那后面跟一个叫茉莉的姑娘说话。她是个妓女,也是个爱滋病病毒感染者。她有时在夜里会在车站一带晃悠,招徕客人。几个星期之前,茉莉在雷斯的一家低档迪斯科酒吧和变态男耳鬓厮磨,随后就爱上了他。而变态男那天晚上喝高了,忽略了爱滋病病毒的传染途径,整晚都在和茉莉法式湿吻。事后,他非常焦虑,上床前刷了好几次牙,整夜未眠。

变态男在酒吧后面窥视着自己的朋友。他就是要让这些混蛋等着。他要确定他们上车之前,不会有警察冲出来。如果那样的话,要抓就抓他们吧。

"借我十英镑吧,美女。"他对茉莉说着,同时并未忘记自己还有三千五百英镑的货正装在阿迪达斯运动书包里呢。然而,那是他的资产,而现金流则是自己总也无法解决的问题。

"给你。"茉莉那毫不犹豫的劲头几乎感动了变态男。然后,他又叫苦起来,他发现她的皮包鼓鼓囊囊的,早知如此,就应该管她要二十英镑了。

"干杯吧,宝贝……我应该让你去找你的朋友。"变态男唱着烟枪乐队[1]的歌。他撩着她卷曲的头发,吻她。但这一次,他只是在她的脸上轻轻吻了一下。

"回来给我打电话,西蒙。"她在他身后喊着,看着他瘦削而结实的身体蹦跳着离开了自己。他转过头来。

"你应该不让我走,你应该不让我走——照顾好自己啊。"再次背对她之前,他对她挥着手,给了她一个温暖的微笑。

"没用的小婊子。"他压低声音嘟囔着,脸上的表情也结了冰。茉莉是个妓女,而干她那行,必须得做到婊子无情才可以。她就是个牺牲品,他又鄙视又同情地想。他在一个转角拐弯,又蹦到下一个转角,脑袋从这边转到那边,侦察着有没有警察。

当他看到同伙们上了公共汽车,却并不感到高兴。"卑鄙"斥责他迟到。在平时,你就必须得看好"卑鄙"这个疯子,而这一次,在赌本如此高昂的前提下,他就会比平时更加暴躁亢奋。变态男记得,昨天晚上在壮行派对上,"卑鄙"提出了好几种让人无法置信的暴力应急方案。他的火爆脾气足以把他们所有人都送进监狱,关一

---

[1] 烟枪乐队(The Smoke),一支英国乐队。

辈子的。"二等奖金"再次不出意料地喝得酩酊大醉，从另一方面考虑，这个口不择言的醉鬼会不会在来这里之前，就已经对别人透露了什么？如果他连自己在哪儿都不知道，怎么可能记得自己又说过什么呢？这真他妈的是一个高风险的计划，变态男想着，一个焦虑的寒战贯穿了身体。

而最让变态男担心的，还是屎霸和瑞顿的状况。这两个人已经吸毒吸得眼珠子都快掉出来了，看起来最像那种把事情搞砸的混蛋。瑞顿已经戒毒很久了，自从辞掉伦敦的工作回到家乡之前，他就已经戒毒了，但这一次，他还是没有抵御住席克提供的高纯度哥伦比亚棕色海洛因的诱惑。他辩解道：爱丁堡的瘾君子一般只能搞到巴基斯坦海洛因，而这次的高级货可是一生只有一次的难得机会啊。屎霸也一如既往地来了一针。

真正让人担心的，还是屎霸。这家伙那种轻易就能把最单纯的娱乐转变成犯罪的能力，总是让变态男吃惊。甚至可以这么认为，屎霸在他妈的子宫里的时候，就已经是毒品问题和性格问题的混合体——而非一个胚胎了。他就算从小厨师[1]快餐店偷几个盐罐，都能招来一群兴师动众的警察。与他相比，"卑鄙"几乎可以忽略不计了。变态男叫苦不迭地想，如果有人真的把事情搞砸，那非屎霸莫属。

变态男严肃地看着"二等奖金"。这家伙的绰号来自这么一个习惯：一喝醉了就觉得自己特别能打，结果却总是以悲剧告终。其实，"二等奖金"的体育专项并不是拳击，而是足球。他曾经是苏格兰在校生中闻名遐迩的国际巨星，球技超凡脱俗。十六岁那年，他就去了南部，参加曼联队，而那时候，却已经开始显露出酗酒的问题了。而他在曼联鬼混了两年，才被俱乐部扔回了苏格兰，这也的确

---

[1] 类似麦当劳的一般速食店。

堪称足球界的一大奇迹了。按照一般的说法，"二等奖金"浪费了他那过人的天赋，但变态男却了解那残酷的真相——"二等奖金"的生活充满绝望。在他的生命中，足球只是小伎俩，酗酒才是真正残忍的诅咒。

他们排队上车，瑞顿和屎霸的动作慢得像电影的慢镜头。他们已经被一连串事件、被毒品搞得找不着北了。当他们到达目的地，干完那票大生意，就可以到巴黎去度假了。他们要做的就是把毒品换成硬邦邦的现金，伦敦的安德烈斯已经把钱准备好了。尽管如此，变态男看着朋友们的眼神，就像看着一堆积满灰尘的盘子。他明显不太高兴，他也有一个信念——自己不爽，别人也别想爽。

登上公共汽车的时候，变态男听到有个声音在叫自己的名字：

"西蒙。"

"不会又是那个婊子吧。"他低声诅咒着，随后看见了一个更年轻的女孩。于是他喊道："帮我占个座儿，弗兰克，我去去就回来。"

帮变态男占好座位之后，"卑鄙"感到一阵恨与嫉妒混合的情绪。他看到一个穿着蓝色登山服的女孩正握着变态男的手。

"那傻帽儿和他的小骚货会把事情统统搞砸的。"他对瑞顿怒吼，而后者却是一副呆滞的神色。

"卑鄙"试图穿过那女孩的登山服，想象出她的体形。他以前曾经很喜欢她，总是幻想着如何跟她做爱。他发现在不化妆的时候，那女孩显得更加漂亮了。这时候再去观察变态男是件难事儿，但"卑鄙"还是看到了那家伙嘴角往下拉着，眼睛缺乏真诚地睁得老大。"卑鄙"越来越焦躁，几乎要跳下车去把变态男扯上来了。当他的屁股已经离开了座位时，却看到变态男回到了车上，满腔忧愁地盯着窗子。

他们坐在公共汽车的后面，旁边的厕所已经飘出尿味儿来了。

"二等奖金"窝在后座的角落里，拿着他的户外酒壶。屎霸和瑞顿坐在他前面，而"卑鄙"和变态男则坐在更前面。

"那是塔姆·麦克格雷格的小女儿吧，变态男？"瑞顿从两张座椅之间的夹缝露出脸来，龇着牙傻笑。

"是啊。"

"那老家伙还在跟你算账吗？""卑鄙"问。

"那老家伙对我大发雷霆，因为我搞了他的小荡妇女儿，可与此同时，他却还在自己酒吧搞娈童，跟每个来喝酒的毛头小子亲嘴揩屁股，真他妈虚伪。"

"我听说他把你从菲德勒酒吧里扔出来，他们说你吓得拉裤兜子啦。""卑鄙"嘲笑着。

"狗屁，谁告诉你的？事实是，那家伙对我说：'如果你敢动我女儿一根手指……'我说：'动一根手指头？我他妈已经跟她搞了好几个月了，傻帽儿！'"

瑞顿轻轻笑着，"二等奖金"没听清楚，却笑得很大声。他还没有醉到可以忘掉基本的社会关系，自己彻底舒舒服服地沉醉在酒里。屎霸没说话，但笑得很勉强，因为毒品药劲消退的副作用正大力侵蚀着他那快要散架的骨头。

"卑鄙"可不相信变态男有胆量和麦克格雷格叫板。

"狗屁，你才不敢跟那家伙玩儿硬的呢。"

"滚蛋吧。吉米·巴斯比当时也跟我们在一起，麦克格雷格最怕'重磅炸弹'帮的人了，他根本就不敢惹足球流氓。要是这些家伙在他的酒吧里闹事儿，那可要了他的老命。"

"吉米·巴斯比……他可不是个硬汉。他就是个狗屎玩意儿。有一次，我在丁恩狠狠教训了这家伙，你记得那次吗，瑞顿，呃？""卑鄙"越过座位，瞥向瑞顿寻求支援，但瑞顿开始和屎霸一个感觉了。一阵颤抖的扭曲感侵袭着身体,他能做到的只有有气无力地点点头,而无法说出"卑鄙"所期望的证明。

"可那是好多年前的事儿了,现在你可不敢了。"变态男强调着说。

"谁不敢啦?呃?你觉得我不敢?你这个烂货!""卑鄙"充满攻击性地挑衅。

"其实说这些也都是扯淡,总之。"变态男躲躲闪闪地回了一句。这也是他的经典策略——如果无法在争论的细节中获胜,那干脆把整个话题的意义都说成一堆垃圾。

"那傻帽儿什么也不知道。""卑鄙"低吼了一声。变态男没有再回嘴,因为他知道"卑鄙"明着在骂巴斯比,其实是在警告自己了。他可不想试试自己的运气。

屎霸的脸贴在玻璃上,沉默而痛苦地坐着,浑身是汗,感到自己的骨头正在互相倾轧、摩擦。变态男转向"卑鄙",抓住了和对方站在同一立场的机会。

"这两个家伙,弗兰克。"他朝后座撇撇脑袋,"他们还说自己已经戒毒啦,其实都是胡说。这些家伙会把我们都搞砸的。"他的声音混合了厌恶与自怜,好像他对这个事实已经无可奈何了:自己一生的坏运气,都是这些又孱弱又愚蠢的朋友带来的。

可是这个策略没用,"卑鄙"并没有和变态男同仇敌忾,比起瑞顿和屎霸的行为来,他更讨厌的是变态男这种态度。

"你他妈闭嘴。你他妈以前也跟他们一样。"

"我已经很长时间没有吸毒了,而这些白痴笨蛋却永远也长不大。"

"所以你也不用他妈的安非他命了吗?""卑鄙"拍拍锡纸里的安非他命和海洛因混合物,讥讽道。

319

变态男现在的确想来点儿安非他命了，那东西可以帮他打发这段难受的旅程。但他如果向"卑鄙"要药，那就太没尊严了。他目视前方坐在那里，轻轻摇着头，低声嘟囔。肚子里那一团不堪忍受的焦虑感，强迫他去回忆那一件件无法解决的不平之事。然后，他站起来，想从"二等奖金"那儿拿一罐麦克伊文牌特纯啤酒。

"我不是没跟你说过，你应该带上自己的户外酒壶！""二等奖金"的表情，就像一只奋力保护自己的蛋的丑鸟。

"我只喝一罐而已，你丫这个小气鬼！"变态男在绝望之中，直用手掌拍前额。"二等奖金"心有不甘地给了他一罐。不过变态男可不该喝酒，他已经很久没吃东西了，啤酒流进肚子里，让他感觉又沉重又反胃。

而在他后面，瑞顿则快速滑入了毒瘾发作的痛苦。他知道自己需要采取行动了，但他可不能让屎霸知道。这种事儿，可讲不了同情心。于是他对屎霸说："我闹肚子了，得去一下厕所。"

屎霸过了一秒才活过来似的："你不会要去吸毒吧？"

"滚你妈的！"瑞顿很有说服力地吼了一声。于是屎霸转回头，继续忧虑地望着窗外。

瑞顿走进厕所，锁上门。他把马桶边上的尿擦干净，但这么做并不是为了卫生，而是因为吸毒的人都很讨厌皮肤上沾水。

在小小的洗漱池上，他摆放好汤勺、注射器、针头和棉球。他从兜里掏出一小包棕白色的粉末，专心地把这东西倒进汤勺。随后，他用针管抽了五毫升水，缓缓注入汤勺。瑞顿做得很认真，以免把药洒到外面去。而他颤抖的手也变得稳定了起来，瘾君子只有在这时候才能专心致志。他用塑料打火机在汤勺底部加热，用针头搅动着，直到粉末完全融化。

公共汽车突然倾斜了一下，但他也顺势移动。瘾君子的听觉非常敏感，就像雷达一样，能够听出路况的变化。汤勺里的药一滴没洒，他把棉球放进了汤勺。

将针头刺入棉球，他把那略显浓稠的棕色液体吸进了针筒。然后一边咒骂着皮带扣卡在了牛仔裤里面，又一边解开了皮带。他粗暴地把皮带扯下来，感到五脏六腑全都掉了个个儿。最后，他把皮带绑在胳膊上，就在纤瘦的肱二头肌下面，用黄色的牙齿咬着绷紧它。经过耐心寻找，一根健康的静脉终于露了出来。

他心里的某个角落中，忽然闪过一丝犹豫，但身体的痛苦扭曲却立刻就把这犹豫吞没了。他瞄准落针的部位，看着针头刺进了柔软的肌肉。趁着血液回流之前，他将推杆一路推到底，然后松开皮带，让注射进去的毒品在静脉里面奔流。享受着快感的冲击，他不由自主地扬起了头。他在那里坐了也不知是几分钟还是几个小时，然后才站起来，看着镜子里的自己。

"你他妈真是太棒了。"他观察着自己，亲着镜中的自己，让冰冷的玻璃触及灼热的嘴唇。他又转过去，把脸贴在玻璃上，伸出舌头去舔镜子。然后，他倒退几步，开始给自己调整出一副愁眉苦脸的表情。厕所门一开，屎霸就会看到他，他必须尽量做出难受的样子，好不让对方知道自己刚吸了毒。要做到这个可不容易。

"二等奖金"已经醉得过了劲，现在的状态可以被视为底部反弹，只不过他一直都在喝个不停，也就没有所谓醉与不醉的区别了。"卑鄙"也放松了一些，因为他们没有被洛西安的边防队检查。成功遥遥在望。屎霸则因为毒瘾而睡得很不安稳。瑞顿却稍微有了点儿精神头。就连变态男都觉得一切变好了，心情也畅快了。

但这种安详并未持久，没过一会儿变态男就和瑞顿争论了起来。他们争论的主题是：洛·瑞德的地下丝绒乐队究竟是前期更出色，还是后期更出色。变态男在瑞顿的唇枪舌剑之下，不由得语塞了。

"不，不……"他虚弱地摇着头，转向别处，无法与瑞顿继续争辩。瑞顿夺取了以前只有变态男才能抢占的话语权。

看到对方败下阵来，瑞顿飞快地把脑袋向后靠，双手交叉在胸前，一副争强好胜的样子，很像老新闻片里的墨索里尼。

为了打发时间，变态男专注地观察起其他乘客来。他前面有两个老太太，她们不时对他们侧目而视，显然是对这些家伙的满嘴粗话表示不满。透过那厚厚的过期爽身粉，变态男闻到两个老太太的身上散发着汗和尿的味道。

他的对面坐着一对身穿运动服的肥胖夫妻。那些穿运动服的家伙简直就是另一个维度来的人，他刻薄地想，这种家伙就他妈的应该统统被消灭。而令变态男惊讶的是，"卑鄙"的衣柜里却没有出现过运动服。一旦赚到钱，变态男想搞个恶作剧，就是送给"卑鄙"这家伙一套运动服。同时，他还想送给他一只美国牛头犬。就算"卑鄙"对它疏于照顾，它也不会饿到把孩子给吃下去的。

然而在车上这些杂草之中，竟然还开放着一朵玫瑰。变态男本来正用厌恶的心态看着其他乘客，但当看到那个背着背包的金发女郎时，他的目光就柔和了。她坐在运动服夫妇的前面，独自一人。

瑞顿充满了整人的欲望，便开始用塑料打火机烧变态男的马尾辫。头发噼噼作响，发出了一股难闻的味道，和公共汽车里的其他令人不快的味道混合在一起。变态男意识到发生了什么，他愤然而起。"滚蛋！"他咆哮着，打开瑞顿抬起来的手臂，"脑袋发育不全的傻帽儿！"他还对大笑的"卑鄙"发出嘘声。"二等奖金"和瑞顿也在笑话他，笑声在公共汽车上回荡。

不过，瑞顿的恶作剧倒给了变态男一个机会——虽然这个机会他并不是非常需要——离开这伙人，坐到背包女郎的身边去。他脱掉了他的"意大利更棒"T恤衫，露出紧绷、晒成古铜色的身体，变态男的妈妈是意大利人，不过他穿这件T恤衫，并不是为了表明自己的血统，只不过是为了引人注目罢了。他打开他的背包，翻找着自己的存货。他有一件"曼德拉的日子"T恤衫，这看起来很有政治意味，也足够摇滚精神，只不过太主流了，而且也太口号化了。更差劲的是，这种东西已经过时了。变态男感到，曼德拉自从出狱以后，大家就已经对他习以为常了，他便成了另一个烦人的老家伙。他只看了一眼那件"希伯队欧洲冠军"T恤衫，就把它也否决了。尼加拉瓜"桑地诺"民族解放组织的T恤衫就更是过时了。最后，他好歹挑选了一件"坠落"乐队的T恤衫，至少纯白色还是可以衬托他在科西嘉晒出来的好皮肤的。他穿上衣服，坐到那女人旁边。

"抱歉，我只能和你坐在一起，我那些旅伴的行为实在太幼稚了，很没品位。"

瑞顿怀着羡慕而又恶心的混合心情，观察着变态男是如何从一个垃圾变成了女性之友。他的声调变了，举止也有了微妙的不同。一种充满兴趣和渴望的表情出现在了他的脸上。他对新同伴搭讪，拼命套瓷。瑞顿侧目而视，正好听到变态男说："是啊，我更像一个爵士风格的人。"

"变态男快搞上那妞儿了。"瑞顿转向"卑鄙"。

"我倒他妈很替这厮高兴。""卑鄙"酸溜溜地说，"至少他妈的可以不用再看他那张自以为是的脸了。这家伙什么也不会干，只会他妈的穷扯淡，自从我们……这傻帽儿。"

"大家都有一点紧张，弗兰克。这事儿风险太大了，我们昨天晚上又打了安非他命。大家都未免有点疑神疑鬼。"

"别替他打马虎眼，那傻帽儿迟早会被教训的。如果他再不办事儿靠点谱儿，我他妈就要他好看。"

瑞顿发觉这样的对话实在没有意义，便坐回了自己的座位，让毒品抚慰自己，放松关节，抚平痛楚。刚才打的那一针货色挺好。

"卑鄙"对变态男的不满，与其说是嫉妒，倒不如说是被抛弃的孤独；他很怀念和别人坐在一起的感觉。现在，他体内的安非他命也药效发作了，各种想法在他的意识里接连闪现，让他感到必须得跟别人说一说。瑞顿发现了这个危险的信号，而在他身后，"二等奖金"鼾声如雷，对于"卑鄙"来说，没有什么倾诉的意义——这可没法替瑞顿挡驾。

瑞顿把棒球帽压到眼睛下面，同时用肘把屎霸捅醒。

"你睡了吗，瑞顿？""卑鄙"问。

"呃……"瑞顿假寐着喃喃道。

"屎霸？"

"干吗？"屎霸烦躁地说。

对于屎霸来说，这绝对是个错误。"卑鄙"转过身来，跪在椅子上，俯瞰屎霸，开始重复他那些已经说过八百遍的事儿。

"……我就在上面，知道吗，骑上去，搞得那婊子大喊大叫。我就想，这头臭母牛可真够投入的啊。不过她又把我一把推开了，我一看，她正在流血呢，好像是他妈月经来啦。我本想说，我才不管月经不月经呢。可是你他妈知道吗，那婊子竟然流产啦。"

"是啊。"

"是啊——再跟你说一事儿，我告没告诉过你，有一次我和尚恩到奥布洛莫夫揍了两个大傻帽儿。"

"告诉过了……"屎霸弱不禁风地嘟囔着。他的脸就像一只阴极射线管，正以缓慢的速度从内部爆裂。

公共汽车进了服务区。屎霸终于得到了喘息之机，而"二等奖金"却很不高兴。他刚刚睡着，但车上的灯却在这时都打开了，强光照在脸上，把他从黑甜乡里残忍地拉了出来。他迷迷糊糊地醒来，但却仍然不消残酒，迷离的眼睛无法聚焦，耳朵里一片杂音，耷拉下去的嘴巴很干，都合不上了。他本能地掏出一罐紫色的特纳牌超爽啤酒，用继续病态的酗酒来滋润一下喉咙。

他们没精打采地走上机动车道上的天桥，天气寒冷，毒品也让身体疲惫不堪。只有变态男是个例外，他陪伴着那个背包女郎走在前面，看起来就像跳华尔兹一样优雅。

在信用之家艳俗的咖啡馆里，"卑鄙"一把抓住变态男的胳膊，把他从餐台前拽了过来。

"你他妈可别偷那妞儿的钱，我们可不希望为了几百英镑的学生度假零花钱就把警察招来。别忘了我们他妈带着一万八千英镑的海洛因哪。"

"你觉得我有那么傻吗？"变态男愤怒地吼道。但与此同时，他也承认"卑鄙"恰是时候地提醒了自己。他一直在和女人耳鬓厮磨，但那双凸出来的变色龙般的眼睛却也不停地到处打量，努力找到她放钱的地方。而来到咖啡馆对于行窃来说可是大好机会。然而"卑鄙"说得对，现在可不是干那种下三滥勾当的时候。不能永远相信自己的直觉啊，变态男想。

他一脸哭相地离开"卑鄙"，回到正在餐台排队的新女友身旁。

变态男开始对这女人失去兴趣了。她一直兴奋地说，要去西班牙进行一次八个月的旅行，然后就去南安普顿大学法律系念书。而他则发现自己很难专心致志地听进去。他弄到了她在伦敦的旅馆地址，那好像是一家国王十字区附近的廉价旅馆，这让他大倒胃口。如果她要是住在西区比较高档的地方，那就好了，他是很有兴致到那儿享受两天的。他很有自信：一旦和安德烈斯的交易成功，一定会把这妞儿搞到床上去。

公共汽车继续上路，开过了伦敦北部那到处都是砖房的郊区。

变态男望着窗外的瑞士农舍,满腔忧愁,想着自己以前认识的一个女人是不是还在酒吧工作。应该不会吧,在伦敦的酒吧工作六个月可太长了,他推测着。即使时间还这么早,公共汽车开进伦敦市中心之后,却开始缓慢爬行,花了很长时间,他们才到达了维多利亚车站。

他们就像一堆碎瓦片一样,从公共汽车里跳了出来,然后又展开了一场争论。争论的主题是,究竟是坐维多利亚线地铁去芬斯布瑞公园呢,还是坐出租车直接过去。最后,他们还是决定坐出租车,省得带着大包海洛因在伦敦瞎逛。

于是,这伙人涌进一辆出租车,告诉那个很爱说话的司机,他们要到芬斯布瑞公园的帐篷里看"博格斯"乐队的演出。这是一个非常完美的掩护借口,而且他们也都打算前往巴黎度假之前,去听一场音乐会的。工作休息两不误嘛。出租车几乎是沿着公共汽车来时的路线往回爬,停在了安德烈斯的旅馆门口。在这家旅馆可以俯瞰整个公园。

安德烈斯来自一个伦敦的希腊家庭,他爸死后,他就继承了这家旅馆。当年他爸经营的时候,这旅馆主要是给发生意外的无家可归者提供住宿的。地方委员会有责任为这些人找到短期住宅,而芬斯布瑞公园又地处伦敦的三个区之间:哈克尼、哈令里和伊斯灵顿,所以生意很好。然而安德烈斯接手之后,却觉得把这里改建成伦敦生意人的偷情场所,会更赚钱。非常不走运,他从来没有真正拉到那些高端的目标客户,于是就把这里伪装成了一个妓女的小小避风港。那些中产阶级男人都很喜欢这里,因为这儿很干净,而且利于保护隐私。

变态男和安德烈斯认识,是因为他们曾经和同一个女人约会。那女人被他们俩哄得五迷三道的。这对好朋友一拍即合,一起做过很多事儿，主要都是诈骗保险金和利用银行卡诈骗之类的勾当。但接手旅馆以后，安德烈斯就开始和变态男保持距离了，他认为自己的档次已经提高了。然而变态男还是可以接近安德烈斯，因为他总是能弄到高纯度的海洛因。安德烈斯也被一种源远流长而又极度危险的观念给害了：和坏家伙混在一起，可以衬托自己的地位，而且也无须付出代价。而这一回，安德烈斯就付出了代价：他在彼得·吉尔伯特和爱丁堡的贩毒团伙之间搭桥牵线。

吉尔伯特是个从事毒品贸易的专业人士，并且已经干了很长时间了。他买卖一切东西。对于他来说，这就是生意而已，他认为这种生意和其他生意没什么两样。国家通过警察和法庭进行的阻挠，也只不过和其他生意一样的危险而已。而且，如此之高的利润，也值得冒这么大的险。吉尔伯特是个标准的中间人，他天生善于与上家下家接头，也愿意冒风险；他买到毒品，储存毒品，分割毒品，然后再卖给小毒贩。

吉尔伯特知道一群苏格兰的烂痞子弄到了一大批毒品，他对这些货的质量很感兴趣。他开价一万五千英镑，上限是一万七千英镑。而对方则开价两万英镑，最低能接受一万八千英镑。最后，他们以一万六千英镑成交。如果把这些货分割再加入杂质转手，吉尔伯特最少能挣六万英镑。

但他觉得，和那些苏格兰的下九流烂痞子讨价还价，实在够累的。他更想和把毒品卖给这些家伙的人直接交易。能把这么大批毒品交给那些苏格兰烂痞子的上家，估计也不是什么会做生意的角色，吉尔伯特会让他知道应该怎么挣钱。

不仅累人，跟这群苏格兰烂痞子做生意还很危险哪。尽管他们承诺守口如瓶，但吉尔伯特知道，这种废物外行根本就保守不住秘密。他们很可能已经被禁毒警察盯上啦。因为这个，他让两个很有经验的老手待在车外，瞪大眼睛放哨。不过尽管小心，他还是很希望结交新的生意伙伴的。任何敢于以身试法贩卖毒品的人，都是有了第一次就有第二次。

交易顺利结束，屎霸和"二等奖金"跑到苏活[1]去庆祝胜利。他们是典型的刚进城的小伙子，很快就被吸引住了，如同小孩儿进了玩具店。变态男和"卑鄙"则在乔治·罗比夜总会，和两个爱尔兰的家伙打了一场激烈的台球。他们俩对伦敦已经很熟悉了，而且对朋友们的少见多怪大为不屑。

"他们只会买些塑料警察帽、英国国旗、卡纳比街的标志和高价啤酒。"变态男讥讽地说。

"回你那哥们儿的旅馆找个妓女倒实惠得多，你们叫他什么来着，那个希腊人？"

"安德烈斯。不过他们可不想回旅馆。"变态男说着，一记爆杆，"还有瑞顿那个家伙，他偷偷跑出去吸毒已经十多次了。这蠢货弄丢了伦敦的好工作，一个挺像样的公寓也弄丢了。我想，以后他就会跟咱们各走各的了。"

"不过幸亏他还在旅馆里。总得有人看着咱们的钱吧，我可信不过'二等奖金'和屎霸这两个家伙。"

"是啊。"变态男说着，却琢磨着如何摆脱"卑鄙"，去找个妞儿。是给谁打个电话呢，还是去找那个背包女郎？不管找谁，他得快走。

在安德烈斯的旅馆里待着，瑞顿感觉很难受。但他还没有故意装给别人看的那么难受。他冲窗外看着后花园，见到安德烈斯正跟

---

[1] "苏活区"（Soho），伦敦泰晤士河以北的一个地区，充满酒吧、剧院和娱乐场所。这里云集学者、艺术家和光怪陆离的人物。从十九世纪起，苏活区就是伦敦夜晚的中心地带，直至今日。

他的女朋友莎拉谈情说爱呢。

他回头看看阿迪达斯牌运动书包，那里鼓鼓囊囊地装满了钱。这还是这些钱第一次离开"卑鄙"的视线呢。瑞顿把钱都倒在床上——他从来没见过这么多钱。几乎是想也没想，他就把"卑鄙"的海德牌书包也清空了，把包里的东西全都装进了阿迪达斯牌书包；然后又把现金装进了海德牌书包，再拿他自己的衣服盖在钱上。

他迅速从窗户往外扫了一眼。安德烈斯正把手放在莎拉的比基尼泳装上摸来摸去，而她则大笑着叫道："别这样，安德烈斯……别这样……"瑞顿紧紧抓着海德牌书包，转身偷偷离开了房间，走下楼梯，走出旅馆前厅。走出大门之前，他又快速地往回看了一眼。如果现在被"卑鄙"撞上，那他可就完蛋了。当这个念头掠过脑海的时候，他几乎恐惧得快崩溃了。好在街上没人。他穿过了马路。

这时，他听到一阵喧嚣，不禁僵住了。一群穿着凯尔特人足球上衣的年轻人走了过来，他们显然是去看博格斯乐队下午的演出的。这些人摇摇晃晃地走向他，醉得忘乎所以。他紧张地穿过他们，尽管那些人并没有注意到自己。当他看到253路公共汽车来的时候，这才松了口气。瑞顿跳上车，远离了芬斯布瑞公园。

瑞顿就像一架无人驾驶飞机，在哈尼克区下了车，等待开往利物浦大街的车。不管怎么说，身上带一只装满了钱的书包，他还是感觉紧张、不自然。每个人看起来都像是劫匪或者抢包党。每当看到穿着和"卑鄙"类似的黑皮夹克的人，他的血液都会结冰。当他坐上前往利物浦大街的公共汽车时，甚至都想回去了，但他摸摸包里那鼓鼓囊囊的钱，又挺住了。到达目的地，他走进一家艾比国家银行的分行，往自己仅剩二十七英镑三十二便士的账户里存入了九千英镑。柜台营业员甚至都没看他一眼。这里毕竟是阔人成群的城市地带嘛。

身上只剩下七千英镑之后，瑞顿的感觉好多了。他走到利物浦大街中央车站，买了一张到阿姆斯特丹的回程票。尽管买的是回程票，但他却不打算回来了。公共汽车从埃塞克斯开向哈维其，城里的水泥砖墙也慢慢变成了大团的绿色。他还要在帕克斯顿港等一个小时，开往荷兰胡克的船才会起航。这不是问题，瘾君子都很善于等待。几年以前，他曾在这个港口当过服务员，他希望过去的旧同事不会把他认出来。

瑞顿的焦虑在上船之后消散了不少，但取而代之的，却是第一次感受到的负罪感。他想到了变态男，想到了他们一起做过的所有事。他们曾经分享过快乐，共度过艰难，他们毕竟相依相伴过。变态男也有可能独吞所有钱，他这人剥削成性。真是背叛啊。瑞顿几乎可以看到变态男的表情了，在那表情中，受伤的感觉多过愤怒。然而这些年来，瑞顿和变态男已经逐渐分道扬镳。他们过去喜欢互相攻击，但那纯粹就是为了取乐，而现在的互相攻击就是互相攻击，已经渐渐没有了开玩笑的成分。这样也好，瑞顿想，这样一来，变态男就会理解，甚至会羡慕他的行为了。那家伙愤怒的原因，主要将是懊悔自己没有先下手为强。

没费多少工夫，瑞顿也认为自己把钱偷走，是帮了"二等奖金"一个忙了。当想到"二等奖金"把他的刑事伤害补偿金拿出来作为贩毒资金，瑞顿也很内疚，但是"二等奖金"一直忙着把自己毁掉，他不会意识到是谁推了他一把的。给他三千英镑，就相当于给他一瓶毒药，让他一饮而尽。相比于酗酒而死，服毒对于"二等奖金"来说，还是一种更快更没有痛苦的自杀方式呢。瑞顿也想，有人会争辩道，酗酒是"二等奖金"自己的选择啊，他有这个权利；不过一个喝得烂醉的人有能力作出有意义的选择吗？想到这儿，瑞顿笑了：他这个瘾君子刚刚坑了自己的好朋友，现在竟然还要说教。但他是个瘾君子吗？的确是。他又开始吸毒了——但每次吸毒之间相隔的时间却在逐渐拉长了。他已经无法回答这个问题了，只有时间能给出答案。

瑞顿真正感到对不起的是屎霸。他爱屎霸。屎霸从来不伤害任何人。他也许也会惹些麻烦，比如从别人口袋里拿钱或者私闯民宅之类的——但人们太在乎这些东西，太看重物质利益了。屎霸又不能为这个社会的物质至上和消费主义负责。屎霸一直受到不公正的欺压，这个世界欺压他，现在就连瑞顿也加入了这个行列。如果还有瑞顿想尽力补偿的人，那就是屎霸。

最后，瑞顿又想到了"卑鄙"。他对那混蛋完全没有同情之心。"卑鄙"这个疯子，竟然会用削尖了的毛衣针去对付别人，他还声称这种武器比刀子要好，因为不会伤害到那些可怜虫的肋骨。瑞顿又想起了"卑鄙"用酒瓶子暴打罗伊·斯尼顿的那次，那是在葡萄藤酒吧，全无任何原因。"卑鄙"只是觉得那人说话刺耳，就立刻暴跳如雷，动手打人。那种行为真是丑陋，让人恶心，毫无意义。而比打架更丑恶的，就是他们所有人——包括瑞顿自己——为打架找的借口。他们捏造原因，为"卑鄙"的暴力行为寻找合理性。大家都这么做，就把"卑鄙"吹捧成了无人敢惹的流氓标杆，而作为"卑鄙"的伙伴，他们这些人也间接沾了光。瑞顿看出，这种关系就是道德破产的象征。就此而言，把"卑鄙"的钱全部侵吞，几乎可以视为一大善举了。

讽刺的是，"卑鄙"恰恰成了瑞顿重新开始新生活的关键人物。在"卑鄙"的信条中，背叛朋友是最大的罪行，他一定会给这种人最严厉的惩罚。而瑞顿则是利用了"卑鄙"的这一信条，彻底破釜沉舟。他做了自己一直想做的事，他再也回不了雷斯，回不了爱丁堡，甚至回不了苏格兰了——在那些地方，他只能做原来做过的那些事。而现在，他从所有那些人当中自由地脱身，他可以做自己想做的事了。未来无论成败，只能靠他自己。这个念头让他害怕，但又很兴奋，此时此刻，他正向往着在阿姆斯特丹的生活。